黒武《くろたけ》御神火御殿《ごじんかごてん》

三島屋変調百物語六之続

宮部みゆき

毎日新聞出版

目次

序

江戸は神田三島町にある袋物屋の三島屋《みしまや》は、一風変わった百物語を続けている。

百物語と言えば、一つの場所に人びとが集い、夜を徹して怪談話を語り合う――という形式の、娯楽でもあり、世間知や教養を身につける社交の場でもある。その手順もおおかた定められている。

語りを始める前に百本の蠟燭《ろうそく》を灯しておいて、一話終わるごとに一本ずつ消してゆく。話が進むほどに場はだんだん暗くなり、ついに百話に達すれば暗闇に包まれて、そのなかで真の怪異が起こると言われている。

三島屋の変わり百物語では、お店の奥の「黒白の間」という座敷に一度に一人、または一組の語り手を招き、差し向かいで耳を傾ける聞き手も一人である。そこで語られた話はけっして外には漏らされず、

「語って語り捨て、聞いて聞き捨て」

これをもっとも大切な決め事としている。

ここ三年、多くの語り手が黒白の間を訪れ、怪異と不思議を語ってきた。それは身の上話だったり、罪の告白だったり、懐かしい想《おも》い出語りだったりと様々で、語り手の声音もまた十人十色。その都度、黒白の間に流れるひとときを多彩な色に染めてきた。

そもそもは三島屋の主人・伊兵衛《いへえ》の思いつきで始まったこの変わり百物語だが、第一話から聞き手を務めてきた姪《めい》のおちかが、この春めでたく嫁にいったので、次なる聞き手は伊兵衛の次男・富次郎《とみじろう》に替わった。

商いの修業に出ていた先で喧嘩に巻き込まれ、大怪我をして生家に戻ってきたこの次男坊は、身体《からだ》は癒えたけれど、まだいくらか両親《ふたおや》を心配させていて、それなら当面はぶらぶら暮らしをするのも親孝行のうち。呑気に臑《すね》をかじるついでに、この聞き手を志願したのである。

気さくで気がよく旨い物好き、跡取りではないから「小旦那」と自称する富次郎。おちかが聞き手だったころに、ふとした縁の導きがあって三島屋に入り、百物語の守り役となったお勝《かつ》。富次郎が幼いころから三島屋に奉公してきた古参の女中、おしま。

この三人で語り手を迎え、新たな変わり百物語の幕が開く。

第一話　泣きぼくろ

変わり百物語の始めから、語り手の周旋は、灯庵《とうあん》という口入屋《くちいれ》の老人に頼んできた。おちかからも、三島屋の奉公人たちからも、こっそり「蝦蟇《がま》仙人」と呼ばれ、憎まれるほどではないがそこそこ嫌われ、嫌がられるほどではないがなかなか億劫《おっくう》がられていたこの老人は、ただ語り手を選《よ》って送り込んでくるだけでなく、たまに自分から三島屋を訪《おとな》うことがある。

この「たまに」の案配が、三島屋の側からは計りかねた。蝦蟇仙人にとっては、どんな用件が、自ら御神輿《おみこし》をあげて来るほど重要なことになるのか。

たとえば、二年ほど前に三島屋が押し込みに遭ったとき。去年の冬の初め、神田川のすぐ北側の神田松永町で夜火事があり、季節柄の乾いた北風のせいで、三島屋の人びとも肝を冷やしたとき。どちらのときも、灯庵老人のところからは、年配の番頭が「お見舞いを申し上げます」と顔を見せただけだった。

たとえば、つい一月《ひとつき》ほど前、おちかが多町二丁目の貸本屋・瓢簞古堂《ひょうたんこどう》の若主人、勘一《かんいち》と祝言を挙げたとき。大きな祝い事だが、かの口入屋からはこざっぱりした若い衆が一人でやって来て、「おめでとうございます」と角樽《つのだる》を置いていっただけである。

けち臭いと言いたいわけではない。挨拶《あいさつ》が足りぬと難癖をつけたいわけでもない。ただ、こういうめったにない災難や慶事には素っ気ないくせに、さしたる用もなしに気まぐれに訪ねてきては、伊兵衛やおちかにけっこうな時を潰させてきたこの口入屋の気が知れないと思うだけである。

そんな次第だから、変わり百物語の後継ぎになったとき、富次郎は覚悟した。

――何か言いに来るよ、あの蝦蟇仙人は。

おちかには、顔を合わせるたびに「ぐずぐずしてたらあっという間に嫁《い》き遅れになる」とか、「気が利かない」とか「器量よしでも気が強くては三文安だ」とか、ちくちく嫌味を言っていたという。ならば富次郎に対しても、言いそうなことの見当は容易につく。

「穀潰し」「すねかじり」「道楽息子」

まあ、笑ってかわしてやろうと待ち構えていたら、案の定、春の好日にやって来た。結城紬《つむぎ》に御所絹の一つ紋の羽織を合わせ、禿《は》げ上がった頭との境目がわからない額に、水が溜《た》まりそうなほど深い皺《しわ》を刻んで。

「次の語り手のことでご相談がありましてな」

ダミ声でそう言って、灯庵老人は、いつものように伊兵衛の居間へ通された。用件が変わり百物語のことなら、おっつけ自分が呼ばれるだろうと富次郎も軽く支度にかかったら、丁稚《でっち》の新太《しんた》が茶菓を運んで行こうとする。

「え、おまえさんが行くの？」

おしまではないのかと問うと、新太は情けなさそうに眉毛を下げた。

「おいらがくじ引きで負けたんです」

よっぽどだね、みんな。

「おおい、富次郎。ちょっとおいで」

伊兵衛の声に、富次郎が居間へ顔を出すと、口入屋の嫌味老人は伊兵衛と向き合って、置物のようにどっかりと座を占めていた。そういえば誰もこの人の歳を正しく知らないのだが、かなりの高齢であるはずなのに、ちっとも縮んで見えない。大柄だとか骨太だからとか、そういう体格の云々《うんぬん》ではなく、身にまとっている雰囲気がでかいというか、分厚いというか。

——つまりは図々しいんだよな。

ひそかに思っていると、

「おちかの後継ぎの聞き手としては、これが初顔合わせだね」

伊兵衛だけはこの口入屋が苦手ではないらしく、ほがらかに言う。

「灯庵さん、あらためまして、これがうちの次男の富次郎ですよ」

型どおりの挨拶をかわして、

「それじゃ富次郎、今後のことをよく相談しておくれ」

置き去りにされて富次郎、蝦蟇《がま》仙人と対決の巻である。

「相変わらず、三島屋さんは景気がおよろしくっておめでたい」

煙草のヤニが絡んだようながらがら声で、まずあちらから一太刀。

「はい、おかげさまで商売繁盛、ありがたいことでございます」

受けてにっこり、富次郎。

「越川《えちかわ》さんでも丸角《まるかく》さんでも、さすがに、虫に銚子縮《ちぢみ》を着せてはおらんだろうからね」

越川も丸角も、江戸市中で名高い袋物屋の名店である。伊兵衛は三島屋を興すとき、いつかはこの二店とお客を争ってやろう——という気概を胸に抱き、ずっと商いに励んできた。今や三島屋は第三の名店で、越川・丸角の手強《てごわ》い商売敵になっている。

しかし、この台詞はどういう意味だ。

「虫に銚子縮を着せる？」

言って、富次郎は自分の胸元を見おろした。確かに、銚子縮の紺縞《こんじま》の小袖を着ている。

気楽な立場の富次郎だが、毎日遊んでいるわけではない。店先でお客に応対したり、仕事場とのあいだを行き来して品物を運んだりと、折々に商いを手伝っている。主人の倅《せがれ》だから、粗末な恰好をするわけにはいかない。銚子縮は値が高く、地味だが一見してそれとわかる品《ひん》があるので、ちょうどいいのだ。伊兵衛もしばしばこれを着ている。

「――虫というのは、わたしのことですか」

富次郎は自分の鼻の頭をさして問うた。

灯庵老人はむっつりとうなずく。

「他に誰がいますかね」

「わたしが、虫」

呟いて、やっと富次郎はぴんと来た。

「金食い虫？」

灯庵老人はフンと言った。「米食い虫のつもりで言ったんだが、それでもいいね」

富次郎はつくづくと蝦蟇仙人の顔を見た。なるほど、そう来たか。

「米ばかりじゃなく、わたしは蕎麦も小豆も食いますからね。ああ、粟《あわ》餅も好きですよ。本石町の菓子屋〈いしかわ〉は、そりゃもう口当たりのいい粟餅を売り物にしています。雲を嚙《か》むように柔らかくって、ほんのり甘じょっぱくて、絶妙ですよ。今度、茶請けにお出ししましょう」

富次郎は旨い物が好き、なかでも甘い物に目がない。食べ歩きもするし、読み売りや評判記にこまめに目を通している。

「ちなみに、去年のわたしの市中甘い物番付を申しますと――」

「ああ、もういいよ」

灯庵老人はうるさそうに手を振った。その掌《てのひら》は痩せて骨張っており、体格や雰囲気とは裏腹に、蝦蟇仙人の歳を映している。

まずはこちらが一本とれたようだ。

「変わり百物語のことでご用がおありと伺いましたが」

二本目も先に打ち込んでみる。灯庵老人は、不機嫌な表情はそのままに、しっこり固そうな目玉だけをぐりりと動かして、富次郎を値踏みした。

「あんたさんが聞き手を引き継ぐというのは、本当の話ですかな」

人の周旋を頼んでいるお客の側を、「あんたさん」とは偉そうな。

「本当ですよ」

富次郎は愛想よく応じた。

「灯庵さんに比べたら世間知らずの若造ですが、ひととおりの礼儀は心得ております。粗相のないよう聞き手を務めつつ、人生修業を積んでいこうと思っております」

灯庵老人は、ちっこい目で斜交《はすか》いに富次郎を睨《にら》んだ。

「人生修業ねえ……」

「いけませんか。おちかは、この百物語を通してずいぶんと学んだようでしたが」

「あんたさんが学ぶべきは、商いのことじゃありませんかね」

「もちろん、商いのことは父母《ちちはは》から学んでおります。で、ご用件は」

蝦蟇仙人の額にも鼻筋にも、不機嫌の油がじんわりと滲《にじ》み出てくる。この油を搾ったら万病に効く薬ができるのかいなと、富次郎は腹のなかで茶化してみた。

「私はね、案じておるんですよ」

と、灯庵老人は言い出した。ダミ声がいっそう低く、凄みを帯びている。

「おちかさんは嫁入り前の娘だったから、私が選りに選った語り手の話を聞いて、世間知に通じ、来客あしらいを覚えることが、確かにためになりましたわな。けども、あんたさんはぶらぶら息子じゃ」

「ぶらぶら息子だからこそ、婿入りの良縁に備えて、世間知を身につけ来客あしらいを覚えることが、おちかと同じようにためになるとは思われませんか」

蝦蟇仙人の口元がよじれたようになった。

「あんたさんは面白がっとる」

「面白がってはいけませんか」

「他人の話を聞くことを軽く見とる」

「では、軽く見ないように用心します」

実際、そんなことぐらい、蝦蟇仙人に忠告されなくたって、こちとら既に痛い目に遭い、ちゃんと骨身に応えているのだ。

とりわけ無惨な話を聞いた後、聞き取った出来事が澱《おり》のように心に淀んで、自分が変わってしまったような気がしたことがある。そのとき、おちかが励ましてくれたのだ。

――大丈夫、ちゃんと聞き捨てにできてますよ。

富次郎は子供のころから絵心があった。そして三島屋を離れているあいだに、奉公先で本物の絵師につく機会がちょっとあり、筆の使い方、土台になる技術、素材のつかみ方などを習うこともできた。

だから今も、素人の手すさびではあるが、よく墨絵を描く。変わり百物語を聞くようになってからは、一話ごとに、その話を材にして一枚の絵を描くようになった。

その絵ももちろん、外には出さない。あくまでも富次郎の心を調えるために描いたら、専用の桐箱にしまって、お勝に預けている。ついでに言えば、その桐箱の名前は〈あやかし草紙〉だ。

「実はわたしも、いい折なので、灯庵さんに伺いたいことがあるんです」

煙で燻《いぶ》された蝦蟇のようなご面相に向き合い、富次郎はきりりと切り出した。

「うちの変わり百物語が評判になって、あなたのお店には、語り手志願の方々が列をなしているそうですね。それは本当に有り難いことですし、お世話をおかけしております」

軽く頭を下げてから、

「今さっき、おちかのために語り手を選りに選ったとおっしゃいましたが、いつもどんなことを拠り所に選っていたのでしょうか」

その人の人相風体か。身元か。

「語り手は、百物語の場では、本当の身分や名前を伏せていい。その方が語りやすいですからね。でも灯庵さんには、ちゃんと身元を言うのでしょう？　やっぱり、それがいちばんの拠り所ですかね。それともほかに、人を見分ける勘所がありますか」

唸《うな》るようにため息をつくと、灯庵老人は不機嫌を剝《む》き出しにして言った。

「そんなことは、あんたさんが口入屋になるんでなければ教えられない」

ほほう。

「口入屋秘帖《ひちょう》だと」

「そういうことをけろっと口に出すところが面白がっているんですよ」

「あいすみません」

蝦蟇仙人が渋面のままなので、富次郎は一人で明るく笑った。

実を言えば、おちかが嫁ぐまで最近の幾度かは、富次郎も一緒に語り手の話を聞いていた。最初は次の間に隠れていたのだけれど、ちょっとしたきっかけで自分から黒白の間に踏み込んでしまい、それならということで、おちかの隣に座るようになったのである。だからこそ、話が後を引いてしまって、不安な思いも味わったのだ。

それでも、変わり百物語は面白かった。おちかに比べれば世間が広いつもりの富次郎だったけれど、知らないことはまだまだあった。

聞き手の後継ぎになることに迷いはない。白状すれば、おちかの祝言のときに一つ薄気味悪いことがあって、そのときだけはしばし心が揺れた。でも、守り役のお勝がついていてくれるのだし、おちかが乗り越えてきたことに、従兄《いとこ》の自分が臆してしまうのは情けないと思ったら、その揺れも吹っ切れた。

「わたしはもう、明日にでも新しい語り手を周旋していただきたいんです。よろしくお願いいたします」

富次郎が膝の上で手を揃えると、灯庵老人は長々と鼻息を吐き出して、

「嘘つきには用心します」

千切って捨てるようにそう言った。

「は？」

「語り手を選るときの勘所ですよ。あんたさんが今お訊《たず》ねになったんでしょうが」

ああ、それが答えなのか。

「語り手志願のお方が嘘をついていたら、選ばないと」

「いいや、こちらさんで嘘を語りそうなお人だと察したら――」

苛立たしげに頭を振って、

「小さな嘘じゃあない。ホラ話をしそうなお人は除いたという意味ですよ」

三島屋の変わり百物語が評判になってきてからは、とりわけ用心したという。

「嘘をついても、ホラを吹いても、何とかして評判の物事に関わりたいという野次馬は、どこにでもおりますからな」

富次郎は素朴に驚いた。「灯庵さんは、それを見分けられるんですか」

「見分けるのが口入屋の仕事です」

凄《すご》い。冷やかしや皮肉ではなく、その眼力は鋭い。

「これまでのところ、黒白の間で語り手がホラ話をしたことはありませんでした。灯庵さんが語り手を選ってくださったおかげだったんですね」

蝦蟇仙人は目を剝いた。

「なんであんたさんがそんなことを請け合えるんですかね」

「や、あはは、おちかの様子を見ていれば、それっくらいわかりますよ」

自分も一緒に聞いていたことがあるなんて、このうるさい老人にはきっちり隠しておこう。露《ば》見《れ》たら蝦蟇の祟《たた》りがおっかないことになりそうである。

「――これからは存じませんよ」

また千切って投げつけるような言である。

「おちかさんは箱入り娘だったから、こっちも気を使ったんですわな。しかしあんたさんは一人前の男なんだから、騙《だま》されようが転がされようが、傷にはなりません」

嘘やホラ話は、富次郎が自分で見分けろというわけだ。

「冷たいなあ」

富次郎はうなじを掻いてみせた。

「そんなら、せめて指南してくださいよ。語り手の嘘やホラ話を見分けるコツを」

「そんなもんはありゃせん」

霞《かすみ》を食う仙人ではなく、蝦蟇のお化けになりきってしまったみたいに、灯庵老人の顔はてらてらだ。

「あったとしても、口先で教えられるわけがない。あんたさんは本当に人を舐《な》めているね。ちっとは痛い目に遭うがいい」

あらら、青筋立ててるよ。

「まあ、わたしはおっしゃるとおりの米食い虫ですから、変わり百物語で語りに騙《かた》られたとしても、三島屋の傷にもなりませんしね。あんまり難しく構えずに、聞き手を楽しみたいと思います」

宥《なだ》めたつもりの言葉も、かえってよくなかったらしい。灯庵老人はぷりぷり怒りながら帰っていった。

――まずかったかなあ。

反省するところもあったので、富次郎はこのことをお勝に打ち明けた。すると、守り役の女中は鈴を転がすような声で笑った。

「灯庵さんを本気で怒らせるなんて、さすがは小旦那様ですわ」

「でもさ、あの人、意地になっちまって、これからはわざと嘘つきの語り手ばっかり寄越すようになるかもしれないよ」

「それも面白うございますね」

お勝は言って、優しい目つきになった。

「たいていの人は、身に迫る急な理由《わけ》がない限り、上手な嘘はつけないものです。大きな嘘をつくには大きな器量が要りますもの」

お勝もまた鋭いことを言う。

「ですから、もしも小旦那様が、あれっと裾払いを喰らうような大嘘つきに出会ったら、大人《たいじん》を見つけたと珍重いたしましょう」

でも、その嘘の裏に切なる理由が隠れていそうに思えたなら、

「その理由まで聞き出してみたらいかがでしょう。変わり百物語の聞き手冥利に尽きる仕事になるんじゃございませんか」

そうだねと、富次郎は強くうなずいた。


灯庵老人が意地になったかどうかはさておき、それからほどない春分の日、午後の八ツ時に、新しい語り手が三島屋に来ることになった。

支度のために、富次郎は、黒白の間の床の間に半紙を貼った軸を下げた。語り手が帰ったら、この半紙に、聞き終えたばかりの話を材にした墨絵を描くのだ。

掛け軸の下には、お勝が花を活《い》けてくれた。黒漆《うるし》塗りの丸い花器に、春竜胆《はるりんどう》と一人静《ひとりしずか》を合わせている。

「花売りは、一人静と二人静の両方を持って来て、春竜胆にはどちらを合わせてもきれいだと勧めてくれたんですが」

一人静は一本の穂に可憐《かれん》な白い小花をつける。二人静はこの穂が二本で、やはり白い小花が楚々《そそ》としている。

「聞き手と語り手、二人が静かになってしまうのは何だか験が悪いので、一人静の方にいたしました」

活け花の仕上げをしながら艶然《えんぜん》と微笑むお勝は、もう大年増《おおどしま》ではあるが、黒髪豊かな柳腰の美女である。ただ、その顔と身体の広い部分があばた（痘痕）に覆われている。

疱瘡《ほうそう》は命に関わる恐ろしい疫病だが、あとに残るあばたも、とりわけ女の身には恐ろしいものだ。お勝もあばたのせいで辛《つら》く寂しい身の上となったのだが、一方、強い疫神である疱瘡神の加護を総身に帯びて、他の邪悪や禍事《わざわいごと》を遠ざけ払い落とす「禍祓《ばら》い」の力を持つことにもなった。

三島屋では、日頃はおしまと同じ女中の一人として立ち働き、変わり百物語の聞き手を迎えるときだけは、守り役となって次の間に控える。そうやってずっとおちかに寄り添ってきてくれたこの女《ひと》の人柄や、控え目にしていても折々に滲み出てくる教養のほどに、富次郎は感じ入ることがしばしばある。

「今日からは、お勝さんはわたしの守り役だ。どうぞよしなにお願いします」

お勝もその場で三つ指ついて、

「禍祓いとして守り役として、精限り根限りお仕えいたします」

凛《りん》とした声でそう言った。

姥子《おばこ》に結ったお勝の髪から、椿油《つばきあぶら》がほんのり薫る。今は元通りになっているが、昨年の冬、木枯らしが吹き始めるころに迎えた語り手の話が残していった「厄」で、一時は前髪ひとつかみ分が真っ白に変じ、引っ張ればずるりと抜けて凄まじかった。

語り手を迎えるとき、おちかは毎回、何を着るか頭を悩ませていた。聞き手が華美な恰好はできないが、あんまり無造作では失礼になる。そのさじ加減が難しい。

その点、格別な伊達《だて》者でもない〈そのへんの男〉の富次郎は気楽である。あの銚子縮の紺縞の小袖に博多帯を竪《たて》結びにして、伊兵衛の御納戸《おなんど》色の一つ紋の羽織を借りた。これは本式の晴れ着ではなく、伊兵衛が寄り合いや親しい商人仲間を訪ねるときに着るもので、紋のところに三島屋の屋号を刺繍《ししゅう》してある。

無礼ではなく、重厚すぎず、見るからに贅沢ではないがきちんとしていて、聞き手にはちょうどいい。あっさり決まった。

むしろ難しいのは茶菓子の方だ。最初は、富次郎が季節に合わせて「この店のこれ」と決めたものを出してもらうつもりだったのだが、干菓子はいいが生菓子は、店の都合でその日は作っていないとか、早々に売り切れてしまったなんてことがある。そこでおしまと相談し、「この店のこれ」を五番目まで書き並べておいて、おしまが首尾よく手配できたものを出してもらうという形に落ち着いた。

だから富次郎にも、五つのうちのどれが来るかわからない。語り手の歳、男か女か、どんな身分か立場であるか、それによってその菓子が、口に合ったり合わなかったりもするだろう。語り手が菓子を喜び、心がほぐれてくれれば上出来だし、何だこれはといい顔をされなければ、語りの進みにも障ってしまうだろう。

——どきどきするなあ。

嫁ぐおちかの前で胸を叩き、「あとはわたしに任せておきな」と言ったあのときは、いざとなったらこんなに落ち着かないものだとは思わなかった。

「小旦那様、黒白の間のお客様がお見えになりましたよ」

いよいよ、おしまがそう報《しら》せてくれたときには、気分をしゃっきりさせるために、富次郎は自分の頬を両手でぱんぱんと張った。

男富次郎・二十二歳の初陣だからと、わざわざ様子を見に来た三島屋のおかみ、おふくろ様のお民《たみ》が笑う。

「気合を入れてお行き。いい人に会えたら、お見合いの手間がなくなる」

「嫌ですよ、おっかさん」

なんて切り返しはしたものの、花のような乙女が来てたらいいなという期待、いや下心はないでもなかったのだが――


「ようこそ三島屋の変わり百物語においでくださいました」

丁重に挨拶して頭を持ち上げるまでのあいだに、富次郎はその下心を片付けた。手習所《てならいどころ》の習《なら》い子《ご》が厳しい師匠の目から書き損じを隠すように、たちまち、しっかり、跡形もなくしまい込んだ。

黒白の間の上座の座布団に、首を縮め指を組み合わせて行儀よく座っているのは、富次郎と同じくらいの年恰好の男である。富次郎よりは小柄で、銀杏《いちょう》つぶしの髷《まげ》をいただく顔もほっそりと小作りだ。

伊兵衛の名代《みょうだい》として来客を迎える立場だから、富次郎は羽織を着ている。来る方はもっと気軽なので、紺のかすり縮の着流しである。小倉木綿の男帯を貝の口に結んでいるのもごく当たり前で、気取ったところはない。かぶき者でも遊び人でもなさそうだ。

小さな商家の倅か、そこそこの構えのお店の奉公人か。身なりだけでは、どちらとも判別がつきにくい。

「――三島屋の富次郎さん」

口を開いて、語り手はこう言った。

「やっぱり、手前の顔はお見忘れですか」

富次郎は面食らった。こういう始まり方は、まったく予期していなかった。

「先《せん》にどこかでお会いしてますかね」

つい身を乗り出して問い返すと、相手は小作りの顔をくしゃっと丸めるようにして笑う。

「先にどころか、ガキのころ」

そのしゅっとした笑み、ちんまり整った色白で小作りの顔。

あれ？　何か見覚えがあるような。

語り手は自分の額をつるりとさする。

「神田佐久間町の子だくさんの豆腐屋の」

そこで富次郎も思い出した。

「お豆のはっちゃん！」

富次郎が思わず突きつけた指の先で、語り手は嬉しそうに笑み崩れた。

「そうそう、〈豆源《まめげん》〉の八太郎でござんすよ」

ええ～！　ホントにはっちゃんかい？　久しぶりだね、うん、富ちゃんも元気そうで何よりだ、三島屋さんは凄いねえ、市中で指折りの名店になったじゃないか、おかげさまで、親父とおふくろが気張ってきたからさ、おいらはずっと他店《よそ》へ行っってて――

息せき切ってしゃべり合い、やあやあと座を離れて手を取り合っているところへ、おしまが茶菓を運んできた。富次郎と語り手が、いきなり打ち解けているのでびっくりだ。

「お、甘い物が来たよ」

茶菓子は大福餅である。ぱっと見ただけではどこにでもある大福だが、実は粒あんを上新粉で作ったしんこ餅と餅米の餅で二重にくるんであって、ぱくりと噛めば歯ごたえと口溶けが絶妙なのだ。富次郎が本日の茶菓子の三番目に挙げておいた「羽二重《はぶたえ》大福」である。

「おしまさん、この人は、わたしのガキのころの友達なんだ。佐久間町の豆腐屋のはっちゃんといったら覚えがないかい？」

いやいやと、八太郎が恐縮する。

「手前が富次郎さんと同じ手習所に通っていたのは七つのとき、一年足らずのことでした。おうちの方には遊びに行ったことがないし、女中さんは手前を覚えてないでしょう」

「そんなら、豆源の豆腐の味は？」

え、豆源ですかと、おしまもまた目をぱちくり。声がはしゃいだ。

「それなら覚えてますよ。揚げもおいしかったですよねえ」

黒白の間がこんなふうになるのは初めてである。

「なんて懐かしいんでしょう」

おしまの笑顔には、だが少しばかり気まずそうな色もある。それもそのはず、

「ごめんなさいね。今では神田川のこっちがわのお豆腐屋さんに頼りっきりなので、豆源さんとはお付き合いが切れてしまって……。お店は繁盛しているんでしょう？」

そうなのか。富次郎は台所のことには疎いので、三島屋が今どこから豆腐を買っているのかな

んて知らないのだ。

「はっちゃんが手習所をよしちまったのは、確か養子に行ったからだよな？」

八太郎は座り直すと、両の腿《もも》の上に掌を置いて、うんとうなずいた。

「あの年、手前は八つになったばかりで養子に行って、豆源は親父の遠縁に居抜きでそっくり渡しちまったんです。だから、今も佐久間町にあるお店は豆源違いなんで、どうぞお気遣いなしにしてください」

富次郎もおしまも笑顔が固くなった。八太郎だけがほどけている。

「今の豆源は、うちの親父の豆源の味を十としたらば、三くらいの味です。三島屋さんがほかの豆腐屋をご贔屓《ひいき》にしていてよかったですよ」

「そうなのか……」

富次郎が覚えていた豆源は、とうの昔に失《な》くなっていたのだ。

「あのとき、うちの家族はばらばらになっちまったんだ。その経緯《ゆくたて》がけっこう珍しいもんで、変わり百物語にはぴったりかなあって、今日は寄せてもらったんです」

そう、八太郎は語り手なのだ。おしまは我に返ったようになり、盆を抱えて出ていった。

「うちの変わり百物語ではね、聞き手はわたし一人なんだ」と、富次郎は言った。

「聞いて聞き捨て、語って語り捨てなんだよね？」

八太郎が言って、またしゅっと笑う。

「それも評判だから、知ってたよ。聞き手を務めていたお嬢さんがお嫁に行って、富ちゃんに替わったってことも、このあたりじゃとっくに噂になってるし」

このあたりの噂が耳に届いたということは、今の八太郎はまた神田近辺にいるのだろうか。

「語りにくくなるようだったら、今の暮らしのことは伏せといていいんだけど」

富次郎の言いたいことを察したのか、八太郎は軽くかぶりを振った。

「おいらは——じゃないや、手前は養子に行った先からまた婿養子に出てさ、今は神田にいないんだ」

でも豆腐屋だよ、と言う。

「親譲りの家業だもん」

「そうかあ」

「このところ、もとの豆源で法事があったりして、何度かこっちへ来ていてね。ちょうどいい折だから、三島屋さんの変わり百物語で語れたら」

懐かしい富次郎にも会えると思った。

「お互いの都合がうまく合ってよかった」

灯庵老人が、何を思って八太郎を選って寄越したのか知らないが、富次郎は嬉《うれ》しい。

「富ちゃんの兄さん、一郎さんだっけ」

「伊一郎」

「今、三島屋さんにはいないの?」

「商いの修業に出てるんだ」

すると八太郎はほっとしたような顔をした。「そんなら、会っちまう気遣いはないよね。富ちゃんの兄さんは、十四年前、うちのゴタゴタがあったころ——やっぱり近所じゃ噂になったからさ、何かしら耳に入って、察していただろうと思うんだ」

今でも会ったら恥ずかしいと、八太郎は言うのだった。

旨い豆腐を作るお店を居抜きで明け渡し、家族がばらばらになるような出来事が、恥ずかしい？

「十四年前は、うちの兄貴だって十かそこらのガキだったけど」

「十なら、察しがつくようなゴタゴタではあったんだよ」

言って、小さく形の整った鼻をつまむようにして、八太郎は目を伏せた。

「おいら——じゃないや、手前は」

「おいらでいいよ。わたしもおいらでいくからさ」

二人で笑った。

「おいらはあのころ、歳は七つから八つ。揉《も》め事が始まってからケリがつくまで半年ぐらい。うちのなかで何が起こってるのか、ほとんどわからなかったんだ。でも、すぐ上の姉ちゃんは、何から何までわかってたって」

女の子はおませだからね、と言う。

富次郎は考えた。「おませという言葉が出てくるような類いの揉め事だったんだね」

八太郎はうなずく。「だから、見ようによっちゃ笑い話さ。おいらも今なら笑えるよ」

だが、その顔は大真面目だ。

「おいらね、一昨年《おととし》女房をもらったときにも、自分ちで昔起こったことを思い出して、ああって膝を打つ感じになったんだけどね」

でもね、と笑顔になって、

「父ちゃんになったらさ」

「おお、そりゃめでたい！」

赤子は女の子だという。

「生まれたばっかりの赤ん坊を抱っこして、ああ、おいらも親になったんだって思ったら、今度こそ、昔のゴタゴタがどんなに大変なことだったのかって、もう砂地に水がしみこむみたいにすうっとわかった」

そしたら背中が寒くなった。

気持ち悪くて吐きそうになった。

「恥ずかしくてみっともなくて、あのころ、近所の人たちが、うちをどんな目で見てたろうって思ったら死にたくなった」

八太郎の言を聞くうちに、富次郎も背中がぞわぞわしてきた。

「そういうの、みんな吐き出したくなっちまったんだ。いてもたってもいられなくって。だけど、うちの兄ちゃん姉ちゃんたちは」

——今さら思い出させないでくれよ。

——もう忘れたよ。くわばら、くわばら。

「それで、三島屋の変わり百物語の評判を思い出したんだ」

富次郎のなかでは、聞き手としてよりも幼友達としての野次馬心が膨れてゆく。

「よし、いいよ。どんと来い。すっかり吐き出して語っておくれ。おいらが聞き捨てるからさ」

我ながら凜々《りり》しい感じで言い放ったら、八太郎はほっと安堵したように笑みを咲かせて、また鼻をつまんで下を向く。

「えっと……どこから語ればいいかなあ」

しばらく考えて、切り出せない。

「そんなら、まず豆源の人たちを紹介してくれよ」と、富次郎は言った。「おいらも、はっちゃん家が子《ち》だくさんだったことは覚えてるけど、一人一人の顔と名前まではおぼつかねえからさ」

「名前かあ」

うっと詰まる様子なのは、「死にたくなるほど」恥ずかしい話だからである。

「ごめん、いっぺんに名前を聞いても覚え切れねえや。歳と、はっちゃんとの繋《つな》がりだけ聞いた方が確実だ。手元に書き留めていいかい？」

黒白の間の片隅には、富次郎が日ごろ使っている文机《ふづくえ》が寄せてある。それを動かしてきて、文箱を開けて半紙を広げ、墨壺から小皿に墨汁を注いだ。

「こいつがはっちゃんだ」
○を描いて、その頭にぼうぼうと髪を生やす。覗《のぞ》き込んで、八太郎は吹きだした。
「そうそう、おいら髪が薄くて、なかなか髷が結えなかったんだよ」

「ちゃあんと覚えてるよ」

その○のなかに「八」と記す。

「まず、おいらの父ちゃんと母ちゃんだ」
○を二つ描いて、「豆源父」「豆源母」。書き込んだところで、富次郎はふっと嫌なことを思い出してしまった。

　去年の冬、おちかと二人で聞き終えて、富次郎の身にいたく堪《こた》えてしまった話のときも、語り手の前でこうやって、出てくる人たちを書き留めたのだ。その話では、語り手一人を残して一家が全滅してしまった。

「はっちゃん。先回りして問うのも気が引けるけど、豆源さんのその出来事では、人が死ぬかい？」

　八太郎が真顔に戻った。髪が薄かったこともあいまって、ガキのころはホントに大豆みたいだった。

「うちの父ちゃんが死んだよ。四十二の大厄だった」

　それで終わったんだ、と言う。

「親父さんだけ？」

「うん。あとはみんな達者だった。おふくろなんか、あの世に行ったのは去年の春先だ」

「それを聞いてほっとした」

　右手に筆を持ったまま、左手で羽二重《はぶたえ》大福をつかんで口にくわえて、

「お次は？」

「いちばん上の兄《にい》ちゃんと兄嫁さん」

　長兄ちゃん二十四歳、兄嫁さん二十二歳。◯を描いてそのなかに「長兄」「長兄嫁」。

「この夫婦に子供が二人。おいらの姪っ子と甥っ子でそのころ五つと三つだったけど、この話には小さい子供は関わりねえから、省いて」

八太郎も大福を食いながらもごもご言う。

「わあ、こりゃ旨いや」

「だろ？　お次をどうぞ」

「次兄《にあん》ちゃん夫婦」

次兄ちゃん二十二歳、次兄嫁さん二十歳。

「この夫婦にも赤ん坊がいたけど、これまた省いちゃってください」

次は長姉ちゃん二十一歳、出戻り。

「お姑《しゅうとめ》さんの嫁いびりがきついって飛び出してきちまったんだけど、この姉ちゃん本人もきっつい人だよ」

今も変わってない、と笑う。

「所帯を持った兄さんたちもみんなで一つ屋根の下に住んで、豆腐屋の商いをしていたんだね」

「うん」

お次が次姉ちゃん、十九歳。次姉ちゃんと添うことが決まっていた奉公人が十八歳。

「この二人も、所帯を持っても住み込みのまま、店を手伝うことになってた」
○のなかに次姉、次姉許婚《いいなずけ》と記す。
「その下が三姉ちゃん、歳は十六。うちが大豆を卸してもらってた問屋の手代さんと縁談がまとまってて、だからこの手代さんと三姉ちゃんはしょっちゅう行き来してた」

三姉、問屋手代ちぢめて「問手」で○。

「三男の兄ちゃんが十三歳。四女の姉ちゃんが十歳で、おいらが七つ」

二十四歳から七歳まで、八人兄弟姉妹《きょうだい》だ。そこに女房や婿や許婚がくっついて、みんな豆源で働いて食っていたのだから、ただの子だくさんではなく、大所帯と言うべきだろう。

「おませで、当時も何から何までわかっていたっていう姉ちゃんが、はっちゃんのすぐ上の四女だね」

「うん。ちぃ姉って呼んでた」

「さてさて」

富次郎は器用に羽二重大福を食べ終えて、筆を置き、温《ぬる》くなったお茶をがぶりと飲んだ。

両手を擦り合わせると、大福の白い粉がぱらぱら落ちる。

「これで役者は揃《そろ》ったのかな」

「あと、女中さんが一人。三十路《みそじ》過ぎの人だった。ご亭主に死に別れて独り身だったから、うちに住み込んでたんだ」
○を描いてから、「一人なら、名前を聞いとこう」
「えっと……おこまさん」
○のなかに「こま」。猫みたいだな。
「漏れはねえな？」

富次郎が念を押すと、八太郎はじっくりと図を見回して、うなずいた。

「始まったときはこの面子《めんつ》だったから、今はこれでいいと思う」

胸が騒ぐじゃないか。いったい何が「始まった」のか。

ふう——と呼吸《いき》を調えて、八太郎は目を上げた。

「豆腐屋は朝が早い商いなんだ」

真冬でも真っ暗なうちから起き出して、大豆を蒸すところから始め、日が落ちるころには翌朝の分の大豆を洗って水に漬けて、一日が終わる。

「早寝早起き、ほかの商いのお店と比べたら、半日ぐらいずれた暮らしをしてる」

水仕事だし、力仕事でもある。

「うちじゃ、台所や掃除洗濯はおこまさんに任せといて、家族は総出で豆腐屋やってた。手が空いた者から飯食って、寝て起きて、わいわい働いて、また飯食って寝る」

長兄嫁と次兄嫁には幼子や赤子の世話があるから、さらに忙しい。

「おっぱいはやれねえけど、子守だけならおいらもちぃ姉ちゃんもできるから、よく手伝ったもんだよ」

「うん、覚えてる。はっちゃん、赤ん坊をおんぶして手習所に連れてきたっけ」

「みんながおんぶを代わってくれたり、あやしてくれるんで助かったよ」

豆源父さんは、「うちの子はひらがなの読み書きとそろばんができればいい」「早く仕事を覚えてくれないと困る」という親だったので、八太郎の兄姉たちは、手習所には半年も通わなかった。

「おいらだけ一年近く通わせてもらってたのは、母ちゃんがね」

――兄弟のうちの一人くらいは、もうちょっと学問させたい。

「そうでないと、みんなで豆腐屋のことしかわからなくなっちまうからって」

「賢いおっかさんだねえ」

「そうかなあ。おいらはただ、手習所に行けば友達と遊べるから楽しかっただけだ」

末っ子はいいなあと、三兄ちゃんからは羨ましがられたそうだ。

「三兄ちゃんは、おいらの歳にはもう毎日豆腐の振り売りに出てたから」

振り売りは次兄もしていた。その日に商う豆腐と揚げ物をみんなで作ると、あとの店売りは母ちゃんと嫁さんたちに任せ、男たちは外へ出る。

「父ちゃんと長兄ちゃんは、料理屋とか仕出屋とか、大口のお得意さんに御用聞きに行ってた」

働き者の豆腐屋一家だ。

「さて、そんで……本題なんだけど」

自分の言葉をいちいち検分するようにゆっくりと、八太郎は語りに入る。

「あの年の松の内が過ぎて、一月の半ばだったよ。そのころはおいら、三兄ちゃんとちぃ姉ちゃんと三人で、うちの奥の三畳間で寝てたんだけどね」

豆源の家の北西の角、厠《かわや》に近い一間《ひとま》だった。

富次郎は思い出してみる。

「豆源さんは広かったよね？　板葺《ぶ》きの平屋で、南側がお店になっててさ」

「そうそう！　古い貸家だけど、部屋数だけは多かった」

豆源の店兼住まいは、長四角の豆腐の北西の角を一かけ切り落としたような形になっており、

「その切り落としたところが、庭ってほどじゃねえけど地面が出てて、南天と柏《かしわ》が植わってて、厠があったんだ」

外厠だったので、行き来にはそれ用の下駄を履く。

「おいら、まだおねしょ癖があったからさ。ちぃ姉ちゃんが夜中に起こしてくれたり、自分でも

気ぃつけてたりで、毎晩いっぺんは厠に行く習いになってたんだ」

「偉いねえ」

「偉かねえよ。おねしょが治らなかったせいなんだから」

冬場や春先まだ寒いころは、外厠に行くのはすごく辛い。

「豆腐屋の真夜中は、世間様じゃ宵の口だって笑われるけど、それでも寒くって、眠気が飛んじまう」

その夜も、おしっこしたくて目が覚めて、八太郎は寝間を抜け出した。両手を擦り合わせて温め、裸足に床が冷たいからちょんちょんと跳ねるような足取りで。

「そしたらさ、家のなかのどっかで人の声がするんだよ」

世間様では宵の口でも、豆源では皆が寝静まっている時刻である。

「月夜で、おいらに明かりは要らなかった。うちのなかも、どこにも灯は点《つ》いてない」

ぼそぼそ、ひそひそ……と話し声は続く。「男と女の声なんだ。早口で、何か揉めてるみたいな感じでさ」

夫婦喧嘩かなと、八太郎は思った。

「三組、いや次姉ちゃんと許婚も入れたら四組の男と女がいる家だもんな」

「うん。ただ、うちのみんなはほとんど口喧嘩とかしなかった。仲が良かったっていうより、ともかく毎日忙しかったのと」

ただ一人きっつい気質《たち》の長姉ちゃんを除くと、あとは気の穏やかな人たちが揃っていた。

「父ちゃんや兄ちゃんたちは口数も少なかったしね。うちじゃ、おいらがいちばんおしゃべりだった」

そう言う八太郎でさえ、手習所では騒がしい習子ではなかった。富次郎の方がよっぽどおしゃべりだったはずだ。

「長姉ちゃんが一人でガミガミ怒って、それをみんなではいはいって聞いて、そのうち長姉ちゃんもくたびれて黙るって感じさ」

たまに、「あたし一人だけ怒ってバカみたいだ」と長姉さんが泣くこともあったけれど、それも「はいはい」でやり過ごす。

「だからさ、夜中の夫婦喧嘩だとしたら珍しいもんで、おいら、厠から戻るとき、ついつい聞き耳たてててたんだ」

それは富次郎だって同じようにする。

「ひそひそ話はまだ続いてて、何か言葉を聞き取れねえか、誰と誰なのかわからねえかって、上がり口のところでじいっとしてたら」

廊下の先——八太郎たちの寝間のさらに奥の一間の障子戸が開け閉《た》てされる音がして、誰かが出てきた。

「おいら、とっさに雨戸の陰に張りついて」

目だけ出して覗いていた。

「そしたら、長兄ちゃんの嫁さんが、寝間着の襟元をかき合わせながら、廊下をこう、ずっとこっちへ歩いてくるんだよ」

厠かと思ったら、違った。ただ通り過ぎて廊下へと折れて姿を消した。

「なぁんだと思って」

変だぞ、と気がついた。

「長兄ちゃんたちの寝間は、家の反対側にあるんだ」

東側の六畳間に、夫婦と子供二人で寝ている。

「こんな時刻に、厠でもないのに何で家のこっち側にいたんだろう」

語る八太郎の向かい側で、富次郎は新しい半紙を出し、長四角の豆腐の北西の角を一かけ欠いた、家の見取り図を描き始めた。

「厠がここ、はっちゃんと三兄ちゃんとちぃ姉ちゃんの寝間がここだな」

線を引いて部屋を囲う。

「次兄夫婦と子供たちの六畳間はここ」

長四角の向かって左側の横っ腹。

「ンで、おいらたちの隣は二畳ぐらいの布団部屋でさ」

さらにその隣は、次姉ちゃんの許婚である奉公人が寝起きする狭い板の間だった。

「まだちゃんと夫婦の杯をしてなかったから、次姉ちゃんとは別に寝てたんだ」

「なら、ただ〈許婚〉じゃなしに名前をつけとこう。豆助《まめすけ》さんでどうだ」

わかりやすいねと、八太郎はうなずく。

「今聞いたとおりだとすると、長兄嫁さんは、はっちゃんたちの隣の隣——」

布団部屋の一つ向こうの、豆助さんが寝ている板の間から出てきたことになる。

「あのね、富ちゃん」

おいらはうぶだったから。

「まず、夫婦だから一緒に寝る。まだちゃんと夫婦になったわけじゃねえうちは別々に寝る、ってことの意味からして、ぜんぜんわかってなかった」

富次郎は考えた。自分が七つのころにはわかっていたろうか。

「だからそのときも、こんな夜中に、長兄嫁さんが豆助さんに何の用があったんだろうなあって思っただけでさ」

八太郎の鼻の頭がうっすら光る。汗をかき始めているのだ。

「先を話す前に、ざっとうちの間取りを描いてくれる？」

「ほいきた」

長四角のなかに廊下を描き、廊下で仕切られた升のなかに、八太郎の説明に従って、豆源の人びとを配してゆく。主人夫婦、長兄夫婦の部屋は隣り合わせ、次兄夫婦と次姉・三姉の部屋がその向かい。

「納戸や押入れの多い家だったから、唐紙を開けたらすぐ隣の座敷っていう造りじゃなかった」

「じゃあ、それもいちいち描いとこう」

主人夫婦と長兄夫婦の部屋のあいだには納戸があり、次兄夫婦と次姉・三姉の部屋のあいだには二畳の板の間が挟まれていて、ここには次兄夫婦の側からしか入れなかった。

「長姉ちゃんは？」

「いちばん店に近い、ここ」

もともとは主人夫婦、八太郎たちの両親の部屋で、簞笥《たんす》みたいに大きな仏壇も置いてあったの

だが、

「出戻りになってご先祖様に申し訳ないから、せめて仏壇の手入れはあたしがやるって長姉ちゃんが言い張ったもんだから」

八畳間・床の間付き、南西なので日当たりも風通しもよかろう。

「女中のおこまさんは？」

「台所の隣の板の間」

八太郎が指さすところに、富次郎は板の間を描き込んだ。

「ここは、昼間はおいらたちが飯を食うところで、おこまさんは夜になると布団を敷いて寝るってだけだ」

これで全部だ。確かに広い家で、空いている部屋もいくつかある。

「客間は？」

「空き部屋は、障子戸や唐紙を開けっぱなしにしてることが多かった」

「そんな立派なもんはねえ。誰か来たって、店先で用が済んじまうもんね」

八太郎は手の甲で鼻の頭の汗を拭った。

「そんで……さっき話したことがあってから何日かしてさ」

暦は二月になった。

「朝早く――豆腐屋の二月の朝早くだから、夜明け前だよ。まだ真っ暗」

今度こそはっきりと男女が激しく言い争う声に、八太郎は起こされた。

「豆助さんの寝間で、次姉ちゃんが泣き叫んでるんだ。豆助さんも何か大声で言い返してるんだけど、やたらとおろおろ慌ててた」

何事かと、三兄、ちぃ姉、八太郎は寝間から出てそっちへ行ってみた。

「そしたら次姉ちゃんが床にへたりこんでて、寝間着の袖を嚙んで、今にも嚙み切りそうにきーきー引っ張りながら泣いてるわけさ」

驚いた顔をして、次兄嫁さんと三姉さんも自分たちの寝間からやって来た。

——朝っぱらから何を喧嘩してるのよ。

——いやあねえ、やめてよ。

「そしたら、次姉ちゃんが叫んだんだ」

見てよ見てよ、これ見てひどいひどいひどい、何てことしてくれるのよ〜！

「おいらも見ちゃった」

せんべい布団の脇に、下帯ひとつの豆助がなぜかしら正座している。その顔が赤くなったり青くなったり忙しい。

「で、同じ布団の上に——」

かい巻きをまくり上げて、寝間着の襟元を胸乳が見えそうなほど大きくくつろげ、寝乱れた髷を撫でつけながら、長兄嫁さんがしどけなく横座りしていた。

「げ」と、富次郎は声を出した。「やっぱり、そういうことだったのかい」

家族みんなが寝静まっている真夜中、二十二歳の長兄嫁が、十八歳の奉公人豆助の寝ているところに忍んでゆくってのは、

「うん。そういうことだったんだ」

その朝、次姉がその場を見つけたのは、

「おいらのときと同じ。次姉ちゃん、目が覚めて厠に行ったら人の声が聞こえてきて」

――豆助さんの声だ。

「耳を澄ませてみたら、あら長兄嫁さんの声もする」

いったいぜんたいどうしたのよと、部屋に踏み込んでみたら、二人がかい巻きにくるまっていちゃいちゃしていた、と。

「次姉ちゃんの顔を見たとたん、豆助さんはわっと起き上がって長兄嫁さんから離れてどどっと言い訳して謝って」

しかし次姉は狂乱の叫びが止まらない。

「長兄嫁さんは全然悪びれてなくってさ。何か、てろり〜んて薄笑いしてるんだ」

そういうのはたぶん、「艶然と笑う」と表すればいいのだろうが、「てろり〜ん」も言い得て妙である。

「豆助さんの言い訳は?」

富次郎が問うと、八太郎はちょっと息を止めてから、どうっとぶちまけた。

「こんなのは何かの間違いだ夢だおれはそんな気はなかった若おかみが布団に入ってきて誘うもんだからでもおれは何もしてねえすみませんごめんなさいわるい夢ですよう」

申し訳ないが、富次郎は笑ってしまう。八太郎も噴き出した。

「そのへんで、おいらは三兄ちゃんに首ったまつかまれて遠ざけられちまったんだけど」

でも、騒動は始まったばっかり。

「長兄ちゃんがその場に来てからの方が大変だったらしいよ」

そりゃ当たり前だ。

「修羅場だね」

しかし、夫である長兄が色を失って取り乱そうが、舅《しゅうと》姑《しゅうとめ》の驚きと嫌悪の顔を見ようが、長兄嫁さんは「てろり〜ん」のまんま。

「それどころか、みんなの前で、まだ豆助さんに迫ろうとしたんだって」

ついに、豆源父がその顔を平手で打った。

「鼻血が出たっていうから、すごい力で引っぱたいたんだろうね」

その一撃で、長兄嫁はやっと正気に戻った。まさしく憑《つ》きものが落ちたかのようで、あられもない自分の姿を見おろし、まわりの家族の顔を見回し、さっきまでの次姉よりも甲高い悲鳴をあげたかと思うと、ぷつりと気を失ってしまった。

「そのまんま昼過ぎまで死んだように眠って、次に目を覚ましたときには、今朝方の出来事をきれいに忘れちまってたんだ」

富次郎は自分で描いた豆源の間取り図に目を落とし、胸の前で腕を組んだ。

「それ、嘘や芝居じゃないんだよな?」

八太郎は、顎《あご》の先を胸につけるようにしてうなずいた。

「ホントに忘れてた——忘れてしまったようにしか見えなかったたって」

「そのへんの話は」

「ちぃ姉ちゃんが聞かせてくれたんだ。この最初の騒動だけじゃなく、全部の厄介事が終わるまで、おいらが何か尋ねられるのも、おいらに何かを説明してくれるのも、ちぃ姉ちゃん一人だけだった」

言って、八太郎は思い出し笑いをした。

「十三の三兄ちゃんより、十のちぃ姉ちゃんの方が、この件についてはわかってる感じだったよ」

「女は怖いねえ」

「違う違う。男は女にはかなわねえんだよ、富ちゃん」

おっと。この台詞は、女房をもらうどころか、ぶらぶらすねかじり米食い虫の富次郎の胸にはまだ実感がない。

「長兄嫁さんは忘れてる。つまり、自分がそんなことをしたって責められても、これっぽっちも身に覚えがねえ」

本人には恐ろしい事態である。悲しいしおっかないしわけがわからない。亭主も舅姑もおかしくなってるんじゃないか。

「それとも、こんなとんでもない難癖をつけて、自分を豆源から追い出そうとしてるんじゃないのか」

——あたしはそんな女じゃありません。やってもいない不貞を責められて認めるくらいなら、首をくくって死にます！

「豆助さんに向かっても、あんたあたしに何の恨みがあってこんな嘘八百を言うんだ、気持ちが悪い、おぞましいって叫んでさあ」

その大真面目な怒りっぷり嘆きっぷりが、今朝の「てろり〜ん」を目の当たりにしている者たちには、なおさらおっかない。

「そういうやりとりのあいだ、次姉ちゃんはどうしてたんだい」

「そっちもそっちで大変だった」

しゃにむに長兄嫁さんに飛びかかっていこうとするので、その場からは引き離し、姑である豆源母さんと次兄嫁さんの二人がかりで見張りつつ、一生懸命宥めていたという。

「ほっといたら、長兄嫁さんの目玉をえぐり出しちまうところだったからね」

「三姉ちゃんは？」

「こんなことで揉めてるところにいたくないって、許婚の手代さんのいる大豆問屋へ逃げてっちゃった」

余計なことをしゃべるなよ！　と、豆源父さんに釘《くぎ》を刺されていたそうな。

「十四年前の二月だよな？　おいら思い出してみてるんだけど……」

富次郎は記憶をたぐり寄せる。

「うちのおっかさんが、珍しく豆源さんが商いを休んでるって言ってた日があったような、なかったような」

「うん、その日だ」八太郎はぽんと手を打つ。「店を開けられなかったのは、あの一日だけだったもん」

「朝の味噌汁に豆腐も揚げも入ってなくて、菜っ葉の切れっ端だけだったから、おいらも覚えてるんだ」

思えば、子供のころから食べ物にはうるさかった富次郎である。

「長兄ちゃんが大泣きしながらげえげえ吐いちゃって、どうやっても収まらないんだよ。そんなんで豆腐を作るのはいけないから、思い切って店を休んじゃったんだ」

二人の子をなした女房のとんでもない「てろり〜ん」不貞に、夫である長兄は怒るよりも心が壊れてしまったわけである。

「長兄さん、優しい人なんだね」

「というより気が弱い」

八太郎はけろっと言った。「長兄嫁さんに惚れてたしね。身内のおいらが言うのもなんだけど、長兄嫁さんは美人だったから」

家のなかで起きた男女の不始末、堅苦しく言うなら不義密通だが、女の方は「身に覚えがない」と泣くばかり、男の方は不始末を認めた上で、奉公人の立場だから平謝りして小さくなるばかり。

「普通なら、たちまち豆助さんをうちから叩き出すもんだろうけど」

厄介なことに、豆助さんは次姉ちゃんの婿になる男なのである。

「それに豆助さんは、ずっと言ってた」

——若おかみの方から寝間に来たんです。誘われたのはこれが最初じゃなくって、先にも何度かありました。

「そのたんびに必死に断って追い返してたんだけど、昨夜《ゆうべ》はとうとう押し切られちゃったっていうんだよね」

美人の若おかみだからなあ。女は子供を一人か二人産んだあとがいちばん美しく、色気もあるというし。

「それ聞いて、次姉ちゃんはもっと怒って」

――義姉《ねえ》さんを離縁してよ！

しかし長兄さんは、泣いたり吐いたりしつつも女房の言い分を聞き入れて、その肩を持った。子供もいるんだし、あっさり離縁なんかできるもんかと、次姉を叱りつける。次姉は怒り狂って、今度は長兄の顔を引っ掻《か》き目玉をえぐり出そうとする、と。

「阿鼻叫喚《あびきょうかん》だね。そりゃあ店を開けるどころじゃなかったわな」

「おいらとちぃ姉ちゃんは、一日じゅう子守ばっかりしてたよ」

今だからこうして話せるが、

「あの日はろくすっぽ飯も食わなかった。こういうのも災難だよねえ」

立派な災い、恐ろしい禍事だ。

「普段は気の穏やかな人たちが揃ってる家のなかじゃ、なおさらだよ」

一同、こんな椿事《ちんじ》をどう解決すればいいのかわからなかったことだろう。

「結局、うちの差配さんに来てもらってね」

地主・家主に仕える土地の差配は、店子《たなご》にとって頼りになる相談相手でもある。

「とりあえず、豆助さんを預かってもらうことになったんだ」

もちろん、豆源の仕事も休ませる。

「差配さんは、あのころでもう干からびたじいちゃんだったけど――」

「かんぴょうって呼んでなかったっけ」

八太郎は笑った。「そうそう。けど、あのかんぴょう差配さんは偉い人だった」

ぺったんこに干からびるほど生きてきた知恵者だから、仲裁が上手かった。

「その日のうちに、まず豆助さんを丸坊主にしちまってね」

――私のところでよく反省させます。

「それで、長兄嫁さんはもしかしたら血の道の病かもしれないから、生薬屋に相談しなさいって、みんなを取りなしてくれたんだ」

豆源の次姉さんにも、

「どんな事情があれ、据え膳を食ったら、食った男が悪い。長兄嫁さんを恨んじゃいけないよって」

――豆助を許せるかどうか、よくよく自分の胸に相談した上で、私のところへ会いにおいで。

「それでどうにか事が収まった」

「うへえ……」

さて、話が奇妙になるのはこれからだ。

「その日は夕飯も遅くってさ」

ずっと子守をしていた八太郎と四姉と子供たち、豆源母さんと、一日で見る影もなく窶《やつ》れてしまった長兄嫁さん、次兄嫁さん、それに女中のおこまさんで、台所脇の板の間であり合わせの膳を囲んだのは、夜の五ツ（午後八時）を過ぎたころだった。

「普段なら、おいらたちはとっくに寝てる」

一段落したとはいえ、雰囲気は暗い。八太郎の小さな甥っ子、姪っ子たちは怯《おび》えており、次兄嫁さんはびっくり続きでおっぱいが止まってしまい、赤ん坊はぐずっていた。

「気まずぅく飯を食いながら、うちの母ちゃんがひょこっと言い出したんだ」

——ねえ、長兄嫁さん。

「あんたこのごろ、左目の下にほくろができたよねって」

みんなが長兄嫁さんの顔を見た。

「そしたらね、ホントにほくろがあった」

「それまでは気づかなかったの?」

「うん。だって小さいんだよ。粟っ粒くらいなんだ」

豆源母さんが言うには、あたしが気づいたのは二、三日前だ。ただ色が黒くなかったから目立たなかったし、いちいち言うこともないと思って放っておいたんだけれど、

「今は、行灯《あんどん》の光でも、ちっちゃいほくろがつやつや光ってるのがよく見えた」

長兄嫁さん本人は気づいてなかったらしく、「え?」という感じで、指で自分の左目の下に触れた。

するとと、その粟粒ぐらいのほくろがぽろりととれて、板の間に落ちた。

「母ちゃんは笑いだしてさ。なぁんだ、ゴミがついてたんだね。あんた、顔ぐらいよく洗いなさいよ」

そんなやりとりをしているところへ、勝手口が開いて、三姉が許婚の手代さんと一緒に帰ってきた。昼間はずっと問屋にいて商いを手伝い、夕飯もご馳走になって、手代さんに送ってもらっ

てきたのだった。

奉公人の豆助がいなくなり、家のなかに不穏な空気が淀んではいるものの、ともかく豆源の災難の一日は終わり、みんな床に就く。

「三兄ちゃんとちぃ姉ちゃんとおいらで横になって、三兄ちゃんが寝ちまったらね」

――はっちゃん、起きてる？

ちぃ姉ちゃんが声をひそめて呼びかけてきた。

――うん。

ちぃ姉ちゃんは寝返りを打ち、八太郎の方に身を寄せてきた。

「あんた、さっき見た？って訊《き》くんだ」

何を？

「長兄嫁さんの顔からとれたほくろ」

――板の間の上を蚤《のみ》みたいに跳ねて、行灯の光の届かない、暗いところへ逃げていったよね。

語る八太郎を間近に見ながら、富次郎はぞわっと震えた。

「はっちゃんも、それ見たの？」

八太郎はかぶりを振る。「おいらは、長兄嫁さんの顔からほくろがとれたとこしか見てなかった」

だいいち、ほくろが動くもんか。

でもあたしは確かに見たんだ。ちぃ姉ちゃんは、暗い天井の方に目をやりながら、小さな声で言った。

「今朝の騒動が始まったときから、長兄嫁さんの左目の下に泣きぼくろがあることにも気がついてたって」

——お母ちゃんの言うとおりなら、何日か前から出来てて、だんだんと色がついて、昨夜か今朝方、濡れ濡れっと真っ黒なほくろになったんだよ。

「だったら何なのさと、おいらは思った」

と、八太郎は続ける。声音は淡々と、でも表情は張り詰めている。

「なにしろ七つのガキで、女の泣きぼくろの意味なんか知らなかったもんね」

目の下のほくろは、ちょうど涙の粒がついているように見えるから、泣きぼくろという。

「女の泣きぼくろは色っぽいとか、多情のしるしだとか、男を惑わすとか、そんなこんなを知ったのは、ずっと後のことさ」

まだざわざわが収まらなかったから、富次郎は両の掌《てのひら》で自分の腕をさすっていた。

「それに比べると、ちぃ姉ちゃんは確かにおませだったね」

八太郎が目元を緩ませ、にっこりした。

「今はいい旦那に添って、三人の子供の母ちゃんだよ」

「ああ、そりゃよかった」

さっき使った筆の先を揃えて、文箱に入れる。八太郎は温くなってしまった番茶で喉を潤《し》めらせる。

「結局、豆助さんは豆源に戻らなかった」

差配の周旋で別の豆腐屋への奉公を決め、

「次姉ちゃんがそれを追っかけてうちを出ていったんだ」

止める父母を振り切り、冷たい目をして。

――あたしは豆助さんの方が大事だから。

「家族とはこれっきり縁切りでもいいってさ。母ちゃんが泣いてたよ」

これで豆源は男女一組の働き手を失ってしまった。

「そしたら三姉ちゃんが、許婚の手代さんと相談したからって」

早々に夫婦の杯を交わし、二人で豆源に住み込みたいと言い出した。

富次郎はちょっと眉根を持ち上げる。「話の腰を折って済まないけど、長男夫婦のその後はどうなったんだい？」

「何も変わらなかったよ」

元通りの夫婦で、二人ともよく働く。

「わだかまりが残らなかったのか……」

残さないように頑張ったのか。

「だから、長兄ちゃんが長兄嫁さんを許したっていうより、何もなかった事にしたって感じだったんだと思う」

それを踏まえると、奉公人の豆助が戻らなかったことも、次姉ちゃんが夫を取って家族とは縁を切ったのも、仕方がないような気がしてくる。

どっか一カ所ぐらいは破かなきゃ、そのまんまはおかしい。

「三姉ちゃんと手代さんは、内々で祝っただけでさっさと夫婦になった」

桜の花が咲き初《そ》めるころだった。

「問屋さんでも祝ってくれて、三姉ちゃんは嬉しそうだったよ」

あんまり器量のいい人ではなかったが、この時期ばかりは輝いて見えたという。

ところがである。

「次のゴタゴタの始まりは」

市中を新緑が包み込む、一年でいちばん心地よい風の吹くある朝。

「手習所へ行こうと思って支度してたら、ちぃ姉ちゃんがおいらのところに来て、怖い顔をして手を引っ張った」

——はっちゃん、ちょっと。

「一緒に来て、次兄嫁さんの顔を見てくれっていうんだよ」

——こっそりね。

富次郎は息を詰める。「見てみたら、どうだったんだい」

八太郎は言った。「右目の下に、粟粒みたいな小さいほくろができてた」

それまでは、次兄嫁さんには泣きぼくろなんかなかったのに。

「長兄嫁さんのときと違って、最初からうっすら色がついてたから、すぐわかった。蟬の羽根みたいな色だったよ」

ちぃ姉ちゃんは、「あたしの気のせいじゃないよね?」と八太郎に確かめてから、豆源母さんに言いに行った。

「でも母ちゃんは取り合わなかった。内心は何か思ったのかもしれないけど、あんた何言ってんの、何の話だよって」

ちぃ姉ちゃんのことは軽く退け、当の次兄嫁さんにも、ほくろのことは言わなかったようだ。

「今思えば、口に出すのも験が悪いって気分だったんだろうなあ」

で、その明くる日である。

「今度は真っ昼間だったから、おいらは手習所に行ってたんだけど」

昼飯を食べに、いったん豆源へ戻ってきてみると、家のなかが大騒ぎになっていた。

「案の定、事の中心は次兄嫁さんで」

「相手は誰だったの」

「手代さん」

三姉ちゃんの夫だ。

「父ちゃんや兄ちゃんたちが御用聞きや振り売りに出てるあいだ、手代さんは店売りに残ってたんだよね。帳簿を見たり、お客さんの顔を覚えたり」

婿入りしたばかりだったからである。

「その手代さんと次兄嫁さんが、うちの奥の空き部屋にしけこんで」

言って、八太郎は顔を赤くした。

「変な話でごめんよ、富ちゃん」

「いやいや、ここは変な話を語る座敷だ。もっと変な話がいくらもあるから、気にしないでおくれよ」

しかし、この手のものは初めてだ。

そう思い、富次郎は内心で膝を打った。初めてでいいんだ、当然だ。だってさ、おちかが聞き手を務めているうちは、百年経ったって、八太郎がこの出来事を語ろうと思い立つわけがない。聞き手が子供のころの知り合いの富次郎だから、

——それより何より、同年代の男だから。

語って吐き出す気になれたのだ。

「今度は、次兄嫁さんが手代さんに迫って、そういう事になったんだな？」

先回りしてそう言ってやると、八太郎はうなずいた。

「その場を、あろうことか三姉ちゃんにめっかったんだって」

いつもは唐紙開けっぱなしの空き部屋が、なんでか閉じられている。しかもそこから人の気配がするから、何だろうと三姉ががらり。

で、事の真っ最中の二人とご対面。

「おいらの顔を見ると、長兄嫁さんが走って寄ってきて、手習所に戻ってて、早く行って、お昼は届けてあげるから！」

通りの方へ追い出されても、まだ、三姉の泣き叫ぶ声と、手代さんの言い訳するうわずった声が聞こえていたという。

「ご近所だって、おかしいと思うよな」

よくまあそっとしておいてくれたものだと、八太郎は感じ入ったように続ける。

「気の毒に思ってくれたのかな」

「豆源さんに信用があったからだよ」と、富次郎は言った。「お客も近所の連中も、みんな豆源

さんを大事に思ってた」

「ありがとう」

八太郎の顔がくしゃっと笑う。

「おいらは手習所に戻って、そんなときでも腹が減ったなあとか思ってると、ちぃ姉ちゃんが赤ん坊をおんぶしてやって来て、おにぎりの包みをくれたから、一緒に食べたんだ」

――また、泣きぼくろの仕業だよ。

「ちぃ姉ちゃんは、どんぐりみたいに目を固くしてそう言った」

今度は、三姉ちゃんが次兄嫁さんに飛びかかったときに、ぽろりと落ちた。

そして素早くどこかへ逃げていった、と。

「ちぃ姉ちゃんは、またそれを見たんだね」

「うん。あれは生きものの動きだったって」

ほくろぐらいの大きさで、人の肌にくっついて、とれるとささっと雲隠れする。虫みたいじゃねえか。富次郎は顔がちくちく痒《かゆ》くなってきてしまった。

「泣きぼくろがとれると、次兄嫁さんは糸が切れたみたいに気を失っちまってね」

そのまま死んだように眠り続け、翌朝になって目を覚ましたときには、昨日の出来事をきれいさっぱり忘れていたという。

「長兄嫁さんのときと一緒だね」

八太郎はうなずく。「けどさ、相手の手代さんの方はちゃんと覚えてるんだよ。とんでもねえ不始末をしたって、青くなって平謝りしたんだから。そんで、すみませんすみませんと言い訳することも、長兄嫁さんと通じちまったときの豆助さんと同じで……」

――次兄嫁さんが人が変わったように迫ってきて、その目がとろんとしていて、あたしはあれよあれよという間に魅入られてしまったんです。

う～んと、富次郎は唸る。男って、こんなにだらしねえもんか。

「三姉ちゃんは魂がちぎれたみたいに泣きっぱなしでさ。たまんなかったなあ」

八太郎も長々とため息を吐き出した。

黒白の間で向き合う語り手と聞き手。互いの目のなかに映っているのは、今の大人の二人ではなく、かつての男の子の二人である。

「もうひとつ、羽二重大福をおあがりよ」

菓子を勧めて、富次郎は新しい茶を淹《い》れた。おちかも、話の要所要所でこうやって間をとったり、語り手を労《いたわ》ったりしてたよなあ。

熱い番茶は、八太郎を元気づけたようだ。

「後始末に、またかんぴょうの差配さんにも来てもらって、二、三日は揉めてたかな」と、語りを続ける。

商いは休まなかった。こういうときこそ負けてはダメだと、母ちゃんが言ったそうだ。

「何の勝ち負けなんだかね。さすがに豆腐の売れ行きはふるわなかったし」

家族で話し合い、三姉さんと手代さん夫婦は、手代さんが奉公していた大豆問屋に身を寄せることになった。

「夫婦で住み込む形にしてもらってね」

「三姉さんは、そんな間違いをした手代さんを許せたんだろうか」

「わからねえ」

かぶりを振る八太郎の口の端に、ちょっぴり大福の粉がついている。

「ただこういうとき、女が許せないのは自分の亭主じゃなく、相手の女の方なんじゃねえのかなあ」

「そ、そうか」

富次郎がへどもどすると、八太郎は笑った。

「女にはなれねえから、あてずっぽだけどさ。けどおいら、女房をもらったら、そんなふうに思うようになったんだ」

三姉さんと手代さんは前々から言い交わしていた間柄だし、こんな椿事があるまでは夫婦仲もよかった。

「だから問屋のご主人が、もったいないって言ってくれてね。もともと自分のとこの奉公人だった手代さんの不始末だし、しっかりお灸《きゆう》を据えて躾《しつ》け直す。私に免じて三姉ちゃんも堪《こら》えてくれって」

――別れることはいつでもできる。縁あって夫婦になったんだから、ここは一つ辛抱してごらん。

一方の次兄夫婦の方も、そのまま別れず豆源に留《とど》まった。

「そりゃ……次兄ちゃんが辛いのはもとより、次兄嫁さんだって嫌だったろうなあ。しでかしたことを自分では忘れちまってて、まわりはしっかり覚えてるわけだろ」

あられもない姿を見られている。気まずいというぐらいの言葉じゃ表しきれない。

「でも夫婦だからね」

豆源父母の必死の取りなしもあったし、なにより赤子がいることが大きかった。

「長兄ちゃんと長兄嫁さんが何とかなったんだから、次兄ちゃんと次兄嫁さんだって何とかなるって、おふくろが顔を真っ赤にして説きつけてたのを覚えてる」

豆源母ちゃんの気持ちを思うとやるせない。二人の息子が揃って嫁に裏切られ、当の嫁は自分の不義をけろりと忘れ、孫のことを思いやるならば、しゃにむに嫁たちを叩き出してしまうわけにもいかず、と。

言うに言われぬ鬱憤を抱えた舅姑と、長男夫婦と次男夫婦。三組の男女が一つ屋根の下。

こういうのも、一種の地獄じゃあるまいか。

豆源がこんな騒動に揺れていたころ——富次郎と八太郎が七つから八つのころというのは、ちょうど三島屋がここにお店を構えたころと重なる。昨年の暮れ、兄の伊一郎と当時の思い出を語る折があり、呑気な子供だった富次郎の知らないところで兄が気苦労していたことを聞かされて、しみじみしたばかりだった。

だけど、これはそういう「普通の」気苦労とは比べものにならない。家族の間で、こんな淫《みだ》らな不始末が一度ならず二度も起こるだなんて。

だいたい、その泣きぼくろは大いにおかしい。富次郎には、明らかにあやかしか憑きものの類いのように思える。

「ちぃ姉ちゃんは、その妙な泣きぼくろのこと、他のみんなには言わなかったのかい。はっちゃんに言ったとおりに、兄嫁さんたちが一時おかしくなっちまったのは、泣きぼくろの仕業なんだって」

「何度も言ってたよ。この目ではっきり見たんだって」

でも、全然聞いてもらえなかった。

「まあ確かに面妖な話さ。けど、起こった事がまず出し抜けで不可解過ぎるんだから、何かに取り憑かれちまったとか、化かされてるとか、へんてこな障りだとか、そういう向きの話にもならなかったの？」

「ならなかったなあ……」

八太郎は懐手をして、困ったように首をすくめる。

「三島屋さんはこんな立派な商いをしてるんだし、百物語をするくらいなんだから、もともと皆さん物知りなんだろ。だからそういうことも思いつくんだろうけど、うちはただの豆腐屋だから」

「いや、物知りとかではなくってさ」

富次郎も何とも言いように困る。

「ちぃ姉ちゃんは、しまいにはほくろのことを口に出すだけで叱られてたよ。親父に叩かれて」

——子供が賢《さか》しらなことを言うな！

当事者である二組の夫婦も、幼い末の妹を避けて遠ざける。嫁さんたちは逃げるし、兄ちゃんたちは嫌な顔をする。

「三兄ちゃんなんか、みんなを笑わせようとしたんだろうけど、一生懸命に言い張るちぃ姉ちゃんをからかってた。こいつ嘘つきだ、嘘つきは閻魔《えんま》様に舌を抜かれるぞって」

家族のあいだを何とか取り持とうと、十三歳の兄ちゃんのやりそうなことではある。

「おっかさんも聞く耳持たなかったのかい？　長兄嫁さんのときは、泣きぼくろができたことに気づいてたんだし、目の前でぽろっととれるのも見てたんだろ」

「そうなんだけど……」

八太郎はしゅんと鼻を鳴らした。

「やっぱり、母ちゃんもとにかく嫌な事に蓋《ふた》をしたい一心だったんだと思うよ」

十歳の娘の言うことに取り合うより、家族を円《まる》く保っておくことの方が大事だ。蒸し返さず、触らず、口に出さず。

「いつまでもバカみたいなことを言ってるとうちから追い出すよって」

ずっと豆源に住み込みで、子供らの世話も焼いてきた女中のおこまさんが、何度も叱られるちぃ姉ちゃんを見かねて、泣いて取りなしてくれたという。

「だからって、おこまさんもちぃ姉ちゃんの言い分を信じてたんじゃねえ。おかしな作り話だと決めてかかってるからさ、宥めて慰めて、拝むように説教するだけだよ」

――もう、そうゆうことを口に出しちゃいけません。いい子にしててくださいね。

「でもさ、そういうのはまだマシだったんだよね」

当時の気持ちが蘇《よみがえ》ったのか、八太郎の顔に怒気がさした。

「いちばん性質《たち》が悪かったのは長姉ちゃんだよ。なにしろ、泣きぼくろのせいだなんて作り話、ちぃ姉ちゃんが一人で思いつくわけがねえ。長兄嫁さんと次兄嫁さんが、自分たちのふしだらを無かったことにしようと、ちぃ姉ちゃんに吹き込んでるんだって言い出しやがったんだから」

富次郎も啞然《あぜん》とした。もともときつい人だったという長姉だが、この難癖には意地悪の毒がある。

「父ちゃんも母ちゃんも、バカなこと言うなって叱ってたけど、さすがのちぃ姉ちゃんも萎《しお》れちゃって」

自分が泣きぼくろのことを訴え続けたら、かえってややこしくなってしまう。

「だからおいらに、もう二度と言わない、忘れるって言って、泣きべそかいてた」

ちぃ姉ちゃんが気の毒で、富次郎は胸が痛くなった。

「そんなんで、おいらたちみんな、何もなかったみたいな暮らしに戻ったんだ」

戻れるのか。戻れたんだろうなあ。あのころ、毎日のように三島屋の膳にのぼっていた豆源の豆腐は旨かった。

富次郎はまた唸ってしまう。人は図太いもので、息苦しさにも気まずさにも、慣れることはできるんだ。

「ただ長姉ちゃんだけは、出戻ってからは店に近い座敷で一人で寝起きしてて、ほら仏壇の手入れをしてたからね」

ときどき、仏壇に向かって独り言のようにぶつぶつ嫌味を言っていたそうだ。

——亭主の鼻先で奉公人や妹の婿をたらし込むような淫売《いんばい》と一緒に暮らすなんて、たまんないわ。

ちんちんちんと、けたたましく鉦《かね》を打って。

――子供だって、ホントは誰の胤《たね》だかわかったもんじゃないよ。なんで追い出さないのかしら。

「誰か通りかかったら聞こえるようにこぼすわけさ」

「わかるわかる」

いんばい。黒白の間で、こういう悪罵が口にされるのはたぶん初めてだろう。富次郎は、この静謐《せいひつ》な座敷に申し訳ない気分になった。わたしが聞き手になった途端に、ごめんよ、品がなくなっちまって。

「長兄ちゃんも次兄ちゃんも、耳に入ったら腹が煮えたろうと思う。子供の胤うんぬんなんか、言いがかりだしね」

それでも長姉ちゃんに怒らず、言い返すこともせず口をつぐんでいたのは、自分たちの嫁が不始末をしたことは確かなのだし、もう揉めたくなかったからだ。

「長姉ちゃんは嫁ぎ先で不始末をしたわけじゃないけど、姑さんと合わなくて、なかなか赤子も授からなくって、それで出戻りの身になった人だから」

嫉妬《やきもち》もあったのだろうと、八太郎は言う。

「あんな派手なことをしでかしたのにお咎《とが》めなしの嫁さんたちが、面憎《つらにく》くってしょうがなかったんだろうな」

どんなに憎くても、家長である豆源父が嫁たちを許すというのなら、長姉ちゃんにはどうすることもできない。というか、立場としては長姉ちゃんの方がむしろ肩身が狭い。

「仏壇相手に愚痴るぐらいなら、放っておいてやってもいいかと」

「女って辛いなあ」

富次郎が呟くと、八太郎はあははと笑った。

「ごめん。おいらが言うことじゃないな」

「富ちゃんは優しいね。こうして思い出してみると、うちでは長兄ちゃんがいちばん気が優しかった。次兄ちゃんはへそ曲がりなところがあって、三兄ちゃんはお調子者」

遠くを見るような目になって、八太郎は語りに戻る。「うちのこの怪しい話は、もうあとひと山だ」

いろいろと蓋をして暮らす豆源にも、やがて梅雨がやってきた。豆腐は季節を問わぬ食べ物だが、夏場はやっぱり売れ行きが上がる。

「この夏もしっかり稼ぐぞって、親父がみんなに気合を入れてさ。兄ちゃんたちも少しずつ元気になってきて、よしって思ってたんだけど――」

梅雨寒にあたって、豆源母ちゃんが風邪を引き込んだ。咳が出て熱が上がり、身体じゅうが痛いと寝込んでしまった。

「母ちゃんが寝込むなんて、おいらには初めてだったからびっくりさ。治るまで、たかだか三日ばかりのことだったけど、父ちゃんたちも狼狽《うろた》えてたよ」

自分たちが心配かけたせいだと思うのか、嫁さんたちはせっせと世話を焼いた。

これが功を奏した。みんなが豆源母ちゃんを労ることで、うちのなかに淀んでいたものが、少しずつ晴れてゆくような感じがした。

「母ちゃんの熱が下がって起きられるようになったら、久しぶりにみんなで笑ったりしたんだ」

例によって三兄ちゃんがお調子者らしいバカをやって、それが可笑しかったから笑った。ささやかなことだけど、豆源の人びとが確かに立ち直ってきた、和解が成ったという証の笑顔であり、笑い声だった。

「長姉ちゃんまで、思わずって感じだったけど噴き出してたからね」

でも、そのとき。

「笑いながら、長姉ちゃんがしきりと左目の下を掻いてたんだ」

指先で、爪を立てて。

「おこまさんが、痒いんですかって訊いたんだよね」

――ちくちくするのよ。

――ぷつんと赤くなってますよ。虫に刺されたんですかねえ。

その場はそれだけだったのだが、翌日になっても、長姉ちゃんはまだ同じところを掻いていた。自分では気づいていないようだったが、ぷつんとした赤みは、昨日より大きく膨らんでいた。

富次郎はつい身を乗り出した。「ちぃ姉ちゃんは、それ見てた?」

八太郎はうなずく。「たぶんな。けど何も言わなかった。さんざん叱られて、用心深くなってたんだろう」

で、その夜の寝入りばなのことである。

「豆腐屋の寝入りばなだからね。世間じゃまだ夕方だよ」

さすがにそれは大げさだが、蕎麦の屋台が商いを始めるころである。

「蒸し暑い夜でさ。おいらなかなか寝付かれなくってゴロゴロしてたもんだから」

腹が張ってきてしまい、厠に行こうと思い立った。すると、ちぃ姉ちゃんも起きてきた。

「あたしも行くって」

一緒に廊下に出ると、広い家の真ん中あたりで、「とん！」と障子を開け閉《た》てする高い音がたった。

それきりだ。おいらはどきどきした。しぃん。

「何でか、おいらはどきどきした」

みんな寝てるのに、あんなふうに無遠慮に障子の音を立てるのは誰だ。

どうしたって、長兄嫁さんの不始末の始まりのときを思い出さずにいられない。

また、何か起こるのか。

同じ胸騒ぎを、ちぃ姉ちゃんも感じたらしい。くちびるの前で指を立て、

――はっちゃん、ここにいて。

「囁《ささや》いて、壁を手で伝いながら、音がした方へ行っちまった。おいらもじっとしてられなくなってさ、急いで後を追っかけた」

薄闇に包まれた豆源の夜のなか。

「廊下の角をひとつ曲がって、突き当たりを右に曲がってゆくちぃ姉ちゃんの背中がちらっと見えたとき」

うわぁっと、大きな叫び声があがった。続けざまにうわぁ、うおう、おうおうおう。吠《ほ》えるような、割れるような怒声。

――おまえ、いったい何しよる！

「言葉が聞き取れたらすぐにわかった。父ちゃんの声だった」

うわずって取り乱し、おおう、うわぁ、ぎゃあああと悲鳴に変わった。

「やめてくれ、やめろ、何だっていうんだ、どうしちまったんだやめてくれ」

そこまで言って、八太郎はきっと富次郎の顔を見る。

「富ちゃん、何が起こってたと思う？」

富次郎は喉が塞がったみたいになって、すぐには声が出てこない。

「ま、また、その、不始末？」

これで三度目。

当時の光景を再び目の当たりにしているかのように、八太郎の黒目が大きくなった。

「みんなが起きて駆けつけてきて、明かりが点いて、おいらが目にしたのはね」

素っ裸の長姉ちゃんが、豆源父ちゃんにしがみついているところだった。

「父ちゃんは寝間着の帯が解けかけて、前が開いちまっていた。目を剝いて、泡を吹きそうなほど慌ててたよ。やめろ、やめろって、長姉ちゃんを振りほどこうと必死にもがいてるんだけど」

一糸まとわぬ姿の長姉ちゃんは、濡れ手ぬぐいみたいに豆源父ちゃんにからみついて離れようとしない。

「母ちゃんも父ちゃんに加勢して、長姉ちゃんを引き離そうとしてさ、やめなさいやめなさいって叫びながら、勢い余って姉ちゃんの頭や肩をばんばん叩いてるんだけど、全然きかないんだ」

長姉ちゃんの目は焦点を失い、髷は乱れ、顔には薄ら笑いを浮かべている。その表情にあまりにもはっきりと見覚えがあって、八太郎は総身に鳥肌が浮いた。

「あのときの長兄嫁さんと同じだったから」

てろり〜ん。

「くちびるの端からよだれが垂れてた」

ときどきあえぐように口を開くと、舌の先がちろちろ覗いた。

「長姉ちゃんは痩せてたし、けっして力持ちじゃねえ。なのに父ちゃん母ちゃん二人がかりでもかなわないんだよ」

しまいには豆源父ちゃんを押し倒し、その上に馬乗りになった。てろり〜ん、てろり〜んと父ちゃんに抱きついて顔を寄せる。

「そんなことやりながら、長姉ちゃんは何か言ってた？」

八太郎は強くかぶりを振る。「何にも言わない。黙って、ただどっかが緩んじまったみたいに薄笑いしてるだけさ」

富次郎も背中が冷たくなってきた。

「呆《あき》れかえって立ちすくんでた長兄ちゃんと次兄ちゃんが、雄叫《おたけ》びみたいな声をあげて飛びかかってさ。やっとこさ長姉ちゃんを引き離して、座敷の端まで投げ飛ばして、父ちゃんを助け起こした」

長姉ちゃんはしぶとく起き上がり、ニタニタ笑いながら、またも父ちゃんに挑みかかろうとする。

「素っ裸なのに、手で身体を隠そうともしないんだ」

次兄ちゃんが慌てて羽交い締めにする。すると今度は次兄ちゃんにからみつく。腕をからませ、両足でその胴を挟み込む。

次兄ちゃんが抗《あらが》い、長姉ちゃんを押し戻そうとするうちに、その緩んだ薄笑いの顔がこっちを向いて、見えた。

「長姉ちゃんの左目の下に、小豆っ粒くらいの大きさの泣きぼくろができてたんだ」

ほくろは、行灯の明かりに濡れ濡れと光る。

よだれに濡れたくちびるも光る。

赤い舌も光る。揉み合っているうちに、艶のない肌に汗が浮いてくる。

嫌らしく、悩ましく、生々しい。

——それ、とって！

「ちぃ姉ちゃんが叫んだ」

まっすぐに長姉ちゃんの泣きぼくろを指さしていた。

「ほくろをとって！　早く早く！　とってあげて」

叫びながら泣いていた。

男たちが戸惑い、女たちが怯える前で、がくんと頭を振って、長姉ちゃんがちぃ姉ちゃんを睨《にら》み据えた。目の焦点がぴたりと合った。

そして、濡れた舌を覗かせながら、ねっとりと媚びるように言った。

——いいじゃないの。

長姉ちゃんの声なのに、なぜだか別人の声音のように響いた。声がねばついて糸を引き、そこにいた人たちの身体にもべとべとまつわりつくように感じられた。

「ちぃ姉ちゃんは、真っ青になって後ずさりした」

幼い四姉をかばうように、豆源父ちゃんが前に出た。でも足がふらつき、すぐに膝をついて、目は長姉ちゃんの顔に釘付けのまま、いやいやするようにかぶりを振る。そしてかすれた声を振り絞った。

――か、勘弁してくれ。

「そしたら、長姉ちゃんが笑いだしたんだ」

女の高笑いだ。おぞましいことに、その声にはえもいわれぬ艶があった。

豆源父ちゃんは泣きだした。丸まって呻《うめ》きながら身体を揺すり、うう、うう、うう。母ちゃんがその背中に手をあてて、あんた、あんたと呼びかける。しっかりして、あんた。

おほほほほうあははははぁあああ。

女の笑い声が響き渡り、耳の奥まで入り込んでくる。

戸口のところで、長兄嫁さんと次兄嫁さんがひしと抱き合う。女中のおこまさんが震えながら障子戸にしがみついているので、戸がカタカタ鳴る。長兄ちゃんは棒を呑んだように立ち尽くし、冷汗にまみれている。長姉ちゃんを羽交い締めにしている次兄ちゃんは、お化けでも捕まえてしまったみたいに真っ青で、今にも腰が砕けそうだ。

あははぁ、ああ、ふう、うふふふふうう。

長姉ちゃんは息が切れるまで笑い尽くした。満足げに目を細め、泳ぐように腕を回して、次兄ちゃんの顔に顔を近づける。

そのとき。

低く唸るような声をあげながら、母ちゃんが立ち上がった。

その目が燃えていた。血走っているとか、瞠《みは》っているとかではない。怒りで底光りしているのだった。

母ちゃんは長姉ちゃんに近づくと、左手でその顎をむんずとつかんだ。

二人の女の顔と顔が向き合う。母親と娘だ。なのに、そのときは剝き出しに女と女だった。

——ごめんよ。

一言吐き捨てると、豆源母ちゃんは長姉ちゃんの左目の下の濡れぼくろをむしりとった。

血が飛び散り、ぎゃっと叫んで、長姉ちゃんは海老反りになり、ぎりぎりと歯がみしてから気を失った。

「母ちゃんは、血だらけの掌のなかに、むしりとったほくろを握り込んでいた」

どうするのか。

一瞬ぐっと息を呑み込み、豆源母ちゃんはそれを口のなかに放り込んだ。歯を剝き出して何度も何度も嚙んで嚙んで、それからペッと足もとに吐き出した。

それでは足らず、吐いたものを上から踏んづけて、踵《かかと》で踏みにじる。そのあいだずっと肩を怒らせ、息を荒らげていた。般若《はんにゃ》のような顔をしていた。

「これでいいかいって、ちぃ姉ちゃんに問いかけてさ」

そして表情を和らげた。いつもの豆源母ちゃんの顔に戻った。

「ちぃ姉ちゃんが声をあげて泣きだした。赤ん坊みたいに手放しでわんわん泣いて、あんなの見たことなかったよ」

その泣き声に洗われて、みんなも呪いが解けたようになった。

「恥ずかしいけど、おいらはおもらししちゃってた」

無理もない。十四年前の家族の修羅場を語り続ける八太郎の顔を見つめて、富次郎も身を縮めていた。

「母ちゃんがすごく優しい声を出してさ。八太郎のお腹が冷えたらいけない、あんたたちで湯屋へ連れてっておくれって、兄ちゃんたちに頼んだ」

急げばまだ終《しま》い湯に間に合う。

「行ってきておくれ。それって、ちょっと家を空けてておくれよって意味だよな」

豆源父ちゃんは、まだ頭を抱えて丸まったまんま動かない。

「倅として、父ちゃんのそんなとこ、これ以上見てねえでおくれよねってことだよね」

四兄弟は走って湯屋へ出かけた。

「あんな騒動の後なのに、おいらガキだったから」

兄弟みんなで終い湯につかるなんて、珍しくて楽しかった。その思い出は忘れられないという。

「気楽なもんだよねえ」

いや、そのときはそれでよかったのだ。

「帰ってきたら、長姉ちゃんは仏壇のある座敷に寝かされてたよ。左目の下には血止めの塗り薬が塗ってあった」

ちぃ姉ちゃんも泣き止《や》んでいた。

「だけどその夜は、おいらたち手を繋いで寝たんだ」

翌朝は、一同いつもの通りに起き出して豆腐作りに取りかかった。

「長姉ちゃんは眠ったままだし、父ちゃんは幽霊みたいに萎れてて、兄ちゃんたちも黙りがちだったけど」

豆源母ちゃんは先にたってきりきり立ち働き、変わった様子を見せなかった。嫁さんたちやおこまさんも、そんな母ちゃんを憚《はばか》って、気丈に立ち働いていた。

長姉ちゃんはまるまる二日も眠り、目覚めたときには案の定、

「自分がやったことを、これっぱかしも覚えちゃいなかった」

昔話として聞いているだけの富次郎でも、それで本当によかったと胸をなで下ろす。

「ほくろをむしり取ったところは、びっくりするくらい深い傷になっちまっててね。青紫色に腫れあがって、長姉ちゃん痛がってた」

その傷を毎日薬湯で洗い、膏薬《こうやく》を塗るのはちぃ姉ちゃんの仕事だった（すっかり治りきるまで半月もかかり、一文銭ほどの大きさの痕が残った）。

「でも長姉ちゃん、あんなことをしでかす前よりは、だいぶ丸くなったんだよ」

仏壇の前で、独り言の嫌味を垂れ流すのをやめた。兄嫁さんたちにきつく当たることもなくなった。

「きっと、母ちゃんから言い聞かされたんだと思う。もちろん、詳しくすっかりじゃなくても――あんた寝ぼけてとんでもないことをやらかしたんだよとか、もう兄嫁さんたちにちくちく言える立場じゃなくなったよ、というぐらいのことでも」

「……充分通じたろうね」

そうして、このあまりに嫌らしいし生々しい出来事は、三度目のおつもりとなった。

で、三度目も蓋をした。蒸し返さない、問いかけない。あんなの無かったことだ。

「そうでないと、今度はとりわけ父ちゃんの立場がねえから」

だから何もなかった。誰も見てない。

「でもいっぺんだけ、おいら、ちぃ姉ちゃんにはこっそり訊いてみたんだ」

あのほくろって何だったたんだろ。もうあんなこと起こらねえ？

ちぃ姉ちゃんは、八太郎の頭を撫でてくれたそうだ。

——お母ちゃんが退治してくれたから、あんなもんは二度と出てこないよ。

「姉ちゃん、自分にもそう言い聞かせてるみたいだった」

梅雨が明け夏が来て、商いはさらに忙しくなった。

「豆腐屋は水仕事だから、冬は寒くて冷たくて辛いだろうってよく言われるけど、火を使うから、実は夏の方が大変なんだよ」

豆腐作りの工程は、まず前の晩から水に浸しておいた大豆を碾《ひ》き、それを大鍋に入れて煮出して、「豆汁《ご》」と呼ばれる汁を搾るところまでが第一段階だ。

この煮出しのとき、火が強すぎると大豆の風味が飛んでしまうし、だらだらしていると水っぽくなる。途中で火が弱れば豆汁がざらっぽくなる。むら無くしっかり沸かすには熟練の技が必要だ。

「うちじゃ、これをやれるのは父ちゃんだけだった。季節だけじゃなく、天気によっても水の量や火加減が変わるし、コツがある。たまに長兄ちゃんが代わってみることもあったけど、そうするとホントに豆汁の風味も、できあがった豆腐の味も、舌触りも変わっちまうんだよね」

日々火吹き竹を手に竈《かまど》の前に陣取る豆源の父ちゃんは、だから毎年夏になるとちょっと顎がこけた。暑さ窶《やつ》れである。

「でもその年は、父ちゃん、いつもよりげっそりがひどくってね。竈の前で息切れしちまって、途中で長兄ちゃんに火吹き竹を渡すこともあったりして」

もうじいさんなんだ、しょうがねえ。気弱なことを言い出したのも、らしくなかった。

「やっぱり、みんながどんなに知らん顔したって、本人は気に病んでたんだ。それが身体の方にも響いてたんだと思う」

父親が、実の娘に素っ裸で挑みかかられたのである。そうやすやすと持ち直せまい。富次郎なんか、もしもそんなことが自分の身に起こったなら、永久に立ち直れないだろうと思う。今はまだ娘どころか妻さえいない独り身でも、心の底からそう思う。

「いつもの夏と違う様子は、お客さんたちにも見えたんだろう。ずいぶん心配してもらった。豆源さん、具合でも悪いのかいって」

なぁに豆腐屋の夏痩せですよと、本人は笑って応じていたそうだ。

「そんで……文月の中ごろ、朝から蒸し暑い日だったけど」

豆腐作りを終えて、店売りを始めたところで、豆源父ちゃんは顔と手足を洗って着物を着替え、どこかへ出かけた。

「出て行くところは、長兄嫁さんとおこまさんが見てた。身なりを整えてたから、お得意さんのところに用があるんだろうと思って」

——いってらっしゃいまし。

声をかけたら、父ちゃんは振り返って女たちの方に向き直った。

身を折って頭を下げたという。長兄嫁さんもおこまさんも、何をあらたまってるんだろうと面食らってしまった。

——店を頼むよ。

そうして出かけたきり、父ちゃんは帰ってこなかった。

「日暮れ近くなってから、とんだ鉄砲玉だ、もしかして寄り合いかなって、付き合いのあった豆腐屋さんへ聞き合わせても、今日は集まりなんかねえよって言う」

変だねえと顔を見合わせるうちに夜になり、いよいよ訝しい。

「父ちゃん、どこへ行ったんだろう。番屋に訊いてみた方がいいかな。このごろ弱ってたから、どっかで具合悪くなって倒れてるのかもしれないよ」

豆源母ちゃんは子供たちや嫁さんたちのおろおろを宥めて、

——そんなに騒がなくても、父ちゃんは大丈夫だよ。

「けど、その日はとうとう帰らなかった」

語る八太郎のつるんとした色白の顔には、七つの男の子の心痛の色が蘇っている。

「翌朝も、店のことはみんなで普通にやった。長兄ちゃんが汗だくになって豆汁《ご》を作って、出来上がった豆腐の味はやっぱり落ちた」

父ちゃんは帰らなかった。

「兄ちゃんたちが心配して、また母ちゃんに相談を持ちかけたけど」

——いいから、待ってなさい。

さらに一日、二日、三日と、お父ちゃんのいない日が経ってゆく。ときどきぼうっと座り込んで、手がお留守になっていたからね」

「口ではおいらたちを宥めながら、母ちゃんも心配してた。ときどきぼうっと座り込んで、手がお留守になっていたからね」

豆源の人びとは、腹のなかでは察していた。

父ちゃんはあの夜の出来事を恥じて、どうにも気持ちの折り合いがつかなくなって、とうとう出て行ったんじゃないか。

もう女房子供や孫たちと暮らしていくことはできない。その苦しい胸の内を、母ちゃんは父ちゃんから打ち明けられているんじゃないか。だから騒がなくても大丈夫と言うんだ。

「父ちゃんはただ出かけてるんじゃねえ。これは家出だ。十日も経ったら、おいらにもそれが身にしみてわかった」

大人たちの目を盗んでめそめそしていたら、ちぃ姉ちゃんが慰めてくれた。

——はっちゃん、これからは、父ちゃんはいつ帰ってくるかなって思おうよ。帰ってきたら、どんなお土産をくれるかなって。

富次郎は言った。「ちぃ姉ちゃんは本当に賢くっていい子だ。はっちゃんは出来た姉さんを持ったね」

「おいらもそう思う」

豆源のお客さんたちには、父ちゃんは身体の具合が悪いので、親戚のところで療養させてもらっていることにした。うちにいたら、病人の気が休まりませんからね。

「富ちゃんは知らないかもしれないけど、あのとき、三島屋さんからはお見舞いをもらったんだよ」

「え、本当？」

「うん。わざわざおかみさんが来てくださった」

富次郎の母、お民らしいことではある。

「うちはあのころ、ここらのお店としては新参者だったからなあ」

念入りに気を遣ったのだろう。

伊兵衛と二人、あるいはおしまも加わって、豆源の旦那さんの病はどうなんだろう、早くよくなるといいね、お店は倅さんたちに任せて安心だとしても、可愛いさかりの孫の顔を見たいだろうしなあ――なんて、噂話をしたかもしれない。まさか豆源の暖簾《のれん》の内側で、一家がこんな苦しみを抱えていたなんて思いが及ぶはずもなく。

ひと呼吸おいて、八太郎は続けた。

「父ちゃんが家出して、二十一日目の朝になってね」

花川戸にある〈豆長《まめちょう》〉という豆腐屋の主人が、豆源を訪ねてきた。

「ほとんどつるっぱげだったたし、父ちゃんよりだいぶ年かさの人だったよ」

聞けば、豆長さんは若いころ豆源父ちゃんと同じお店で修業していて、兄弟弟子だったのだという。

――あたしの方が先に独り立ちして今の店を開き、所帯も持ったから、豆源とは付き合いが切れてたんだけど、何年か前に寄り合いでひょっこり顔を合わせてね。

互いの消息は教え合っていた。それ以前から神田界隈《かいわい》では豆源の豆腐がいちばん旨いという評判も耳にしていたから、立派になったなあと思っていた。

「父ちゃん、家出してからずっと、豆長さんに転がり込んで厄介になってたんだって」

いきなり身一つでやって来て、居住まいを正して頭を下げ、

——兄ぃ、申し訳ないがしばらく働かせてくれないか。給金なんざ要らねえ。飯だけ恵んでもらえればいい。

理由を訊いても答えない。ぺったんこになって平伏して、「頼まれてください。お願いします」と言うばかり。でも、そのただならない窶れように、豆長さんは父ちゃんの頼みを聞き入れることにした。

「本当によく働いてくれたし、なにしろ旨い豆腐を作るんで、うちの奉公人たちの手本にもなる」

おっつけ本人がその気になれば、豆源を出てきた理由《わけ》も話してくれるだろう。それまでそっとしておこう。大らかにそう受け入れて、ここまで共に過ごしてきたのだが、

「昨日の夕方、胸苦しいって倒れちまったんだよ」

慌てて寝かせて介抱したが、みるみる血の気が引いて息が細ってゆく。

これは危ないかもしれない。何より、本人に気力がなくて、ぐったり寝たきりどんどん影が薄くなってゆく。

「豆源の奴《やつ》、おかみさんにも倅たちにも知らせないでくれって言うんだけど、あたしとしちゃあそうはいかない。今まで黙っていて済まなかったけれど、ともかく来てやっておくれでないか」

もちろん、豆源母ちゃんは花川戸の豆長まですっ飛んで行った——

「ぎりぎり、父ちゃんの死に目に間に合ったよ」

八太郎は淡々と語るけれど、富次郎は相づちさえ出てこない。

「枕辺で母ちゃんが手を握ったら、父ちゃんはこう言ったんだって」

――豆長さんにはよくよくご厄介をかけるが、俺の早桶《はやおけ》はここから出してもらってくれ。家には帰らないし、弔いさえも豆源ではしてくれるなという願いだ。

――商いを休むなよ。よく働けよ。

「なぜ帰らないのか、理由は言ってくれなかったのかな」

「うん。ただ、済まねえ済まねえって」

豆源母ちゃんは、父ちゃんに言われたとおりにした。弔いはひっそりやった。

豆長さんには迷惑をかけた。とりわけおかみさんには、亭主の知り合いに転がり込まれた挙げ句に死なれて、とんだ災難だったろうに、怒りもせずによくしてくれたという。「何の病で死んだのかはわからなかったけど、父ちゃん、肋《あばら》が浮くほど痩せこけてたよ」

弱り死にである。

「豆源の方は、父ちゃんに言いつけられたとおりに、商いは休まなかった」

子供たちと嫁さんたち、孫たちは入れ替わり立ち替わり豆長を訪ねて、父ちゃんとお別れをした。

「ちぃ姉ちゃんとおいらは、その日の夕方に、おこまさんに連れられて行ったんだけど」

豆源父ちゃんは、豆長の奥の座敷に北枕で寝かされていた。

「豆長さんの呼んでくれたお坊さんが枕経をあげてくれて、ちょうどおいらたちが着いたのと入れ替わりに帰るところだった」

豆長夫婦と母ちゃんがお坊さんを見送り、八太郎たちは豆源父ちゃんの亡骸の傍らに通された。亡骸の枕元には逆さ屛風《びょうぶ》が立て回され、線香と蠟燭が一本ずつ。戸口のそばに小さな行灯。灯心をうんと絞ってある。

「薄暗い座敷のなかで、父ちゃんに着せられてる帷子《かたびら》がやけに白く浮き上がってた」

亡骸の顔を覗き込み、おこまさんが泣き崩れる。ちぃ姉ちゃんも泣いていたが、八太郎の顔が涙と鼻水でぐじゅぐじゅになると、自分の袖で拭ってくれた。

豆長夫婦と豆源母ちゃんも戻ってきた。父ちゃんの顔を見て、額を撫でたり骨と皮になってしまった手をさすったりしながら、大人たちは声をひそめて話し合う。

——はい、うちのなかで少しいざこざはあったんですが。

——倅たちは孝行者ですし、できた嫁をもらってくれました。だから、家出したのはうちの人が悪いんですよ。

——この八太郎が四男です。こっちは四女で、おこまさんもうちには永くて。

——こんなふうに寿命が来ることもあるもんなんですねえ。

母ちゃんの細い声。目を泣きはらし、いちいちうなずくおこまさん。豆長夫婦の労りと慰めの言葉。

「みんな知らんぷりなんだ」と、八太郎は言った。「気にしてる様子がないから、てっきり豆長さんのうちの人なんだろうと思ったんだよ」

脈絡のつかめない言葉に、富次郎は問い返した。「それ、誰のこと？」

八太郎はまばたきをして顔を上げ、こちらに半身を乗り出してきた。

「座敷の隅にね」

一本きりの蠟燭の光も、行灯の弱い明かりの輪も届かないところに。

「女が一人、こっちに背中を向けて立ってるんだよ」

派手なよろけ縞の着物に昼夜帯を締め、髷には笄《こうがい》がいくつも挿してある。襟の抜きが深いので、長いうなじから真っ白な背中の上の方までつるりと見えた。

「気がついたら、そこに立ってた」

何か用があっているんだろうと思った。

「でも、何の用なんだろう?」

豆長夫婦も豆源母ちゃんも、女の方には目もくれない。わざとそうしているのだろうか。女はすぐそこにいて、頭のてっぺんから踵まで、着物の柄と帯の織りまではっきり見えているんだから。

薄暗いのに、そこだけくっきりと。

それ、おかしかないか?

「おいらも、まともに目を向けちゃいけないような気がした」

そのとき、ぴたりと身を寄せて座っていたちぃ姉ちゃんが、八太郎の耳元で囁いた。

――あっちを見ちゃ駄目。

ちぃ姉ちゃんは気づいているのだ。頑《かたく》なに、座敷の隅の女から目を背けている。

八太郎は姉ちゃんみたいにうまくやれなかった。身じろいでもぞもぞしてしまった。

座敷の隅の女がわずかに頭を動かし、すうっと背筋を伸ばしたように見えた。

豆源父ちゃんの枕辺の蠟燭が揺れた。

線香の灰がぽろりと落ちた。

大人たちは声を落としてしゃべり続けている。豆源父ちゃんの胸の上に載せた、魔除《まよ》けの鋏《はさみ》の刃が鈍く光る。

座敷の隅の女が振り向いた。ちぃ姉ちゃんと八太郎に顔を向けた。

若くはない。口の両脇の皺が目立つ。富士額で目は切れ長でおちょぼ口。顔の色は白い。死人のように白い。

その左目の下に、血の気のない真っ白な肌に黒漆を一滴垂らしたようにつやつやと光る泣きぼくろがあった。

女が笑うと、泣きぼくろが動いた。

声は出さず、おちょぼ口を動かして、女は何かを言ってきた。その口のなかの赤い舌が見えた。

豆源の幼い姉弟は息を止めた。

それと同時に、蠟燭と行灯がいっぺんに消えた。


——いいじゃないの。


泣きぼくろの女は、そう言ったのだった。

「見間違いじゃない。あとでちぃ姉ちゃんにも確かめたし」

豆源の長姉ちゃんがおかしくなっていたとき、ねっとりと媚びるように発したのと同じ言葉だ。あのときの長姉ちゃんの声は、別人のもののように聞こえた。

ということは、つまり。

「と、取り憑かれてたんじゃないか」

富次郎はつっかえつっかえ声を出した。

「それ、亡霊だよ！」

つくづくおちかは偉かった。おいらはまだ修業が足りない。全然足りない。こういう話に怖《お》じ気《け》づかずにはいられない。

まだ昼日中なのに、黒白の間の隅に目をやれない。正面はまだいいが、背中の側なんかたまらない。振り返って、女が立ってたらどうしよう。

「長姉ちゃんも長兄嫁さんも次兄嫁さんも、おかしくなってたときは、その女の亡霊に乗り移られてたんだよ」

泣きぼくろは、何というか、亡霊のしるしみたいなものだ。亡霊が憑くと泣きぼくろが出来て、ぽろりととれると憑いたのが落ちる。「だから、三人とも、ほくろがとれて我に返ると、自分のしでかしたことを全然覚えていなかったのさ」

「やっぱり、富ちゃんもそう思うかあ」

「ほかに考えようがあるかい」

だよねえ……と、八太郎は月代《さかやき》の端っこを指で掻《か》く。富次郎は動転して冷たい汗をかいているのに、八太郎はかえって落ち着いている。語って、吐き出しているからだ。

「あのときは、ちぃ姉ちゃんと二人で必死になって言い立てたら、母ちゃんもやっとこさまともに聞いてくれたんだ」

豆長さん夫婦も大真面目に耳を傾けてくれた。叱ったり笑ったりしなかった。慌てて豆源父ちゃんを他の座敷に移し、またお坊さんを迎えに行って、念入りにお経を唱えてもらった。

「そのおかげかな。もう泣きぼくろの女が出てくることはなかったよ」

しかし、一件落着にはならなかった。

「まず女の正体がわからないんだもの」

豆源父ちゃんと母ちゃんは同じ歳で、十八の時に夫婦になった。以来、一晩だって離れずに暮らしてきた。

「だから、母ちゃんと所帯を持ってからこっちは、父ちゃんがあんな女と関わる暇はなかった。それはホントに誓ってもいいって母ちゃんは言い切ってた」

——あんたたちの父ちゃんは、他所《よそ》の女と浮気するような男じゃなかった。

「そんなら、母ちゃんと一緒になる前に父ちゃんと何かあった女なのか。けど、それもどうにも曖昧なんだ」

兄弟弟子だった豆長さんも、若いころの父ちゃんの暮らしを何から何まで知ってるわけじゃない。

「だけど、少なくとも泣きぼくろの目立つ女なんて覚えがないっていう」

——だいいち豆源は、女を泣かせる遊び人なんかとはほど遠い生真面目な奴だった。

「男前でもなかったしね。それを言うなら、泣きぼくろの女も器量は大してよかなかったけど」

豆源父ちゃんには、女の亡霊に祟られるような覚えはない。

「ただ運悪く見込まれちまっただけなのかもしれない」

あれはかつて生きていた女の亡霊ではなく、物《もの》の怪《け》や化け物であって、たまたま豆源の人たちに悪さをしてきただけなのかもしれない。

「そう……確かにそっちの線もあるよな。おいらの考えが浅かった」

ごめんと謝る富次郎を、八太郎は慌てて押しとどめる。

「いやいや、だけど父ちゃんも全然怪しくねえわけじゃねえだろ？」

おかしくなっていたときの長姉ちゃんが、別人のような女の声で「いいじゃないの」とうそぶいたとき、がくがくと動揺して、「勘弁してくれ」と言ったんだから。

「女の声に覚えがあったのかもしれない」

「そうとは限らないさ。ひどい修羅場だったんだから。それに、だったらもっと以前に、泣きぼくろに心当たりがあったはずだよ」

あて推量ならいくらでもできる。父ちゃんは若いころ、泣きぼくろの年増女を相手に確かに何かやらかして、因果を背負っていた。歳をとって身体が弱ってきたから、その因果が表に出てきてあんなことになった。

弱り死にしたのも、そもそも父ちゃんの寿命であって、命が尽きかけていたから、泣きぼくろの女の恨みに抗しきれなくなってしまったのだとも考えられる。

あるいは、父ちゃんの側には本当にまるっきりきれいさっぱり何もなくって、全てはただの災難だったのかもしれない。火事や大水や、雷に打たれるようなもので。

「どれとも決められねえ。ただ、一つだけはっきりしたことがある」

大黒柱を失った豆源は、元のようには暮らしていかれなくなっていた。

「父ちゃんを失って、もうみんな、三度の不始末でできた痼《しこ》りを堪えきれなくなっちまったんだよね」

家族は歪《ゆが》み、傷んでいた。

真っ先に諦めたのが、豆源母ちゃんだ。

——もういけないね。悲しいけど、あたしらは別れ別れになった方がいい。

「長兄ちゃん夫婦と次兄ちゃん夫婦は、それぞれ子供を連れてうちを出た」

新しい住まいは、かんぴょうの差配さんが世話してくれた。

「おこまさんは、長兄ちゃんの家に行くことになった。先に家を出ていた次姉ちゃん夫婦と、三姉ちゃん夫婦はそのまんま暮らして」

三兄ちゃんは、お調子者の男の子なりに辛かったのだろう。もう豆腐屋は嫌だと言い出したので、これまたかんぴょうの差配さんが奔走して、奉公先を探してくれた。

豆源は、父ちゃんの遠縁に居抜きでそっくり譲ることになった。

「そんで、おいらには、豆長さんが声をかけてくれたんだよね」

——ゆくゆく豆腐屋になろうと思うなら、うちにおいで。

「豆長さんには倅さんがいたから、母ちゃんは遠慮したんだけどさ。豆長さんは、男の働き手は何人いてもいい、必ずおいらを一人前にするって」

豆源の忘れ形見だから、奉公人ではなく養子として迎えるとまで言ってもらい、母ちゃんもその話を受けることにした。

「おいら自身、母ちゃんやちぃ姉ちゃんと別れるのは寂しかったけど、長姉ちゃんと離れられるのは嬉しかったから」

素っ裸のあられもない姿は、どうしたって瞼《まぶた》の裏に焼きついて離れなかったのだ。

「母ちゃんと長姉ちゃん、ちぃ姉ちゃんの三人は、大川を渡って深川へ移って、住まいと仕事を見つけた」

母ちゃんも、もう豆腐屋稼業には戻らず、近所の一膳飯屋や居酒屋で働き、そっちの商いの要領を覚えたら、鍋一つで煮売り屋を始めた。ちぃ姉ちゃんは深川の長屋の差配さんの周旋で、これまたまったく畑違いの商いの提灯《ちょうちん》屋へ奉公にあがった。

「その提灯屋の親戚に、女房に死に別れたおじさんがいてね」

長姉ちゃんはその後妻に望まれ、話はとんとんまとまって、いきなり四人の子持ちになって収まった。

「最初にも言ったけど、母ちゃんは元気者でずっと一人暮らしをしてて、死んだときには近所中の人たちが、母ちゃんの煮物が食えなくなるのを惜しんでくれたよ」

ちぃ姉ちゃんは提灯屋の職人と所帯を持ち、今は生まれたときから提灯屋の女房だったような顔をしている。豆長で修業し、請われて同業のところへ婿入りした八太郎は、舅と姑に大事にしてもらっている。

「おいらの女房は、器量はパッとしねえけど気立てはいい」

赤子も可愛いよと、八太郎の顔にほどけたような笑みが戻った。

「今じゃ、昔のことは遠くなった。怖かったことも嫌だったことも色が薄れてくれたから、こうして語らせてもらって、始末をつけようと思ったんだ」

富次郎もようやく一息ついた。話し終えた語り手の顔がさっぱりしているのは嬉しい。

「それならよかった」

最後に、余計なことかもしれないけれど、一つだけ訊《き》きたいことがある。

「はっちゃん、泣きぼくろの女が現れた豆長さんへ行くのは怖くなかったかい？」

八太郎は少し考え、首を振った。

「最初はおっかなびっくりだったけど、すぐに慣れたよ。さっきも言ったけど、あの女は二度と現れなかったからね。それに、たかだか二十日ぐらいではあっても、父ちゃんが最後に暮らしていたところだから」

ああ、心がそっちに向いたのか。

「はっちゃんは親父さん孝行だ。それを聞いて、おいらの胸も晴れたよ」

豆源の人びとの名前を書いた半紙を揃えて、脇に寄せた。

「せっかくだから場所を替えて、もうちっと腹ごたえのあるものでも食おうか」

いやいやと、八太郎は手をあげた。

「残念だけど、それはまたにしよう。けっこうかかったね。今、何時《なんどき》かなあ」

たぶん、女房が三島屋さんの店先に来てるはずなんだと言う。

「法事だったから、一緒にこっちに戻ってたからさ。頃合いを見計らって、きれいな袋物で目の保養をしてろって言ってある」

「そういうことは早く言うもんだ」

二人で店先に出て行くと、今日も有り難いことにお客さんたちで賑わうなかで、手代の一人と巾着や小銭入れを眺めながら語らっていた女が、八太郎を見つけて「あ、おまえさん」と声をあげた。

その女の顔を見て、富次郎は、一瞬「えっ」と言いそうになった。きわどく堪えて挨拶を交わした。

「うちの店は入谷の〈豆八《まめはち》〉だ。近頃、『市中豆腐屋五番勝負』って評判記で先鋒《せんぽう》に選んでもらったから、いっぺん寄っておくれ」

誇らしげな八太郎の隣で、若い女房もにこやかに頭を下げた。

「いいねえ。必ず寄せてもらいます」

富次郎も明るく言葉を返した。

去ってゆく二人を見送っていると、店先から離れたところで、八太郎の女房が「おっぱいが張ってきちゃった」なんて言っているのが聞こえた。

帳場にいる伊兵衛に声をかけられたが、生返事をしただけで、富次郎は奥へ引き返した。笑っていいのか怖がっていいのか、気味悪がるべきなのか、自分じゃわからない。

「お疲れ様でございました」

黒白の間では、お勝が茶道具を片付けていた。突っ立ったまんまの富次郎に、

「どうかなさいましたか」

「はっちゃんの女房に挨拶してきた」

言って、その場で膝を折って座り、自分の顔を指さしてみせた。

「お勝さん、おいら今どんな顔してる？」

お勝も膝を揃えてこちらに向き直る。

「小旦那様、幼なじみの八太郎さんとのお話は済んだんですから、もう〈おいら〉ではいけません」

そうだった。八つの男の子から、二十二歳の男に戻らなければ。

「言い直そう。わたしは今どんな顔をしてるかい？」

お勝は微笑んで小首をかしげる。

「さあ、謎解きを持ちかけていらっしゃるのでしょうけれど」

つと、その微笑が消えた。

「まさか、八太郎さんのおかみさんの顔に、泣きぼくろがあったんですか」

富次郎はぐいと口を結んだ。息が詰まってしまうまでそうしていて、噴き出した。

「違う違う」

でも、いっぱいあった。

「は？」

「はっちゃんの女房の顔には、ほくろがいっぱいあったんだ」

粟粒ほどの小さいものだが、顔じゅうに散らばっていた。

「色白だから、目立ってた」

ちょっとの間、二人で黙っていた。

「その方が気楽なのかもしれませんわ」と、お勝は柔らかく言った。

「そうだね」と、富次郎も応じた。「幸せそうだったから、いいんだな」

そのあと、床の間の軸から半紙をおろし、さんざん悩んだ挙げ句に、端っこが欠けた豆腐の絵を描いて、おしまいにした。

第二話　姑の墓

お花見の春である。

三島屋では、毎年揃って隅田堤《すみだづつみ》へ繰り出すのが決まりだ。家族も奉公人も職人・縫い子たちもそのまた家族も集まって、大所帯で船に乗って出かけてゆく。

その日は三島町の店は閉めるが、商いを休んでしまうわけではない。隅田堤で馴染みの貸席の一間を借り、出店を設けて、花見客に喜ばれそうな小洒落た袋物を、看板代わりの笹竹に吊るして売るからである。

この出店の売り子は、伊兵衛とお民が引き受ける。目下のみんなには存分に花を愛で、旨い弁当に舌つづみを打ち、美酒に酔ってもらえばいい。まあ、どんなに「かまうな」と言いつけておいても、番頭の八十助《やそすけ》や丁稚の新太《しんた》、おしまとお勝は手伝いたがるし、去年はおちかも楽しげに立ち働いていた。

花見の段取りをしているときは、おちかの嫁ぎ先の貸本屋・瓢簞古堂《ひょうたんこどう》も誘って、出来たてほやほやのおちか勘一《かんいち》の若夫婦と一緒に花を仰ごうかという話もあった。伊兵衛は大いに乗り気だったのだけれど、よろず物事のけじめにうるさいお民がぴしゃりと止めた。

「嫁の実家がしゃしゃり出て、嫁ぎ先にああだこうだ言うのは図々しい。年に一度のことだもの、瓢簞古堂さんも、お得意様を誘って花見するかもしれないよ。うちの勝手で若夫婦を連れ出すなんて、もってのほかだ」

お民の言うことはいつも筋が通っている。おちかという華を欠いたのはつくづく寂しいけれど、その分、富次郎は張り切って売り子を務めることにした。

満開の桜の森に浮かれ、酒に酔い、財布の紐が緩くなっている花見客は、面白いように次々とお買い上げくださる。売り子は座る間もないほどの忙しさだった。

そして、何人ものお客におちかのことを尋ねられた。嫁いだと答えると「おめでとうございます」「そりゃめでたい。いい知らせをありがとう」などと喜んでくれたが、一人だけ癪《しゃく》にさわったのが、歌舞伎模様の小袖を着こなし、辰松風《たつまつ》の巻鬢《まきびん》をオナガみたいに長くした遊び人の男だった。

「去年はべっぴんがいたよな。今年はどうしたい？」

「おかげさまで良縁に恵まれまして」

「何だよ、嫁にやっちまったのか！　こんちくしょう、くさくさするじゃねえか」

紅をさした目尻を吊り上げて、文句を言うこと言うことやかましい。愛想笑いを顔に貼りつけながらも、富次郎は内心ムカムカしていて、やっとこさ男を追っ払うと、その後ろ姿にあかんべえしてやった。

「嫁にやっちまったって言い草はないよな。ああ、腹が立つと腹が減る」

「小旦那様、ひと休みしてくださいよ」

おしまにあやされ、出店を離れた。三島屋の座敷は貸席の二階で、見晴らしがいい。手すり越しに豪勢な桜並木を見おろしながら、みんなと賑やかにお重や弁当を囲んだ。縫い子や職人たちが次々と酌をしに来てくれるが、富次郎はすかさずその手からとっくりを取り上げて酌を返す。

「小旦那さんはあたしらを酔い潰すおつもりだよ」

「おうさ、一年分飲んでくれ」

子供らのためには、甘い物や水菓子をたくさん揃えてある。どれも富次郎が念入りに選んだものだ。一緒に食べながら、どこの店のどんな菓子だと面白おかしく口上してやる。

「小旦那様って講釈師みたいだあ」

大いに懐かれて、こっちでも忙しい。そろそろ売り子に戻った方がよさそうだ。

出店では八十助とおしま、新太の三人がお客さんをさばいていた。

「桜餅と花あられがなくならないうちに食っておいでよ」

おしまと新太を貸席のなかに戻し、腰痛持ちの八十助を座らせて、

「いらっしゃいませ、神田の三島屋でございます。花の宴のお土産に、桜模様の風呂敷はいかがでしょう。本日限りのとっておき、七色七香の匂い袋もございます」

こういうときのわたしは、我ながら好《い》い声だよねえ。悦に入りつつ、陽気に稼いで日が暮れた。

帰り船ではついうたた寝してしまい、桜色の夢を見た。

その数日後、灯庵老人のところから小僧が使いに来て、三島屋さんがよろしければ次の語り手を――と言ってきた。

「いつでもどうぞ。それと小僧さん、灯庵さんに言伝《ことづて》を頼まれておくれ」

「へい、何でございましょう」

「富次郎の初陣に、いい語り手を選《よ》ってくだすってありがとうございます。なかなかの修業になりました、と」

温和《おとな》しげな糸目の小僧は、律儀にそれを諳《そら》んじて、「承りました」と帰っていった。

聞き手を継いで最初に迎えた語り手が子供のころの習子《ならいご》仲間だったのは、偶々《たまたま》ではあるまい。八太郎の素性を聞いた灯庵老人が計らったに決まっている。それで富次郎が気楽になるか、かえって気詰まりになるかは話の内容次第だが、あの蝦蟇《がま》仙人のことだから、せいぜい決まり悪い思いをしたらいいと、意地悪くほくそえんでいたことだろう。

おあいにくさま。こっちはへこたれないよ。まあ……絵は描きにくくって、つまんないものになっちまったけどさ。

こうして迎えた次の語り手は、お民と同じくらいの年頃の女《ひと》だった。白髪のまじった丸髷《まるまげ》を小さめに結い、煤竹《すすたけ》色の地に金茶の扇子散らしの小紋を着て、同じ金茶の織り地と黒繻子《じゅす》の昼夜帯《ちゅうやおび》を合わせている。

つい先日のお花見で、お民がまさにこんなふうな出で立ちをしていた。つまり、この女も三島屋くらいの豊かさの町方の女房なのだろう。おそらくは商家のおかみか、大おかみ。

——おっかさんより顔の皺は少ないな。

これはお民が痩せぎすなのに対して、この語り手は丸顔でふっくらしているからだろう。

だが首筋と、袖口から覗く手首まわりには点々としみが散っている。こういうしみは、お民にはほとんど出ていない。

「ようこそ三島屋の変わり百物語においでくださいました。わたしは聞き手を務める富次郎と申します」

富次郎の挨拶に、女も丁重に三つ指をつく。

「こんなにも早くにお招きいただきまして、ありがとう存じます」

訛《なま》りはないが、ほんの少し言葉を引っ張るくせのあるしゃべり方だ。「こんなぁにも」「いただきまぁして」。のんびりした感じで、耳に柔らかい。声も優しげだった。お民の声が木綿なら、こちらは絹。

「早くにとおっしゃいますと……」

富次郎が問うと、語り手は小さな口をすぼめて、申し訳なさそうに軽く頭を下げた。

「わたしがこちら様で語らせていただこうと思い決め、周旋なすっている口入屋さんにお願いしたのは、つい三日前のことでございますから」

他にも順番を待っている語り手志願がいるのに、それを飛び越えてきたという。

「できるなら今の時期、桜が散りきってしまう前に語りたいと、勝手なことを申し上げましたのを灯庵さんがお聞き入れくださったんでございます」

蝦蟇仙人、この語り手の上品な物腰が気に入ったのだろう。

一目《いちもく》、若いころにはさぞやという美女ではない。普通に整っているだけの顔立ちだ。でもほのかな光がある。この女《ひと》の佇まいから、風雅で温かなものが伝わってくる。

「桜のころの話ならば、桜のころに伺うのが筋。おいでいただけて、三島屋としても嬉しゅうございます」

聞いて聞き捨て、語って語り捨て。名乗らなくていいこと、細部を隠してもかまわないこと。

富次郎がここの約束事を語っているあいだに、おしまがしずしずと来て茶菓を置いていった。

お勝は相手がどんなふうでも変わらないが、おしまは来客が上品だとしとやかになり、そうでないとやや雑になるというか、元気の方が前に出る。

菓子は桜色の葛《くず》寄せだ。塗りの小皿にふるふると載せられている。口に入れれば泡雪のように溶ける。これもまた桜の時期だけ、池之端仲町の〈流水〉という菓子屋が売り出すものだ。今日の語り手によく似合う。新太を買いに走らせてよかった。

「わたしの名前は花と申します」

胸元に軽く指をあて、呼吸《いき》を整えるようにして、「故郷《くに》では冬が長く、雪も深《ふこ》うございましてね。そのかわり春が来ると、花という花が一斉に咲きますんですよ。山桃も桜も杏《あんず》も菜の花も、馬酔木《あせび》もつつじも一緒くたに、まさに百花繚乱《りょうらん》という景色になります」

語り手はそのなかで生まれたので、「花」と名付けられたのだという。

「上に兄が二人おり、末っ子の一人娘でございましたから、その点でも花と」

富次郎は微笑んだ。「蝶よ花よの花でございますね」

「とんでもない」

お花はまた恥ずかしそうに口をすぼめる。乙女のようなこの表情、

――おっかさんは見せたことないよ。

四十路《よそじ》の姥《うば》さまには、普通はそれが当たり前なのだ。娘みたいなふりをしたって見苦しいだけである。

だが、目の前のお花さんには、不思議とこの若やいだ仕草が似合うのだった。楚々《そそ》として可愛らしく見える。

何故だろう。語りを聞けば、その謎も解けるだろうか。楽しみになってきた。

「十六のときに縁談がまとまりまして、はるばる江戸に出て参りました。嫁ぎ先は代々絹物商を

営んでおりましたが、夫の代で木綿の太巻きにも手を広げ、有り難いことにそれがうまく運びまして、わたしはこれまで暮らしに困ったことはございません」

夫とのあいだに一男二女がいる。長男が二十歳、長女は十六、次女は十四。

「先日、夫と子供たちと連れだって、隅田堤にお花見に参りました。そこでこちら様の出店を見かけまして、立ち寄らせていただいたんでございます」

「おお、それはありがとうございます」

変わり百物語の聞き手からお店の者に戻り、富次郎は丁重に平伏した。

「何かお気に召しましたでしょうか」

「はい。夫が気前よく、わたしには袂落《たもと》としを、長女に懐紙入れを買ってくれました。次女は踊りのお稽古に行くときの風呂敷を欲しがりまして、いろいろ見せていただきましたのに、結局は買わずじまいで、お手間をおかけいたしました」

お花は、出店で見かけた三島屋の商い物のことをあれこれ語ってくれた。笹竹に吊るしてあるのが珍しかった、満開の桜の景色のなかでも、三島屋の品はきらびやかに見えた。評判は前々から聞いていたのに、なかなか三島屋に寄る折がなかったから、出店を見つけたときには嬉しかった、と。

「手前どもでは、どんな者がお相手いたしましたでしょう」

「番頭さんでしたわ」と言って、お花は目を細めた。「でもそのとき、富次郎さん、あなたもお隣においででしたよ」

お花一家が来たとき、若い娘の二人組に七色七香の匂い袋を見せていたという。

「かしましいお嬢さんたちで、かわるがわる七つの匂い袋を嗅いでは、どれがどの匂いなのかわからなくなったと大はしゃぎしておいででした」

それなら富次郎も覚えている。あの娘たちはただの町娘ではなく、両国広小路に小屋掛けしている水芸と手妻《てづま》の一座の者《こ》だった。二人ともおっかない師匠の下で修業中、下っ端だから金欠だ。ごめんね、こんな作りのいい袋物は買えないわ、でもお兄さん、うちの引き札（チラシ）をあげる。夏までには舞台に出られるようになってみせるから、この引き札を持って観に来てちょうだいよ。木戸銭を負けてあげる。

「おまけに、うちの出店で引き札を配ってくれないかと頼まれまして、笑ってごまかしてお引き取りいただきました」

まあ大変でしたねと、お花も笑う。煤竹色の着物に包まれた細い肩の後ろには、富次郎が床の間の軸に貼りつけた今日の語りの分の半紙。こうして見ると、掛け軸に真っ白な紙というのも、その前に座る人によっては、ちゃんと趣向になるものだ。お勝が、表は桜一色だからと、素焼きの瓶《かめ》のような花器に活けた金鳳花《きんぽうげ》の黄色も、お花の帯の金茶色に映えてきれいに見える。

「その娘さんたちが行ったあと、今度は派手な身なりの若い男の方が来たでしょう」

巻鬢をこぉんなに長くした――というお花の手振りに、富次郎は手を打った。

「はい！　来ましたねえ」

あの「こんちくしょう」の遊び人だ。

「着物は雲と稲妻模様でございましたね。『白浪五人男』の南郷力丸《なんごうりきまる》ですわ」

さすがは絹物と木綿のお店のおかみだ。しっかり見ていた。

「あの人、お嫁さんがどうとかこうとか、口を尖《とが》らしていませんでしたか」

「はい。それも聞こえてましたか」

実は先《せん》の聞き手のわたしの従妹《いとこ》、おちかがうんぬんと説明すると、お花はすうっと真顔になった。

「ああ、それなら、あなたがお嫁をもらったということではないんですね」

富次郎は笑ってしまった。「わたしはまだまだ半人前、嫁取りなど無理でございます」

そうでしたか……と、お花は何度か小さくうなずいた。何か考えているようだ。

「実を申しますとね」

言い出したときは、いっそう真剣な眼差しになっていた。

「三島屋さんは袋物の名店だというだけでなく、変わり百物語でも評判なのは、わたしも重々存じておりました」

噂に聞いたし、読み売りも見かけた。そういう場があるのなら、いつか自分も語れるといいと、ぼんやり思い描いていた。

「でも、なかなかふんぎりがつきませんでね。わたしの話なんて、自分の胸に凝っているだけで、わざわざ他人《ひと》様にお聞かせするほどのものではございませんもの」

「いいえ、どんな話であれ、伺ってみなければその重みはわかりません」

富次郎はきっぱり言った。

「そう言っていただけますと、嬉しゅうございます」

お花は、また口をすぼめて小さく息を吐く。

「そもそもわたしのような婆《ばば》には、人様に向かって身の上話をする機会などございません。これが初めてになりますので、言葉の足りないところ、わからないところが出てきましたら、いちいちお尋ねくださいませ」

「心得ました」と、富次郎は応じた。

金茶の帯の縁《へり》をしゅっと引き締めて、お花は背中を伸ばし、ふと、眼差しをここから遠いところへと泳がせた。

「わたしの生まれ故郷は、江戸からはよほど遠く離れた山里でございます。お蚕様が盛んなところで、わたしの生家もそれを生業《なりわい》としておりました」

村の名前は……と言い迷うので、

「桜村でいかがでしょう」

富次郎が助け船を出すと、

「はい、ではそれをいただきますが」

うなずいてから、お花は軽く目を瞠《みは》った。

「さっきも申しましたが、春になるとあらゆる花がいっせいに咲く土地柄にあって、わたしの村のあたりは山桜がたいそう多かったものですから、近在の他の村の人たちからは、本当に桜村と呼ばれることもあったんでございますよ」

「それならぴったりですね」

桜村を囲む山々は急峻《きゅうしゅん》なものではなく、団子を並べたような優しい形をしていて、村はその狭《はざ》間《ま》にひっそりとあった。

「丸いお山は、開墾して桑畑を作るにも優しゅうございました。冬は彼方の険しい山稜《さんりょう》から吹き下ろす北風から護《まも》られるかわりに、夏は風がなくて油照りになりましたが、毎日のように夕立が降りました。湧き水も豊富なので、水のやりくりに悩まされることはございませんでした」

豊かで暮らしやすい土地だったという。

「父に聞いた話では、戦国の世の昔から、この一帯の水利のいいことはよく知られていて、その取り合いで戦に巻き込まれたことも少なからずあったそうでございます」

桜村で養蚕が盛んになったのは、徳川将軍家が世を平らげてまもなくのことで、

「元禄のころにはもう、江戸市中の豪商の妻や娘たちのあいだで流行った〈着物比べ〉のとき、盛んにもてはやされた上等な絹物は、みんなわたしどものお世話したお蚕様の糸を使って織られていたそうでございます」

「それは凄い」

「わたしの父は話を大きくするくせのある人でしたので、〈みんな〉というのは大げさでしょうけれど」

茶目っ気を含んで、お花は笑う。

「桜村をはじめ、あの丸い山々に護られた土地のお蚕様がくださる絹糸が上等なのは本当でございます」

蚕を飼うのではなく、お世話をする。蚕から糸をとるのではなく、お蚕様が糸をくださると言う。その言い方だけで、桜村とその一帯の人びとの暮らしと、それを支えている蚕と絹糸との関わり合いが見えてくる。

「わたしども三島屋で使っている織物にも、桜村の糸が使われているかもしれません」

「そういうご縁がありましたら、有り難いことでございますね」

あとで八十助に尋ねてみよう。

「村では絹糸をとるだけで、絹織物までは作らないのですか」

「はい。一帯の村々で紡いだ糸は、お城から鑑札をいただいた問屋に売っておりました。そのまま絹糸として売られるか、城下町の機屋《はたや》で絹織物になり、それから江戸や上方に出てゆくか――」

「そして高値で取引され、洒落者にもてはやされるわけですね」

藩にとっても貴重な財源であろう。

「わたしが今の婚家に縁づきましたのも、桜村とそうした糸問屋や絹物商との付き合いがあったからでございます」

桜村には、〈棚主《たなぬし》〉と呼ばれる、農家なら田んぼ持ちにあたる家が大小五軒あり、その他の村人たちは、ちょうど小作人のようにその下で働いていた。

「わたしの生家は棚主のひとつで、かがり針の印を屋号としていましたので、〈かがり屋〉と呼ばれておりました」

かがり屋の娘は地主の娘みたいなものだ。お花は生まれも育ちもよく、いいところへ嫁ぎ、歳を重ねた今でも上品で楚々としている。こんな人の人生のどこに、黒白の間で語りたいと思うような出来事があるのだろう。

「桜村のような田舎では珍しくはない……と申しますより、それが普通でございますが、かがり屋の裏山には村の墓所がありました」

村を包む丸いお山の一つの裾に、ぽこりと飛び出した小高い丘が、まるまるそっくり墓所になっていたのだという。

「わたしの家の側から見ますと、真北にあたります。そしてこの丘にも、栃《とち》や樫《かし》の木に混ざって山桜がたくさん生えておりました」

開花の時期がくると、丘が桜の森になり、墓所は花に埋もれる。

「さらに、この丘のてっぺんから見渡す一帯の景色も美しゅうございました」

微妙に色合いを異にする三種類の山桜に、花桃と杏の満開が混ざり合う。春の花を一面に敷き詰めたような景色は、さながら地上の極楽。目を転じてお山を仰げば、頭上からも花の群が空を覆い尽くすかのよう。

「晴れの日も好《よ》うございますが、曇りの日もまた格別でございましてね」

灰色の雲に地上の花の色が映り、錦紗《きんしゃ》のかかった淡い桃色に見えるのだという。

「今ここでお話を伺っているだけでも、うっとりするような景色ですねえ」

江戸市中に桜の名所はいくつもある。三島屋が繰り出した隅田堤もその一つだ。あれだって豪勢な景色だが、お花の故郷のような山里の花の眺めは、それとはまったく別物なのではないか。それは天からの賜り物であり、その前では人は人の卑小さ、命の儚《はかな》さ、人の思惑などを超える天然自然の雄大さに呑まれてしまうのではあるまいか。

「本当に、山里の者にとっても、何度春が巡り来て目にしようと、心を奪われずにはおられない景色でございました」

その景勝を愛で、この地で生きることの喜びと、村を拓いた先祖への感謝の念を新たにするために、桜村では毎年この墓所の丘で花見をするのが決まりだった。

「五軒の棚主の家族と、そこで働く雇人たちの束ね役――これを〈棚頭《たながしら》〉と呼ぶのですが、それと桑畑の方の小作人頭が集いまして、墓参りも兼ねて参ります。御神酒《おみき》はいただきますが歌舞音曲はなし。ご馳走を詰めた重箱を囲んでひとときを過ごすのでございます」

これには各家の女主人や嫁たちも加わるのだが、しかし、かがり屋だけは別だった。

「わたしの家だけは、一人の女もこの花見にまじることが許されませんでした」

その所以《ゆえん》が奇妙なのであった。


その春、お花は十二歳。

お祖父ちゃんとお父ちゃん、お兄ちゃんが丘の墓所へ提げてゆくお重を詰めるのを手伝ったあとは晴れ着に着替え、ふだんはお団子かじれった結びにしている髪も、桃割れに結ってもらった。花見に行かないかがり屋の女たちは、家の広間でささやかな花見の宴をするのが決まりだ。縁側に面した障子戸を全て開け放てば、丸い山々を彩る花が座敷のなかまで押し寄せてきそうなほどの眺めになる。

他の四軒の棚主の家では、婆様も嫁も娘たちも花見の丘に登れるのに、何故かかがり屋だけは駄目なのか。お花は、とくに不思議に思ったことはない。

「墓所の花見のときは無礼講だ。村の決まりだから文句を言うつもりはないが、うちでは代々、一家の主人や跡取りと女子供がまざって宴会するのをいいことだとは思わない。だから、うちだけは法度にしてあるんだよ」

物心ついたころからそう言い聞かされてきたし、一昨年亡くなったお祖母ちゃんからも、お母ちゃんからも、不平不満を聞かされたことは一度もなかった。おりん叔母さんなんか、

「無礼講だって、いざ行ったら、女だもの、何もしないで座ってるわけにいきゃしない。男どもの飲み食いの世話をしなくちゃならないんだから、家に残ってる方がいいわよ」

と、こっそり言っているくらいだ。

かがり屋の女たちも、ふだんの墓参りや掃除、草取りのためには墓所の丘に登る。けっこうな勾配の小高い丘だけれど、ふもとからてっぺんまで丸太を埋め込んだ階段が造られているので、よほど雨でぬかるんでいるときでもなければ、お花の足でも登っていける。

ただ、造るとき誰が考えなしだったのか知らないが、この階段は、下りがひどくおっかなかった。途中の踊り場が一カ所しかなく、てっぺんからその踊り場までと、踊り場からふもとまではほとんど一直線なのだ。丘の輪郭に沿っていくらかたわんではいるものの、それはほとんどあてにできない。うっかり足を滑らせたら、藁葺《わらぶ》き屋根よりも高いところから一気に転がり落ちる羽目になる。

だから今朝もお母ちゃんはお父ちゃんに、

「お酒が入って帰ってくるんですから、くれぐれも足もとに気をつけてくださいよ」

と、釘《くぎ》をさしていた。

「ご先祖様のお墓に参って、お墓に入る羽目になったら笑い話にもなりませんからね」

わかったわかったと、お父ちゃんは面倒くさそうに応じていた。

お祖母ちゃんを欠いて、入れ替わりにお兄ちゃんにお嫁さんが来て、今のかがり屋は一家七人になった。お祖父ちゃん、お父ちゃんとお母ちゃん、お父ちゃんの妹であるおりん叔母さん、お兄ちゃんと嫁のお恵《けい》さん、そしてお花だ。兄の与之助《よのすけ》とお花は七つ歳が違い、兄妹のあいだにはもう一人男の子がいたのだけれど、生まれてすぐに亡くなった。

早く生まれ変われるようにと、名前さえつけられなかったこの男の子は、かがり屋の墓ではなく、村の赤子や七つまでに死んでしまった子供たちと一緒の塚に葬られている。この塚は墓所の丘の踊り場の近くにあり、お花のお母ちゃんは何かしら用があって丘を登るとき、真っ先にここへ手を合わせにいくのだった。

おりん叔母さんにも、丘に登ると最初に参るお墓がある。かがり屋のではなく、五軒の棚主のひとつ、鉦《かね》屋の先祖代々のお墓だ。そこに、若くして亡くなった叔母さんの許婚《いいなずけ》が眠っているからである。

彦松《ひこまつ》という名前のこの人を、お花はまったく覚えていないのだが、お兄ちゃんは今も懐かしんでいる。竹とんぼやコマや水出し（水鉄砲）を器用に作ってくれる人だったそうな。鉦屋の次男坊で、叔母さんと添ったら、鉦屋とかがり屋の両方からお蚕様を分けてもらって、新しい棚主として一家を構える約束になっていた。

彦松さんは桑畑で働いていて、虫に刺されたのか、小枝に引っかけたのか、肘の内側に小さな傷を負い、それが治らずに膿《うみ》を持ってどんどん腫れあがり、高熱を出して、ひどく苦しんで亡くなったのだそうだ。つきっきりで看《み》ていた叔母さんは、あとを追って死んでしまいそうなほどに打ちひしがれた。何年もかかってどうにか立ち直ってからも、

「もうどこにも嫁にいかない」

そう言い切って、彦松さんの思い出を胸に抱いて暮らしている。

お花のお母ちゃんは、丸い山を二つ越えた先の村から嫁に来た。あちらの棚主の娘だけれど、込み入った事情があって、跡取りの長男とは母親が違う。そのせいで生家では嫌なことが多かったらしい。どんなときでも実家《さと》を恋しがるふうはまったくなく、姑であるかがり屋のお祖母ちゃんを慕って、本当の母娘のように仲がよかった。

世間では「鬼千匹」という小姑のおりん叔母さんとも気が合うらしい。お祖父ちゃんやお父ちゃんに、

「いつまでも実家にいるもんじゃない」

「早いところ縁づかねば、赤子に恵まれてもお産が重くなってしまうぞ」

などと説教されても、

「あたしの気持ちなんかわからないでしょ。放っておいてちょうだい」

と突っぱねるだけのおりん叔母さんだが、お母ちゃんとは時々しみじみ話し合って、涙にくれていることがあった。

「おりんさんがずっと独り身でいたら、彦松さんも悲しむんじゃないかしら」

「どうかしらね。死んだ人の気持ちはわからないわよ。だけどあたしは嫌なの。彦さんと二人で、所帯を持ったらああしよう、こうしようって考えてたこと、別の人とやろうって気になれないのよ」

話し合いのあとは、お母ちゃんもちょっぴり萎《しお》れてしまうので、お花はこっそり胸を痛めるの

だった。

そんな組み合わせの女たちのいる家に嫁いできたお恵は、城下の糸問屋「正木屋《まさき》」の娘である。（後年のお花とは逆に）賑やかな町場から、隣村に行くにも山を越さねばならない山間《やまあい》の村に嫁にきたのだ。歳は十八。上に兄が二人いる末っ子一人娘で、生まれてこの方、絹糸は見たことがあってもお蚕様は見たことがない。糸巻きより重たいものを持ったこともないというお嬢様だった。

藩の施策で、大きな財源であるお蚕様を養う棚主は、永年励めば名字帯刀を許されたり、もろもろの徴用を免れたり、検見《けみ》役に替わって年貢の取り立てを任されたりと、いろいろ重んじられている。城下の糸問屋や絹物問屋との交流も深いから、そのあいだに縁談が成り立つことはさして珍しくない。

しかし正木屋は、この藩では江戸においての紀伊國屋にあたるほどの豪商だ。お恵の叔母の一人は、御殿女中から先代藩主の側室にまでなっている。そんな家と、桜村の一介の棚主では釣り合いがとれない（お花の生家は養蚕の規模が小さく、棚主になってやっと二代目だ）。大いに訝《いぶか》しい縁談だった。

それでも話はつるつるまとまり、与之助とお恵は、かがり屋でささやかな内祝言を挙げた。正木屋からはお恵の乳母だったという年老いた女中と、平番頭が一人付き添ってきただけだった。嫁入り道具も着物や小物に限られていた。ただし化粧料（持参金）はたっぷり、そして当の花嫁はふてくされていた。

これで、たいがい察しはつく。お恵はとんだ跳ねっ返りだったのだ。十六のときに親の決めた縁談を嫌い、幼なじみの商家の倅と駆け落ちしたが、世間知らずの坊ちゃん嬢ちゃんの二人ではすぐ食い詰めてしまい、この夫婦の真似事は半年足らずで終わった。

正木屋に連れ戻されたお恵は妊《はら》んでおり、月満ちて男の子を産み落とした。この子は駆け落ち相手の方に引き取られ、お恵は実家で蟄居《ちつきょ》謹慎、一から躾《しつ》け直しだと厳しく見張られていたのだけれど、その目を盗んでまた出奔。今度は正木屋の若い手代が相手だった。

可愛い末娘のことでも、さすがに正木屋の主人は大激怒した。このままお恵が家におってはお店の看板に傷がつく。倅たちの将来にも障る。尼になるか、城下を出てどこか遠いところへ嫁に行くか、二つに一つだとお恵に迫った。

で、お恵が後者を選んだので、その不運な嫁ぎ先に、棚主としては弱小の新参者で、ちょうど年頃の釣り合う倅のいたかがり屋に白羽の矢が立った——という経緯《いきさつ》である。

この厄介な縁談が舞い込んだころ、かがり屋ではお祖母ちゃんが亡くなって半年ほど。なので、「喪中でございますから」を言い訳に、跳ねっ返りを押しつけられないよう懸命に抗したのだけれど、正木屋は譲らず、

「なに、喪が明けるまで待つだけのこと。この良縁を固めさせてもらいますよ」

押し切られてしまったのだった。

これらの話、お花はぜ～んぶおりん叔母さんから聞いた。

「うちで隠してたって、もう村じゅうで噂になってるからさ。教えといてあげる」

だからお花は、お恵が嫁いできてしばらくのあいだ、このきれいな兄嫁さんがおっかなくってしょうがなかった。さぞかしワガママで気の強い人なのだろう。世間では姑の嫁いびりというけ

れど、うちの場合はその逆で、正木屋の看板を笠に着たお恵義姉《ねえ》さんが、お母ちゃんをいじめるんじゃないか。

夫婦のかための杯のときでさえふてくされたまんまだったお恵は、かがり屋のなかで、ろくすっぽ顔も見せなかった。もちろん嫁らしい——一家の女手らしい働きもしない。夫婦に与えられた一室に閉じこもり、食事さえも別だ。

一応は夫である与之助のことも寄せ付けない。朝晩のお恵の膳は彼が運び、そのたびに話しかけてはみるが、取り合ってもらえずのままだった。

お恵を桜村まで連れてきた乳母の老女と平番頭は、内祝言が済むと逃げるように城下へ帰ってしまった。さすがに乳母は涙ぐんでぐずぐずしていたけれど、平番頭がそれを追い立てて去って行った。だから、こういうお恵を叱ったり窘《たしな》めたりする人はいない。

お祖父ちゃんとお父ちゃんは、しょっちゅう愚痴っていた。

「なんぼ傷ものの跳ねっ返りでも、お姫様をもらったようなものじゃ。仕方がない」

「本気でうちの嫁として扱ったら、正木屋さんは怒り出すかもしれませんからね」

そういう矛盾があり得るのも親心だ。

「また出奔してくれんもんかねえ」

「でもおとっつぁん、与之助が連れ出されたらえらいことですよ」

「与之助はそこまでバカじゃなかろう。ほかの誰か、村の若いのでいいから、くっついてくれんかねえ」

あとになって振り返れば、お祖父ちゃんもずいぶんなことを言っていたものである。

かがり屋の刀自《とじ》であり、与之助の母、お恵の姑であるお母ちゃんは、怒りもしないし愚痴もこぼさず、お恵のことを気に病む様子を見せなかった。

「あんたの嫁なんだから、まずはあんたが何とかしなさい。顔を見せてもらえなくても、話はできるだろうよ」

与之助にそう言い聞かせ、それまでと変わらず家事をこなし、お蚕様の世話をしていた。

一方、おりん叔母さんは、お恵に興味津々だった。叔母さんにはこういう物見高いところがあるのだと、お花はびっくりしたし、ちょっと腰が引けた。

叔母さんは、与之助が膳を運ぶとき、一緒について行こうとする。断られると、こっそりお恵に近づこうとする。

「掃除してあげる」と、若夫婦の部屋の唐紙を開けようとしてみたが、敵もさるもの、心張り棒をかませてあるのかびくともしない。そしたらその場で「たいへんたいへん、火事ですよ！」と大声をあげ、それでもお恵は出てこないが、他の家の者たちが慌てて駆けつける――という騒動を起こしたこともあった。

「叔母さん、俺の嫁だから、俺に任しといてください」

与之助に拝まれても、

「何言ってンの。かがり屋の嫁だよ」

あんたも手ぬるいんだよと叱りつける。

「お恵さ～ん！　それともお恵様かしら。おひい様？　何でもいいけど、表はいいお天気だよ！」

長い冬の出口が見えてきて、根雪が溶け始め、凍りついていた木々の枝に新芽が膨らんでくるころだった。叔母さんの言うとおり、青空の色も柔らかくなってきた。

「閉じこもってばっかりじゃ、だるまさんみたいじゃないの。悟りを開こうってんなら止めやしないけど、お恵さんはそんな干からびた女じゃないんでしょ。尼になるのが嫌ではるばる嫁に来たんだから、一日にいっぺんぐらい、うちの者の顔を見なさいよ」

功徳になるわよぉなんて、いい加減なことを言って一人で笑う。叔母さんは毎日、お恵がうんともすんとも言わなくても、そうやってかしましく話しかけたりからかったり嫌味を並べたりし続けた。

そしたら、村のなかから根雪がすっかり消えたころになって、与之助が嬉しそうにこんなことを言い出した。

「昨夜《ゆうべ》のお膳を下げるとき、毎日けたたましいあの女《ひと》は誰なんだと訊《き》かれたから、俺の叔母さんだよって教えたら」

——変わってるわね。

「お恵さんがうちの者のことで何か言うなんて、初めてだよ」

「あんた、それぐらいで喜んでるの？」

くさしたけれど、手応えがあって、叔母さんも気をよくしたのだろう。以来、いっそう気合を入れて賑やかに、お恵に呼びかけるようになった。

しかも、それにお花も付き合わせる。

「何て言えばいいかわかんない……」

「朝ご飯はどうでしたかって言えば？　今朝の芋がゆ、お花がこしらえたんでしょ」

「かきまわしただけだよ」

お恵さ～ん！　叔母さんは陽気なんだか怒ってるんだかわかりにくい声を張り上げる。

「この子、お花。あんたの亭主の与之助の妹だよ。あんたにとっちゃ小姑だけど、この子は温和《おとな》しいから意地悪なんかしない。むしろお花の方があんたを怖がってるよ」

「叔母さんやめてよ」

お花は首を縮める。かがり屋の者がお恵に嫌われているのは百も承知だが、わざと怒らせることはあるまい。

「お恵さん、お花は十のときから毎日お蚕様のお世話をしてきたのよ。この村はお蚕様のおかげでおまんまをいただいてるからね」

あんたのお実家《さと》だって同じだろ？

「正木屋さんも、最初から大店《おおだな》だったわけじゃない。絹糸を一巻き、また一巻きって売り継いで、身上《しんしょう》を大きくしてきたんでしょ。そのおかげであんたは苦労知らずに育ってきたんでしょ。棚主の家に縁があったんだから、いっぺんぐらいお蚕様に頭を下げてみたってバチは当たらないんじゃない？」

気が向いたら出てきなさいよ。うちのなかを見せてあげる。お蚕様の棚がずらっと並んでる棚小屋も、与之助が耕してる桑畑も案内してあげる。

「今は、冬場はかちんこちんに凍ってた土を掘り返してるんだ。うちで食べる分は陸稲《おかぼ》も作ってるから、そっちの畑作りもあるしね。あんたが食べてるお米は、天から降ってくるんじゃないんだよ」

言うだけ言うと、お花の手を引いてさっさと退散する叔母さんは、お恵から返事がくることなど、もう恃《たの》んではいないようだった。ただ言いたいことを、腹に溜《た》めず口から吐き出しているだけだ。

お母ちゃんは呆《あき》れたり笑ったり、

「おりんさん、ありがとう」

真面目に有り難がったりもしていた。

嫁の傲慢と怠慢に、いちばん怒っていい立場のお母ちゃんだけれど、お恵の後ろにはどうしたって正木屋の看板がちらつく。こんなところに嫁にやられて、お恵さんは勘当されたようなものなのかもしれないけれど、そうと決めつけていいのかどうかは怪しい。万に一つ正木屋さんの勘気が解けて、お恵さんが城下に呼び戻されることになり、

――かがり屋でさんざん嫁いびりされた。

なんて言いつけられた日には、こちらとしては大いに恐ろしい。

だから我慢しているお母ちゃんの鬱憤を、

「どうせあたしは嫁き《い》遅れの居候だから」

という叔母さんが晴らしてくれている。

「そもそも義姉さんは嫁いびりなんかできる人じゃないし」

「それは、あたしもお姑《かあ》さんには本当によくしてもらったから、いびり方なんて知らないってだけのことですよ」

夕餉《ゆうげ》を囲んでそんなやりとりをしているとき、黙ってご飯を嚙んでいたお祖父ちゃんが、ちょっと何か言いたそうな顔をした。

あれ？　何だろ。そんなお祖父ちゃんを横目で見て、お父ちゃんも何か察したような顔をしていた。

座敷嫁を大事に囲ったままのかがり屋にも、花という花であたりが覆い尽くされる春が巡り来た。桜の咲き具合と空模様をにらみ合わせて、恒例の花見の段取りが決まる。

当日の朝、ご馳走を詰め込んだ重箱を持たせて男たちを送り出し、かがり屋だけの女花見の支度を調えると、お母ちゃんはお花を呼んだ。

「一緒にお恵さんを誘いに行こう」

空は澄み渡って青く、風は柔らかく、様々な花の匂いを運んでくる。なのに本日もまた閉めっきりの唐紙の前で、お母ちゃんは廊下に膝をついた。

「お恵さん、よかったら出てきて花見をしませんか」

お母ちゃんは、今日は村のみんなが墓所の丘へ登る花見の日であること、かがり屋の女たちはそこにまじれないので、内々で女花見をすること、広間の縁側から見渡す眺めの素晴らしいことを語って、

「わたしの舅《しゅうと》も夫も、与之助も墓所に行ってしまっておりません。いるのは女ばかりです。この際、お恵さんの胸の内を聞かせてもらって、今後の暮らしのことを相談しましょう」

お恵が桜村から出ていきたいなら、そうできるように手伝うと言った。

「体面や面子《めんつ》を大事にする男どもが相手では話になりません。与之助があなたをここから出さな

いのも、半分は夫としての意地でしょうし、半分はあなたのお実家の顔色を窺《うかが》っているからですよ」

だけどわたしは女だからね、と笑った。

「あなたの気持ちがわからないじゃない。あなたのいいようにしてあげたい。姑だと思えば鬱陶《うっとう》しいだろうから、女同士だと思って出てきてくださいな」

その穏やかな口調を聞いているうちに、お花は、お母ちゃんはこの言葉をお恵さんに聞かせたいのではなく、あたしに聞かせたいのだとわかってきた。

女は、こういう不幸な立場に落とされることもある。だけど、どんなときでもお母ちゃんは娘の幸せを願って味方になるよ。

「わたしどもは、この廊下の先を右に曲がったところの、うちでいちばん大きな座敷におります。今日は奉公人たちも外で好きに花見をしているから、本当に内っきりですよ」

桜村は何もないところだ。お恵には貧しくてつまらない山里だろう。

「でも、この季節の花の眺めだけは天下一だから、おいでなさい」

それだけ言い置いて、お母ちゃんはお花の手を引いてその場を離れた。

お祖母ちゃんの位牌も仏壇から出し、お母ちゃんとおりん叔母さんとお花と一緒にご馳走を囲む。筍《たけのこ》と小芋の含め煮。山菜の和え物と揚げ物。朝とれた卵を分厚く焼いて、川魚の皮はぱりっと香ばしく、その肉厚の白い身はとろけるよう。菜の花飯はおにぎりにしてある。酒粕《さけかす》で作る白酒はさらりとして、甘酒みたいなものだから、お花も飲める。

今年の山桜は黄色味が強いとか、花が盛り上がってお山がいっそう丸いとか、風に薫ってくるのは杏の花の香りだとか、花見にふさわしい話もすれば、もっぱらおりん叔母さんが仕入れてきた村の噂も披露される。お母ちゃんがお祖母ちゃんの思い出話を語り、お花はお蚕様のお世話の合間に通う寺子屋で、師匠《せんせい》がおっかないこと、鉦屋の末っ子のみぃちゃんが泣き虫なこと、仲良しの男の子がいるけど、杣《そま》の子供だから、いずれどこかへ行ってしまうだろうこと。

おしゃべりに興じていたら、廊下からするりと人影が近づいてきて、広間の手前の小座敷に入った。そして、一枚だけ開けてある唐紙のところに静かに座った。

お恵だった。

「あら！」

最初に声をあげたのは、おりん叔母さんだ。

「だるまさんが出てきたわよ」

囃《はや》すようだけれど、棘《とげ》のある声音ではない。

お母ちゃんはお恵を見つめるばかりで、何も言わない。でもその目は微笑んでいる。喜んでいる。

「い、いらっしゃい」と、間抜けなことを言ったのはお花である。

敷居の向こうで、お恵は置物のように固まっていた。その目は縁側の先に広がる桜村の花、花、花、花の溢れる景色に釘付けだ。魅せられたようになっている。

お蚕様を養って絹糸をとるのが生業でも、桜村の人びとが身につけるのは麻の着物だ。

しかしお恵は絹物を着ていた。肌は白く、豊かな髪は銀杏《いちょう》返しに結ってある。与之助が気を遣い、女中に世話を頼んでいたのだろう。こもりっきりだったのに、お恵は身ぎれいにしていた。

やっぱり、こんな山里には不似合いな、垢抜けた器量よしなんだ。気の毒だなと、お花は思った。

その目がまばたきしたと思うと、かがり屋の女たちを順ぐりに見つめた。眼差しが揺れている。出し抜けにその場で手をついて、お恵は伏すように頭を下げた。

「お姑さん、おりんさん、お花ちゃん」

あいすみません――と泣き出した。

「そのあとは、女四人で語り合うことになりました」

黒白の間の上座に座り、今や自ら「婆《ばば》」と言う歳になったお花は、十二歳の女の子のような明るい目をして語りを続ける。

「泣くだけ泣いて顔を拭くと、お腹がすいたんでしょうね、お恵さんはご馳走を美味しそうに平らげまして」

元気がつくと、自分の気持ちを打ち明けてくれたのだという。

「正木屋のご主人は、外に向かっては練達の商人《あきんど》でひとかどの人物でしたが、家のなかではむやみに厳しかったそうなんです」

怒りっぽくて陰険で、ちょっとしたことでもねちねちと叱り、いつまでも機嫌を直さない。たまに何かで笑顔を見せ、ほっとした家人が一緒になって笑うと、

――何がおかしい。

たちまち鬼のような顔つきになって、

「さすがに倅さんたちには手をあげませんでしたが、おかみさんとお恵さんはよく叩かれていたそうでございます」

お恵は勝ち気だったので、物心つくと、あんまり理不尽に叱られたり詰《なじ》られたりしたら、父親に言い返すようになった。

「そうすると、誰に向かって口をきいているって、ほっぺたを思いっきりつねり上げられるんだそうですの」

いくら親だって、女の子の顔をつねるのは酷《ひど》いじゃないか。

「指の痕が残るほど強くつねるので、おかみさんが止めに入ると、今度はおかみさんを叩く。そういうのが繰り返されるうちに、お恵さんはすっかり自分の父親が嫌いになってしまったんですね」

正木屋のなかでは息を殺して暮らし、いつかこんな家からは出ていこう、そのときはおっかさんも連れていこうと思い決めていた。

「ところが、十六になったらすぐに縁談を決められてしまって」

相手は四十路《よそじ》で、子供も三人いた。上の子はお恵さんより年上だった。つまり後添いの話だったのだ。

「十六の娘をいきなり四十男の後妻にくれてやろうという父親は、世間じゃそうそう見かけませんが」と、富次郎は言った。

麒麟《きりん》や雷獣よりも珍しいぞ。

「正木屋さんは儲かっていたんだから、借金のかたなんぞではないんでしょう？　よっぽど義理のある人だったんですか」

お花は首を振る。「とんでもない。同じ絹物商ですが、正木屋さんほどの構えのお店じゃなく、ただ先方がお恵さんを見初めて、是非にというだけでした」

器量望みで十六の生娘をねだる四十男など、どれだけ金持ちだろうが男前だろうが嫌らしい。百歩譲って「囲いたい」というならまだ呑み下しようがある嫌らしさだが、どっちみち、その申し出をつるっと受けてしまう正木屋の主人もまたどうかしている。

「まるで娘に嫌がらせしているみたいだ」

つい吐き捨てるように富次郎が言うと、お花は大きくうなずいた。

「わたしどもも、そんなのはただの意地悪だと申しましたの」

お恵本人は、「おとっつぁんのお仕置きです」と言っていたという。

──温和《おとな》しい兄さんたちと違って、あたしは逆らうもんだから、おとっつぁんに憎まれてしまったんです。

「それじゃあ、幼なじみと駆け落ちしたのも、実はその陰険なお仕置きから逃げるためだったんですね」

「まったくそのとおりで、相手も委細承知の上、お恵さんの手を取って逃げてくれたわけなんですが」

坊ちゃん嬢ちゃんの道行きで、金に困ると、幼なじみは（働くとか借金するとか）他の術《すべ》を考えず、すぐさま実家に無心をした。

「それで捕まえられまして、お恵さんも正木屋に連れ戻されてしまったんです」

お花はひとつため息を落とした。

「うちの母は、最初にそのへんの事情を聞かされたときから訝しんでいたそうですが」

――いったい、誰一人、二人をそのまま夫婦にしてやろうと思わなかったの？　お恵さんのお腹に赤子がいるのなら、なおのこと、すんなり添わせてやればよかったのに。

「わたしもそう思いますが、何で駄目だったんですかねえ」

「お恵さんの話では、幼なじみの家の方からもそう請うてくれたのに、正木屋さんがはねつけてしまったんだそうで」

生まれた赤子だけ先方に渡し、お恵はまた籠の鳥に戻されてしまった。

「何が何でも娘を自分の思うとおりにしようってことだなあ」

こんな親がいるもんだろうか。富次郎は憮然《ぶぜん》とする。子供の幸せより、自分の言いなりにさせることが先だなんて。

「それだと、次の出奔も――」

「ええ、男女の駆け落ちじゃあなかった。一緒に逃げた手代も、お店のなかで苛《いじ》められていたので、お恵さんと互いに同情し合っただけのことだそうでございます」

しかしその逃亡もまた失敗し、正木屋の娘は多情だ淫奔《いんぽん》だという噂が立って、

「お恵さんはわたしどもの村に追いやられてきたというわけだったんですの」

鼻筋を掻きながら、富次郎は唸《うな》った。

「片方だけの言い分や、噂を信じてはいけないということですね」

聞き手としても心得ておかねばならない。

お恵は、桜村へ連れてこられる道中で逃げ出すことも考えはしたのだが、それでは付き添い役（見張り役）の乳母と番頭に難が及び、気の毒だし申し訳ない。

――だから祝言までは我慢していて、二人が城下へ帰ったら、死んでやろうと思っていました。舌を噛むなり、崖から飛び降りるなり、川に入るなり、なんぼでもやりようはある。

「でも、祝言を終えた夜に、うちの兄がこう申しましたんだそうです」

こんな縁組みがお恵にふさわしいとは思われないし、自分も本意ではない。半年ぐらいこの家にいて、ほとぼりが冷めたらどこかへ逃がしてあげよう。

「そう聞いて、母も叔母もわたしもびっくりいたしました。兄の与之助は、そんな気の利いたことを言う人ではないんですから」

六尺豊かな大男で力持ち。骨惜しみしない働き者だが、口数少ない朴訥《ぼくとつ》者。

「そういう人の言うことだから、実《じつ》があるというものでしょう」

「でも、お恵さんとしては、鵜呑《うの》みにはできませんわ。兄の気心も知れないし、本気で逃がしてくれるかどうかも怪しい。どうせ正木屋の権勢に勝てっこない田舎の棚主の倅なんぞの言葉はあてにできない」

一息に言って、お花は笑った。

「だから様子見を決め込んで、閉じこもっていたんだと打ち明けてくれました」

だが与之助の態度は変わらず、日々親切に世話を焼き、女中にも言いつけて、お恵が居心地いいように計らってくれる。

「嫌味だかおふざけなのか知れないけれど、叔母さんは毎日声をかけにくる。でも、誰も自分を責めたりいびったりはしない」

だるまさんを続けながらも、お恵の心はだんだんとさざめいてきた。

――かがり屋の人たちには、頼ってもいいのかもしれない。

「そんなところへ母が女花見に誘って、先々のことを相談しようと申し出たものですから、一気に気持ちが振り切れたんでしょう」

しかも、かがり屋の広間から見渡す地上は春一色だった。花という花が咲き乱れている。

「あの景色が、お恵さんの鬱屈を全部吹き飛ばしてくれたんでございましょう」

そこに加えて、花見をするかがり屋の女たちの幸せそうな顔も利いたに違いない。

さんざん語り、話し合い、夕暮れ時、墓所の丘へ花見に行った男たちが帰ってくるころには、かがり屋の女たちの腹も、お恵の腹も決まっていた。

――どこかへ逃がしてくださるといっても、あたしには行く当てがありません。捕まって連れ戻されたらさらに悪いことになりますし、かがり屋にも迷惑がかかります。

ならばいっそ、この縁を受け入れたい。

――ふつつかで不届きな女ですが、あたしを本当にかがり屋の嫁にしてください。

「花見酒に顔を赤くして丘を下りてきた兄は、お恵さんの申し出に、さらに真っ赤になっておりました」

否というわけがない。かがり屋にとっても、これがいちばんの大団円なのだ。

「もうその翌日からは、お恵さんはわたしどもと同じように麻の野良着を着て、髪をお団子にまとめて襷《たすき》をかけていました」

とはいえまるっきりのお嬢様育ち、まずは家事を覚えるところからだ。

「最初のうちは、気の毒なくらい何もできませんでしたけれど」

畳の目に逆らって箒《ほうき》を使い、米の研ぎ方も知らない。水汲《く》みをしたらすぐ足腰立たなくなる。ぞうきんの一枚も縫えない。それどころかぞうきんを上手く絞れない。

「本物のお嬢様だったんですねえ」

富次郎は笑ってしまい、ついでで申し訳ないが、お花に謝った。

「申し訳ありません。わたしは、お話の初めの方では、棚主の娘のお花さんもそういうお嬢様だと思っていました」

「あらまあ」と、お花は軽く目を瞠った。

「でも、それは無理もない勘違いでございますわ。田舎では、名主の娘だろうと地主の跡取りだろうと、本人が放蕩者やろくでなしでない限り、家業を手伝って働くのが当たり前なのですが、こちらに嫁いできて、江戸市中では暮らし方が違うのだなあと、わたしも昔はまごついたものでございます」

今のところ居食いの富次郎にも、これはちょっぴり耳の痛い話である。

「うちの母も叔母も、子供だったわたしも、お恵さんの気持ちはともかく、身体の方が保《も》たないのじゃないかと心配いたしました」

しかし、お恵はよく頑張った。諦めず、投げ出さず、姑《しゅうとめ》に励まされ、おりん叔母さんに陽気に尻を叩かれ、お花に手伝ってもらいながら、だんだんと一人前になっていった。

「ひととおり家のなかのことが身についたら、次はお蚕様のお世話でございます」

絹物を着て、絹糸を手にしたことはあっても、お蚕様を見るのも触るのも生まれて初めてだったから、お恵は当初、可哀想なほど気味悪がったそうである。

「姿形は芋虫でございますからね」

お蚕様に桑の葉を与えて大事に養い、フンを掃除し、繭を作れるほどに育ったら、平箱から一匹ずつつまみあげて、それ用の枠のなかに移す。

「棚主、棚頭の〈棚〉は、平箱や枠を収める棚のことなんでございますよ」

桑畑を耕すのは男たちの仕事だが、桑の葉を摘み取り、籠で担いで持ち帰り、汚れや虫食いを除《の》ける作業は女たちの分担だ。

「白魚のようだったお恵さんの指が荒れてささくれるので、兄が馬油を塗ってあげながら、よく労《いたわ》っておりました」

夫婦仲は睦《むつ》まじかったのである。

「もう一つ、これも土地の者には何ということもないのですが」

糸をとるためには、お蚕様の繭を煮なければならない。このとき上がる湯気が、すさまじく臭いのだという。お恵はこれに苦しんで、しょっちゅうえずいていたものだから、

――これじゃあ、悪阻《つわり》があってもわかりません。お姑さん、どうしましょう。

「うちの母は、あたしにはわかるから大丈夫だと笑っておりました」

「どんな臭さなんでしょうか」

富次郎の問いかけに、お花は小首をかしげる。

「わたしどもは子供のころから慣れ親しんでおりますし、臭いとも嫌だとも思いませんのでねえ

「……」

しばらく考えてから、目を上げた。

「そういえば、こちらに嫁いできてから、こんなことがございました」

婚家で、女中がうっかりゆで卵を腐らせてしまった。

「真っ黒になった卵を前に、食べ物を粗末にするのはけしからんと、姑がこめかみに青筋立てて叱っておりますときに、わたしにはその腐った卵の臭いが懐かしく感じられたんですの」

ああ、繭を煮る匂いだと。

それを口に出してみると、若いころ知り合いの棚主の下で働いたことがあるという舅が、手を打って同意したそうである。

「それは……かなりのものですね」

富次郎は胸元を押さえた。

「湯気というのがまた辛《つら》そうだ」

お花はけろりとしている。「熱うございますしね。でもお恵さんも、何とか堪えられるようになりましたよ」

お蚕様のことも、だんだんと「可愛らしい」と言うようになった。

「村ではお蚕様は神様ですから、上から愛でるような言葉は失礼にあたりますが、まあ大きな声で言わなければよろしいので」

幸いお恵は手先が不器用ではなかったので、繭から糸をとる作業も、いったん要領を覚えるとするする上達した。

「叔母が、あたしより上手くなっちゃったとひがむくらいでございました」

お恵が真にかがり屋の嫁になり、与之助の妻になり、家族の皆が本物の悪阻を待ち望むようになり、かがり屋の日々は忙しく、幸せに過ぎていった。

暦がめくれて、翌年の春。

丸い山々がうっすらと桃色や桜色に染まり、無数のつぼみが膨らむ音までかすかに聞こえてくるような気がする。

「わたしの祖父と両親、お恵さんから見れば大舅と舅と姑になりますが、そこに兄も加わって、恒例の丘の墓所の花見の段取りをしているときでございました」

嫁の分際で生意気だと重々承知の上ですが――と断って、お恵が口を挟んできた。

「かがり屋の女だけ、どうして墓所の花見に行っちゃいけないんですか」

問いかけに、大舅も舅も姑も、夫の与之助でさえぽかんとした。

「お姑さん、今まで不思議に思わなかったんですか」

「だって、そういう決まりなのよ」

慌てて与之助もうなずく。

「死んだ祖母ちゃんも、祖母ちゃんの姑さんも、丘の花見には行かなかったって」

「どうして？」と、お恵は食い下がる。「誰がなぜそう決めたんですか」

ほかの棚主の家では、家族揃って墓所の丘を登っている。かがり屋だけ、女たちは留守番というのはおかしくないか。

「百歩譲って、桜村の棚主はみんなそうしているというのなら、まだわかるんですけど」

今の状態では、かがり屋の女たちだけつまはじきにされているみたいである。

「つまはじきだなんて」

女花見は気楽で楽しい。かがり屋の女の方がむしろ得をしているという姑の言に、

「それはそうでも、丘の上に登らなくちゃ、本当に天下一の、地上の極楽のような景色は見られないんですよね？」

「まあ、そうだけど……」

「お恵さん、丘の上からの景色を見てみたいのかい？」

ちゃんと夫婦になってからも、いまだに女房に「さん」付けしている与之助だ。

「ええ、見てみたい。丘の下にいても桜は充分にきれいだけど、丘の上からだと、ただきれいだとか見事だという以上の景色なんだって、与之助さん教えてくれたでしょう」

おまえ嫁にそんなことを吹き込んでたのかと父親に睨まれて、与之助は首を縮め、

「あ、そんなら」と、パッと顔を明るくした。「花は一日で散っちまうわけじゃねえ。村の花見が終わったら、おれがお恵さんを丘の上へ連れてってあげ――」

その言葉を、大舅がものすごい勢いで遮った。「いかんいかんいかんいかんいかん！」

「え？」

「村の花見でなくとも、ともかく桜の時期には、かがり屋の女は墓所の丘を登っちゃいかんのじゃ！」

若夫婦は顔を見合わせ、舅と姑は大舅の剣幕に目をぱちくりさせた。

「親父、何もそんなに怒らなくても」

「そうだよ、祖父ちゃん」

倅と孫に窘められ、それでも大舅は拳を握って、痩せた身体を震わせる。その顔色に、

「あたし、よっぽどいけないことを口に出してしまったんですね。すみませんでした」

お恵が殊勝に謝ったので、その場はそれきりになった。

だが、お恵は納得していなかった。

かがり屋では、彼女一人が他所者《よそ》である。城下の実家にいたときとは、暮らしの隅々までがまるっきり変わった。桜村で経験するのは、ほとんど全てが初めてのことだった。

冬の最中《さなか》、軒下まで積もる大雪に驚き、前が見えなくなるほどの吹雪に怯《おび》え、大人の腕ほどの太さになる氷柱《つらら》にまた驚くお恵に、

「この凍りつく冬が明けたら、どれほど美しい春がやってくるか。春の眺めがどれだけ楽しく嬉《うれ》しいものか」

荒れてかじかむお恵の指先を温めながら、飽きずに語って聞かせてくれた与之助の優しさを頼りに、初めて一心に働きながら厳しい冬を乗り切ったお恵である。なのに、

――この世でいちばんの景色だ。

と夫の言う、肝心の丘の上からの景色は見られないなんて。二人で肩を並べて眺めることができないなんて。

つまらない。理不尽だ。

実家の正木屋でさんざん父親の理不尽に苦しみ、やっとかがり屋で人並みの幸せをつかんだと思っているところだから、なおさらこの「そういう決まり」が腹立たしい。裏切られたような気

がするのだ。

お恵はおりんにその不満を語り、お花にも、「丘の上から花見をしたいと思わない？」と問いかけた。本人はひそひそ言っているつもりでも、お嬢さん育ちで気が強いところは、いい嫁になっても残っているから、実はあけっぴろげな不平になって、家じゅうに聞こえてしまっていた。

これではさらに「いかん！」と思ったのだろう。翌日の夕餉のあと、かがり屋の大舅は、自分の前に家族を集めた。

「いい話じゃねえから、言わずに済めばそうしたかったんじゃが」

かがり屋の決め事に黙って従えない嫁がいる以上、そういうわけにもいくまい。渋柿を噛んだような顔で、そう切り出した。

「かがり屋の女が墓所の丘から花を見られんのは、そうすると命を落とすからじゃ」

あの物騒な階段から転げ落ちるのだという。

お花はまるっきり初耳だった。お母ちゃんもおりん叔母さんも目を剝いている。むしろお恵義姉さんだけが落ち着いていて、

「与之助さんは、その話を知ってた？」

お兄ちゃんは口あんぐりである。

「いや、俺も何も知らねえ」

「だから、言わずに済めば蒸し返しとうなかったと言うとる」

お祖父ちゃんがこんな険しい顔をするのを、お花は初めて見た。お恵が嫁として落ち着いて、ほっとしたのか、この冬はよく風邪で寝込んでいたし、近ごろは春の兆しに気がほどけたのか、

縁側で日向の猫のように居眠りばっかりしているのに。

「事の起こりは、儂《わし》のひい婆様じゃ」

と、えらく遡《さかのぼ》って語り出した。

「そのころはまだ、うちは棚主どころか鉦屋の雇人の一人で、棚頭でさえなかった」

かがり屋は鉦屋の雇人から出世して、まず棚頭になり、棚主になるときは鉦屋のお蚕様を分けてもらった。

おりん叔母さんと亡くなった彦松さんの縁談も、両家のそういう関わりから成った話だ。もともと桜村は狭いところで婚姻が入り組むのを厳しく嫌い、嫁はほとんど外から迎えるので、二人が無事に添っていれば珍しい組み合わせになるところだった。

ただ、お蚕様を分け与えたり、分け合ったりすることは珍しくない。人と同じで、お蚕様もいろいろな血が混じった方が丈夫になるし、いい糸を吐く種が生まれてきやすいからだ。頻繁にあることだから、いちいち分け与えた方を上に、分けてもらった方を下に扱うわけでもない。古株の棚主の方が目上にはなるが、それだけのことだ。

「儂のひい爺様とひい婆様は、鉦屋の雇人同士で夫婦になりよった。ひい婆様はこの村の生まれではのうて、実はどこの出ぇかはっきりせなんだそうじゃ」

お祖父ちゃんが聞いた話では、近在で揉め事を起こして八分《はちぶ》になった家の娘だとか、城下で潰れた商家の娘だとか、逃散者《ちょうさん》が流れ流れて桜村の雇人になったんだとか、ともかく、あまりいい生まれではないということだけは知られていたそうだ。身よりもなく、一人で鉦屋に住み込んでいたという。

「そンでも、ひい爺様はひい婆様に惚れとったから、夫婦になったんじゃがな」

一男二女の子宝に恵まれ、夫婦は仕事に励んだ。円満な家族だったが、娘たちが良縁を得て嫁ぎ、倅が他所の村から嫁をもらうと、それまでは温和《おとな》しく、少し陰気ではあったものの、角《かど》のある気質ではなかったひい婆様が、人が変わったように激しい嫁いびりを始めた。

「雇人の暮らしは楽じゃねえ。それでも文句の一つも言わねえ出来た古女房だったのに、倅がもらった嫁には、鬼に憑かれたように辛くあたりおったんじゃ」

倅の嫁はけっして不出来ではなく、身体も丈夫な働き者だった。

ただ、夫より二つ年上だった。こういうのは人によって、家によっては傷だと思うかもしれない。しかし、仲人役の村長《むらおさ》夫婦など、

――姉さん女房は金《かね》の草鞋《わらじ》を履いて捜せというじゃないか。

と、むしろ寿《ことほ》いでいたのに、ひい婆様だけは目を吊り上げてこれを憎んだ。

ちゃんと赤子を産めるのか。その歳まで嫁き遅れていたのは、行いがよくなかったからなのだろう。何も根拠はないのに難癖つけて、いびることといびること。

嫁だけ飯を食わさない。夏場の暑いときに水を飲ませない。真冬のまっただ中に裸足で外へ追

い出す。何か気に障ったと言って叩く。髪をつかんで引きずり回す。やることが遅いと蹴っとばす。夜中に寝床から引っ張り出し、ぎゃんぎゃん説教をかまして眠らせない。

「ひい爺様も倅も、ひい婆様が正気を失ってしまったと思ったそうじゃ」

事あれば嫁をかばい、ひい婆様に意見し、何とか嫁いびりをやめさせようとしたのだが、「ひい爺様や倅がかばえばかばうほど、ひい婆様は意地になって嫁を責めた」

そんな暮らしだったせいか、嫁してまる二年、倅夫婦は子に恵まれなかった。それもまた嫁いびりの種になった。

ところが、三年目になってやっと嫁がみごもった。やれ嬉しや、孫ができるとなれば、ひい婆様も改心してくれるのじゃないかと、他の家族は思ったのだが——

甘かった。ひい婆様は、腹の赤子もろとも嫁を亡きものにしようと企《たくら》んだ。

「畑で桑の葉を刈るとき、みんな竹筒の水筒を持っていくじゃろう。ひい婆様は、嫁の水筒にネズミとりをまぜたんじゃ」

ネズミはお蚕様を食ってしまうので、桜村ではどの家にもネズミとりの石見《いわみ》銀山が備えてある。恐ろしい毒物だ。

「幸い、水の味がおかしいのに気づいた嫁がすぐ吐き出したんで、命に別状はのうて済んだんじゃが、それを知ったひい婆様が、まさに地団駄踏んで悔しがっての」

悪鬼さながらのその姿に、ひい爺様の情も、倅の母親への想いも底をついてしまった。

「村長と鉦屋に相談してな。鉦屋の薪小屋を空けてもろうて、そのなかへひい婆様を閉じ込めることにした」

一日一食と水は運ぶが、本人の頭が冷えるまでは誰も関わらない。もう、そうするしか嫁を守ることはできないと諦めたのだ。小屋の板戸に閂《かんぬき》をかけながら、倅はおいおい泣いたという。

「――んじゃが、五日もしないうちに、いったいどうやったのか、ひい婆様は小屋から逃げだした」

そして墓所の丘に登り、てっぺんにある山桜の枝で首をくくって死んだ。

ちょうど雪解けのころだったという。

「ひい婆様は、墓所の丘に埋められた。恨みを残して死んだ者だからこそ、供養は手厚くしたそうじゃ」

桜村の墓は家ごとになっており、盛り土をした上に柵を設け、その柵に沿って卒塔婆を土に差していく。手作りの素朴なもので、名前と享年を書いてある。

「ひい婆様の卒塔婆は、何度土に差しても倒れてしまうんで、とうとう縄で柵に縛りつけねばならんかったそうじゃ」

その様に、倅はもう泣くこともなく、嫁と一緒に顔を強《こわ》ばらせるばかりだった。

やがて春が来て、花という花が咲き乱れ、桜村の衆は墓所の花見に丘を登った。

「このころは、まだ村の雇人の数も少なかったんで、棚主や棚頭だけでなく、村じゅうこぞって花見をしたんだそうじゃ」

老若男女が集い、前の年にようやくてっぺんまで作り上げられたばかりだった、あの階段を登った。

「ひい爺様は嫁の手を引き、倅は嫁の腰を押し、腹の赤子に障らんように、ゆっくりゆっくり登っていった」

嫁は気が進まぬようで、足取りは重かった。

――あたしがここから花見なんぞしたら、またお姑さんがお怒りになる。もうそんなことを言うてくれるな。死んだ者は仏になった。忘れてやれ。それより、一目見れば寿命が延びるような丘の上からの景色を、腹の赤子にも見せてやってくれ。

そう励ましながら、嫁を丘の上まで連れて行ったのに。

「嫁が階段の最後の一段をあがった途端に、恐ろしい音がしたそうじゃ」

その場の誰もが立ちすくむほど、はっきりと響き渡った。

ばきん。

「驚いて見てみれば、ひい婆様の卒塔婆が真っ二つにへし折れていたそうな」

嫁は怯えた。ひい爺様も倅も震え上がった。回れ右をして、嫁をここから遠ざけようと、丸太の階段の縁まで戻ったとき――

後ろから誰かに背中を強く押されたかのように、嫁は頭から階段の方へと飛び出した。

一瞬、その両足が地面から浮くのを、ひい爺様も倅も見た。嫁は前のめりになり、つかまるところを探して両腕を宙に泳がせた。倅も慌てて嫁の後ろ襟をつかもうとした。ひい爺様はかろうじて嫁の着物の袖をつかんだ。

着物の袖は、肩の縫い目からあっけなく破れた。

ごろごろ、ごろごろ。転げ落ちてゆく嫁の目は開いていた。何が起きているのかわからない、いったいどうしたのと問いかけるように、その口も開いていた。悲鳴をあげる暇はなかった。何段目かに転げたところで、首の骨が折れたからだ。

ぼきん。

ひい婆様の卒塔婆が折れたときと、よく似た音がした。

「嫁の身体は、踊り場のところで何とか止まったが、首だけでなく手足も折れて」

左足の膝から下と、右の肘から先が、とんでもない方向にねじれていたという。

「ひい爺様も倅も深く悔やんだ。どんなに悔やんでも悔やみきれなかろうがの」

絞り出すように言って、お祖父ちゃんは口をつぐんだ。その皺顔に暗い影が落ちている。

あまりにも恐ろしくて、お花は命が縮む思いだった。隣でお恵さんが身を固くしている。お母ちゃんは黙り込む皆の顔を見回し、お父ちゃんは口をへの字に曲げてうなだれている。

「――そのお嫁さん、どこに葬られたの？」

問いかけたのは、おりん叔母さんだ。

「まさか丘の墓所じゃないでしょうね。それじゃ可哀想すぎるもの」

喉がかすれたのかちょっと咳をしてから、お祖父ちゃんはかぶりを振った。

「生まれた村に帰しよったそうじゃ」

「ああ、よかった」

倅は長く後添いをもらわなかった。いや、もらえなかったと言う方が正しい。前の嫁が村じゅうの者の目の前であんな死に方をしたのだから、縁談を持ちかける者がいなかったのだ。あれじゃ倅さんが気の毒だからと、遠くの村や城下の商家や織元との縁談をまとめようとする者が現れても、必ず誰かが「前の嫁はお腹の赤子もろとも」と先方に注進して、その話を潰してしまった。

「けども、それじゃあうちが絶えてしまうからの」

——一つの村のなかで、そんなことがあっちゃ、別の恨みになる。

「村長《むらおさ》がそう言って皆を取りなしてくださって、前の嫁が死んでから六年後、城下のある糸問屋で奉公していた女を後添いに迎えることができたんじゃ」

ひい爺様も倅も、前の嫁と赤子を亡くしたときの恐怖と後悔をけっして忘れなかったから、この後添いはけっして村の花見に連れていかなかった。そもそも、墓所の丘を登らせることもなかった。

「だから、後添いは無事に長男を産んだ。それが儂のおとうじゃ」

続けて次男、長女、三男と、お産も軽く丈夫な子を産んで、この後添い（お花のお祖父ちゃんのお祖母ちゃん）はすっかり桜村の人となって落ち着いた。それを見届けて安堵したかのように、お祖父ちゃんのおとうが八歳のとき、ひい爺様は亡くなった。

激しい病や怪我のせいではなく、年老いて身体が弱り、灯が消えるような穏やかな死だった。

それでも、数日前から本人には何となく感じるものがあったらしく、

——言い残しておくことがある。

と、倅と後添いを呼んで話をした。

墓所は家ごとになっているから、ひい爺様は、死んだら、先に逝ったひい婆様と同じところに埋められる。

——儂の弔いでも、けっして嫁を丘に登らせるなよ。頼むから約束してくれ。

――あの世に行ったら、儂がよくよく女房に言い聞かせて、もう二度と祟らねえようにさせるつもりだ。けども、あの情の強《こわ》い婆様のことだから、そうやすやすと怒りを解いてくれるとは思えん。

――道理のねえことで、悔しかろう。しかし命がいちばん大事じゃ。うちの嫁は、丘の墓所に近づいたらいかん。

倅と後添いは、固くその戒めを守った。何年も何年も、花見ではなく墓掃除や雑木林の伐採や草刈りであっても、後添いは墓所の丘に登らなかった。

その年月のなかで、倅は鉦屋の棚頭の一人になった。それ自体は喜ばしいことだが、お蚕様でおまんまをいただいている村のなかで、棚頭という要《かなめ》の職に就くということは、それ相応の責任を負い、雇人やその家族の手本になるということでもある。

その手本の嫁が、墓所の丘にまつわる一切の労役を逃れているのはいかがなものか。そういう声が、ちらほらと聞こえてくるようになった。

勝手なものだ。前の嫁の横死の後、さんざん倅の次の縁談を邪魔して、「あの家の姑の怨念は怖いぞ」と騒いだくせに、ようよう後添いが落ち着いて家が富んでくると、手のひらを返してくさすのだから。

――とうの昔に死んだ姑の念を怖がって、今の嫁を怠けさせるなんざ情けない。

こういう難癖を、倅よりも後添いの方が気に病んだ。盾になってくれるひい爺様も、もういない。

夫婦で話し合い、「遊び事ではなく労役ならばよかろう」と、後添いは夏の草刈りに、初めて墓所の丘へ登ることになった。当時は命がけの決心だったことだろう。

だが、何事もなく登って降りてきた。

そうか、働くのなら大丈夫なのだ。ひい婆様の怒りも怨念も、嫁が遊んだり楽しんだりするのでなければ障りはしないのだ。

これは家の決まりとして、倅と後添いの口から、跡継ぎの長男と、彼が迎えた嫁にも伝えられた。

「儂のおとうとおかあじゃ」

お花のお祖父ちゃんは言って、懐かしそうに目を細めた。

「二人とも元気な働き者じゃった。おかあの実家は村長の遠縁にあたる家だったもんで、村長が何かと気に掛けてくれてての」

それをやっかまれ、村の女衆に嫌味を言われることはあったものの、後添いとのあいだに嫁姑の争いは一切起こらなかった。

それもまた、この家の戒めだった。姑の嫁いびりは、ひい婆様だけでもう充分。どんなに恐ろしいことになるか、骨身に応えた。うちの姑と嫁は心して仲良く助け合う。もともとは姑だって嫁だったのだ。それを思い出すなら、なんも難しいことはない。

そこまでお祖父ちゃんの話を聞いたとき、お花は「あっ」と思い至った。

以前に夕餉の場で、お母ちゃんとおりん叔母さんが、「義姉さんは嫁いびりなんかできる人じゃない」「お姑さんには本当によくしてもらったから、いびり方なんて知らない」というやりとりをしたとき、お祖父ちゃんが、何か言いたそうな顔をしたのも、お父ちゃんが察したような顔をしていたのも、このことがあったからなんだろう。

「お父ちゃん、この話を知ってたんだね」

お花が問うと、お父ちゃんはちょっと慌てた。「ここまで詳しくは知らんよ。ただ、お父ちゃんのおばあとおかあは本当に仲が良かったし、俺に縁談が舞い込むぐらいの歳になると、おかあに言い聞かされたことはある」

――この家の女たちは、仲良く助け合い労り合って暮らさないと祟られてしまうんだ。だからあんたの嫁になる人にも、そのつもりでうちに来てほしい。

おりん叔母さんが「ふうん」と言った。

「でもさ、それってこの家の〈嫁〉に限った話でしょう。娘は外れるじゃない」

なのになぜ、「かがり屋の女はみんな花見に（楽しみのために）墓所の丘へ登ってはいけない」という戒めになるのか。

すると、お花のお祖父ちゃんはまたぞろ渋柿顔になって、おりん叔母さんを見据えた。

「それはな、儂のおとうに、今のおめえとそっくり同じ賢《さか》しらなことを言う妹がおったからじゃわ」

お祖父ちゃんのお祖父ちゃんとお祖母ちゃんの長女、つまりお祖父ちゃんの叔母さんは、おりん叔母さんと似た気性で、さばさばして頭がよかった。そして理屈を言うヘキがあった。

で、「あたしはかがり屋の嫁じゃなくって娘だもん」と、花の盛りに墓所の丘へ登った。

「ちょうど縁談がまとまって、他所《よそ》へ嫁ぐ前だったんでな」

――出て行く前に、いっぺん丘の上から満開の花の景色を見てみたい。

「それでもおとうが叱って、村の花見にはまじらせなかったもんで、その翌日に」

叔母さんは、幼なじみの村娘を誘って、花の盛りの丘を登っていったのだった。

「それでどうなったんですか」

大真面目な顔で、お恵さんが尋ねた。膝の上で手を握りしめている。

「てっぺんへ着く前に、踊り場からふもとまで転げ落ちてきよったよ」

語るお祖父ちゃんの声音には、低く脅しつけるかのような響きがあった。

「一緒にいた幼なじみは、半狂乱で泣きわめいとった」

――いきなり誰かに肩を押されたみたいに、仰向けに落ちていったんです。

お祖父ちゃんの叔母さんは、丘を登り切ることさえできず、またぞろ首を折って死んでしまった。

お花はお母ちゃんの顔を見た。お母ちゃんは肩を落とし、自分の手をいじっている。そのまま、呟くように言いだした。

「その話は、嫁にきたばかりのころ、お姑さんから聞かされた覚えがあります」

だからこの家の女は、どんな形でだれと一緒であっても、花見のために墓所の丘を登ってはいけない。

丘のてっぺんで、「姑の墓」が見張っている。この家の女たちが楽をしないよう、遊ばないよう。自分の怒りを、恨みを、祟りを軽んじないように。

「儂の代でうちが棚主になり、かがり屋の屋号をいただいたときは、村長がたいそう喜んでくれての。ちょうど春先じゃったから、墓所の丘の上で天下一の花を眺めながら祝いをしようと誘うてくれたけれども」

お祖父ちゃんは断った。祝うなら、せっせと働いてくれる女たちもまぜてやりたい。それには、丘の上の墓所は駄目だ。あの「姑の墓」に、かがり屋の女たちの幸せを見せつけてはいけない。

お祖父ちゃんを囲んで、みんな黙り込んだ。

さっきはお祖父ちゃんに「娘は外れるじゃない」と口答えしたおりん叔母さんが、ひどく険しい顔をしている。その隣で、お恵さんは宙に目を凝らしている。そのまま、

「何て意地悪なんだろう」

誰に対してでもなく、宙に向かって喧嘩を売るように吐き捨てた。

「まるでうちのおとっつぁんみたい。横暴で権高《けんだか》で根性が曲がってて」

お恵さん――と、与之助が窘める。お兄ちゃんは怖《お》じけているんだと、お花は思った。

「そんな口をきいちゃいけないよ」

「ごめんなさい。だけどあたし、こういうのってホントに本当に腹が立つの」

「やめときなさいよ」と、おりん叔母さんが言った。「因果因縁に腹を立てたって、こっちが損をするだけだよ」

「叔母さんがそんな弱気になるなんて」

「弱気じゃないわよ」

気を悪くしたのか、叔母さんの口調が尖った。「ただ、よくよく性質《たち》の悪い祟りだと思うからさ。だって、自分の血筋の女だって容赦しないんだよ?」

ここは割り切って、昔からの決まりに従っておいた方が得策だ。

「うちの女花見は楽しかったでしょ？　今年もあれでいいじゃないの」

「女花見の楽しさと、この祟りの意地悪さとは話が別です」

あいだに入って、お花のお母ちゃんがおろおろしている。

「もう遅いから、話はここまでにしましょう。村の花見まではまだ日があるし、ゆっくり考えてみたらいいじゃないの」

そうしよう、それがいいと、お父ちゃんとお兄ちゃんが口を揃える。長い語りを終えたお祖父《じい》ちゃんもくたびれているので、その場はお開きとなった。

しかし、この話は後を引いた。

お恵にも、言い出したら聞かないところがある。最初に村の花見のことで文句を言い、駄目だと怒るお祖父ちゃんの顔色を見て引き下がったのに、すぐまた蒸し返してみんなにあれこれ問いかけたときと同じで、はいそうですかと諦める気などまったくない。

「お祖父ちゃんの叔母さんが亡くなったのなんて、ずいぶん昔のことですよね。今はもう、祟りも消えているんじゃないかしら」

それはどうだかわからない。かがり屋の女はずっと花の時期に丘を登っていないのだから、確かめようがない。

「だったら、あたしが確かめてみますよ」

やめておくれやめてくださいと、与之助が泣かんばかりに止めるのに、かえってムキになる。

「与之助さんだって、悔しくないの？　とっくの昔に骨になって土にかえってる、何代も前の性悪の姑のせいで、あなたのお母さんも叔母さんも妹も、女房のあたしも天下一の眺めから遠ざけられているのよ」

「それはそうだけど……」

「あたしが丸太の階段から転げ落ちるのが心配なら、与之助さんが背負ってくれない？」

大柄なお兄ちゃんなら、お恵さんをおんぶするぐらい何でもない。軽々と丘のてっぺんまで登れるだろう。

「あたし、この意地悪な祟りを打ち負かしてやりたいの」

そうすることで、自分のような跳ねっ返りを受け入れて、辛抱強く教え養ってきてくれたかがり屋の女たちに恩返しをしたい。桜村だけの天下一の春の景色を、お姑さんが、おりんさんが、お花ちゃんが眺められるようにしてあげたい。

若夫婦がそんなふうに言い合い（もっぱらお恵が言う側だが）しているのを、数日のあいだ見守っていて、思うところがあったのだろう。お母ちゃんが切り出した。

「——村の花見の前に、墓所の掃除をしに行くならばいいんじゃないかしらね」

お母ちゃんとお恵さんの二人で、箒とゴミ入れの麻袋を持ち、野良着に襷《たすき》掛けで丘を登っていくならば、遊び事にはならない。楽しみ事でもない。

「永年、村の花見に加わらず、お手伝いをしないままだったかがり屋の女が、今年はせめて事前のお掃除をさせてもらいたいと、村長にお願いしてみましょう」

それなら正式なものになる。誰の目から見たって、立派な労役になる。

「思いつきで言ってるんじゃないのよ。実は、あたしもずっと気にしていたんですよ。村の花見に行くほかの棚主のおかみさんやお嫁さんたちは、男衆の飲み食いの世話があって、それなりに忙しいはずなんだから」

似たようなことを、確かにおりん叔母さんも言っていたことがある。だから、家に残ってる方がいいわよ、と。

「ホントですか、お姑さん」

お恵さんは飛びついてきた。でも、与之助は顔色を変えた。

「とんでもない！　そんな言い訳をこしらえてでも行かなきゃ気が済まねえっていうんなら、俺も一緒について行くよ」

お恵さんを背負ってやる、お母ちゃんも背負ってやる。二人が自分の足で丘を登ったり下りたりしなくていいように、俺がおぶって運んでやる！

お兄ちゃんの張り切りぶりに、お恵さんは嬉しそうだったし、お母ちゃんも笑っていた。その様子に、お花の心もふっとほどけた。

「そんなら、あたしも行きたい」

お花も、丘の上から極楽浄土のような景色を見てみたいと思っていたのだ。心の内には憧れが溜《た》まっていた。

「よし、お花も背負ってやる」

お祖父ちゃんは怒り顔だし、お父ちゃんはへどもどしているのに、話は決まった。

「かがり屋さんがそうしてくれると言うなら、儂《わし》らに否はねえ。有り難いお話じゃ」

村長は、村の花見の前に墓所の掃除をしに行きたいというお母ちゃんの申し出に、快く応じて

くれた。それでもやっぱり、

「わざわざ日をずらしたりしねえで、かがり屋さんの女衆も村の花見にまじっちゃどうかね。わっしはもちろん、皆も毎年そう思っていたんだよ」

と諭されるのも無理はなく、お母ちゃんは丁寧に頭を下げた。

「うちの代々の女花見の決まりを、今年からは思い切って曲げようというんでございますから」

「うん……まあ、いきなり、すっかり曲げてしまうのは無理なのかな。一日や二日ずれたところで、満開の眺めに差はねえしなあ」

という次第で、かがり屋の墓所掃除は、村の花見の一日前と決まった。

当日、空は晴れ、心地よい春の風が吹き、村を囲む丸いお山は花でいっそう丸くふくらみ、心弾む花見日和であった。

かがり屋の面々は、お父ちゃんを先頭に、お母ちゃん、与之助・お恵の夫婦が続き、うしろにお花がくっついて、墓所の丘へと足を向けた。お母ちゃんは柄杓《ひしゃく》を入れた手桶《ておけ》を提げ、お恵とお花はそれぞれ箒を手にして、三人とも襷を掛け、大小の包みを背中に縛りつけている。与之助は手斧《ちょうな》や鍬《くわ》、筵《むしろ》を巻いたのを背中にしょって、着物の裾を尻っ端折《ぱしょ》りし、鉢巻きまでしめて勇ましい。

墓所の丘のふもと、丸太を並べた階段の下に着くと、お父ちゃんがあらたまった顔をして、丘に向かって一礼し、大きな声で挨拶した。

「桜村のご先祖様、かがり屋の者どもがこれからお掃除に参ります。騒がしゅういたしますが、しばらく堪《こら》えてやってください」

それから、家族の顔を見回した。

「そんじゃ、励んでこい」

あくまでも、これは労役だ。花を眺めに行くのではなく、働きに行くのだ。きっちりそう断らないと許さねえと、お祖父ちゃんが言い張ったからだった。

お父ちゃんは丘のふもとで踵《きびす》を返す。これだって、引き換えに与之助だけは女たちと共に丘に登るのを許してやってくれと頼み込んだ結果だ。お祖父ちゃんはいっとき、

「嫁のわがままをほいほい聞き入れてうちのしきたりを破ろうとする跡取りなんざ、要らねえ。与之助は勘当じゃ」

とまで言って怒っていた。

この墓掃除という名目の丘の花見に、おりん叔母さんが欠けているのは、叔母さん本人の考えだった。

「あたしには、あんまりいい事じゃないように思えるのよ」

これまでずっとそうしてきたように、おりん叔母さんは、お母ちゃんにだけは素直な胸の内を話していた（お花もいつものように立ち聞きしていた）。

「なんだかんだ言いながらも父さんが折れたのも、兄さんが味方しているのも、お恵さんがただの嫁じゃなくて、正木屋さんからいただいた嫁だからよ」

お恵は、正木屋の威光をかさに着て、かがり屋のしきたりに逆らっているのだ。

「そんなに悪くとらなくても……」

お母ちゃんが苦笑いするのに、おりん叔母さんはにこりともしなかった。

「義姉さんだって、最初からお恵さんの肩を持っていたのは、正木屋さんに気を使ったからでしょう。あたしは義姉さんをやりこめようと思ってこんなことを言ってるんじゃない。ただ、嫁《い》き遅れで居候のあたしは岡目八目で、そういうことがよく見えるって知っておいてほしいだけ」

だから叔母さんは家に残り、朝から一人できりきり立ち働いている。見送りにさえ出てこなかった。

墓掃除をするとなれば、道具も支度も必要だから、与之助が本当に女たちを背負うなんてことができるわけはない。それに、お母ちゃんもお恵もお花も、丸太の急な階段を登る足取りは軽かった。

途中の踊り場で子供たちの墓に手を合わせると、お母ちゃんは亡くした子供のことを語った。

「あたしも、早く授かりたいです」

優しい目をしてお恵が呟き、与之助が照れる。お花は、可愛い赤子を抱っこするときのことを思ってうっとりした。お兄ちゃんとお恵さんに子供が生まれたら、あたしが叔母さんになるんだと思うと浮き浮きした。

丘のてっぺん、丸太の階段の最後の一段では、お母ちゃんとお恵とお花の三人が肩をくっつけて並んで手を繋ぎ、

「そぉら！」

声を揃えて、一緒に足を踏み出した。

誰が最初なのでもない。誰のせいでもない。かがり屋の女三人が、同時に古いしきたりを破ったのだ。

丘の頂上は平らで、村の各家ごとに柵で仕切られた墓所が、うらうらと陽《ひ》ざしを浴びていた。桜や杏や桃や梅の木に混じって、樫や椽《くぬぎ》の木も生えている。そうした緑の木々が憩いの日陰をつくり、花木はのびのびと枝を伸ばして、今が盛りと咲き誇っていた。

かがり屋の女三人は、初めてそこから見おろす春爛漫《らんまん》の下界の眺めに、ひととき、言葉を失った。

花で彩られた丸いお山に囲まれて、桜村は花景色に埋もれかけている。

きれいだとか、美しいとか見事だとか言い表すことができない。どんな言葉を連ねても、そこから花の美が溢れてしまう。

見惚れているうちに、お花は頭のなかが花でいっぱいになるのを感じた。胸の奥にも花が満ちた。息をすると、鼻からも口からも、色とりどりの花びらが溢れ出てくるような気がした。

「――この村に来られてよかった」

嚙みしめるように、お恵が言った。

「お姑さん、ありがとう。与之助さん、ありがとう」

お花はお母ちゃんの顔を仰いだ。花の色を映してほんのり紅潮しているその頰に、涙の筋がついていた。お母ちゃんは微笑みながら涙を流しているのだった。

「俺も、母ちゃんとお恵さんとお花とこの景色を見られてよかった」

目を細めて、与之助も言った。

「毎年、村の花見に来る度に、うちの母ちゃんたちにもこの満開を見せてやりたいって思ってた」

また誰からということもなく、今度は与之助もまぜて四人で手を繋ぎあい、丘のてっぺんで大きく深く息をした。

「さあ、取りかかろうかね」

お母ちゃんに促され、墓掃除を始めた。当番を決めて、折々に村のみんなできれいにしているから、四人でも手に余ることはなかった。草をむしり、はみ出した枝を伐《き》り、溜まった落ち葉を掃き、蜘蛛《くも》の巣を払う。

丘の墓所には石で囲んだ雨水溜めを設けてあるので、掃除にはそこの水を汲み出して使う。桜が咲き出す前は春雨が続いていたので、水はたっぷり溜まっていた。

お花は一心に働いた。ときどき顔を上げてみると、お母ちゃんやお恵と目が合った。その目の輝きに、いっそう心が弾んだ。

かがり屋の柵の内側を浄《きよ》めるのは、いちばん最後にとっておいた。村長の許しをもらって、村の代表で掃除に来たのだから、自分のところは後に回すのが礼儀というものだ。

お祖母ちゃんが亡くなって以来、かがり屋に不幸はない。盛り土はほとんど平らになっており、その上に桜や杏の花びらがたくさん落ちていた。

「縄で縛られている卒塔婆なんか、見当たらないわ」

お恵の言うとおり、卒塔婆は柵に沿って整然と並んでいる。あんまり古くなった卒塔婆は、毎年二度のお彼岸のときに新しいのと替えるから、新旧の見分けもつきにくい。

「そう言われてみりゃ、そうだなあ」

与之助は頭を掻いている。

である。

「今まではあんな昔話を知らなかったから、気をつけて見ることもなかったけども」

もしも一本だけ縄で縛られている卒塔婆なんかあったなら、すごく目について気になったはず
「ね？　昔の姑さんの祟りなんて、とっくのとうに解けていたんでしょう」

お恵の声音は明るく、心なしかほっとしたような響きを含んでいた。

「どの卒塔婆なのかしら」

卒塔婆に記された享年と名前を検《あらた》めようとするお恵を、お母ちゃんが止めた。

「そこまでするのはおよしなさい」

掃除を終えると、与之助が墓所の端っこに穴を掘り、集めた塵《ちり》を埋めた。そのあいだに女三人は包みから蠟燭《ろうそく》と線香を取り出し、火打ち石で焚《た》きつけに火をつけて、枯れ葉で小さな焚き火をおこし、墓所の全ての柵の入口に線香を立てて回った。

春の花の香りに、線香の匂いがまじる。

手を洗って襷を外し、お恵が、

「ここにしましょう！」

と定めたところに筵を敷いて、持参してきた握り飯と水筒の水で昼食にした。

下界の花の雲を眺めながら味わうおにぎりは美味しく、噛むたびに花の香りが鼻に抜けるようだった。

話はあんまりしなかった。このひととき、四人でこの景色を眺めていることの幸せに、やっぱり言葉は要らなかったのだ。

片付けて引き揚げるときは、丸太の階段の降り口の手前に並んで、みんなで墓所に向かって頭を下げた。

「至りませんが、お清めをさせていただきました」と、お母ちゃんが声をあげた。

「明日は村の衆が花見に参ります。天下一の眺めの、天下一の花見になりますよう祈念しながら、わたしどもは引き揚げさせていただきます」

そして合掌した。与之助とお恵、お花もそれに倣った。

やわらかな風が吹いてきて木立を鳴らし、新たな花びらが舞う。

合掌から直ったお花は、お恵の髪についていた一片の花びらをつまみとった。指を離すと、それは爪みたいに小さな舟のように、風に乗って丘のてっぺんから地上へと漕ぎだしていった。

「俺が先に降りるから」

階段へと一歩足をおろした与之助に、柄杓を突っ込んだ手桶を提げたお恵が、

「ううん、並んでいきましょうよ」

そして二人で、一段、一段と用心深く丸太を踏みしめて降り始めた。

お花はお母ちゃんと並んで、まだ降り口の手前に立っていた。お母ちゃんは合掌していた手をおろし、そのまま佇んでいる。丘のてっぺんの墓所を見回している。

その顔から表情が消えていた。

一瞬、お花は寒気を憶《おぼ》えた。お母ちゃんがお母ちゃんでなくなったように見えたからだ。

「……お母ちゃん？」

声をかけても、お母ちゃんは身じろぎもしない。

その目は開けっぱなしだ。瞬きをしない。口は真一文字に結ばれ、いつの間にか両手が拳になっている。

お花はお母ちゃんに触れようと手を伸ばした。その手はむなしく空をつかんだ。お母ちゃんが素早く身をひるがえし、そのままの勢いで階段を降り始めたからだ。

与之助とお恵は、既に七、八段下まで降りていた。お母ちゃんはとんとんと身を弾ませて二人の一段上まで追いつくと、そこで立ち止まり、

「お恵」と呼びかけた。

呼ばれて、お恵が振り返った。

姑と嫁のあいだには、丸太の階段一段の高さの差がある。頭一つ分あまり、お母ちゃんの方が上にいる。

姑を仰ぐお恵の顔には、幸せそうな笑みが浮かんでいた。瞳は輝き、頬は薄紅色、くちびるはしっとりと艶やかだ。

城下から嫁いできた、かがり屋の自慢の美しい嫁。

出し抜けにお母ちゃんが両手を持ち上げ、二つの手のひらを開いて、振り返って半身をこちらに向けているお恵の両肩を、力いっぱい突き飛ばした。

それでもお恵は微笑んでいた。満面の笑み。その身体が宙に飛び出した。

あ。

誰も声を出せなかった。空を切って落下しながら、お恵の口が半開きになるのを、お花は見た。口が開いて、そこから驚きが顔いっぱいに広がってゆく。

半身をよじった姿勢のまま、顎《あご》をのけぞらせて落ちていって、十段ばかり下のところで、頭から丸太の段にぶつかった。

鈍い音が響いた。ごきん。

お恵は壊れた人形のように折れて、両手を泳がせながら横様に階段を転げ落ち、勢い余ってまた宙に飛び出して、はずみで履き物が片方脱げた。お恵の身体は緩い弧を描いてまた落ちた。今度は顔から段々にぶつかり、血が飛び散った。

ごろごろ、ごろごろごろ。落ちて行く落ちて行く落ちて行く。その身体は踊り場まで行ってようやく止まり、手足を投げ出して仰向けになった。

首が曲がっていた。右腕の肘から先も、普段は曲がらない方に曲がっていた。両脚は踊っているような恰好になり、それだけ見るならおどけているかのようだった。

お恵の目も開けっぱなしになっていた。驚きに大きく見開き、そのまま止まっていた。

「う、う、う」

与之助が呻《うめ》いた。

「うううううわぁぁぁああ〜！」

飛ぶように階段を駆け降りて、ぴくりとも動かないお恵を抱き起こす。お恵の首がだらりと垂れ、割れた額から流れ出た血で、顔面から着物の襟元まで真っ赤に染まっているのが見えた。

「お恵、お恵、お恵！」

まだ階段のてっぺんで、お花は凍りついていた。

「――もちろん、お恵さんは事切れておりました」

春の陽ざしは明るく、黒白の間の隅々まで照らしている。しかし、上座で語る今のお花の顔には影が落ちていた。

聞き手の富次郎は、いつの間にか膝の上で両手を固く握りしめていた。そのなかに冷たい汗をかいていた。

「母の方も無事では済みませんで、それ以来、まるで置物のようになってしまったんです」

呼吸《いき》はしている。だが口をきかない。誰が呼びかけても応じず、瞳は曇ってしまって焦点が定まらない。

「水や食べ物も進んでとろうとはしません。叔母とわたしが二人がかりで、お粥をすくって口元に運び、湯飲みを口に押しつけて白湯《さゆ》を飲ませました。日に何度か厠《かわや》に連れてゆき、身体を拭いてあげて、髪を梳《す》いて」

必死に世話を焼いたけれど、身体は弱る一方だった。

「そうして三月《みつき》ばかりはしのぎましたが、やがて起きて座っていられなくなって、いったん寝付くと、それからはもう日ごとに弱っていってしまいましてね」

夏の終わりに儚くなったという。

「最後まで、とうとう一言もしゃべりませんでした」

かがり屋ではまずお恵の弔いを、ついでお母ちゃんの弔いを出す羽目になり、さらにお花のお祖父ちゃんが、その後を追うように死んでしまった。

「祖父は悔やんでおりました」

――儂がいかんかった。うちのしきたりを守らせねばいかんかった。

「ただ、お恵さんを早死にさせてしまったからといって、正木屋さんから咎《とが》められることはありませんでした」

お恵は、ほとんど勘当されたようなものだったからである。

「それでも、刀自も嫁もいなくなり、父も兄も腑《ふ》抜けのようになってしまい、もうかがり屋を切り回してゆくことはできなくなってしまったんです」

いったいどうしたものか。村長と四軒の棚主が頭を寄せて思案相談した結果、おりんに婿をとらせることになった。

「鉦屋さんの親戚筋で、産厄でおかみさんを失った人を紹介してもらいましてね」

偶々だが、その婿は亡き彦松の又従兄《またいとこ》にあたる人だった。

――これも縁だわね。

と、おりんはうなずいていたという。

かがり屋では、女たちが花の盛りに墓所の丘に登ることは、二度となかった。それどころか女花見もやめになり、男たちも村の花見に加わらなくなった。

「次々と不幸があっても、叔母は気丈にふるまっていましたが、以前のようにからっと明るい気質ではなくなり、あまり笑わなくなりました」

おりんは、もう子供を望めるかどうかわからなかったが、入り婿が亡妻とのあいだに儲けた男の子を二人連れてきたから、かがり屋の跡取りの心配はなくなった。

「叔母の夫は優しい人でした。気鬱で弱っている父と兄をよく立ててくれて、わたしにも気を使ってくれましたが」

やはり、お花の暮らしは寂しくなったし、気詰まりなことも多かった。十六になってすぐに舞い込んだ縁談を二つ返事で受け入れたのも、

「もう、この家には自分の居場所はないと思ったからでございました」

幸い、婚家では大事にしてもらった。嫁いでほどなく、夫の口から、この縁談には正木屋の口利きがあったのだと教えられて、

「お恵さんのことを、あのときの母の顔を、兄の呻き声をしみじみと思い出し、一晩泣き明かしてしまいました」

それで全てに蓋をして、忘れることにしたのだという。

「父と兄は、わたしが嫁いだあと、二人でかがり屋を出て、お遍路の旅に出たそうでございます」

二度と桜村へ戻らなかったし、消息を聞くこともなかったという。

「――辛い思いをなさいましたね」

他にどんな言葉も見つからず、富次郎はそう言った。

お花は無言で、しとやかに頭を下げた。顔を上げると、その目がうるんでいた。

「ずいぶんと久しぶりなんでございますのよ。こうして……語りますのは」

お花の姑は躾に厳しかったが、理不尽な嫁いびりをする人ではなかった。夫は働き者で子煩悩。一男二女の子宝に恵まれて、日々の暮らしに忙しく追われるうちに、「かがり屋のお花」は遠くなり、

「気がつけば、今年、わたしは亡くなったときの母と同じ歳になっておりました」

そして、長男の嫁取りが決まった。

「それはおめでたいことですね。おめでとうございます」

座り直して、富次郎も一礼した。

お花は懐紙を取り出すと、目尻を拭った。

「縁談がまとまったのは、今年の松がとれてすぐのことだったのですが」

祝言は五月《さつき》の中ごろになる。

「では、今はお支度で忙しい最中でしょう」

三島屋もおちかを嫁に出したばかりだから、察しがつく。

「賑やかで楽しい忙しさですよねえ」

富次郎が笑いかけるのに、お花の表情は冴《さ》えない。

「今度はいよいよ、わたしが姑になるんでございます」

呟くように言って、目を伏せる。

「自信がなくて、心許《こころもと》なくて、何をしていても落ち着きません」

あの春爛漫の日の丘の上、夢のように楽しかったひとときと、その後に待ち受けていた凶事のことばかりが思い出される。

「お花さんは、もうかがり屋の方ではありません」と、富次郎は言った。「かがり屋を縛っていた昔の姑の祟りは、桜村に置き去りにしておいでです」

するとと突然、お花が顔を上げ、すがるように身を乗り出してきた。

「置き去りにできるものでしょうか」

切羽詰まった問いかけだった。

「わたしは本当に逃れられたんでしょうか。逃れたつもりになっているだけじゃないんでしょうか」

お花もしきたりを破り、満開の墓所の丘へ、下界の花を眺めるために登ったことに違いはないのだ。

「そう思うと怖くて怖くて、いてもたってもいられないのでございます」

痩せた両腕で胸を抱き、お花は身を縮める。

「誰かにこの気持ちを打ち明けて、慰めてほしい。宥《なだ》めてほしい。でも、そもそも信じてもらえるかどうかさえおぼつかない」

迷って悩んでいるときに、隅田堤の花見に出かけて、三島屋の出店を見つけた。

「しかもそのとき、売り子をしていたあなた様が、嫁がうんぬんというお話をしておいでした」

それで、てっきり富次郎の嫁取りかと勘違いしたわけなのだが、

「ああ、これこそ縁の導きだと思いました」

変わり百物語で評判の三島屋が嫁を迎え、おかみが姑になる。ちょうど自分が悩み恐れている今このときに、そんな話が耳に飛び込んできたのは意味のないことではない、と。

「三島屋さんで語って聞いてもらおうと、わたしも決心がついたのでございます」

お花に向かって、富次郎は強くうなずいた。

「なるほど、そういう次第でしたなら、確かに縁の導きでしょう」

言って、さっといずまいを正した。

「変わり百物語の聞き手として、きっぱりと申し上げます。お花さんは今ここでこうして語り捨てをなさいました。わたしがそれを聞き捨てにいたします」

これで、かがり屋の難は消え去る。過ぎた過去は、今あらためて、悲しみと共に封じてしまえばいい。

「お花さんは、迎え取るお嫁さんに、あなたのお姑さんがしてくれたようになさればいいんです。お手本はかがり屋ではなく、今の婚家にあるのだとわたしは思います」

若造が利いた風な口をきく——と恥じる隙を己に与えず、富次郎はつるつると言葉を投げかけた。

お花は身を固くして、ひたと富次郎を見据える。と思ったら、やおら帯紐を解いて胸元をくつろげ始めた。

「え？　もし、あの、何を」

慌てる富次郎にかまわず、襟をぐいと引っ張って、右肩を剝き出しにしてみせた。

とっさに、富次郎は目をそらした。だが、お花はすがるように声を振り絞る。

「ご覧くださいませ」

どうぞどうぞ、お願いですから。

つと息を止め、富次郎は思いきって目を上げた。

差し向かいに座っているお花の、少し痩せて骨張った肩口から腕の付け根のあたりまでが露《あら》わになっている。肌は艶を失い、たるんでいる。点々としみが浮いている。

それだけだ。何を見ろというのだろう。

お花の涙は乾き、今やその目は恐怖に引きつっていた。

「この痣《あざ》でございます」

どの痣だ。どこにある?

お花は首を横にねじり、左手で右の肩口を叩いてみせる。

「母がお恵さんを突き落としたとき、あの人の右肩のちょうどこのあたりに、母の手のひらが当たったんです」

その手のひらと同じ大きさの真っ赤な痣がここに浮き出していると、お花は言い張るのだった。

「左肩にもございますの。右肩のよりも薄くて、手のひら半分ほどの大きさでございます。たぶん、母の右手の方が強く当たったからだと思いますが——」

身をもがいて左肩も露わにしたが、そこにも何もない。お花が「ある」と訴える赤い痣など、どこにも見当たらない。

しかし、お花は譫言《うわごと》のように言いつのる。

「息子の縁談が決まった日の夜にうっすらと浮き出てきまして、以来、日ごとに濃くなって参りました。今ではこんなにくっきりと鮮やかになってしまい、わたしはもう女中に着替えを手伝わせることもできません」

それは、お花の目にだけ見えている。

お花の怯えと迷いが「痣」という形になったもの。だから怯えと迷いが深まるうちに、どんどん濃くなっていったのだ。

富次郎は座したまま、懸命に心の動揺を抑えた。唐紙一枚へだてた控えの間に、守り役のお勝がいてくれることを、心底有り難く思った。

しっかりしろ、富次郎。おちかの跡を継いだ二番手の、これが最初の胸突き八丁だ。

「かがり屋のお花さん」

嚙《か》んで含めるように優しく、富次郎は呼びかけた。

我に返ったように、お花がこちらを見る。

「……はい」

声がかぼそくかすれた。

「確かに、赤い痣がございましたね」

わたしにも見えましたと、富次郎は言った。

「でも、よくご覧ください。今は消えて失くなっています」

えっと目をしばたたき、お花は自分の両肩を見おろした。

「何もありませんでしょう?」

富次郎は、いっそう優しく続けた。

「あなたが両肩を露わになすったとき、端から消えていきました。痣があったのも、それがみるみる消えてゆくのも、わたしはしかとこの目で見届けました」

手のひらの形の赤い痣が、陽ざしに溶ける淡雪のように消えてゆく様を。

着物の襟元を両手でつかんだまま、お花は震え始めた。頭がぐらぐら揺れている。

「あなたが、胸に凝る昔話を勇気を持って語ったからですよ」

姑の墓の祟りも、目の前で起きた無惨な死の恐怖も、家族がばらばらになってしまった悲しみも、お花の身体から消えていった。ちょうど毒気が抜けるように。

「これがわたしども三島屋の変わり百物語、語って語り捨て、聞いて聞き捨ての力でございます」

今ここで、母から姑になろうとしている小柄な老女を慰め、励まし、力づけてあげるために、もっと何を言えばよかろうか。富次郎は懸命に考えた。

「それに、そもそも痣が現れた理由も、過去からの因縁ではなくて、もっとありがたいものであるように、わたしには思えます」

「ありがたい……もの？」

呆然《ぼうぜん》として、お花は小さく繰り返す。富次郎はうなずいた。

「手のひらの形の痣は、かつてあなたのお母さんがお恵さんを突き飛ばしたときの名残なんかであるわけがない」

しつこい怨念に憑かれて、姑が嫁の命を奪ってしまったという凶事の痕跡ではない。

「亡きお母さんが、立派に育て上げた倅に嫁を迎え、初めて姑になろうとしているあなたの両肩を抱きしめて」

優しく、温かく。

――しっかりおやり。

「教え諭すために現れたに決まっているじゃありませんか」

お花は、花の盛りの墓所の丘から降りるその刹那《せつな》まで、懐かしいお母ちゃんがそうであったような姑になればいいのだ。

跳ねっ返りで、世間的には「傷もの」で、城下の生家から勘当同然に山里へ追いやられてきたお恵を優しく受け入れ、その拗《す》ねた心を解きほぐし、一から家事を教え、共に笑い、共に働き、共に暮らしてゆく幸せを与えた、そういう姑に。

まだ両肩を露わにしたまま、お花はがくりと脱力した。それからそろそろと両手を持ち上げ、自分の両肩を抱きしめた。

黒白の間に、ひそやかな嗚咽《おえつ》が流れる。

「ああ……本当に」

左様でございますねと囁いて、お花は何度も何度もうなずいている。

自分の母親のような老女の涙する姿を見守りながら、富次郎は言った。

「いつかわたしも嫁を迎える暁には、うちの母もまたそういう姑になってくれるよう、願わずにはおられません」


「お見事でございました」

簡潔に、お勝はそう言って褒めてくれた。

しかし、とうにお花が去ったあとも、日がとっぷり暮れきるまで、富次郎は黒白の間を出ることができなかった。

一人になってから思い返せば返すほど、あんなことを言ってよかったのか、あれで正しかったのかと思い迷い、生意気だった、綺麗事《きれいごと》を言ったと、顔から火が出て冷や汗がわいてきてしょうがない。

——まったく、おちかは大したものだった。

それに引き換え、自分はまだまだ。いや、駆け出しなのだからまだまだで当たり前なのだが、自分にはおちかという手本がいるけれど、おちかが聞き手を始めたときにはその前には誰もおらず、お勝さえもいない、本当に一人きりだったのだ。それを思ったら、実にあの娘《こ》は立派だった。かなわない。

しかし、素手ではおちかにかなわぬ富次郎には、絵を描くという伎《わざ》がある。

一つ前の八太郎の話のときには、深く考えるのが辛くって、欠けた豆腐を描いて逃げてしまった。今度は逃げまい。

かがり屋のお花の話を、富次郎のなかでも真に聞き捨てするためには、いったいどんな絵を描けばいいのか。

一日、二日、三日と考えた。家族と膳を囲むときでも富次郎が上の空なので、

「おまえ、どうしたんだい？」

「また目眩《めまい》がするんじゃなかろうね」

両親が心配する。おしまが心配する。丁稚の新太まで、近ごろ巷《ちまた》で評判の甘いものの話など持ちかけてきて、富次郎の生返事におろおろする。

一人落ち着き払っているお勝は、口元に優しい笑みを浮かべて、思案にくれる富次郎を放っておいてくれた。

——話を端から描いてみるか。

と、ようよう描き始めても、反古紙《ほご》が増えるばかりだった。桜で満開の墓所の丘。花という花に埋もれた山里。手を繋いで丸太の階段の上に立つ二人の女と一人の少女。忌まわしくも墓所の柵に縛り付けられた卒塔婆。

描いては捨て、描いては捨て。

ようやく見出《みいだ》した答えは、判《わか》ってみれば、それしかなかった。

女の手のひら、左右の一対。ほんの少し指をゆるめ、優しく何かを包もうとしている。

それを描いてようやく、富次郎は枕を高くして眠れたのだった。

第三話　同行二人

卯《う》の花が咲き、着物を綿入れから袷《あわせ》に替え、お釈迦様の降誕《ごうたん》を祝う四月八日の灌仏会《かんぶつえ》を迎えるころになると、江戸市中を行き交う物売りの売り声が変わってくる。商い物が夏の支度のあれこれになるからだ。蚊帳売り、朝顔や夕顔の苗売りに、金魚売り。月中《つきなか》を過ぎれば団扇《うちわ》売りも現れる。

袋物屋の商いが生きがいで、遊びといえば四十路《よそじ》を過ぎて憶《おぼ》えた囲碁ぐらいしかしない三島屋の主人伊兵衛だが、この季節のホトトギスの初音《はつね》を「いいところ」で聴くことにだけは熱を入れる。毎年、古女房のお民を誘っては、浅草駒形堂へ行ったり、初音の名所である小石川白山《はくさん》あたりをそぞろ歩いたり、お得意様を招いて大川に屋形船を浮かべてみたりと趣向を凝らす。

もっとも、夏の兆しが来ればホトトギスは市中の至るところで鳴き始めるのだから、こういうのはつまり気の持ちようで、本人が「今のが初音だ」と定めれば、それが初音になるのである。で、今年の伊兵衛は、かの鳥の初音を、黒白の間にいるとき耳にした。

「変わり百物語に貸し出したっきり、すっかりご無沙汰しているからな」

たまには主人の私が上座に座ろう。とくだんの用があるわけではないから、富次郎と二人でくつろいで番茶を飲み、灌仏会から寄進のお下がりにいただいた干菓子をかじっていたら、そこに庭先からホトトギスの鳴き声が聞こえてきたのである。

「ああ、いい音《ね》だねえ」

目をつぶって、伊兵衛はしみじみと言った。

「我が家の一間で、大事な倅と茶飲み話をしながら聴くこの音こそ、一生でいちばんの宝の初音だ」

今年はもう初音定めの外出はしない、そのかわり、おっかさんも誘って亀戸天神へ藤見に繰り出そう。そういえば、おちかがお勝と初めて出会ったのは、あの天神様へ梅見に行ったときなんだよ。そのときおちかがしていった肩掛けが、紅梅色で両端に飾り刺繍《ししゅう》がほどこしてある、そりゃあ美しいものでね、居合わせた梅見の人たちの評判になったもんだから、うちの看板商品になったのさ。

うきうきと語る父親の顔を見ながら、こんなふうに物見遊山の楽しみを語るおとっつぁんは初めてだなあと、富次郎は思う。

——歳をとったってことかな。

商いへの熱が消えたわけではない。だけど、それだけが大事ではなくなった。この世にいるうちに味わっておきたいことが目についてきて、心がそちらへ向くようになったのか。

伊兵衛は元気で、その口からはまだ隠居の「い」の字も出てこない。おっかさんのお民は、白髪が増えてますます働き盛りである。なのにこんなことを思うのは、かえって親不孝にあたるかもしれない。すみませんと心の内で頭を掻いて、富次郎はにこやかに話に付き合った。

さてその翌朝、灯庵老人のところから使いがあって、聞き手が富次郎に替わってから三人目の語り手が来ることになった。

昼過ぎからしとしとと柔らかな雨が降り始め、変わり百物語にはうってつけの静かな午後である。来客用の花を活けるため、お勝は花屋を呼んであれこれ相談していたようだが、いざ富次郎が支度を調えて黒白の間に入ってみたら、床の間には雨粒をまとった白い卯の花が活けられていた。筒状の素焼きの花器の横には卯槌《づち》を並べてある。

「卯の花は、お隣の生け垣に咲いているのを、お願いしていただいて参りました」

お勝と話しているあいだにも、卯の花に宿った雨粒がぽつりと落ちる。

「卯槌は、初卯詣の折に、わたくしが亀戸の御嶽神社からいただいてきたものでございます」

古来、卯の花を咲かせる空木《うつぎ》には、悪《あ》しきものを祓《はら》う霊力があると言われている。

「確か、この時期の雨を〈卯の花腐《くだ》し〉と呼ぶんだよね」

「はい。でも卯の花は散っても、卯槌の魔除けの力は消えませんわ」

いつもながらにゆったりと穏やかなふうのお勝だが、床の間にこんなしつらえをしてその台詞を吐くのは、何か感ずるところがあるからだろうか。

「もしや、今日の語り手に、嫌な予感でもするのかな」

富次郎の問いかけに、お勝は切れ長の目をやんわりと瞠《みは》った。

「まあ、とんでもないことでございます」

ただの旬の趣向だという。

「お気に召しませんでしたら、別のものに替えましょう」

富次郎は慌てて手を振った。「いいんだ、いいんだ」

そんなつもりで言ったのではない。

「二人続けて、家族のあいだで起こる災い事の話だったからさ。わたしの方がちょっと気が弱っているのかもしれないよ」

ならば卯槌は心強い。守り役のお勝が買ってきてくれたものであるなら、その有り難みは何倍にもなる。

「亀戸の天神様と言えば、お勝さんにもおちかとの思い出があるというし、おとっつぁんが藤見に行こうと張り切っていたよ」

お勝はにっこりした。

「たまには小旦那様も、変わり百物語とは関わりなしに、美しい藤棚の絵など描いてみられたら気散じになりますでしょうね」

掛け軸には新しい半紙を貼り、気分も一新、富次郎は語り手の来訪を待ち受ける。本日の茶菓子には、これまた本当に偶々《たまたま》だが、亀戸天神の近くの名店から、黒蜜の香り豊かな葛餅《くずもち》を用意させてある。

偶然というのは面白い重なり方をするもので、訪れた三人目の語り手は、「亀一《かめいち》」と名乗った。しかも、なんと亀戸の天神様のすぐ裏手にある長屋で生まれ、ガキのころは腕っ節が強くて喧嘩っ早く、

「天神裏の亀一と言えば、手に負えないんで知られてござんした」

亀一は今年ちょうど五十歳。いわゆる知命《ちめい》の歳である。

「この大きな区切りに、忘れられない昔話を語らせてもらおうと、前々から口入屋の灯庵さんに頼んでおいたのが、本日ようやくかないました次第です」

亀一の自称は「あたし」が詰まって「あっし」と聞こえる。塩辛声だが滑舌がいい。日焼けしていて面構えもいい。小柄ながら引き締まった身体つきで、御納戸《おなんど》色の結城木綿の袖から覗く腕

もがっしりしている。

はて、この人の生業《なりわい》は何だろう。そうとうに身体を使い、度胸と肝っ玉がないと務まらない類いの仕事ではあるまいか。あるいは火消しかな……。それにしては肌に彫りものが見当たらないが、

——背中一面に仁王様や鬼子母神様が彫ってあったりして。

そわそわ臆測する富次郎の前で、亀一は闊達《かったつ》に語り始めた。

「あっしの父親《てておや》は手間大工にもなれねえ木っ端《こっぱ》大工だったんですが、そのくせ酒好きの博打好き。さんざんおっかあを泣かせた挙げ句に、酒毒にあたって早死にしちまって」

後には、亀一を頭に四人の子供が残された。

幸いというべきか、おっかあにはすぐ次の亭主が見つかり、この継父《ままちち》が真面目な鋳《い》掛け職人だったものだから、一家はかつかつながらも何とか暮らしていかれた。

「おっかあが再縁したとき、あっしは十一でした。そこらの男の子でも生意気になる頃合いですが、あっしはそれに輪をかけていた」

継父のやることなすことが気に食わず、食わせてもらいながら逆らってばかり。

「いちばん腹立たしかったのは、継父があっしを同じ鋳掛け職人にしようとしたことなんです」

鋳掛け職人がいなかったら、鍋釜の穴が直らない。日々の暮らしには大事な仕事であり職業なのだが、

「七尺五寸の天秤棒に道具箱を提げて、雨の日も風の日も市中を歩くこの出商いが、あっしにはみみっちくて、男らしさってもんが欠片《かけら》もないように見えましてね。心底嫌いだったんです」

半分ほど白髪になった銀杏髷《いちょうまげ》に、秀でた額に一本の横皺。亀一が笑うと、その皺も笑う。

「今思えばえらくバチ当たりなもんですが、鼻っ柱が強い上に力も強かったあっしは、継父に叱られたってひるみません。あの人の背が小さくて痩せてたこともあって、頭っからバカにしてましたよ」

たった一度だけ、継父に拳固《げんこ》で叩かれたことがあるそうだが、

「殴り返したら、向こうが腰を抜かしちまいましてね」

そんなこんなでおっかあに泣かれ、

――あんたは死んだ亭主にそっくりだ。あの人の悪いところにばっかり似ている。

「それがまた悔しい、腹が立つってんで、あっしは家を飛び出したんですが」

行き先にあてはなかったし、首から迷子札を提げたまんまだったので、夜になると市中の木戸で引っかかって連れ戻された。

「一生の不覚でしたよ。本人は粋がって、弟にも妹たちにも今生の別れを言って家出した気だったのに、迷子扱いされて帰ってきたんだから、みっともねえのなんの」

亀一は、よほど変わり百物語で語ることを心待ちにしていてくれたのだろう。どんなふうに語ろうかと、ひそかに算段していたのかもしれない。そう察するほどにその弁舌は淀みなく、富次郎はうんうんと聴いているだけで楽しい。

「またおっかあに泣かれ、差配さんにぎゅうぎゅうに締められました。この差配さんは蟬の抜け殻みたいに水っけのない爺さんでしたが、さすがに老練で、説教のやり方にも伎《わざ》がありました」

叱る一方ではなく、おっかあの涙にはてんと動かない亀一の心を、幼い弟妹《きょうだい》たちにかき口説か

せて、揺り動かした。

——兄ちゃんがいなかったら寂しいよう。

——兄ちゃん、おっかあを泣かせないで。

おいらたちがいい子じゃねえから、兄ちゃんは家出しちまったの？

ちょうどそのくだりを語っているところへ、おしまが熱い煎茶と葛餅《くずもち》を運んできた。亀一は顎《あご》を引き締めておしまに会釈し、

「こいつは旨そうだ。いただきます」と、塩辛声で短く言った。

しずしずと引き下がってゆくとき、おしまは盆の陰で「ほ」と「ぽ」という顔をした。ほの字の「ほ」、ぽうっとの「ぽ」だ。五十路《いそじ》になっても鯔背《いなせ》な男は女を惹きつける。それをまざまざと目の当たりにして、

「葛餅はきなこの香りが飛ばないうちに食った方が旨いですよ。さあ、どうぞ」

甘い物の方へと逃げる富次郎を、唐紙の向こうでお勝が笑ってくれているといいなあ。

さっきのは口先だけのお世辞ではなく、亀一は甘い物が好きなのだそうで、気さくに葛餅を黒文字でつっつきながら、語りの続きを始めた。

「差配さんの伎にはまって、亀一さんはちっと改心したんですか」

「改心どころか、腹のなかは憤懣《ふんまん》がいっぱいでしたが、弟妹に泣かれちゃ勝ち目はねえ。二年ばかり、我慢して鋳掛け職の修業をやりました」

だが、駄目なものはダメなのだ。

「あっしは手先が不器用でしたし、これは大人になってからはっきりしたんですが、目が悪かっ

た。だけど眼鏡なんか買えるような暮らしをしちゃいません。身近で見たこともなかったからね」

めがねって何？　食い物？

「それに、鋳掛け屋に限らず、職人に眼鏡は似合わねえもんです」

そうとも言い切れなかろうが、三島屋の縫いものをする職人にも、眼鏡をかけている者はいない。

「そこへ持ってきて本人のやる気がねえんだから、どうしようもありません。とうとう継父も諦めてくれました」

諦められた亀一は、年が明ければ十四歳になるころだった。

「死んだ父親のように大工になるにしろ、どこかへ奉公にあがるにしろ、これから生計《たつき》の道を見つけるのに、もうぐずぐずしていられる歳じゃありません」

厄介なことに、鋳掛け職修業の鬱憤を外で晴らすことを繰り返していたから、喧嘩《けんか》っ早い「天神裏の亀一」の通り名もとどろいていて、お店勤めなんか無理に決まっていると、最初《はな》から話も来やしなかった。

「そんなところへ助け船を出してくれたのが、天神様を真ん中に、あのあたり一帯を預かっていた町火消しの組の頭《かしら》でした」

——こういう乱暴者は、うちへ寄越せ。

富次郎は思わずぽんと手を打った。

「おお！　実はわたしも亀一さんにお会いしてすぐに、この人は火消しじゃないかなと思ったんですよ」

するとは亀一はうなじに手を当て、ちょっと頭を下げて笑った。

「三島屋さんの眼力に畏れ入りましたと申し上げてえのはやまやまですが、実はそうじゃねえんですよ」

「へ？　火消しになったんじゃないんですか」

頭の世話になったことに間違いはない。だが、亀一は一人前の火消しにはなれなかったのだという。

「お頭の家に引き取られたのはいいですが、つまりは下働きの小僧で、やることは掃除洗濯水汲みに竈《かまど》番、それに使いっ走りでござんすよ。小僧の仕事なんぞ、火消しの家であろうがなかろうが変わりはねえ」

土間に備えてある火消しの道具、纏《まとい》はもちろんのこと、刺叉《さすまた》や大槌《おおづち》などにも、触るどころか近寄ることさえ許されなかった。

——誰でもみんな、こういう下働きから始めるんだ。

「これが辛抱できなきゃ、所詮使いものにはならねえと言い聞かされて」

今度は嫌いな鋳掛け職ではなく、男伊達《だて》の極みの火消しになるためなのだから、亀一は辛抱に辛抱を重ねた。

「頭についている火消しの阿仁《あに》さんたちは、ほかに食い扶持《ぶち》を稼ぐ職を持っている人が大半で、いつも同じ屋根の下にいるわけじゃありません」

町火消しは一種の名誉職だから、それだけで食っていることはほとんどない。

「それでも道具の手入れだの何だのでお頭の家にしじゅう出入りしてるわけで、あっしはそういう阿仁さんたちの飯や酒の買い出しから、下帯の洗濯までやりました」

石の上にも三年というが、本当にまる三年小僧働きを続けて、ようやく火消しの印半天《しるしばんてん》に触れるようになった。

「しみを抜いたり、ほつれや糸切れ、焦げたところを繕ったりする仕事です」

それを一年やって、やっとこさ、纏を除く他の道具類の手入れを教えてもらえるようになった。

そして、とことんいじめ抜かれた。

「あっしは自分の気の短いこと、腕っ節の強いことを鼻にかけていましたが、あの阿仁さんたちにはかないません」

亀一が小柄なことも不利になった。

「阿仁さんたちは力持ちの大男揃いでした。火事場じゃ家一軒をまるごと大槌で叩き壊すようなこともやりますからね。うちの組には龍吐水《りゅうどすい》が一台ありましたが、火と煙に追われた人たちが逃げ惑うなかを、火事場まであれを押し転がして行くだけだって大変な手間ですよ」

そもそも体格がよくなければ務まらないところに、小柄で鼻っ柱が強く、「天神裏の亀一」という通り名を誇って威勢がよかったひよっこが入ってきたのだ。

——生意気なガキめ。

火消したちが亀一をからかい、そのきかん気そうな顔つきを憎み、性根を叩き直してやろうといじめたりいびったりしたのも、あながち理のないことではないように思える。

「今となってはね」と、亀一は笑う。「だけどあのころは、憧れのはずの火消しの阿仁さんたちが、地獄の牛頭馬頭《ごずめず》のようにさえ見えたもんでした」

何か言いつけられて、ちょっと癪《しやく》に障り、それを顔に出すと、すぐに怒声が飛んできた。謝っても、その口調が生意気だと次には殴られる。首根っこをつかまれて放り投げられる。そうやって叱られた後はきまって一食抜きで、腹減らし盛りの亀一にはこれがいちばん堪《こた》えた。

「そういう下働きのうちは、火事場には出られないんですか」

富次郎の問いに、亀一は手刀を切るようにして手を振った。

「近づけやしません。留守番です。鎮火して、阿仁さんたちが戻ってきてからが忙しい」

おかげで今でも、火傷や打ち身の手当てには慣れているという。

「日頃から、そういう傷にいい膏薬《こうやく》を切らさないよう気をつけておくのも、下働きの役目でしたしね」

それでもいつかは俺も——と、亀一は心に期していた。

「お頭にもその腹がおありだったろうとは思います。腕っ節自慢のクソ生意気なガキを引き取っていじめてやろうというだけで、寝食を与えてはくれるわけはねえ」

だが、阿仁さんたちはどうだったろうか。

「最初っから最後まで、あっしを嫌っていただけのように思います。それでもしょうがねえくらい、あっしも憎まれ小僧でした」

下働きを続けて十八になり、すでに若造なのに立場は小僧のままの亀一は、その年の春先、とうとう取り返しのつかないいざこざを引き起こしてしまった。

「前の日に、博打に負けたか女に振られたか、機嫌の悪い阿仁さんがいたんです」

その火消しの印半天の繕いが雑だと叱られて一食抜かれたのを振り出しに、他の火消したちにも、

「呼んだのに返事がねえ、目つきが悪い態度が悪いと難癖をつけられるのが重なって、あっしは丸一日飯抜きでした」

空腹でふらふらになり、それでも翌朝早くから起き出して家のまわりを掃き掃除して、次には土間に入って塵《ちり》を拾い、箒《ほうき》を使い始めたところに、

「朝から何の用があったのか、阿仁さんたちが何人か連れだってやって来ました」

そのなかには、亀一がいちばん苦手な——正直おっかないと思っている、雲をつくような大男がまじっていた。

「この人を大さんとでも呼びますかね」

亀一の語りは実に要領がいい。

「大さんが来たもんだから、あっしはもうびくびくですよ。手足が強《こわ》ばっちまう。それっくらいこの人には臆していました」

しかも空腹だ。朝飯もまだだから、胃袋は空っぽである。

「土間の塵を掃こうと、右手で箒をつかんでこう、前かがみになった途端に」

すうっと目の前が白くなり、身体がふらついてしまった。

「とっさに左手を泳がせて壁につかまろうとして、そこに立てかけてある大槌の柄に触っちまったんです」

こうした道具類は、ただ壁に立てかけるだけでなく、その前に棒を渡して押さえたり、金具で

留めつけておいたりする。この大槌もそうなっていたのだが、

「運の悪いことに、その留め金が緩んでいたんでしょうね。そこへあっしが柄に触って押すような恰好になったし、大槌は頭のところが重いから――」

大槌は壁から離れ、さらに運の悪いことに、土間の端に立ててあった組の纏の方へと斜めに倒れかかっていった。

「纏を据えるのは火防《ひぶせ》の方角ですから、年によって変わります。その年は偶々そこにあったんだから、これも重ね重ねあっしの運が悪かった」

大槌の頭は、纏の柄をきわどくかすめて、どおんと重く土間に横倒しになった。纏の飾りがさわりと揺れた。

「火消しの魂の纏に、あっしの粗相で危うく傷をつけるところだったんです」

亀一は瞬時に、これがどれだけ大事《おおごと》なのかを悟った。だがそれでも遅かった。

「気づいたときには、大さんに張り飛ばされていました」

頭から土間に叩きつけられ、目から火が出て転がっているところを、胸ぐらつかんで引き起こされた。

「間近に大さんの顔を見て」

――殺される。

「そう思った瞬間、あっしは手を出していました」

握った拳が大さんの顔の真ん中を打った。

「それで大さんの手が緩んだから、もう後も見ずに、尻に火が点《つ》いたみたいに外へ逃げ出しまし

た」

亀一は走った。命がけで、鬼に追われているように走った。

「ちっとでも足を緩めたら終わりだと思いましたからね」

朝の町筋を、さて何丁走ったか（一丁は約百九メートル）。我に返ったら、町並みよりも田地の方が広々としているようなところまで来てしまっていた。

「我ながら呆れました。どんだけ怖《お》じけてんだよ、おいらはって」

息を詰めて聴き入っていた富次郎も、ここで亀一が笑ったので、しおしおと笑った。

「それは……ホントにえらいことで」

「ええ。これであっしはおしまいだ。死んだ方がいいなって思いましたよ」

とはいえ、その場で行き倒れては迷惑になってしまうから、頭の家を目指してとぼとぼと引き返した。命からがら走ったあとだから喉が渇き、ますます腹が減って、途中で何度もしゃがみこんでしまった。

「そうやって戻ってきてみたら」

頭の家の入口、板戸を広く開け放って、中にある纏と火消し道具が見えるようにしてあるのだが、

「その前に、絣《かすり》の着流しで雪駄履き、髪をたばねに結った四十がらみの男が腕組みをして突っ立っていて、あっしを見つけて嬉しそうに笑うんですよ」

——戻りは歩きだったかい。ずいぶん待たされちまったぜ。

「ちっと甲高い、鼻から抜けるような通りのいい声音でした」

たばねという髷《まげ》は、油を使わず水だけで結い、毛先を上に向けて散らす粋な髪型だ。お店者《たなもの》や職人、商人の結う髷ではない。侠客《きょうかく》の好むものである。

「しかも男の顔つきが、何というかこう、ただ者じゃねえふうでしてね」

これはいよいよ始末されるのか、あるいは指の一本か二本を詰めれば許されるのか、いずれにしろ総身の血が凍りつく思いの亀一に、男は言った。

——お頭には話をつけてある。おまえさんの身柄は俺が預かった。

ついて来なと歯切れよく言って、男はぷいと歩き出した。

「ついて行くって、地獄の一丁目かなと」

戸惑う亀一の目の前に、お頭の家のなかから風呂敷包みが飛んできた。

「あっしの身の回りのものですよ」

見れば大さんがそこにいて、やっぱり鬼さながらのおっかない顔で睨《にら》んでいるのだが、

「しっしと手を振ってるんですよ」

本当に、あの着流しの男について行けというのか。それで勘弁してくれるというのか。

「風呂敷包みを拾って抱えて、膝をがくがくさせながら、あっしは男を追いかけました」

男はこちらを振り返りもせず、さっさと足を運びながら、陽気な口調で言った。

——しかし、いい走りだったねえ。

「いい走り?」

おうむ返しする富次郎に、亀一はきれいに揃った頑丈そうな歯並びを見せて、笑った。

「はい。あっしはそこを見込まれたんです」

行き先は飛脚問屋だった。

江戸市中に、飛脚問屋は数多い。

つい最近、富次郎が興味を引かれて読んだ「市中商賣萬案内」には、朱引きの内に〈およそ七十軒〉と記されていた。

飛脚の発祥は古く、その種類も多岐にわたっている。三島屋のあるこの時代でも、ざっと〈幕府継《つぎ》飛脚〉〈大名飛脚〉〈町飛脚＝町中の飛脚問屋〉と分けられる。前の二つは公用であり、このなかでもまた細分されるが、市井の人びとに身近なのは、何といっても飛脚問屋である。

「三島屋さんも、よく町飛脚をお使いでしょう」と亀一は言った。「ただあっしのお店《たな》は神田界《かい》隈《わい》からよほど離れておりますから、今まで使っていただいた折はねえと思います」

変わり百物語では、語り手の方から言わない限りは個別の店名などを訊《き》かないのが決まりだから、富次郎はこれに応じて、

「うちでは商いの用のほかに、川崎宿の親戚のところとよく文《ふみ》のやりとりをしております。もっとも、その親戚が旅籠《はたご》を営んでいるもので、江戸と川崎、鎌倉あたりまでをよく往来する行商さんやお馴染みさんが、ついでに言付かってくれることも多いのですが」

「そいつは親切の鑑《かがみ》だが、巷《ちまた》の文の往来がみんなそれになっちまったら、あっしらは飯の食い上げだ」

にこやかに言う亀一の目には、ちょっとやそっとではおよそ「飯の食い上げ」なんて羽目にはならない仕事を担う者の、誇りの星が輝いている。

「あっしの昔話には、先に飛脚問屋のあれこれを呑み込んどいてもらわないとわかりにくいところがございます。しばらく辛抱してお聞き願えますか」

願ったりかなったりだ。富次郎は座り直した。「はい、よろしくどうぞ」

温《ぬる》くなった煎茶で喉を湿し、少し間を置いてから、亀一は始めた。

「まずは飛脚問屋ぜんたいのことから参りましょうか」

数多い飛脚問屋には、もちろん店の大小がある。

「あっしの脚を見込んで預かってくれたお店は、なかでも古株の一つでしてね」

早々に話の腰を折るようで申し訳なかったが、富次郎は割り込んだ。「お店の名前がないと語りに不便ですから、〈亀屋〉としてはいかがでしょうか」

亀一は若者のように照れ笑いをした。

「お店に帰ったら叱られそうですが、では、そうさせてもらいます」

この照れ笑いの意味は、あとあとわかる。

「飛脚問屋は、江戸市中や近在だけを回る小さいところと、もっと遠くまで荷物や文《ふみ》を運ぶ大きなお店とに分かれます」

前者が富次郎にも馴染みの「飛脚さん」の仕事で、荷箱の柄に鈴をつけているので、ちりんちりんの音色が「飛脚さんが来た」しるしとして親しまれている。こうした飛脚さんには、毎日決まった道筋をちりんちりんと流し、これを呼び止めた利用客から荷物や文を引き取って代金をもらい、まとめて届けてまわる商いの仕方もある。

「あっしの亀屋も、もちろん飛脚さんの仕事をしますが、大きいのは定《じょう》飛《び》脚《きゃく》問屋としての商いの方でして」

定飛脚問屋は、江戸から主に上方《かみがた》方面への荷物の輸送を担う。同業者が寄り合って「仲間」を作るが、時代によって加わる軒数が変わるので、「九軒仲間」とか「十軒仲間」などと称する。

「定飛脚問屋は誰でも起こせる商売じゃなく、株を持たないといけません」

富次郎はうなずいた。この「仲間」は「株仲間」なのだ。

「米問屋や薬種問屋と同じですね」

「おっしゃるとおりです。株はお上の認可をいただき、冥加金《みようがきん》を納め、ただ荷物や文を運ぶだけじゃなく、手形の決済や両替商としての仕事もできるという……まあ、免状のようなものでござんすよ」

定飛脚問屋となればさらに信用第一だが、この飛脚という仕事の発祥は人足を手配する口入屋にあり、また馬を使うにしろ人が走るにしろ、街道を往来するうちには危険な目に遭うことも珍しくはないから、

「荒くれ者、腕に覚えのある者、さすがに凶状持ちはいけませんが、まあ気が荒いぐらいがちょうどいいし、そういう連中が集まる仕事ではあるんです」

「天神裏の亀一」には、うってつけと言ってよかった。

「だからって、奉公に上がったら誰でもすぐに荷箱を背負って方々へ走れるわけじゃありません」

飛脚問屋の奉公人の仕組みは、他の商いとは少々違うところがある。

「まず、奉公人としてはいちばん上の、大番頭にあたる者を〈支配人〉と呼びます」

その下に店の奉公人が手代・小僧といて、実際に町中や街道を走る飛脚がいる。

「あっしは命からがら走った脚を買われたんですが、それでも最初は小僧働きをしたもんです。新しい前掛けをもらうんで〈新前〉というんですが、歳だけはもう小僧じゃなかったんで、決まり悪うござんした」

店の奉公人は客に応対し、持ち込まれた荷物や文を預かり、帳面をつける、店回りをきれいに掃除する、火の用心をするなどなど。

「商いを習うには、どこでも振り出しは掃除、上がりも掃除です」

亀一はさっぱりと言う。

「うちでは後見人が掃除の監督をするもんで、小僧がしょっちゅうびくついておりますよ」

「後見人というのは？」

「ああ、すみません。飛脚問屋では、支配人が歳をとって隠居しても、お店に出入りして次の支配人を助ける習いがありましてね。これを後見人と呼ぶんです」

それだけ経験知が要る仕事だということだ。

「あっしが火消しの頭の家から逃げだしたあの日、通りがかりにその走りっぷりに目をとめてくれたたばね髷の男は、当時の亀屋の飛脚の一人で、いちばん年季を積んでいる人でした」

俺について来いと亀一をお店に連れ帰り、

――生意気だが脚は速い。度胸もあるから使えそうですよ。

と、雇ってくれるよう支配人に掛け合ってくれたのだった。

「今思えば、あんなふうに阿仁さんたちを怒らせて、もう潰されるだけだった若造を、よくまあ拾ってくだすったもんだと思います」

たばね髷にも、その言を受け入れた亀屋の支配人にも目があり情があったという話だ。が、これは同時に、少なくとも古株の定飛脚問屋ならば、泣く子も黙る江戸の町火消しの悶着《もんちゃく》を、「こいつはうちで預かりますから、ご勘弁を」と涼しい顔で収めてしまうことができるだけの力と威光を持っているということも表している。

「支配人の大事な仕事の一つが奉公人の採用で、なかでも飛脚のなり手を探すには、いつも目を光らせ、耳をそばだてているもんです。それと、不始末があったときの処分も支配人の腕の見せ所でしてね」

荒くれ者もいる仕事であり、一方で金や手形も扱うのだから、支配人の器量が足りなければ、たちまちそのお店は危うくなる。

ちりんちりんの飛脚さんに文を託し、おかげで便利だと有り難がり、雨の日も風の日も走るその姿を頼もしく眺め、粋や鯔背を感じて一句ひねったり、絵を描いたりしているだけでは、なかなかそこまで考えが至らない。

世の中、聞いてみなければわからないことがたくさんある。奉公人の階級ではない、ただの小僧に戻った心地に、富次郎はなる。

「幸い、あれから今日まで、あっしは、支配人にそういう後始末をさせてしまうことはなくって済みました」

さて、地獄の一丁目ではなく亀屋に入った亀一は、

——せっかくの脚を腐らせてもつまらんだろう。

「支配人の采配で、店内《たなうち》の新前を三月《みつき》だけやって飛脚になったんですが」

走り始めは小僧のお使いと大差なく、ちりんちりんの荷箱もなしで、

「一通の文、一つの荷物を頼まれた先へ届けるだけの繰り返しでした」

そうしてお客への挨拶、言葉遣い、文や荷物の扱い方、着物や履き物の身に着け方、奉公人で言えば行儀作法にあたることから、

「走り方と、走っているときの姿勢も教えてもらいました」

市中で短い距離を行って帰ることを繰り返すのを、亀屋では〈町使い〉と呼んでいた。ちなみに、この走り方と、遠方へ長い距離を行く走り方はまったく違うのだそうだ。

「町使いを半年やって、ようやく荷箱を背負ったちりんちりんに上がって、それも最初は市中だけ。近在へ出してもらえるようになるまでは、もう一年かかりました」

命を救ってもらった恩義があり、何より飛脚という仕事に町火消しに引けを取らない男伊達《だて》を感じたから、亀一は励んだ。雨が降ろうが槍が降ろうが、一日も休まず、辛《つら》くても弱音を吐かず、生意気口も、短気も喧嘩も慎んだ。

「手前《てめえ》で言うのも何ですが、生まれ変わったんですわな」

亀一は照れくさそうな笑みを浮かべる。その顔や手足の日焼けは、昨日今日できたものではない。この人の人生が身体に焼きついているのだと、富次郎は悟った。

「初めてちりんちりんの飛脚さんになって、おふくろのいる長屋へ顔を見せに寄ったときには、誇らしかったですよ」

また母親に泣かれたそうだ。

「今度は嬉し泣きですね」

素直に羨ましい。

「へへえ」

亀一は額の一本皺も深く笑わせる。

「それと、すみません、話が後先になりますが、飛脚には、走り飛脚と宰領《さいりよう》飛脚の二つがございます」

走り飛脚はその名の通り、人が二本の脚で走る。宰領飛脚は馬に乗り、大きな荷物や大金を扱う。貴重な名品や高価な名産品、千両箱を預かることもあるそうだ。

「あっしは脚を買われて拾ってもらいましたし、走ることが性に合ってました。まったく苦にならないんで、四十路《よそじ》を過ぎるまで走り飛脚一本槍で参りました」

それと、あんまり馬が得意ではないそうな。

「尻の形がよくなくって、乗馬に向いていないんですよ。乗り方が下手だと、馬は賢いですから、嫌われちまいますし」

そんなことがあるものなのか。これまた初耳である。

「さっき大名飛脚と申しましたが、おおかたの大名家では、ご自分のところの家臣——足軽なんかの軽い身分の者を飛脚として使うんです。けども藩で出入りの飛脚問屋を決めて、お国許《くにもと》との文や荷物の往来をそこの飛脚にお任せになることもある。これが大名飛脚でして、たいていは宰領飛脚があたりますが、月に一度の往来とかの定まった便で、文書《もんじよ》など軽いものでしたら、走り飛脚が請け負うこともございます」

まず市中、次に近在まで出られるようになり、さらに東海道を走れるようになる。それが定飛脚問屋・亀屋の走り飛脚の亀一の出世の段階だったが、

「ただ遠くへ行くだけじゃなく、関わるお客さんと、預かって運ぶ荷がだんだん大事なものになってゆくことも、あっしの出世の目処《めど》になっておりました」

商家など民用の文と荷を預かって三年、その荷に手形や証文が入るようになってまた数年、ようやく大名飛脚として走ることもできるようになった。

「亀屋では、それで一人前なんですがね」

地道な努力の積み重ねで、かつての悪ガキ、天神裏の亀一が、そこまでの信用を築き上げたのだ。

「わたしどもでも、京の西陣の織元さんと取引するときは、飛脚屋さんに手形を運んでもらいますよ」と、富次郎は言った。

「うちは袋物屋ですから、しょっちゅう高価な西陣織を買うわけじゃありません。あっても端布《はぎれ》の買い付けが大半ですが、たまには、お得意様からの注文にかなうよう、反物から仕入れることがございます」

そういうときの支払いに、手形を使うのだ。

「わたしはてっきり、飛脚屋さんには手形を運んでもらうだけだと思い込んでいましたが、さっきのお話では、亀屋さんは両替商も兼ねているそうですね。となると、決済も飛脚屋さんにやってもらっているのかなあ」

亀一はにっこりした。「この先、その話もするところでしたが、大きな飛脚問屋では、そうい

う仕事のために、各地に取次所《とりつぎしょ》を設けておるんです」

取次所とは地方の分店である。

「街道筋の要所要所に取次所があれば、飛脚は荷物や手形や証文をそこで受け渡すだけで、あとのことは任せてしまえますし、遠路を行く場合は、人や馬を替えるにも便がいいですからね」

「ああ、なるほど」

「あっしは宰領飛脚に向いてなかったので、寄る年波で脚が弱ってからは、あちこちの取次所にいたこともござんした」

江戸市中しか知らず、今はまだ遠くへ旅したこともない富次郎には、なかなか考えが及ばぬ暮らしである。

「駿河の沼津、三河の吉田、伊勢の亀山あたりですが」

取次所は、亀屋がその土地で本陣や問屋場を営む主人と契約を交わし、飛脚の荷の取り扱いの代行を頼む形で成り立つものだが、そうして出来た取次所が、地元の飛脚問屋を兼ねる場合もある。だから亀一はそこへ、亀屋本店から派遣されていって支配人を務めたのだという。

「伊勢にまでいらしていたんですか」

富次郎は感心する。

「わたしなんぞ、まだお伊勢詣りをしたこともないんですが」

「お詣りと言えば、また話が逸《そ》れますが、飛脚は遠方のお寺さんや神社への代参もお引き受けします」

亀一がいちばん数多く代参したのは川崎大師だが、伊勢神宮にも何度か詣でた。たった一度だけだが、東海道からさらに先、讃岐の金刀比羅宮まで脚を延ばしたこともあるという。

「こっちにも功徳があるようで、代参は嬉しい仕事でござんした」

こうして走り飛脚としての経験と信用を積み上げ、亀一は三十になってようやく女房をもらった。当時の支配人の親戚筋の娘で、

「あっしが言うのも気恥ずかしいが、歳は十八、器量よし気立てよし、文句なしの嫁でした」

そんな娘を縁づけてもらえるくらいなのだから、亀一と亀屋の支配人のあいだにも、強い信頼関係が築き上げられていたのだろう。

若夫婦はお店の近くの貸家に住まった。

「商売柄、あっしはどうしても留守がちになります。女房に寂しい思いをさせちまうわけですから、うちにいるときは、せいぜいちやほやしたもんですよ」

それがよかったのか、若夫婦はすぐ子宝を授かった。これという難もなく月満ちて生まれたのは、珠《たま》のような女の子だった。

妻子を持って、亀一にも母と継父の苦労がわかった。男が家族を食わせてゆく仕事に貴賤《きせん》はなく、伊達も野暮もないということも身にしみた。天神裏の長屋を訪ね、

「苦労して育ててもらっておきながら、逆らってばっかりだったのが恥ずかしい、面目ねえ、堪忍してくだせえと、初めて継父に素直に詫びることもできたんです」

その際には、赤子を抱いた女房もついてきて、並んで頭を下げてくれたという。

「そのころには継父も歳をくって、軽い中気を患ったせいもありまして、鋳掛け屋の出商いはやめていました」

亀一の弟妹はそれぞれ生計《たつき》の道を見つけて元を離れていたから、母親と継父は夫婦二人きり。日銭仕事で食っていたが、暮らし向きは厳しかった。

「これからはあっしが助《す》けるよと言ったら、おふくろが急に怖い顔をしましてね」

――バカなことをお言いじゃない。おまえは女房子供のために稼ぐんだ。

「継父もうなずいて笑っていました。帰り道、立派なおとっつぁんとおっかさんだって、女房は涙ぐんでいました」

欠けるところのない満月のような幸せ。

しかし、それは長く続かなかった。

「娘が二つになった年の冬の最中に、市中で性質《たち》の悪い風邪が流行《はや》ったんです」

高熱が何日も続き、激しい嘔吐と下痢で、病人はたちまち痩せ細って弱り果て、しまいには湯冷ましさえも受けつけなくなって死んでしまう。骨と皮になった亡骸《なきがら》の下腹だけがぽっこりと膨らんでいるので、誰ともなく「餓鬼風邪」と呼んで恐れるようになった。

「大川の両岸沿いから始まって、だんだん市中の東西へ広がっていったもんで、今思えばただの風邪じゃなく、水当たりの疫病だったのかもしれません」

こうして聞くだに恐ろしい。

「夏場じゃないのに、そんなことがあるんでしょうか」

「当時はあっしも信じられませんでしたが、あるんですねえ。夏は誰でも生水や食い物に気をつけますが、冬は油断しているでしょう」

始末の悪いことに、餓鬼風邪は感染《うつ》りやすかった。看病する者も次々とこれに倒れるので、特に病人の多かった本所深川では、お救い小屋まで建てられたという。

「天神裏の長屋も、みんなでこれにやられちまった」

まず中気あがりで弱っていた継父が倒れ、ついで母親が寝込んだ。

「放っておけないから、うちの女房は娘をご近所に預けて、看病に通いました。そのうちに病をもらっちまって」

女房も動けなくなり、病はすぐに娘にまで飛び火した。

「それでも、あっしは走ってました」

走り飛脚の、それが仕事だ。そのころは大名飛脚の仕事もするようになっていたから、亀屋の看板に傷をつけぬためにも、おいそれとは休めなかった。

「うちの女房は若くて元気なしっかり者だ。心配は心配だったけども、きっと切り抜けてくれるだろうと、あてずっぽうに恃《たの》んで」

一月半ば、市中に氷雨が降る日、亀一が十日ほどの遠っ走りから帰ってみると、天神裏の両親は死んでいた。可愛い盛りの娘も死に、女房も今際《いまわ》の際にあった。

「桃のようなほっぺたをしていた二人だったのに、噂どおりの餓鬼さながらに痩せさらばえておりました」

女房は亀一の帰りを待っていたのだろう。

「骨張った手であっしの手を握って」

——ごめんなさい。

それが最期の言葉になった。

いつのまにか、黒白の間の上座で語る亀一の顔色が、後ろの掛け軸に貼ってある半紙と同じくらい白くなっている。額の一本皺が傷のように深くなっていた。

富次郎はかける言葉が見つからない。

先ほどから、「女房」「娘」としか言わない亀一に、二人の名前を問おうか、語りのなかで必要なら仮名《かりな》をつけましょうと切り出そうかと迷っていたのだが、

――訊《き》いちゃならない。

胸を突かれるように悟った。

――今でも、亀一さんは恋女房と可愛い娘の名前を口にのぼせることができないんだ。

あまりにも辛《つら》くて悲しくて、胸が張り裂けてしまうから。

「あっしは悪運が強いもんで」

つと口の端を震わせて、亀一は続けた。

「餓鬼風邪にはかかりませんでした。亀屋でも店内の小僧が病んで死にかけましたし、得意先の大名屋敷でも死人が出るくらいの騒ぎだったのに」

大枚のかかる町医者をほいほい呼びつけることはできない町人たちとは違い、大名屋敷なら医師も薬師《くすし》もいるはずだし、滋養のある食べ物も容易に調達できるだろう。それでもこの病に倒されるほどだったのである。

「両親《ふたおや》と女房と娘を葬って」

亀一はここで初めて、母親と継父をまとめて「両親」と呼んだ。

「あっしは飛脚の仕事に戻りました」

走っていないと、正気を失ってしまいそうだった。喪中はおとなしくしておれと労《いたわ》ってくれる支配人に掛け合い、できるだけ遠くへ、日にちのかかる仕事を与えてもらった。

「走って走って、一人で走っているあいだは、江戸でまだみんなが元気でいると思っていられたんですよ」

天神裏の長屋では、老いた両親が労り合って暮らしている。自分の家では恋女房が、そろそろ娘のおむつを外そうと「しっこ」を教えている。娘のために粥《かゆ》を炊き、肌着を縫ってやり、童歌《わらべうた》を唄って遊んでやっている。

何一つ変わっていない。何も失っていない。そう思い続けるために、亀一は走った。

「前置きが長くなりましたが、三島屋さんに聞いてもらいたいのは、そのころのあっしの身に起きた出来事でござんす」

細縞《ほそじま》の着物の尻を端折《はしょ》り、手甲脚絆《てっこうきゃはん》をつけ、額には白い鉢巻き。藍染めの丈の短い丸袖の半天の背中には、丸に「定」という定飛脚問屋のしるしと、その丸の上には「三代目亀屋甚三郎」の文字が白く染め抜いてある。甚三郎は、代々の亀屋の主人が継ぐ名前だ。

書状箱をくくりつけた担ぎ棒の先端には、用向きによって違う御用札をぶらさげる。「奉行所」「月〆」「〇まし」（〇割り増し）などの御用札に加えて、赤い札をさげるのは早便のときだ。亀屋ではこの他に黄色と青色の札を用いており、黄色は「手形」、青色は江戸の旗本家から遠方の領地に向けた書状を運んでいることを意味している。

時は五月《さつき》の半ば過ぎ。空はいよいよ夏空になり、からりとした風が心地よく頬に触れる。新緑に彩られた東海道を、こういういでたちで、亀一は書状箱に黄色い札をさげて走っていた。

これは月に一度の定期便で、市中のいくつかの商家からまとめて預かった手形を、取引のある先々へ届ける仕事であった。日本橋を出立し、武蔵の程ケ谷《ほどがや》（保土谷）、相模の小田原、駿河の沼津、遠江《とおとうみ》の金谷、三河の吉田、近江の草津にある亀屋の取次所へと走る。行きは手形を届け、帰り道でその決済証を受け取るという段取りだ。

亀一には慣れた仕事、馴染んだ道程《みちのり》だった。それに、一年のうちでも、初夏のこのころと秋の中ごろがいちばん天気が安定していて走りやすい。梅雨が始まれば道がぬかるみ、秋には野分けが来て、大風や川止めに阻まれることがある。

手形は大事な荷物だが、それだけでは金にならないから、雲助や追い剝ぎも、黄色い札の亀屋の飛脚を襲っても儲けはない。ただ、相手がそう心得ているとは限らないわけだし、脅されたからといって、「ほれ、このとおり金は持っておりません」などと、軽々に書状箱を開いてみせないところが飛脚の意気地である。

しかし、今の亀一は、そんなことさえどうでもよかった。

両親と妻子を亡くしてから、死人と同じようなものだった。呼吸《いき》をしているし、時が経てば腹が減るから生きてはいるのだろう。

だが心は死んでいる。一つ、二つと早桶《はやおけ》に蓋をし、最後に娘の小さな早桶を見送ったとき、亀一という男の中身は空っぽになってしまった。

だから涙も出なかった。

こんな目に遭うのは、若いころの自分の行状が悪かったからだ。継父を見下して軽んじ、母親を悲しませた。運よく飛脚という生業につけたことへの感謝は足らず、身に過ぎた女房をもらい、娘を授かって幸せのあまり、今度は浮かれて喜びすぎた。

好き勝手ばかりしてきた。傲《おご》り高ぶって自らを省みることをしなかった。継父にいっぺん頭を下げたくらいではいけなかったのに、優しくしてもらって満足していた。餓鬼風邪が亀一の命より大事なものを根こそぎ奪っていったのは、彼が溜めていた横暴と傲慢のツケを一気に清算するためだったのだ。

自分にはもう何もない。走っているのは、ただ亀屋の看板を守るため、粋がって強がっているだけのろくでなしだった亀一を変えてくれた亀屋に恩を返すためだ。

出先で死んではお店の迷惑になる。だが、迷惑にならない形なら、いつでも死んでいいと思う。誰かうまいこと俺の命を奪《と》ってはくれまいか。

そんな心持ちで、亀一は早朝の小田原宿を出た。江戸から二十里（一里は約四キロ）と二十丁。普通の旅人ならここで二泊目だが、走り飛脚の亀一は昨日の夜更けに宿場へ入り、今朝取次所が開くのを待つあいだ、軒下のたまりを借りて休んだだけだ。

次の箱根宿まで、東海道は、箱根山を目指して登りになってゆく。朝日を背負い、緑滴る山路を走りながら、女房のお栄《えい》に東海道の名所のあれこれを語って聞かせたことを思い出す。亀一が語ると、お栄はいつも目を輝かせてくれた。

——箱根山の向こうには鬼がいるんでしょう?

——いたら上方には人が住めねえ。みんな取って喰われちまうわな。

二人で歳をとったら、箱根の七湯めぐりをしよう。亀一だって、いつかは走り飛脚で疲れた足を休めなければならないときがくる。

そんな「いつか」が必ず来ると思っていた。

一緒に三枚橋を渡り、女転《ころば》し坂ではお栄の手を引いてやり、甘酒茶屋で休んで権現坂、芦ノ湖畔の賽《さい》の河原を抜けたらあの杉並木だ。共に歩けると思っていた。

箱根の関所では、懐にしまっている定飛脚の焼印《やきいん》札を役人に検《あらた》めてもらう。両親と妻子を亡くしてから、亀一は、この焼印札と一緒に、四人の戒名を記した紙切れを胸に抱くようになった。

無事に関所を通れば、湯治客で賑わう宿場の中心は素通りし、一気に峠越えだ。関白道の手前で、いつも小田原の取次所で用意しておいてもらう餅の包みを開いてひと休み。

腹ごしらえが済んだら、急峻《きゆうしゆん》な峠道へと踏み出してゆく。既に地図の上では箱根道の「下リ」だが、富士のお山を仰ぎ芦ノ湖を見おろす峠のてっぺんまではひたすら登る。

そこは相模と伊豆の国境《くにざかい》である。亀一はもう何度となく、いくつもの国境を越えて東海道を往来している。

飛脚に回り道はなく、道を外れることもない。だが亀一は、どこかで人の道には外れてきたのだろう。だから一人で生き残るという憂き目を見ているのだ。

——俺が悪かったんだ。

空っぽの心に、何度もそう言い聞かせた。

——これは罰《ばち》だ。

時には小さく声に出してそう呟いてみる。

そうしていないと、叫び出しそうになるからだ。腹が立って悔しくて、暴れ出したくなるからだ。

どうして、俺がこんな目に遭う？

俺が何をした。何が悪かった？

亀一は強く首を縦に振る。俺が悪かった。わかっている。悪いことをしたから報いを受けている。わかった、もうわかった。

いいや、わからねえ。今度は首を横に振る。こんなのは間違っている。両親もお栄も、やっと二歳の娘のおひさも、何ひとつ悪いことなんかしちゃいなかった。

喧嘩っ早くて性悪で、継父のまっとうで地道な商いを毛嫌いし、鼻先でバカにしていた天神裏の亀一は悪かった。だからって、なんでまた、そんなのがすっかり昔話になったころに、女房子供の命でそのツケを払わなくっちゃならねえんだ。

餓鬼風邪には大勢が苦しんだ。命を落としたのは、亀一の両親と妻子だけではない。四人は運が悪かったのだ。

悪かったのは運だ。俺じゃねえ。

だったらなおさらに、どうしてそんな理不尽を呑み込むことができるだろう。どうやったら気持ちが収まる？

煮えたぎる憤怒と後悔を噛みしめ、自問自答に迷いながら、亀一は走った。

箱根峠のてっぺんから次の三島宿までは下るだけだが、旅人の多くがここで息切れする。旅慣れぬ者は知らないが、実は登りよりも下りの方が疲れるのだ。

だから、箱根道の下りの終わりを示す錦田の一里塚から三島大社までのあいだには、旅人のための休み所がある。上方側から箱根の関所を目指す旅人には、ここらが足ごしらえの起点になるから、草鞋《わらじ》や携帯用の薬、笠や蓑《みの》、提灯《ちようちん》に水筒、峠越えに要りそうなものを揃えた萬屋《よろずや》が一軒と、茶屋が三軒。幟《のぼり》を立て、日よけを巡らせている。

むろん、走り飛脚の亀一には用のないところだ。いつも足取りを変えずに走り抜けるだけなのだが、今日は違った。

いちばん手前の茶屋の掛小屋《かけごや》が、明らかに焼け落ちている。吹いてくる風に煙の臭いがまじり、焼け跡のまわりに集った人びとが、おろおろと立ち騒ぐ声も聞こえてくる。

茶屋がうっかり火を出したのか。

——迂闊《うかつ》なこともあったもんだ。

ここで茶屋や萬屋を営む人びとには、ここが住まいでもある。村というほどの規模ではない、ささやかな人家の集まりだが、そんなところで火元になったら、当分のあいだ八分にされても文句は言えない。

だが、集まった人びとに、喧嘩や口論の様子は見えない。妙に神妙なふうである。

爺さんが一人、焼け跡の前にうずくまっている。手で頭を抱え、泣いているようだ。亀一と同じくらいの年頃の男女が、慰めようというのか、爺さんの両脇にしゃがんで背中をさすったり、話しかけたりしている。

人垣のなかには旅装束の者もまじっている。彼らの後ろを、足を緩めて通り過ぎながら、亀一はやりとりの断片を聞き取った。

「何とも不運なことだった」

「雷様じゃしょうがねえ」

「くわばら、くわばら」

へえ、と思った。

——雷が落ちたんだな。

そういえば昨夜、亀一が小田原宿の取次所にたどり着いたころ、ぱらぱらと雨粒が顔に当たったことを思い出した。

箱根峠のこちら側では、本降りにはならなかった。それでも、夜の空を仰ぐと、西の方角に真っ黒な雲の輪郭が見えた。雷鳴は聞こえなかったが、雲のなかで稲光が光っていた。

あの雲がこっちへ流れてくるようだったら厄介だなと思った。仮眠をとっているうちにずぶ濡れになっては困る。だが小田原の天気は崩れず、静かな朝を迎えることができたから、雨も雷も峠の向こう側だけで済んでしまったのだろうと思った。

それにしても、あの雷が狙いを定めたようにちっぽけな茶屋に落っこちたのなら、ずいぶんと希《まれ》な災難である。

どの茶屋にも萬屋にも立ち寄ったことのない亀一だが、その出で立ちで、飛脚であることはすぐわかる。店の前を通りがけに会釈をもらったり、「ご苦労様でございます」と労《ねぎら》いの声が飛んでくることもあった。

頭を抱えていた爺さんが手をおろし、付き添っていた男女に支えられて、ふらふらしながら立ち上がった。

肩越しに軽く振り返り、爺さんの泣き顔と、男女の憂い顔に目をとめた瞬間、亀一はぞっとした。

——な、何だ？

思わず、足を止めてしまった。

総身に走った、この悪寒《おかん》。うなじの毛がちりちりと逆立ったような感じまでした。

爺さんはがっくりとうなだれている。襷《たすき》を掛け前垂れをつけた男女は、寄り添い合って身を縮めている。落雷と火事の恐怖のせいだろう。当たり前のことだ。

気の毒にと、亀一も思った。それだけだ。なのに、どうしていきなり冷や水を浴びたかのように寒くなったのだろう。

気を取り直し、口をへの字に曲げて、また走り出した。煙の臭いを振り切って駆けてゆく。運のない茶屋も、集まって嘆いている人びとも置き去りで、どんどん遠ざかっていく。

街道を駆けるとき、亀一の頭は空っぽになり、身体は走るほどに軽くなり、目は景色を見ているようでいて、実は何も見ていない。耳には風の音だけが聞こえる。そんなふうだからこそ、家族を失ってからは、胸の内の想いと後悔に浸りきってしまうようになっていたのだが、自分ではそれと気づかない。

すれ違う人びとのことも、ほとんど気にしていない。大名行列の先触れを聞き逃したり、武士の一行に道を譲らなかったりなどの、危ない粗忽《そこつ》もやりかねないほどだ。

だがこのとき、三島大社までの道程《みちのり》の半ばまで来たところで、街道の先から、一人の坊さんが急ぎ足でやって来ることには気がついた。そのすぐ後ろには、着物を尻っ端折《ぱしょ》りした若い男がくっついている。

距離が縮まってくると、坊さんの険しい表情が見えてきた。大柄で、利休鼠《ねずみ》色の袈裟《けさ》に首から大念珠をかけ、右手にも数珠を握りしめている。お供の若い男は息をあえがせ、額に汗を浮かべていた。

すれ違いざまに、亀一は黙礼した。坊さんと若い男は応じることもない。若い男の着ている半天の背中のしるしは、さっき通り過ぎた茶屋の一つの幟にあったものだ。

ざっと眺めただけで通り過ぎてしまったからわからなかったが、落雷と火事で死人が出ていたのかもしれない。それで、萬屋の若い男が坊さんを呼びに行き、一緒に駆けつけて行くところなのだろう。

坊さんはずいぶんと怖い顔をしていた。若い男の表情も切羽詰まっていた。死人に引導を渡すのではなく、死にかけの者がいて、看取《みと》ってやるために急いでいるのか。

どちらにしても辛いことだ。亀一はもう、不幸は自分の分だけでたくさんだと思う。俺一人でこんなにも悲しい目に遭っているのだから、世の中からはもう他の悲しみは消え失せてもいいはずなのに。

心が虚《うろ》になるほど亀一が悲しんでも、この世の悲しみは総ざらえにならないのか。底を打つことはないのか。

こんなふうに思うのも、また新たな傲りの罪を重ねることだろうか。

三島大社の鳥居と、行き交う参詣客たちが目に入ってきた。ここから先が三島宿、江戸から二十八里二十丁。次の沼津の取次所が亀一の三番目の目的地で、そこまではあと二里足らずだ。

境内への入口には、客待ちの山駕籠《かご》がいくつか行儀よくとまっている。旅装の人びとのあいだをすり抜けて、亀一は走る。

三島宿の西の出口を抜け、一里塚のそばを通り過ぎる。軽く汗ばみ、喉の渇きを覚えながらも、亀一は走りを落とさない。

また、頭が空っぽになってゆく。落雷と火事に遭った茶屋のことも、爺さんの泣き顔も、すれ違った大柄な坊さんのことも、なぜかいきなり悪寒に襲われたことも、後ろへ置き去りになった。そうしてまた心は堂々巡りを始める。俺が悪かったのか。お栄とおひさは死んだのに、俺だけ一人で生きているのはどうしてか。なんでこんな理不尽がまかり通るのか。この世に神も仏もなく、死んだら死に損で、生きている者は生き地獄だ。

確かに俺も間違っていたが、世の中にゃ、もっと間違っていて、もっと悪いことをやってる者だっているだろう。そういう者には罰は当たらねえのか。罰もまた、当たった者の損なのか。

ぷつん。

左臑《すね》の脚絆の紐が切れて、亀一の走りが乱れた。勢い余ってたたらを踏み、転げそうになるのをかろうじて踏みとどまる。

街道は黄瀬川に迫り、松並木がまばらに散っている。立ち止まって息をすれば、風に潮の匂いがかすかにまじっていた。

もう少し先へ行けば、駿河湾が見えてくる。あの見事な千本松原の景色も、何度も何度もお栄に語ってやったっけ。

いくら初夏の日が長くても、さすがにお天道様も傾いて、西の空に茜色の筋を残すばかりだ。道のこちらも、道の向こうも、人影は見当たらない。街道を挟む森と藪はすっかり薄暗がりに包まれて、ざわりざわりと鳴っている。

早便ではないのだし、小田原から箱根越えをして、そのまま箱根山のふもとか、三島宿で休んでもよかった。一気に沼津まで駆けようというのは、とにかく一人で走っていたかったからだ。走りながら駆けながら、一寸刻みに己を殺してしまいたい一心だった。

仕事にかかる前、亀一はいつも入念に支度をする。脚絆の紐が途中で切れるなど、あってはならない手抜かりだ。

――情けねえ。

担ぎ棒を肩にあてたまま、地面に片膝をつき、左の脚絆を検めてみる。切れたのは下の紐で、いちばん短いやつだ。とりあえず脚絆を折ってめくり上げ、真ん中の紐できっちり締めれば、走る分にはさしつかえない。

ざわり、ざわり。木立が鳴る。

空からゆっくりと夜が降りてくる。地面からはじんわりと夜気がしみ出してくる。

ひょろろろ〜と、どこか遠くで鳥の声。

左膕の脚絆を締め直し、立ち上がって顔を上げ、亀一は気がついた。

半丁（五十メートル余）ほど離れたところに、男が一人佇んでいる。

旅装ではない。同業者の身なりでもない。縞の着流しに赤い襷がけ、草鞋ではなく草履を履いている。

街道をゆく者の出で立ちではない。

ざわりざわりと風が吹く。担ぎ棒の先端につけた黄色い札がひらひらと舞う。

しばしば夜道を行くこともある亀一は、夜目が利く。男の姿ははっきり見える。だが、目鼻立ちまでは見えない。ほの白い顔が、こっちを向いているのがわかるだけである。担ぎ棒を担ぎ直して、亀一は男に会釈した。そして走り出した。最初は小股で小刻みに、調子がついてきたら歩幅を広げてゆく。

今夜は半月だ。提灯も龕灯《がんどう》も要らず、月明かりだけで沼津宿まで走り抜ける。黄瀬川を渡れば左手に海が開けてきて、宿場の灯もぽつぽつ数えられるようになる。

森のざわめきが遠のき、己の身が風を切る音だけが耳元に聞こえるようになる。亀一は悲しみに浸り、悲しみと一つになり、己を責め己を慰め、運命に怒り運命に詫び、終わりのない自問自答を繰り返そうとして——

なぜだか気が散った。

何だろう。何が気になるのか。

歩幅は変えず、足の繰り出しをちょっと緩めて、首をひねって背後を見やる。

あの赤い襷の男がついてきていた。

ぎょっとした。足取りが乱れなかったのはさすがの亀一だ。

しかし、心の臓は跳ね上がった。ぐっと歯を食いしばらなかったら、口から飛び出したかもしれない。

赤い襷の男は走っていなかった。足を動かしてさえいなかった。

両脚を揃えたまま、街道を滑るように動いてこっちへ来る。

その手は身体の脇にだらんと下げている。頭は軽く上下している。

男の速さは、亀一の速さと同じだ。半丁ほどの距離はそのままに、ぴったりくっついてくる。亀一のあとを追ってくる。

——しまった。

自分は夜目が利くと思うから、さっきは見逃してしまったのだ。

最初の一瞥《いちべつ》でわかるべきだった。夕暮れの薄暗がりのなかで、どうして着物の縞柄や、草履の鼻緒まではっきり見えるはずがあろう。

あれは生身の人ではない。もののけか、お化けの類いだ。

亀一は目を前方に戻し、歩幅を保って走り続けた。だんだん足を速めていこう。

気にしてはいけない。もう振り向いてもいけない。ああいうものは、人の弱気につけ込んでくる。怖じけてはいけない。

そう思うのに、噛みしめているはずの顎が震え出す。

亀一は笑った。みっともねえ。俺は怖がっているぞ。一人だけこの世に置き去りで、いつ死んだってかまわねえ亀一さんよ、何が怖くって震えていやがる?

走る、走る。初夏の短夜は、紗《しゃ》を重ねるように濃くなってゆく。

街道がゆるゆると左に蛇行し、また右に曲がって戻る。そこで、目の隅に入ってきた。つい見てしまった。

赤い襷の男は、まだ亀一の後ろにいる。

二者の間は縮まっていない。そのことにほっとしながらも、亀一は手の甲で鼻先の汗を拭った。

冷たい。

厄介なものに見込まれてしまった。走りを早めて振り切ってしまおう。呼気を整え、心のなかで自分に活を入れて、

——そりゃ！

若造のころ、火消しの頭のところから逃げだした、あの日の走りだ。亀屋の古株の走り飛脚を感嘆させた脚力だ。

あの日と同じように、逃げろ、逃げろ、逃げろ。亀一は夜の底を突っ走る。

もう振り切ったか。首をよじると、担ぎ棒の先で黄色い札がちぎれそうなほどにひらひらしている。

赤い襷の男は、変わらぬ間隔をあけて、ぴったりとくっついている。

亀一の呼気が乱れて、足の運びも乱れた。走りが落ちる。顎が上がって腕がばたつく。

こうなってしまったら、いったん止まらないと駄目だ。姿勢を崩したまんま走り続けると、一気に疲労が出て足が上がらなくなる。

亀一はぴょんと飛び上がって着地し、その場に止まった。ぜいぜいと息があがる。

空には半月が昇っている。森は黒く、亀一の来た道と、これから行こうとする道は、白っぽく硬く乾いている。

呼吸が静まるまで、そのまま懸命に堪えた。あわあわ振り返ってはいけない。

背中を伸ばし、担ぎ棒をしっかり握って、今度は首をねじるのではなく、足を踏み換えて後ろを向いた。

赤い襷の男は、ぴったり半丁後ろに佇んでいた。

亀一が走れば、あれも動く。亀一が止まれば、あれも止まる。

薄気味悪いを通り越し、怖かった。歯が鳴って、腕に鳥肌が浮く。

怖すぎて、腹が立ってきた。亀一は生来の短気者なのだ。喧嘩っ早いのだ。この十数年、走り飛脚としての信用を積み重ねるために、懐の奥深くにしまいこんでいたその短気が、久しぶりにぷつりと切れた。

「やいやいやい！」

顎を引いて両脚を踏ん張り、へその所に力を込めて、亀一は大声を張り上げた。

「この俺が、定飛脚問屋亀屋の亀一と知ってのおふざけかい？　いい度胸してやがる。いったい何の文句があって追いかけてきやがるんだ、このはんちく野郎が！」

潮の匂いを含んだ夜風が、亀一の背中の側から吹きつけてくる。

赤い襷の男は動かない。ただ、初めて見たときと同じで、頭だけは軽く上下に振っているようだ。

声を出し切ってしまうと、寒気を憶えた。首筋が、背中が、膝の裏側が寒い。

「こんちくしょうめ」

一瞬、ぎゅっと目をつぶると、亀一は大股に男の方へと歩み寄った。一歩、二歩、三歩。

赤い襷の男は、その場から動かない。

さらに三歩、あと三歩。脅しつけるように怖い顔をして、亀一は詰め寄ってゆく。

やっぱり男は動かない。

ええい、まどろっこしい！　足の裏に力を込めて、半丁の半分の距離まで一気に詰めた。

そしたら、男の顔が見えた。

着物の柄も履き物も、最初から不穏にくっきりと見えていた。見て取れなかったのは男の目鼻立ちばかりで、顔色がほの白いことしかわからなかった。

離れているからだと思っていた。誰だってそう思うだろう。

だが、そうじゃなかった。半丁の半分にまで近づいたら、それがわかった。

銀杏髷の下のなまっちろい顔には、眉毛も、目も鼻も口もなかった。豆腐みたいなのっぺらぼうだったのだ。

のっぺらぼうが、張り子の玩具みたいに、頭だけを小刻みに上下に振っている。

「お、お、お」

おまえはいったい、何者だ。

そう怒鳴りつけたつもりだった。だが、耳に飛び込んできた自分の声は違っていた。

「おおううわぁ〜！」

魂を吐き出してしまいそうなほどに大口を開けて叫び、亀一は逃げ出した。

「おわわわわ〜！」

逃げながら、走りながら、叫ぶのをやめることができない。そんなんじゃ速く走れない、飛脚の名折れだ、しっかりしろ、頭が空回りするばっかりで、今度立ち止まったら腰が抜ける。だから絶対に止まらなかった。沼津宿まで、一度も後ろを振り返らなかった。

亀一が語りに一息いれる。

富次郎は火鉢の縁に乗せておいた鉄瓶を持ち上げ、湯があんまり温くなっていないのを確かめて、新しい茶を淹れた。

「ありがとうございます」

軽く頭を下げてから、亀一は湯飲みに手を伸ばす。

「ここでは、語り手の方が三島屋さんに何かお尋ねしてもよろしいんでしょうか」

「はい、かまいませんが」

亀一は首をよじって、床の間の掛け軸の方へ顔を向けた。

「あの半紙は判じ物ですかい？」

富次郎はぞわりとした。今の亀一の仕草は、夕暮れの東海道で後ろを追っかけてくる化け物に気づいたとき、まさに彼がしたであろう仕草だ。おまけに白紙の半紙である。真っ白。のっぺらぼう。

「と、とくだんの判じ物ではないのですよ」

つい、つっかえてしまう。

「趣向というわけでもございませんで……。わたしの前には、従妹《いとこ》が聞き手を務めておりましてね。そのころは、季節やお天気や、活けてある花に合わせて掛け軸を選んでいたんですが」

亀一はうなずく。「そのお嬢さんのことなら、あっしもちろん噂に聞いて存じ上げておりましたよ。べっぴんさんだって」

「野郎に替わってしまってあいすみません」

富次郎は鼻筋を掻いてぺこりとしたが、亀一はにっこりする。

「べっぴんさんにお会いしたかったのはやまやまですが、なにしろあっしの話はこんなふうです。大の大人が——それも男伊達気取りの走り飛脚ともあろうもんが、化け物に脅かされてわあわあ叫びながら逃げ出したって、情けない話でござんすから、富次郎さんが相手でよかった」

あっしにも、まだいくぶんかの恥ってもんがございますから、と言う。

「そんならわたしの方がよっぽど恥ずかしい。さっきから怖くってしょうがないんだから」

二人で笑った。

「あの半紙は、あとでわたしが絵を描くためのものなんです。聞き取ったお話を絵にして、その絵をしまい込んで、〈聞き捨て〉をはっきり終《しま》うために」

へえ〜と、亀一は感じ入った。

「富次郎さんは絵心がおありなんですね」

「遊びです。拙《つたな》いもんです」

「どんな趣向の絵にするのかは、その都度、富次郎さんがお考えになるんですよね」

「はい」

亀一はまだ白い半紙を見ている。

「そうすると、あっしの話の場合は、あのまんま真っ白で、何も描いてもらわないのがよござんす」

ほらまた、そんな気味の悪いことを言わないでおくんなさいよ。

「それは、お話をしまいまで伺ってから考えることにいたします」

そうですかいとまた笑って、亀一は富次郎に向き直った。

「あっしがわあわあ叫んで駆け出したところから、取次所のある沼津宿の賑やかなところまでは、まだだいぶ距離があったんです。ただ、黄瀬川を渡った先には潮音寺《ちようおん》というお寺さんがあるもんで」

お寺には仏様がおわすと思って、亀一はちょっと落ち着いた。もしかしたら、そこで化け物を振り切ることができるかもしれない。

それでも、後ろを見る勇気まではわいてこなかったから、そのまま走って宿場町のなかまで駆け込んで、

「町の明かりと人の顔を見たら、やっと人心地つきましてね。走り飛脚が担ぎ棒につかまって膝に手をついて、前かがみになってぜいぜいはあはあしてるなんざ、これ以上みっともねえ有り様はありませんが、そのときはもう見てくれなんかどうでもよかった」

問屋場の内の明かりが道ばたにまであふれ出て、厩《うまや》に繋がれている馬たちの鼻息が、ぶるんぶるんと聞こえてくる。

もう一人きりではない。人気《じんき》のあるところへたどり着いた。それに励まされ、

「おそるおそる顔を上げて振り返ったら」

赤い襷の男は、四分の一丁離れたところに、ちゃんといた。

「ちっとも変わらない様子で、のっぺらぼうの顔を細かくうなずかせながら、こっちを向いて立っていやがる」

うわぁ……と、亀一は頭を抱えた。

聞いている富次郎も、今この黒白の間で同じことをしたい。頭を抱えて小さくなって目を覆い

たい。

「そこへ、声をかけられたんです」

問屋場で帳面付けをしている書役《かきやく》が、亀一を見つけて出てきたのだ。

——こんばんは、亀さん。どうしたね、今日はまたずいぶんお疲れのようじゃないか。

「あっしがぜいぜい言ってるんで、冷やかしてきたんですが」

二人は顔なじみで、気安い間柄だった。

「様子がおかしいと思ったんでしょう。具合でも悪いのか、怪我でもしたのかって、寄ってきてくれたんで」

亀一はそうっと、赤い襷の男の方を指さした。

「手前《てめえ》じゃ、どんな下手《へた》を売ったんだかわからねえんだが、おかしなものにくっつかれちまったらしいんだって言って」

しかし、書役はきょとんとした。

——何だい、あそこに何かいるの？

「赤い襷ののっぺら男は消えていたんです」

ああ、よかった。亀一は膝から力が抜けて、その場にへたりこみそうになった。

「悪い悪い、今日は日がよくなかったようで、ちっとくたびれたって、書役には言い訳しましてね。取次所の方へ向かいました」

ところが——

「あっしが問屋場の前を通り過ぎ、旅籠の建ち並ぶあいだを歩いていって」

問屋場の厩から、ちょうど四分の一丁だけ遠ざかったところで、出し抜けに馬たちが騒ぎ始めた。

「後脚で立ち上がって、いなないて首をぶつけあって、そりゃもう大騒ぎですよ」

富次郎は息を詰めた。「それは、つまり」

亀一はうなずく。「化け物がそこにいるってことだろうと」

姿は見えなくなったが、そこにいる。だから馬たちが怯《おび》えて騒ぐのだ。

「律儀にも、あっしから半丁の半分だけ離れて、やっぱり、あいつはくっついてきていやがる」

亀一は取次所へと駆け込んだ。

「手形の受け渡しをして、その夜は取次所で一泊させてもらいました」

夜明け前に発つ腹づもりでいたのだが、ぶるってしまって、朝日が昇るまでぐずぐずしていた。

「珍しいこともあるもんだって、取次所の支配人にも冷やかされました。けど、笑われようがからかわれようが、とにかく気味が悪くってしょうがない」

無理もない話だ。ひとたび走り出せば、走り飛脚の亀一に同行してくれる者はいない。また、あの化け物と一対一になってしまう。

「それでも、お天道様の力ってのは大きいもんですよ」

あたりがすっかり明るくなり、宿場町の活気がまわりに満ちてくると、亀一は元気を取り戻した。

「朝飯を食って、紐の切れた脚絆も繕って、足ごしらえをしっかりしましてね」

さあ沼津宿を出立しようという間際になって、騒ぎが起こった。

「取次所の近くにある旅籠で、小火《ぼや》が出たんです」

台所の竈《かまど》の火がいきなり大きく燃え上がり、板壁が焦げて、飯炊きの女中が火傷を負った。

「幸い、よってたかって消し止めたからそれだけで済みましたが、物騒なこともあるもんだと」

そのときはそう思っただけだった。

「あっしは沼津宿を出ました。宿場町を離れると、東海道のあのあたりはしばらく狩野《かの》川という川に沿って延びておりまして、せせらぎの音が心地よくってね」

往来を始めた旅人たちとすれ違いながら、ぐんぐん足を速めていって、

「もうすぐ千本松原だ、この季節の海の青さとお天道様の輝きとを合わせると、二つとないような景色になる」

お栄とおひさにも見せてやりたかった――と思いつつ、ふと後ろを見やったら、

「また、いたんです」

赤い襷ののっぺら男が、滑るようにあとをついてくる。

「昨日、最初に出くわしたのは夕暮れ時でしたからね」

人が怪しいものに出遭いやすい、たそがれ時である。

「何というか、筋が通ってました」

しかし、今度は初夏の陽《ひ》の輝く朝である。

「男の姿形がくっきり見えるのは、べつだん不思議なことじゃありませんが」

のっぺらぼうなのは、いっそう異様だ。足を動かさずつるつると動いているのに、首だけは小刻みにうなずかせているのも、わけがわからなくて気持ちが悪い。

――勘弁してくれよ。

亀一は先を急いだ。長い経験で、一定の走りを保っていないと、疲れてしまうと知っている。だが、何とかあいつを振り切れないもんかと足を速めてしまい、堪えきれずに何度も後ろを振り返っては様子を見るので、ひどく汗をかいてしまった。

「そうこうしているうちに、わかってきたことがあるんですよ」

一つは、亀一の方から近づかない限り、のっぺら男は距離を縮めてこないということだ。

「どこまで行っても、四分の一丁のあいだを保っているんです」

となると、昨夜沼津宿の手前で、短気を起こしてこっちからずいずい迫ってしまったのは失敗だった。あんなことをしなければ、化け物は半丁離れていてくれたのだ。

「もう一つは、あいつの姿は、どうやらあっしにしか見えていないらしい」

街道を往来する人びとは、誰も赤い襷ののっぺら男に気づかない。すぐ傍らをかすめても、騒いだり驚いたりしない。

「ただ、馬は違います」

沼津の問屋場の馬たちがそうだったように、あの化け物が見えるか、気配だけでも察するようである。

「次の原宿、その先の吉原宿、蒲原《かんばら》宿、由比《ゆい》宿を走り抜けるまでのあいだに、荷馬を率いた行商人や、騎馬駆けのお侍さんのご一行なんかと幾度もすれ違いましたが、赤い襷の男と行き合うと、どの馬も必ずいなないたり、足取りを乱したりするんです」

それが申し訳なかったから、馬を見つけると、亀一はわざといったん街道をそれ、草藪のなかを抜けてみたりした。

「由比宿は江戸から三十八里半。沼津からは八里ばかりです。ここで一息いれて食い物をとり、水筒の水をいっぱいにしておいて、三つ先の府中宿まで走りました」

府中宿は江戸から四十四里二十六丁。沼津からざっと十四里の道のりで、亀一はそれなりに、赤い襷ののっぺら男に慣れてきた。

「うっとうしいが、ただ後ろにくっついてくるだけだぁ」

距離を詰めようとしないのだから、追ってくるのではない。こっちから近づかない限りは、四分の一丁離れている。

「気持ち悪い連れを引っ張ってきちまったよ——というぐらいに割り切っていこう、と」

その夜、府中宿の旅籠の入れ込み部屋で横になるときには、この先は自分と化け物の我慢比べだと思えるくらいになっていた。

「あっしの走りに、どこまであいつがくっついてこられるか、一つ勝負してやろうじゃねえか」

「そ、それでこそ天神裏の亀一さんですね」

富次郎の合いの手に、亀一は破顔した。

「そうそう、すっかり忘れていましたが、あっしはそんな向こうっ気の強い野郎でした」

翌朝、ぐっすり眠って元気を取り戻し、出かける支度を始めると、旅籠の女中たちがざわざわ騒いでいる。

「どうしたんだと尋ねる前に、煙の臭いを感じたんです」

火事は斜《はす》向かいの木賃宿で起きていた。宿場町では、江戸市中の町家の町並みと同じくらい、建物と建物がくっついている。ほとんどが木造の板葺《いたぶ》きで、本陣や脇本陣のような格式の高いところでなければ瓦屋根や土壁はないから、火事は小さいうちに消し止めないと、あっという間に燃え広がって大変なことになる。

「あっしも宿場の男衆に加勢して、何とか小火のうちに消し止めました」

そして奇妙な話を聞いた。火元は木賃宿の裏庭で使っていた七輪で、泊まり客の一人が餅を焼いていたのだが、

「炭火からぱあっと炎があがって、近くに立てかけてあった葦簀《よしず》に燃え移ったっていうんですよ」

そのせいで、朝飯用の餅を焼いていた客は、顔と手にひどい火傷を負ってしまった。

炭火は、その上に紙や藁でもかぶせない限り、炎が高くあがるものではない。

「それだけでも訝《いぶか》しいですが、あっしは、沼津でも似たような小火が出たのを思い出しました」

あちらでは、火元は台所の竈だった。そのときは特に引っかからなかったが、よく考えてみればそれもおかしい。竈というのは火を焚《た》くための場所で、まわりに火が移らないように土や石でがっちり固めてあって、薪《まき》はそのなかで燃やすのだ。

「薪だって、やたらに吹いたり油をかけたりしない限りは、そうそう高く燃え上がるもんじゃありませんよ」

二つの奇妙な火事と、箱根山を下って通りかかった茶屋の掛小屋が落雷で燃え落ちていたことが、このとき初めて、亀一の頭のなかで結びついた。

「それに加えて、あっしにくっついて来ているあの赤い襷ののっぺら男」

あいつが姿を現したのも、焼けた掛小屋を通り越したあとだった。

もしかしてと、亀一は思った。

「あの化け物は、茶屋の火事で命を落とした男の亡魂なんじゃあるまいか」

旅装ではなく、着流しに襷、草履を履いているのも、あいつが茶屋の者だったから。

「三島宿へ向かう途中ですれ違った坊さんの険しい顔を思い浮かべると、ますますそれで当たりのような気がしてきました」

坊さんに引導を渡してもらうのが間に合わなくて、死んだ男の魂が迷い、あんな化け物に姿を変えて、亀一にくっついて来ている。

「どうしてあっしを選んだのか、それはわかりません。だけど、あっしが行く先――通り過ぎたり、ちょっと休んだだけじゃなく、一泊した沼津と府中では、あっしと一緒にあいつも一泊そこに留まったわけだ」

その二つの宿場で奇妙な火事が起きた。焼け死んだ茶屋の男の亡魂の恨みが、障りとなって火を出しているのではないか。

――こりゃ、えらいことになった。

「あっしとしては、あそこで死者の恨みを買うようなふるまいをした覚えはありません」

ただ、焼け跡で泣いている爺さんを気の毒に思って、一瞥をくれた。そのとき、ぞうっと総身が寒くなったのだった。

「あのとき亡魂に取り憑かれちまったんだと考えるなら、迷惑ではありますが、つじつまは合います」

今のこの仕事は、月一の定期便だ。大事な手形をいくつも預かって届ける道中である。勝手に引き返すことも、期日に遅れることもできない。

「しょうがねえ、あっしは府中宿を出てまた走り出しました」

ちらちら後ろを気にしていると、果たせるかな赤い襷ののっぺら男もくっついてくる。

幸い、この季節は一年のなかでも好天が続くころだ。雨風《あめかぜ》に邪魔される心配はないから、とにかく亀一は道を急いだ。

「街道の前後に人がいなくなった折を見計らって、のっぺら男の方に向き直って」

——おおい、おまえさん、名前は？

足を止めずに呼びかけてみたりした。

——何で俺についてくるんだ？　飛脚を道案内にして、どっか行きたいところでもあるのかい。

「返事はありませんでした」

言って、亀一はくすりと笑った。

「あのときも、あっしは一人笑いをしちまったんですけども」

豪胆だと、富次郎は思う。

「あいつが返事できるわけがねえんです。口がねえんだからね」

何か訴えたいことがあっても、亀一に言葉で伝えることはできないのだ。

「困ったな。でも、俺も困ってるよって思いましたよ」

赤い襷ののっぺら男は、小刻みに首を上下に振りながら、ただあとをついてくる。亀一が止まれば、のっぺら男も止まる。四分の一丁のあいだを保って。

「府中宿から、あっしが目指す次の取次所のある金谷宿までは九里ぐらいです。いっぺん空けた水筒の水を満たしただけで、一気に走りまして」

丸子《まりこ》、岡部、藤枝、島田と駆け抜けて、遠江の金谷宿には、お天道様が少し西へ回りかけたころに到着した。

「ここの取次所の支配人は、あっしが亀屋に拾われたころには宰領飛脚だった人です」

頭はつるつる、目つきが鋭いので坊さんや医者には見えないが、人柄は温厚、経験豊かな頼れる御仁だ。

「まっすぐ取次所に入って、身体についた土埃《つちぼこり》もそのまんま、書状箱を開けるよりも先に、あっしは事情を打ち明けました」

念のために後ろを指さしてみたが、赤い襷ののっぺら男の姿は消えていた。

「支配人の目にも見えねえんです。それは覚悟の上でしたが」

一気に打ち明けてしまってから、亀一は気がついた。支配人がやけに真剣に聞いてくれている。笑ったり混ぜ返したりはもちろん、戸惑うふうさえ見せなかった。

――しゃべってる手前でも信じられねえような話なのに、支配人は疑わねえんですか。

尋ねてみると、支配人は亀一の肩をぱんと叩いた。

――こんな姿を見せられて、信じぬわけにいくもんかね。

おまえさんもまるで幽霊だ、と言った。

「それほど生気が抜けていたんですか」

富次郎の問いに、亀一はうなずいた。

「支配人に言われて、足もとを見てあっしも気がついたんですが」

亀一の影は、支配人の影に比べたら、半分ぐらいの濃さしかなかった。

「か、影が、う、薄く」

腰が引ける富次郎に、亀一は苦笑する。

「三島屋さんは百物語をなすってるのに、いちいちそんなに怖がるんですかい？」

「すみません。わたしは聞き手として新前なもんですから」

ホントなら、銚子縮《ちょうしちぢみ》の上に、新しい前垂れをつけるべきなのだろう。

老練な支配人に相談できたことで、亀一の気持ちは落ち着いた。

では、どうすればいいか。

「あの化け物が、茶屋の火事で死んだ男の亡魂の化したものなんじゃねえかというあっしの考えには、支配人もうなずいてくれたもんで」

だったら供養するか、お祓《はら》いをしてもらえば姿を消すだろう。金谷宿は大きな宿場町だ。お寺さんも神社もある。

「だけど、支配人はそれじゃまずいって言うんですよ」

——福であれ障りであれ、拾ったものは拾ったところに戻すのが筋だ。

「箱根山下のその茶屋のところまで、のっぺら男を連れ帰ってやれって」

——この先、三河の吉田宿と近江の草津宿の取次所へは、うちから別の走り飛脚を都合してやる。

「金谷の取次所は、地元の飛脚問屋も兼ねておりましたんで、人手はあるんです」

だから亀一、おまえは踵《きびす》を返して戻り飛脚になれと、支配人は命じた。

「府中、沼津と立ち寄って、決済の済んだ手形を受け取っていけばいい」

どの宿場でも逗留《とうりゅう》してはいけない。横になりたくなったら野宿で済ませろ。宿場町では飯や水を調達するだけにして、化け物が二度と火事を起こさないようにしてやれ。

「このとき、支配人は全くこのとおりに言ったんです」

火事を起こさせないようにしろ。

「その言い方じゃなく、起こさないようにしてやれ、と」

化け物や幽霊でも、現世《うつしよ》の生身の人に害を及ぼすようなことをすれば、それだけ業《ごう》を積んでしまう。

「西方浄土へ行きにくくなっちまうから、哀れじゃねえか」

今のところはまだ、火事を二つ出したものの、どちらも怪我人で済んでいる。赤い襷ののっぺら男は、人の命を奪ってはいない。そこで食い止めてやれ。

「支配人は立派な方ですね」

富次郎が言うと、亀一もうなずいた。

「おっしゃるとおりです。あっしも今なら、はい、そうですねそうしますと頭を下げますよ。だけど、あのころはまだ人が練れていなかったからね」

月一の定期便を、途中で放り出すのは嫌だった。自分の信用にも関わってくるんだから、おいそれとは引き返せない。

そう抗弁したら、今度は支配人に肩をつかまれ、ぐいぐい揺さぶられて、こう言い聞かされた。

――いいか、亀一。よく考えろ。ここはおまえさんの人生の峠越えだよ。

赤い襷の男は、なぜ化け物になって迷っているのか。どうして亀一を選んでくっついてくるのか。

「そこにはきっと理由《わけ》がある。おまえさんでなけりゃならない理由が」

――それを解してやろうとするのが、どんなお経よりもお祓いよりも効くはずだ。

「月一で顔を合わせていましたから、金谷の支配人は、あっしが女房と娘を亡くしたことを知ってます。さすがに、隠してなんかおけなかったからね」

支配人は、亀一の泣き顔は見なくても、彼の嘆きと絶望のほどは充分に察していた。

「だからどうだという理屈は言いませんでした。ただ、あっしのなかに死人の魂を引き寄せる何かがあるのだとしたら、その何かにけりをつけるのは、あっし自身にしかできないんだって言ってくれたんです」

長いこと飛脚稼業をやっていたら、いろんなものに行き遇《あ》う。いろんなものを拾うし、いろんなことを見聞きする。

――その全てが一期一会だ。たとえ相手が化け物であっても、この世のあっちからこっちまで駆け抜けるのが身上の飛脚が、袖ふり合った縁を無下にするな。どんと構えて男気を見せろや。

「こうして言ってみると、いい台詞ですよ」

富次郎も心からそう思う。

「情があって肝が太いお人の言葉ですね」

「あっしも何だか呑まれちまって、納得しかけたんですけどね。でも待てよ、化け物にくっつかれてるのはあっしで、支配人じゃねえんだからさ」

男気を見せるのはいいが、化け物に祟《たた》り殺されちまったらどうしましょう。

「そう言い返したら、支配人ははははと笑いましたよ」

――そのときはそのときだ。それがおまえさんの寿命なんだよ、諦めな。

「何だよ、勝手なことほざきやがってと」

語りながら、亀一もまたがははと笑う。

「それでも、もうほかに手はありません。支配人があっしに金谷から先へは行かせねえって決めたんだから、戻るしかねえ」

支配人は、行程が短くなったことをいちいち言い訳しなくていいように、帰り道の取次所あての文を書いてくれた。そのあいだに腹ごしらえをして休息をとり、亀一はとんぼ返りとあいなった。

金谷宿を出ると、赤い襷ののっぺら男は、すぐに姿を現した。

「ったく、みんなてめえのせいだって、あっしも毒づいてみたりして」

気味が悪いのも、鬱陶しいのも変わらない。それでいて馴れ合ったような感もあり、

――とんだ同行《どうぎょう》二人《ににん》ときたもんだ。

弘法大師じゃなくって、お化けと二人の道行きだ。

野宿なら何度もしたことがある。街道脇の崩れかけたお堂やお社《やしろ》の軒先を借りたり、道ばたの草葎《くさむぐら》のなかで丸くなって眠ったこともある。

「もともとあっしは夜道が苦じゃなかった。追い剝ぎや、出くわす場所によっちゃ人よりよっぽど怖い山犬や熊なんかへの用心も心得ていたつもりです」

だがこの戻り道では、いつも以上に腹が据わって心が穏やかであることに、やがて亀一は気がついた。

「あいつが後ろにくっついてるからです」

お化けでも連れなのだ。

「それにあの戻り道では、野宿や夜道を走っていて、山犬の遠吠《とおぼ》えを間近に聞くようなこともありませんでした」

赤い襷ののっぺら男は、けっして亀一に近づいてこなかった。四分の一丁のあいだを保って、なぜかしら首を小刻みにうなずかせることだけはやめずについてくる。

「女房と娘を亡くしてからこっち、この戻り道で初めて、あっしは二人のことを考えなくなってました」

俺が悪い、いや運が悪かっただけだ、理不尽だ腹が立つと、ぐるぐる堂々巡りをすることをやめていた。

「ひさびさに、本当にすっかり空っぽになって走り続けて」

ふと、頭のなかに灯がともったように思った。俺は支配人に、化け物に取り殺されたらどうしようなんて言った。いつ死んだっていいと思っていたのに。どうして俺だけ生き残ったんだと恨んでいたのに。

俺は命が惜しいんだ。

「そう思う自分が情けなくて、でも命があって走れていることが嬉しくて」

そうだ、俺は生きていることが嬉しい。

「今まで、その気持ちを認めたくなくって、あっしはひねくれていたんでした」

沼津の取次所では、金谷の支配人が書いてくれた文のおかげで、あっさり手形の決済証を受け取ることができたのだが、

「そのとき、言われたんですよ」

――亀一さん、さっぱりした顔をしておいでですね。

「おかしいでしょう。四分の一丁後ろには化け物がくっついていて、手前の影が薄くなっちまってるというのにね」

三島宿まで帰り着き、いよいよ戻りの箱根道に向かうところまで来たときは、

「宿場から街道へ出て、のっぺら男の姿を確かめてから、あいつに声をかけました」

――もうじき、おめえを拾ったところへ着くぞ。

赤い襷ののっぺら男は、相変わらず首を振っているだけだった。

「あの茶屋と萬屋のあるところへさしかかったのは、ちょうど昼時のことでした」

空には少し雲が立ち、陽ざしがその隙間からやわらかくさしかけている。茶屋が一軒減ってしまった分、あとの二軒は旅人で賑わっていた。萬屋にも客が入っていた。

「焼け落ちた茶屋は取り片付けられて、更地になっていました」

地面の端っこに、焦げた柱や板壁なんかがまだ積み上げてあるのが無惨ではあるが、

「あっしも別の茶屋で団子を食ったりして、まわりは賑やかで楽しそうでね」

あの日、うずくまって泣いていた老人の顔は見当たらない。

おおっぴらに尋ねるのは憚《はばか》られ、茶屋や萬屋を出たり入ったりしながらそれとなく探していると、居合わせた行商人に、「飛脚屋さん、こんなところで油を売ってていいのかい」と冷やかされてしまった。

「飛脚の油売りでござんすと言い訳して、愛想笑いをしてましたら」

店の奥から、袖を襷でくくって前垂れをつけた女が出てきた。売り物の手ぬぐいや懐紙なんかを抱えていて、店先に並べ始める。

「爺さんを慰めていた、あの女でした」

客の切れ目に話しかけようと、亀一はちょっと離れて様子を見ていた。

「のっぺら男は、律儀に四分の一丁離れたところにおりました」

亀一の目には見えているが、他の誰も気づかない。のっぺら男の傍らを、箱根から降りてきた旅人が通り過ぎる。三島からやって来た旅人も追い越してくる。

ぼうっと佇んだまま、かくかくかくと、のっぺら男は首を振っている。

「そのとき、萬屋の店先で、買物をした客を送り出したあの女が、ひょいとのっぺら男のいる方へ目を向けたんです」

その瞬間、女は「あっ」と叫んだ。目を瞠り、ぎょっとしたように立ちすくんだかと思ったら、すぐ身をひるがえして店の奥へ駆け込んでいった。

「萬屋の女には、あいつが見えるんですよ」

亀一はどきんとした。拾ったものは拾ったところへ帰せ。支配人の言葉どおりにしてよかった。

あの化け物はここの茶屋の火事と関わりがあるに違いないという、亀一の読みもあたっていた。

「いったん奥へ引っ込んだ女は、男を連れて店先に戻ってきました。あの日爺さんを慰めていた男でした」

二人は夫婦のようである。揃って顔色を失い、のっぺら男が佇んでいるところを見つめている。女が指さそうとして、男がそれを慌てて押しとどめた。

「で、男が隣の茶屋へ入っていって、今度はその茶屋の主人も店先で固まっちまう」

亀一が見守るうちに、そこにある店の人びとがみんな道ばたに出てきた。せいぜい十人ほどの老若男女だが、

「この人たちにはのっぺら男が見えてる。あっしにはわかりました」

化け物を目にした途端、店の奥へ逃げ込んでしまった娘がいる。両手を合わせて念仏を唱え始める婆《ばあ》さんがいる。

「お客が訝しがるもんで、それぞれ取り繕っていましたが、最初にのっぺら男に気づいた萬屋の女は、亭主が止めるのを振り切って、のっぺら男に近づこうとするんです」

頃合いだ。亀一は素早く男女の前に出て、小声で囁いた。

「萬屋のおかみさんも旦那さんも、あいつが見えていなさるんですね」

あいつは誰です。ここの者ですか。先日の落雷と火事で命を落としたんでしょうか――

亀一はこうして、謎の答えにたどり着いたのだった。

「みんな、わたしらが悪かったんです」

萬屋の亭主の口からは、亀一がこれまで何度も自分の思いとして噛みしめてきた言葉が出てきた。

「わたしらが寛吉《かんきち》さんを追い詰めたもんだから、あの人は化けて出てきちまった」

客の出入りで忙しい店をおかみに任せて、亭主は亀一を住まいの方へと入れてくれた。板張りに円座を敷いて座り、傍らには夫婦が使っているらしい布団と夜具がたたんである。

寛吉というのは、落雷で焼けてしまった茶屋の息子だった。焼け跡で泣いていた爺さんが父親で、名は加吉《かきち》。

「加吉爺さんと寛吉さん夫婦と、一粒種のおまきちゃんの四人で、仲良く暮らしていたんです」

萬屋の夫婦は加吉たち一家と親しく、寛吉の女房のおよしと、萬屋のおかみは幼なじみだった。

「わたしら二軒は、もともとは箱根宿の者なもので……。あとの二軒の茶屋は、三島宿からの出店なんですが」

十年ばかり前から、箱根山下のこのあたりにも店があったら客が便利だろうと、自然と寄り合ってきて四軒になった。

「箱根宿はただの宿場町じゃなく、湯治客も来ますから、年じゅう大いに賑わいます。けども、田畑の作れる土地柄じゃありませんから、あそこで食っていくには客商売をするしかねえ。厳しい商いの争いがあるんです」

その点、ここは長閑《のどか》でいい。山を下りてきてよかったと、萬屋と加吉茶屋の家族で語り合うこともあったそうな。

しかしその長閑な暮らしは、昨年の神無月の末に、思いがけぬ惨事によって打ち砕かれてしまった。

「よちよち歩きのおまきちゃんが、家族がちょっと——ほんのちょっと目を離した隙に、囲炉裏《いろり》に転げ落ちてしまって」

茶屋のなかには竈を囲い、店を開けているあいだは鉄鍋や鉄瓶をかけている。幼子が近づかぬよう、そこは用心おさおさ怠りなかったのだが、

「ここらの冬は凍《い》てつくから、住まいの方にも囲炉裏は要ります。もちろん、よくよく気をつけて火を焚いていたんですが、あの日は、おまきちゃんが風邪を引いてぐずるもんで、およしさんが粥を煮ていたそうで」

その火のあるところへ、おまきが転げてしまったのだった。

「間の悪いことに、綿入れにちゃんちゃんこを重ねて着込ませてたもんだから」

幼子が風邪を引いていたから、母親が厚着させたのだ。何の悪いことがあろう。

「そこに火が移っちまって」

おまきのぎゃあっと泣き叫ぶ声に、親どもはすぐに飛んでいって火を消したが、火傷はひどかった。

「何とか一晩は保《も》ちましたが、駄目だったんです。それで、およしさんも」

よちよち歩きの可愛い盛りの子を亡くし、しかもそれが自分の咎《とが》だと思い込んで、

「すっかり……何と申しますか……その」

「いや、もうそこでけっこう」と、亀一は萬屋の亭主を遮った。「聞かなくってもわかります」

わかるどころか、それは亀一の身に起こったことと同じだ。亀一の悲しみ、亀一の後悔と同じ

だ。

萬屋の亭主は、目を細めて亀一の顔を覗《うかが》った。目の色を読まれぬよう、心の内を探られぬよう、亀一は下を向いて、

「お気の毒です」と、低く言った。

萬屋の亭主はしゅんと鼻をすすった。

「おまきちゃんを葬ってから、およしさんは一切飲まず食わずになりました。加吉爺さんが叱ろうが、寛吉さんがどんだけかき口説こうが、聞き入れなくて」

結局、数日で弱り果て、幼子のあとを追うように亡くなってしまったのだという。

話を聞きながら、亀一は膝の上で拳を握りしめていた。

寛吉の身の上もまた、亀一と同じだ。妻子を失い、一人だけ置き去りになってしまった。

「娘を亡くして辛かったのは、寛吉さんだって同じですよ。けど、およしさんがおかしくなっちまったから、その手当てをしようというんで、何とか気が紛れていたんです」

だがおよしも死んでしまった。もう、寛吉にはすることがない。

「いっぺんに箍《たが》が外れたみたいになって、あの人はもう、朝から晩まで泣いていた」

誰がどう慰めても無駄だった。寛吉は泣き続け、やっぱり飯も食わず水も飲まない。

「父親《てておや》の加吉さんは、だらしがないと怒鳴りつけることもありました」

――いいか、わしだっておっつけ死んじまうんじゃ。およしとおまきの墓を守るのは、おまえの役目じゃねえか。大の男が泣いてばかりでどうする。

「わたしらも見るに見かねましたし、加吉さんに頼まれたこともあって」

萬屋夫婦も、寛吉を慰めるだけでなく、敢《あ》えて説教するようにした。

「あんたがそんなふうじゃ、およしさんとおまきちゃんが心配して迷っちまうとか」

泣いてばかりいるな。しゃんとしろ。

「ここの四軒は、助け合って客商売をしてるんだ。寛吉さんがそんなふうじゃ、お客に厭《いと》われて商いにも障る。いい加減で泣き顔をやめてくれとか」

並びのあと二軒の茶屋の人びとにも頼み込んで、みんなで寛吉を説きつけた。慰めた。叱った。励ました。

だが、寛吉は立ち直れなかった。

「おまきちゃんを弔って半月後、およしさんが死んで十日ばかりで、寛吉さんも死んじまったんです」

茶屋の裏の林に分け入って、頃合いの橡《とち》の木の枝に、およしが日々使っていた赤い襷をかけ、首をくくって死んだのだった。

たった一人になった加吉爺さんは、倅を弔うと、仏壇の三つの位牌を傍らに、それでもまた茶屋を開けた。

「働いていないとどうしようもねえって」

重ね重ね、それも亀一と同じだ。だから亀一は走り続けていた。加吉爺さんが茶屋商売を続けた気持ちはよくわかる。仕事にすがりついて忘れようとしたのだ。

「それで……見かけは、もとの暮らしが戻ってきたんですが」

萬屋の亭主の顔がいちだんと暗くなり、声が細った。

「弔いからたった二、三日で、寛吉さんが戻ってくるようになったんです」

亀一は目を瞠った。「とおっしゃると」

萬屋の亭主は身を縮め、びくびくしながら店先の方を盗み見た。

「あの……飛脚屋さんもご存じの、さっきの姿で戻ってくるんですよ」

着流しに赤い襷。音もなくふわりと現れて、物陰から顔を出す。

「のっぺらぼうの、あの顔を？」

萬屋の亭主は、詫びるみたいに深く身を折ってうなずいた。

「あのなまっちろい目鼻のない顔をこっちに向けて、ぼうっと立ってまして」

加吉や萬屋夫婦が驚いて声を出すと、ふっと消える。だが、またすぐに現れる。昼でも夜でもおかまいなしだ。

「最初は、加吉茶屋とうちだけだったんですが、そのうち並びの茶屋の方にも現れるようになってきました」

幸い、居合わせるお客たちの目には見えないらしい。だが、偶々そういう気配に聡《さと》いお客だと、寒気を憶えたり、急に鳥肌が浮いたりするようで、

「じきに、悪い評判が立ってしまいました」

あの茶屋と萬屋には、何だか悪い気が漂っているよ——

「これから箱根山に登ろうというお客さんには、験が悪いと、とりわけ嫌われるようになっちまいました」

ここの人びとは、のっぺらぼうの化け物になってしまった寛吉が現れるたびに、手を合わせて

成仏を願った。迷わずあの世へ行ってくれ、およしとおまきもあんたを待っている、この世に未練を残しちゃいけないと、生きていたころの寛吉にそうしたように、宥《なだ》めて説いて働きかけた。

「でも、まるで通じないんですよ」

のっぺらぼうの寛吉は、しつこく姿を現し続けた。何をするわけでもない。ただ出てくるだけだ。

「これはよほど寛吉さんに恨まれているんだろうと、わたしらも身にしみてきました」

よかれと思って慰め励まし、もう泣くなと叱咤《しった》したつもりだった。それがいけなかったのか。寛吉は怒り、その怒りが彼を化け物に変えてしまったのか。

「そうなると、わたしらにゃもうどうしようもありません。あの人の恨みが怖くって、昼日中《ひなか》でも落ち着いていられやしない」

困《こう》じ果てて、弔いのとき世話になった、三島宿のお寺の住職に相談を持ちかけた。

「ご住職は驚いて、どうしてもっと早く言わなんだと、駆けつけてきてくださいました」

寛吉、およし、おまきの墓で再び読経し、加吉茶屋にある三人の位牌の前でもお経をあげて、小さな仏壇の扉に封印をほどこしてくれたという。

「それが四月の初めごろのことで、以来、寛吉さんのお化けは現れなくなって、わたしらもようやく安堵したわけです」

胸をなで下ろし、一月《ひとつき》ばかりは穏やかに暮らしていたところに、先日のあのにわか雨と雷が襲いかかった。

「雷様が、狙いをつけたみたいに加吉茶屋に落っこちて、火が出て丸焼けになって」

仏壇も位牌も灰と化した。

「加吉爺さんはまさに着の身着のまま、身一つで逃げて命だけ拾って、あとは何にも失くなってしまいました」

それだけでも焼け跡にしゃがみ込んで泣きたくなって当たり前だが、

「ご住職に封じていただいた仏壇が焼けたことで、また寛吉さんの化け物が現れるんじゃないかと。いえ、そもそもこの落雷と火事は寛吉さんのせいじゃないのかと」

小さな仏壇に封じ込められて、寛吉はいっそう怒っているのではないか。その怒りが雷を呼び、火事を引き起こしたのではないか。

「勝手なようですが、わたしらみんな、怖くてしょうがなかったんです」

隣の茶屋が倅を三島宿に走らせて、住職に報せた。急を聞いた住職が、大急ぎで加吉茶屋に駆けつけようとするところに、往路の亀一がすれ違ったのだった。

「あのとき、ご住職がずいぶんと険しいお顔をなすっているので、俺も驚きました。そういう事情があったなら得心がいきます」

言って、亀一は萬屋夫婦の顔を見た。

「けど、皆さんが案じていたように、火事のあとに、のっぺらぼうの寛吉さんがまた現れることはなかった。そうでしょう?」

萬屋夫婦は揃ってうなずく。

「ええ、ついさっき、あそこに立ってるのを見つけるまでは……」

「ですから、やっと成仏してくれたのかと、皆で胸をなで下ろしていたんですよ」

加吉爺さんも安堵して、三島宿の住職の寺へ身を寄せ、寺男として働いているという。

「残念ながら、寛吉さんは成仏してやしません」と、亀一は言った。

ただ留守にしていただけである。

「ずっと俺と東海道を走って、金谷宿まで行って帰ってきたんですよ」

その理由がわからなかった。なぜ亀一を選び、あとにくっついてくるのか。

それも、やっと得心がいった。寛吉が、通りすがりに一瞥をくれただけの亀一に寄りついてきたのは、

――俺たちが似たもの同士だからだ。

亀一は疫病で、寛吉は不運な過ちで、大切な妻子を亡くしてしまった。一人だけ生き残り、自分の命を持て余している。

亀一は走り飛脚で、その仕事が一人きりで走る口実になるから、ただ走ってきた。己を空っぽにして走ってきた。涙も出ないほど空っぽだから泣かなかったけれど、泣こうと思えば走りながら好きなだけ泣けたろう。

一方の寛吉は茶屋という客商売で、小さな掛小屋から離れることができなかった。彼は泣いて

泣いて泣き暮らした。最初は慰めてくれたまわりの人びとも、次第に彼を叱るようになった。妻子の菩提《ぼだい》を弔うためにもしっかりしろという励ましはまっとうな意見だが、心を打ち砕かれて涙を止めることのできぬ寛吉には酷い叱咤だった。

寛吉は寛吉なりに、泣くのをやめようと思ったのだろう。これではいかんと思ったのだろう。だが、どうにも涙が止まらないので、命を絶って泣くのをやめることにしたのだ。

そうして、彼の亡魂は迷った。彼を慰めたり励ましたりしてくれた人びとの前に顔を出すようになった。

泣いていない顔を。眉も目も鼻も口もないから、泣くに泣けない顔を。

そこに恨みや怒りがあるのか、亀一にはわからない。むしろバカ正直な反省があるように思えてならない。ほら、泣くのをやめました。泣いてないでしょう、顔がないんだから。

こいつが引き起こしている火の障りも、恨みや怒りのせいというよりは、こいつのバカな我慢が裏目に出ているせいのような気がする。

寛吉が心底、自分の父親やここの人びとを恨んでいたなら、何があったってここから離れはしなかったろう。似たような身の上の、しかし泣こうとしない意固地な走り飛脚が通りかかったところで、ふらふらくっついてきたりしなかったはずだ。

亀一は寛吉を哀れに思う。慰めてやりたいし、どやしつけてやりたいし、説教してやりたい。

何やってんだよ、と。

どこまでもくっついてくるくせに、自分からは近寄ってこない。亀一の方から距離を縮めなければ、気の弱い犬みたいに間を空けている。

困った奴だ。小心なお化けだ。そもそも全ての発端になったあの落雷も、仏壇に当たったのは運の悪い偶々で、おまえはそんな大それたことのできる男じゃねえんだろう。そうでなかったら見損なうぞ。年食った親父さんから、生計の場を奪っちまったんだから。

——よし、俺がきっちり話をつけてやる。

幸い、箱根山の上には、亡魂と渡り合うのにうってつけの場所がある。

「箱根山の上、芦ノ湖のほとりに広がる賽の河原がいつからそう呼ばれるようになったのか、あっしは存じません」

亀一は、穏やかな口調でそう続けた。

「山越えが難儀だからと、箱根宿が置かれたのは元和四年のことだそうです。そのころからもう湖畔のあの一帯の呼称は決まっていて、絵図にも記されております」

ただ、格別に物寂しい景色だというわけではないと言う。

「そうなんですか……。わたしは評判しか知りませんから、てっきり薄暗くておっかないところなんだろうと思っていました」

以前、富次郎がぱらぱらと丁を繰ったことのある紀行文には、「陰鬱也」という言葉があった。

「そりゃ、天気が悪けりゃね」

亀一はにっこりする。

「賽の河原と呼ばれる川辺は、箱根だけじゃない、ほかにもいくつかあるんです。そういうところも、みんながみんな、富次郎さんがおっしゃるような眺めに決まってるわけじゃありません」

雨が降って雲が垂れ込めれば陰鬱だし、抜けるような青空の下なら風が爽快だ。四季により、天候によって千変万化する。それが天然自然というものだ。

「だけども、人は気分で景色を見ますからね」

気分によっては、曇り空が心地よいこともあれば、晴天が悲しいこともある。

「それと、どうしてか水辺に立つと、誰でも何となく神妙な心地になる」

あ、それはそうだ。

「昔のことを思い出したり、死んだ者のことを考えたりする。だから、ちょっと風情のある河原は、どこだって賽の河原にされちまうもんなんでしょう」

冥土に行く者が渡る三途《さんず》の川。あの世とこの世の境目に広がる河原。あちら側に渡っていった亡き人びとのことを、こちら側の者が偲《しの》ぶところ。

「ただ、芦ノ湖畔の賽の河原が、ただの名ばかりじゃないのは、数え切れないほどたくさんの石仏様がおわすってことなんで」

大きさも造りも様々な石の仏像が並べられており、東海道を行く者たちはそこここで足を止めて手を合わせ、頭を垂れる。

「根気よく探せば、必ず自分に似た顔の石仏様が見つかるっていうくらいの数ですよ」

亀一は、のっぺらぼうのお化けになってしまった寛吉を、そこへ連れて行ったのだった。

「あの日、萬屋夫婦との話を終えて外へ出てゆくと、まだあいつが道ばたに立ってるのが見えました」

今度は迷わず、亀一はすたすたとのっぺら寛吉に歩み寄っていった。

「そうしようと思えば胸ぐらをつかめるぐらいに近づいて、言ってやりました」

——さあ、発つぞ。

のっぺら寛吉は、亀一のすぐ後ろにくっついてきた。かつて自分の家だった加吉茶屋の跡にも、萬屋にも執着するふうはなかった。

「芦ノ湖のほとりへ出るには、まず峠を越えなきゃなりません。それから関所を通って、賽《さい》の河原はその先です」

そこまでお化けと二人連れだ。

「野宿で一泊を挟みましたが、それ以外はずっと前後して走ってって、あっしは寛吉にいろいろと話しかけました」

もともと箱根宿の生まれだそうだから、この山の険しさはよく知ってるんだろう。俺は走り飛脚になって初めて峠越えをしたときには、確かにこの山の向こうには鬼が棲《す》んでてもおかしくねえと思ったよ。人里があるなんて思えなかったもんな。

「自分の昔話もしました。流しの鋳掛け屋だった継父をバカにしてたことや、それをうんと後悔してること。茶屋の商いは客商売のなかでは呑気そうに見えるけど、わがままな客や嫌な客だっているんだろうから、やっぱり苦労もあるんだろうとか」

のっぺらぼうの寛吉は、相変わらず滑るようにあとをついてきながら、ただ顔を上下に振っているだけだったが、かまわずに亀一はしゃべり続けた。

「すれ違う旅の人たちには、妙に独り言を言っている飛脚さんだと思われたでしょうね」

富次郎が言うと、亀一はちょっとそっくり返った。

「普通に歩いている人に、口元の動きを見て取られるような走り方をしちゃいませんでしたよ」

予定より早戻りになったから、元気も余っている。そのときの亀一は、まさに韋駄天《いだてん》だったそうだ。

「早く寛吉を賽の河原へ連れて行ってやりたかったし、あいつがあっしの脚にどこまでついてこられるか試してみようって気もありました」

「へこたれずについてきましたか」

「お化けのくせに、生意気にもねえ」

言って、亀一は目を細めて笑った。

「あいつは土地っ子だったんですからね。山道に強いわけです」

これという難もなく、昼前には関所の通過を許された。湖畔を目指し、杉並木のなかを抜けて走りながら、

「あっしは寛吉に言いました」

——賽の河原で、おまえの顔に似た仏様を探そう。

「これだっていう仏様が見つかるまで、どんだけ時がかかろうが、俺は付き合ってやる。だから見つけろよ」

見つけたら、その石仏様のお膝に額をぶつけて地獄を覗いてこい。そして、そこにいる女房子供に詫びてこい。

「おめえがこんなふうにだらしなく迷って、おまきちゃんを死なせた憎い火の障りまで引き起こしちまってさ、とばっちりで、およしさんもおまきちゃんも地獄で迷子になってる。申し訳ねえって詫びてこい。それから、どうしたらいいか二人で考えようぜ」

俺も一緒に考えてやる。

いや、考えさせてくれ。

どうしてかって言ったら。

――俺の女房と子供も、きっと地獄で迷ってるだろうから。

俺が頑なだったせいで。

一人生き残った俺が、てめえの苦しみのことしか考えていなかったせいで。

――おまえは顔を失くしたが、俺は心を失くしてたんだ。

おまえにくっついてこられて、おまえと連れだって走ってきて、やっと俺にもそれがわかった。

「あっしは声に出して、言葉にして、それまで胸の内でぐるぐる堂々巡りに考えていたことを吐き出し始めました」

俺が悪かったのか。俺の運が悪かっただけなのか。誰に詫びたらいいのか。この胸の痛みをどうしたらいいのか。

「だんだんと足が緩んで、走るのをやめて、風に顔をさらしてとぼとぼ歩って」

寛吉と二人きり、ほかの人目のない河原の端っこにまで行った。せせらぎの音さえひそやかな薄暗がりに、卯の花が咲いていた。

「歩ってるのに、なんでこんなに息が切れるんだろうと思ったら」

息切れなどではなかった。

「あっしはようやく泣いていたんです」

自分の悲しみのせいではなく、妻子を想うて泣いていた。

「涙があんなに熱いものだなんて、あっしは忘れておりました」

やがて、自分の泣き声に別の声が重なって聞こえてきた。

「寛吉の声でした」

振り返った亀一は、間近に見た。まず寛吉の口が、次に鼻の下が、そして震える小鼻が、涙に濡れる頬の上に両目と両の眉毛が、ゆっくりと蘇《よみがえ》って現れてくるのを。

「あいつは口を半開きにして、ああ、ああ、ああと声を出していました」

そして絶え間なく頭を上下に振っていた。

「目鼻口を失ってのっぺらぼうになっても、あいつは泣いていたんです。だから頭が動いていたんだ」

大の男が二人、手を取り合えるほどの距離に向き合い、それぞれ手放しで泣いている。事情を知らぬ人の目には、痛ましいというよりは奇天烈《きてれつ》な眺めだったことだろう。

「折良く、雲が流れてきたんで、あっしの顔にも寛吉の顔にも影が落ち、お天道様に無様な泣き顔を照らされなくって済みました」

黄昏《たそがれ》時前の賽の河原で、囁く川の流れだけが二人の男に寄り添っていた。

――ああ、ああ、ああ。

ひときわ大きく声を張り上げて泣くと、初めて寛吉が亀一を見た。

「糸みたいに細くって、への字に笑っている目でしたよ」

――ああ、あいすみません。

そう言って、ふっと消えてしまった。

「蠟燭の灯を吹き消したようでした」

ついさっきまであんなにはっきり姿が見え、声が聞こえていたのに、もういない。

寛吉は行ってしまった。行くべきところに。

現世《うつしよ》にいる亀一は、また一人きりになった。

「あっしはようよう腕で涙を拭って、深く息を吐きました」

気がついたら、自然にこう言っていた。

——ありがとうよ。

「洟《はな》をかんで身支度を調えて、また走り出しました。走り飛脚に戻ったんです」

その場を立ち去るとき、気がついた。寛吉と二人でいたところは、風雨にさらされて顔かたちさえ定かでなくなった、古い石仏様の真ん前だった。


その後の人生を、亀一は一人で生きた。ほうぼうから何度も話を持ちかけられたが、頑として後添いはもらわなかった。

「あっしの女房はお栄一人だけです。子供もおひさ一人だ。ただ、身軽な独り身でいる分だけ、亀屋のなかでは小僧たちの面倒をよくみようと努めてきましたが」

走り飛脚を続けているあいだも、各地の取次所で働いているときも、子供や若者に出会うと、亡き娘たちと重ね合わせてその身の上を考え、世話を焼かずにいられなかった。

「亡き娘さんたち……ですか」

そうか、亀一の娘と寛吉の娘だ。

「寛吉さんの父親の加吉爺さんとは、その後会うことがありましたか」

亀一はうなずいた。「萬屋の夫婦から話を聞いたって、翌月の定期便の折に、あっしが来るのを待っていてくれました」

爺さんもまた、亀一の手を取って泣いたという。

「あれっきり、倅のお化けは出なくなったってね」

——やっと浮かばれました。

「それから三月《みつき》ばかりで爺さんも逝っちまって、寂しくってしょうがないと萬屋夫婦も箱根宿に帰って、別の萬屋が看板を出して」

寛吉たちのことは忘れ去られていった。

「あっしの心のなかにほんの欠片だけ痼《しこ》ってたのは、加吉茶屋を襲った落雷と火事のことなんですけどね」

狙い澄ましたようだったあの災厄は、萬屋夫婦が案じていたとおり、仏壇を封じられて怒った寛吉の亡魂が起こしたものだったのか。

「あいつはお化けにはなってたけど、怨霊じゃなかった。自分の家にあんなことができるような奴《やつ》じゃねえし、やっぱり偶々だったんだろうけど、何かすっきりしませんでね」

それは富次郎も同感である。

「その痼りが解けたのが、なんとまあ、やっと一昨年《おととし》の春先のことでした」

ちょうど春雷のころである。

「箱根山下のあの場所には、今じゃ八軒も店が集まってるんですが」

亀一自身はもう走っていない。彼が育てた亀屋の若い走り飛脚から聞いた話だ。

「その八軒のうちの一軒、いちばん箱根側に近いところに店を出してる飯屋に雷が落ちて、火事になったっていうんですよ」

その飯屋は、加吉とも寛吉一家とも一切関わりがない。

「三島宿から来て、看板を掲げて三年目だというんですから、まるっきり赤の他人です」

幸い死者も怪我人もなく、羽振りがよかった飯屋はすぐに簡素な店を建て直した。

「そのとき、三島から来た大工の棟梁が言ってたんだそうです。街道沿いのこのあたりは箱根山と駿河の海に挟まれた平地なんで、山から下りてくる雲と、海から吹き寄せてくる湿気のある風との案配で」

――希にではあるが、ここだけ急に大雨が降ったり、雷が鳴ったりするんだよ。わっしの若いころには、晴天の真っ昼間に雷様が落っこちたのを見たこともある。

「めったにあるわけじゃねえが、運が悪いとこういうことになる場所だから、あんまり立派な家を建てたら損だっていうようなことを、苦笑いしながら話していたというんですね」

そういう天気の難、急変のある場所だったのである。

「言われてみりゃあ、あっしも、他所《よそ》の土地でそういう場所に心当たりがありました」

突風に用心しなくてはならない野っ原や、なぜか年中落石の多い山道。ちょっとの雨であふれる小川。毒気のある霧の溜まる窪《くぼ》地。

「だったら加吉茶屋の方も――」

亀一は声を強める。「ええ、寛吉のせいじゃなかった。むしろあいつは、めったにねえ運の悪い落雷で仏壇が焼けて、外へ追い出されちまって、途方に暮れて」

そこへ亀一が通りかかったもんだから、迷子のようにふらふらくっついてきてしまった。

「確かに、その方が寛吉さんには似合っていますね」

人を恨んだり、運命を呪ったりするのではなく、悲しみのあまり行き迷っていた。その悲しみが火の障りを起こし、他人様《ひとさま》を傷つけたのはいただけない不始末だったけれど、寛吉はけっして怨霊ではなかったのだ。

「若い者からその話を聞いて、長いこと心にしまっていた寛吉のこと、あいつとの道中のあれこれを思い出しましてね。一つだけ残っていた痼りも解けたことだし、もうすっかり安心して語ることができる。いっぺんぐらい、誰かに聞いてもらいてえもんだと」

そんなところに三島屋の変わり百物語の噂が入ってきたので、以来、順番が巡って来るのを心待ちにしていたのだという。

「長くお待たせしてしまったんですね」

「いえ、こっちの都合もよくって、本日になったんです。待っていてよかった。本当にいい区切りになりました」

亀一の「区切り」とは。

「あっしも歳ですが、恩義ある亀屋のために、もう一働きすることになりまして」

来月の朔日《ついたち》から、本店の支配人に就くのだという。

富次郎は「おお」と声をあげてしまった。「それはおめでとうございます！」

語り始めに、飛脚問屋の屋号を仮に「亀屋」と定めたとき、亀一が照れくさそうだったのは、このことがあったからなのだ。

「天神裏の亀一さん、走り飛脚一筋に精進して、ついにはお店を背負って走るのですね」

「とんでもねえ、これからは走りません。支配人が儲けに走っちゃ、飛脚問屋はたちまち潰れます」

　上手いことを言ってくれる。

「これからは本店を守るのがあっしの役目ですから、もうこの足で東海道を往来することはございません」

　いつか箱根山に登るときがあるとしたら、隠居して湯治に行くときぐらいだろう——と言った。

「それなら、きっとそうなすってください」

亡き妻子の分も、寛吉一家の分も、温泉で身を労ってほしい。一人の旅人として、箱根峠からの眺めを味わってほしい。

「はい。そう心して毎日勤めるようにいたします。ありがとうございました」

　富次郎の目元に、熱いものがこみ上げてきた。だが、おちかはやすやすともらい泣きなんかしなかったはずだから、頑張ってきりっと笑顔を保ったまま、黒白の間を去ってゆく亀一の背中を見送った。

　——ああ、いい絵が描ける。

　今回は一寸の迷いもない。もう構図が浮かんでいる。早く筆をとりたくて、指先がうずうずするほどだ。

　その夜のうちに下絵を決めて描き始め、逸《はや》らずに丁寧に筆を走らせて、一晩で仕上げた。

画面の東の端に箱根峠。本当はこんな近くに見えないはずだが、これが絵の趣向だ。

峠道の裾には、幟を立てた茶屋と、暖簾を掲げた萬屋が軒を並べている。茶屋の前には前垂れをつけた男が一人。遠いので顔がはっきり見えてはおかしいから、髪の毛ほどの太さの筆先で目鼻を入れた。

画面の手前には、書状箱に札をさげた担ぎ棒を肩に、しっかりと肉のついた腿とふくらはぎを見せつけて、飛脚が走る。双眸《そうぼう》は彼方を見やり、口元は凛々しく真一文字だ。

飛脚はその肩に、赤い襷《たすき》を掛けている。

第四話　黒武御神火御殿

江戸の初夏の味覚といえば初鰹《はつがつお》だが、旨い物好きの富次郎は、実はあんまり、これに思い入れがない。

初鰹にからんでは、やれ○○屋さんでは半身に十両払っただの、親の形見を質に入れても食ったことが自慢だの、見栄や気負いがもてはやされすぎている。せっかく旨い魚なのに、これではかえって鰹が気の毒だ。同じ時期に旬を迎えるトビウオも立つ瀬がない。

そんな富次郎だから、得意先や知り合いから初鰹を囲む一席に誘われてもなんだかんだと理由をつけてはぐらかし、三島屋の内でゆっくりと味わった。こういうことを言うと、

「初鰹はゆっくり食うもんじゃねえ！」

なんてまたうるさい向きがあるけれど、そんなのはどうでもよろしい。その日だけ早めの夕餉《ゆうげ》の膳で、初鰹のたたきを肴《さかな》に伊兵衛と一献《いっこん》傾けたのが極楽だった。

「兄さんもいるといいのになあ」

特に深い考えがあるわけではなく、兄の顔を思い浮かべてそう口に出したら、伊兵衛が身を乗り出してきた。

「やっぱり富次郎もそう思うかい。私も、そろそろ伊一郎を連れ戻したいんだ」

赤い顔をして言う。伊兵衛は酒に強くない。富次郎は伊兵衛よりは飲める。伊一郎は酒豪である。

「でも兄さんに、どんなことでも十年続けないとやったことにならないって、十年年季を言いつ

けたのはおとっつぁんでしょう」

三島屋の長男で跡取りの伊一郎は、十六の歳から、通油町《とおりあぶらちょう》にある小物商の菱屋《ひしや》に奉公に出ている。商いの修業、他所《よそ》の釜の飯を食う修業だ。今年二十三歳だから、十年年季をまっとうするなら、あと三年は帰ってこない計算になる。

「そうなんだ。我ながらつまらないことを言ったもんだよ」

伊兵衛はしかめっ面になる。本気で後悔しているらしい。

「だったら、兄さんと話してみたらいいじゃありませんか。通油町は箱根山の向こうにあるわけじゃないんだから、出かけていって顔を合わせればすぐですよ」

「まあ、そうなんだが……。父親が、自分で命じたことを自分でやすやすと曲げるのもどうかと思うのさ」

あらら、何を言い出すかと思えば。

「きっちり十年修業してこいと言いつけたときには、真実それが伊一郎のためだと思っていたしなあ」

「それは兄さんもわかっていましょう」

「しかし、あいつは私が情のない父親だとがっかりしたかもしれない」

厳しすぎたとか、突っ放しすぎたとか、既にして酔っ払いの繰り言めいた呟きになっている。

今は家族のことでも商いのことでもひどい苦労をしてはいないはずの伊兵衛だけれど、それでも年々白髪は増えるし、目元の皺も目立つようになった。寄る年波ってやつに身を洗われて、爺さんになってゆくうちに、弱気の虫に嚙まれることもあるんだなあ。

「そんな心配をなすらなくたって、兄さんはおとっつぁんを心底敬愛していますよ。わたしはよぉく知ってます」

「そ、そうなのかい？」

問い返す伊兵衛は、子供のような目をしている。可愛いなあ、おとっつぁん。

「こんなことで嘘やお追従《ついしょう》を言う富次郎じゃございません。おとっつぁんとおっかさんの倅ですからね」

そうかそうかと、伊兵衛は嬉しそうにうなずいた。その笑みを見て、富次郎はつい余計なことを言ってしまった。

「おとっつぁん、わたしに対してはそんなことを気になさらないのに、不思議ですね」

やっぱり、長男というのは親にとって特別なものなんだろうか――

途端に、猪口をぱちりと置いて、子供の目から大人の目つきに戻り、伊兵衛は言った。

「次男のおまえを軽んじているつもりはない。私にもお民にも、二人とも大切な倅だよ」

富次郎はびっくりした。「は？　ええ、それはもちろん、わたしも承知しています」

いかん、いかん。富次郎は微笑みながら銚子を持ち上げた。

「さあ、もう一杯。おっかさんや八十助たちが加わる前に、もっと呑みましょうよ」

父子で酒を酌み交わす。富次郎も楽しいが、伊兵衛の楽しさ・誇らしさ・嬉しさは、倅には推し量りきれないほどのものなのだろう。

その心躍るままに長男の顔を思い浮かべて、つい愚痴がこぼれたのか。伊兵衛は確かに、自分で言ったことを安易に曲げたり変えたりするのを嫌う人だから、こんなふうにこぼすのも、今この場だけ、酒のせいにしておくのが親孝行というものだ。

――おとっつぁんも、愚痴ったことなんか忘れてしまうように。

と、勧めて飲ませているうちにお民と八十助が来て、そこへおしまが新しい鰹のたたきの皿を追加してくれた。皆で銚子の林をこしらえて楽しい酒宴となったのだが、翌朝、伊兵衛は宿酔《ふつかよ》いがひどくて起きられなかった。

「とんだ初鰹だ」

「鰹の罪じゃありません。おまえさんが調子に乗って呑みすぎただけですよ」

うんうん唸《うな》る伊兵衛と、それを叱りつけるお民のどっちにもバツが悪く、自分も抜けきらない酒気でかすむ頭を抱えて、富次郎はこそこそと店先に出た。

昼過ぎになって、帳場に座る八十助が、伊兵衛に来客の約束があることを思い出した。

「小伝馬町にある質屋のご主人で、年に一度、蔵の総ざらえをすると、うちへおいでになるんですよ」

「質屋が袋物屋に何の用があるんだろ」

「質流れになった着物や帯などを売ってくださるんです」

八十助は、ただの忠義の大番頭というだけではない。三島屋にとって、伊兵衛とお民にとって、商いの師匠のようなところもある手練《てだ》れの商売人だ。もっと威張ってもいい立場なのに、いつも謙譲で人当たりがいい。

それはまあ人柄だからしょうがないが、質流れ品を売りつけにくる質屋にまで「売ってくださる」は丁寧に過ぎるだろう。

「その質屋、いつもおとっつぁんが相手をしているの？」

「はい。珍しい古布《ふるぬの》が手に入ることもございますからね」

「ふうん……。じゃあ、今日はわたしがお会いしますよ。昨夜《ゆうべ》おとっつぁんを酔い潰しちまった分、埋め合わせに働かないとね」

件《くだん》の質屋「二葉屋《ふたば》」の主人は、唐草の風呂敷包みを背負った小僧を伴《つ》れて訪ねてきた。きんかん頭の小柄な老人で、顔色も黄色っぽく、薄べったい耳が顔の両脇にぺったり張りついている。そこへ、いい感じに古色のついた黄八丈を着ているものだから、季節外れのきんかんの神様のように見えた。

——いっぺん会ったら忘れられない人だね。

挨拶をかわしながら、富次郎は心中で感嘆していた。この質屋さんを絵に描きたいなあとも思った。

「手前が三島屋さんにお伺いするようになって十年ほど経ちますが」

二葉屋の声はやや甲高い。

「息子さんにお目にかかるのは初めてでございますな」

小粒で丸い歯を見せて笑う。この歯もきんかんの種みたいに見えて念がいっている。

「ご酒が過ぎて宿酔いというのも、伊兵衛さんには珍しい」

二葉屋と伊兵衛は碁会所で知り合った碁敵で、商いの上では繋がりがないという。年に一度、質流れ品を見せるようになったのも、袋物の素材に使える掘り出し物があるかもしれないからと、伊兵衛が頼んだのだそうだ。強引に売りつけられているのではなかった。

さて、風呂敷包みの中身は女物の小袖が二枚、袴《はかま》が一腰、印半天《しるしばんてん》が一枚、帯が一本だった。ざっと見た限りでは、これというほどの品はないように思えた。

「わたしには品定めができませんので、いったんお預かりしてもよろしゅうございましょうか」

宿酔いが治ったら、伊兵衛が検分して買い取りを決めるだろう。

「はい、それはもちろん」

二葉屋が三島屋にわざわざ持ってくるのは、質流れした古着などの布もののうち、そのまま転売することはできない難のあるものなのだという。

「ですから毎年、伊兵衛さんに直《じか》にお渡しする際も、着物などはみんな何日か手元に置いて、縫い目をほごしたり洗いをかけたり、その上で使えるかどうか吟味していただいておりますので」

なるほど、そういうことなら、代理の富次郎もぐっと気が楽だ——と思ったら、

「ただし……」

と二葉屋は言って、きんかん頭をちょっとかしげた。

「実は今回に限り、質流れ品ではないものが一つまじっておりましてな」

印半天だという。色褪《あ》せた紺木綿、単《ひとえ》だが布は厚め、縫い糸も太くて、ものはしっかりしている。

「この半天は、うちで奉公している女中が、ぜひ三島屋さんに見ていただきたいと、手前に預けて寄越したものなんです」

へえ……と、富次郎は半天に目を向けた。

「父親の形見とか、そんな類いでしょうか」

「さあ、どうなのか」

詳しいことは、女中が語ろうとしないので、二葉屋も知らないのだという。

「歳はいっておりますが、よく働く温和《おとな》しい女でございますし、金に困って、親の形見を売りに出すような不孝者には思われませんが」

だいいち、売って金に換えたいのなら、わざわざ三島屋を介さなくたって、古着屋に行けばいいだけのことだ。

「それと、手前にこれを預けますとき、少々気になることを申しまして」

――旦那様が毎年いらっしゃる三島屋さんは、神田三島町の袋物屋の三島屋さんでございますよね。ちょっと趣向の変わった百物語をしている、あの三島屋さんで間違いございませんよね。

念を押して問うたというのである。

富次郎はきゅっと眉毛を持ち上げた。これは聞き捨てならない。

「その女中さんは、わたしどもの変わり百物語に興味があるんでしょうか」

二葉屋はまた首をかしげる。「普段はそんなことと無縁な女でございますがねえ」

古ぼけた印半天が、にわかに謎めいたものに見えてきた。

「これ、広げてみてもようございますか」

「どうぞどうぞ」

一般に印半天は、襟に店名や氏名を、背中に定紋や家紋、屋号の印を染め抜いたものだ。この印半天には、左右の襟に小さく「黒武」と、背中には□に十の字を重ねた印が入っていた。十の字は□のなかに収まっているのではなく、少しはみ出している。

「珍しい印だなあ」

富次郎が言うと、きんかん頭もうなずく。

「家紋ではありませんな」

「黒武家という家名は――」

「家譜《かふ》でたどれるほど歴史のある姓ではないようでございます」

すぐ返答がくるのは、二葉屋も女中の言を気にして、調べてみたのだろう。

「うちでは確かに変わり百物語をしておりますが、それは語り手をお招きして話を聞かせていただくんで、何か因縁のある物を預かって検分するなんてことは、やったためしがございません」

ぜひ見ていただきたいと言われても困る。

「とりあえず、父に見せて相談するしかありませんが……」

「よろしくお願いいたします」

二葉屋のきんかん頭が、初夏の陽ざしにつるりと光った。


その日の日暮れどきになって、伊兵衛はようやく床から這い出してきた。左右のこめかみに梅干しを貼っている。頭痛によく効くのである。

「まだお辛《つら》そうですね、おとっつぁん」

あいすみませんと富次郎が謝るのを、伊兵衛は手でぎくしゃくと制した。

「もう少し小声でしゃべっておくれ。二葉屋さんが来たんで、おまえが会ってくれたんだってね」

お勝が持ってきた濃い番茶をすすりながら、伊兵衛は顔をしかめる。

「ありがとうよ。私を酔い潰したのは、それで帳消しだ」

「でも、挨拶して品物を預かっただけですから、子供でもできる用でしたよ」

風呂敷包みを運んできて、伊兵衛の居間の畳の上に広げてみせる。お勝が手を添えてくれながら、

「この小袖は友禅染めですね。秋の花づくしで、高価なものでしょうに、肩のところに大きな汚れがございます。あら、裾にも泥はねがしみついて」

「もったいないねえ」

こんな名品、大事に手入れしないとバチが当たるよと、伊兵衛は言う。

「汚れのないところを切り離して、頭巾ぐらいは作れるか」

もう一枚の小袖は綺麗な小紋で、しかし表地はずいぶん傷んでいた。むしろ胴裏が上等なので剝がして使えそうだという。袴は安物、帯はありふれた昼夜帯で、ほつれが多いが丁寧に繕ったらまた締められる。

「今年は不作だなあ」

「もっと良い品が来る年もございましたんですね」

「一昨年だったかな。辻が花の振り袖でね、見事な品だったが、たった一カ所、心の臓の真上にしみがついていて、縁起でもないから古着屋にも嫌われたって、二葉屋さんが持ってきたんだよ。うちで肩掛けに仕立て直したら、羽根が生えたように売れたけどね」

これまで二葉屋の質流れ品を見定めてきた伊兵衛と、百物語の守り役であるお勝のことだから、

もしかしたら真っ先に印半天に目をとめて、「これはおかしい」とか、「富次郎、この半天のことを二葉屋は何か言っていたか」とか言い出すのではないか。そう思って黙って眺めていた富次郎だが、二人はぜんぜん呑気にやりとりしている。

「あの……おとっつぁん。この印半天はいかがですか」

伊兵衛は半天に気づいていなかったわけではないらしく、鼻先でうなずいた。

「生地はいいから、ばらして染め直せば小物に使えるだろう」

お勝はと言えば、

「こういう仕事着を質入れして、しかも流してしまう人もいるんですね」

そっちの方を考えている。

「請け出す気はないんだろう。買い取りの古着屋よりも、借金のかたに取る質屋の方がいい値をつけてくれるから、最初《はな》から売るつもりなんだよ」

二人とも、印半天を怪しむ様子はない。富次郎自身も、行灯《あんどん》の明かりのなかでこうして再び検分しても、この印半天におかしなところがあるようには感じない。

「実は、これだけは質流れ品じゃないんだそうなんです」

富次郎が事情を語ると、伊兵衛もお勝もびっくりした。

「そういうことは早く言いなさい」

お勝が印半天を手に取り、広げて裏返し、手触りを確かめる。

「これは職人さんの仕事着じゃありませんわね。きっとお仕着せでございます」

お仕着せというのは、大きな商家が盆暮れに、奉公人たちや出入りの大工や左官、とび職などに与える印半天のことである。

「単《ひとえ》ですけれど、背中のところだけ二重になっています」

富次郎は気づかなかったが、生地が厚いと感じたのはそのせいだったか。

お勝は小首をかしげる。「半天の背に内側から当て布を縫い付けるなんて、あまり聞きませんけれど。汗取りでしょうか」

「お守りでも縫い込んであるんじゃないか。ちょっと裁縫箱を借りておいで」

伊兵衛の言葉に、お勝はすぐ立って行った。

「二葉屋さんのその女中は、この印半天を、うちの変わり百物語のネタにしたいんじゃないかと思うんですが」

「だとしたら、やけに遠回しだね」

遠回しにするだけの理由があるのだろう。

「こっちが何かしら察するのを恃《たの》んでいるんじゃありませんかね」

「何かしらって、何を」

「印半天にまつわる因縁――」

言って、富次郎は自分でも可笑しくなった。

「因縁なら、心の臓の上にしみがついている振り袖の方に、よっぽどからみついていそうなもんですね」

「そういうことさ」と伊兵衛も笑う。「おお、痛い」

顔を動かすとまだこめかみが痛むらしい。指で梅干しを押さえていると、

「縫い物ができるくらい、酔っ払いが正気に戻ったんですって？」

ちょっときつい口調で言いながら、お民が唐紙を開けて顔を出した。その後ろに、裁縫箱を提げたお勝が従っている。

「縫い物じゃないんだ。鋏《はさみ》がほしくてね」

悪びれずに、伊兵衛は印半天のことを話す。お勝が現物を広げて、背中の当て布を見せる。お民は裁縫箱から鋏を取り出す。永年、布を裁ち袋物を縫ってきたお民の手に、鋏はその指の一部のようにするりと収まる。

「どれどれ……運針はきれいだね。上手な人が縫っているよ」

小刻みに鋏を動かしながら、お民が呟く。お勝が行灯の灯心を少し長くして、明かりをお民の方へ近づけた。

ぱちん、ぱちん。鋏が軽い音をたてる。

「継ぎ当てじゃなさそうですよ。何だろうねえ、これは」

言いながら、お民が鋏を置いた。印半天の内側に手を入れて、そうっと当て布を剝がしにかかる。

「破れないかい？」

「それほど傷んではいませんよ。色が褪せているだけ」

そこで、お民がきゅっと口を結んだ。

「どうしました、おっかさん」

富次郎は首を伸ばし、お民の手元を覗き込んだ。お勝もお民の後ろから、肩越しに見ようとしている。

印半天の背中に縫い付けられていた当て布は、横が一尺、縦が一尺半ほどの長四角で、布地は半天本体のそれと同じだ。紺色の木綿の色が褪せて薄れて、白みがかってしまっている。だからよく見えた。その長四角のなかに、びっしりとひらがなが記されているのが。

「これ、墨じゃないわね。墨じゃ、洗ったら流れちまうものね」

お勝がうなずく。「はい。漆《うるし》のようでございますね」

紺木綿の布に黒漆で文字を書いて、それを同じ紺木綿の印半天の背中に縫い付ける。そんな風習、富次郎は聞いたことがない。何かのまじないか、祈願だろうか。

「見せてごらん。何と書いてあるんだい」

長四角の当て布は、伊兵衛の手に移った。眉間《みけん》に皺を刻んだら、そのこめかみから乾いた梅干しがぺろりと落ちた。

「ひらがなばかりだが……」

富次郎は伊兵衛の傍らに寄った。当て布の文字が浮かび上がって見える。ひらがなだから読むのは易しい。「あ」「わ」「は」「し」「と」「め」「ち」

だが、それらがつながって言葉にならない。何だ、このでたらめな文字の並びは。

「異国の言葉なのかもしれませんね」

お勝が言う。同じことを富次郎も考えていた。異国の言葉の音を、ひらがなで書き記しているのではないか。

「そこまで先走る前に、お経じゃないことを確かめておこう。どっかに〈なむあみだぶつ〉や

〈はんにゃはらみた〉は出てこないか?」

伊兵衛は熱心に文字を目で追い、声に出して読み上げてみる。

「陰陽道の呪文ということはないかな」

お経より馴染《なじ》みがないから、知らない異国の言葉のように思えるのかもしれない。

「神社の祝詞だって、わたしらが耳で聞いてもわけがわからないいんだからさ」

富次郎が言うと、お勝が思案顔でうなずく。

「祝詞やおまじないでしたら、この印半天の持ち主が、いつも身につけていたいと思っても不思議はありませんものね」

お民は険しい目つきをしている。「嫌だね、気味が悪いわ」

「でも、ひらがなですよ、おっかさん」

「だから、みみずやひるがいっぱい這い回っているみたいに見えるのよ。漢字がまじっていたら違うのに」

ひらがなも、またずいぶん冷たい言われようをしたものである。

そういえば、三島屋ではかつて、『源氏物語』や『平家物語』の有名な一節をひらがなで染め抜いた手ぬぐいを出したことがある。伊兵衛の発案だったのだが、こういう趣向を面白がる一部の洒落者《しゃれ》には受けがよく、五種類ほど作って売り尽くした。富次郎がまだ子供のころのことで、手習所《てならいどころ》の師匠に「文章の選び方がよろしい」と褒められた。

しかし、お民はこの手ぬぐいにいい顔をしなかった。悪いけれど、あたしはこういうのは虫が好かないと言った。

――文字は怖いものだよ。遊びに使っちゃいけない。

「二葉屋さんは、ぜひうちにこれを見てほしいと言ってたんだね」

「いえ、そう言ったのは二葉屋さんの女中なんですよ。二葉屋さんも、その女中の言を訝《いぶか》しく思っているふうでした」

「なのに、強く問いただすこともせずに、そのまんま預かってうちへ持ってきたのか」

当て布をお勝の手に渡すと、伊兵衛は懐手をして、口の端だけでにやっと笑った。

「どうやら謎をかけられているようだね」

変わり百物語の三島屋さん、この謎が解けますか。

「二葉屋さんてのは、なかなかタヌキだからね。その女中からはもっと詳しいことを聞いているのに、わざと知らん顔をして、うちがどう応じるか試してるんだろう」

あの歳《とし》まで質屋一筋の商売人なら、そりゃあ世間知があってタヌキ親父なのは当然だ。だが、なんで三島屋を試すようなことをするのだろう。

「それだけうちの変わり百物語が評判だってことさ。ちっとやっかまれているんだよ」

伊兵衛は得意げである。

「このひらがなにどんな意味があるのか、どうにかして読み解きたいもんだね。こういう相談は、どこに持ちかけたらいいだろう」

すると、お勝の目がきらりと明るくなった。それを見て、富次郎にもわかった。なるほど、そうか。

「あんたたち、あてがおありなのかえ」とお民が問う。

「はい。瓢箪古堂さんですよ、おっかさん」

多町二丁目にある貸本屋で、おちかの嫁ぎ先である。若旦那の勘一がおちかの亭主だ。

「勘一さんは本読みの物知りですものね」

お勝はうなずくが、お民は笑った。

「富次郎と一緒で、御府内の旨い物に詳しいだけじゃないの？」

「わたしはともかく、勘一は違います。調べ物も上手だし、あてにできますよ」

勘一にわからなくても、こういう謎を解けそうな文人や学者に繋げてもらえればいい。

「用事があれば、大手を振っておちかに会えるしな」と、伊兵衛は目を細める。

おちかと勘一が祝言を挙げたのは、今年の睦月《むつき》の二十日である。まだ半年も経《た》っていないのだから、どんな理由をつけたにしろ、里帰りには早すぎる。

三島屋と瓢箪古堂は三丁ばかりしか離れていない。しかし、嫁に出した側の三島屋は、この三丁を十里のように心得ておかねばいけない。

――おちかはもう瓢箪古堂さんの者になったんだ。実家が出しゃばるのはみっともないことだからね。

近所だからこそ慎まないとと、お民が厳しく目を光らせている。

それに、仮にお民に叱られなくても、富次郎自身、おちかと勘一の若夫婦に何となく照れくさいような遠慮があって、以前のような気楽な付き合いはできなくなっていた。

無論、妬みとかひがみなどの悪い感情があるのではない。二人の幸せを心から喜んでいる。ただ気恥ずかしいのだ。置いてけぼりになったような気分もちょっとある。

明日、さっそく瓢箪古堂を訪ねてみようということになって、富次郎は心が浮き立った。そんな自分がまた恥ずかしくて、一人でそわそわしながら床に就いた。

＊

「まあ、従兄《にい》さん。いらっしゃいませ」

出迎えてくれたおちかの笑顔に、富次郎は見惚れた。口を半開きにして、間抜け丸出し面《づら》で見惚れてしまった。

髪は娘時代の島田髷《まげ》から人妻の丸髷に変え、鼈甲《べっこう》の櫛に小さな赤珊瑚の玉簪《かんざし》。これは嫁入りのときにお民が持たせたものだ。赤珊瑚は女の魔除けだから、いつも挿しているようにと説いていたっけ。

よろけ縞の小袖に黒襟をかけて、黒繻子《しゅす》の帯は角結び。富次郎はいきなり訪ねてきたのだから、おちかも前垂れと襷《たすき》を外しただけの普段着姿のはずだが、内側から光を放っているかのように美しい。

肌の艶、瞳の輝き、声音の麗しいことよ。

——満たされているんだね。

余計な感情は消し飛んで、富次郎の心も温かな幸せに満たされてゆく。

その傍らにちんまりと座し、

「おおい、おちか。富次郎さんがおいでだよ」

と、恋女房を呼び寄せたばかりの勘一が、これまでの富次郎の気恥ずかしさと照れくささをそっくり引き受けたみたいに頰を赤らめている。そうだよそうだよ、せいぜい決まり悪がっておくれ。

——わたしらから、こんなにも美しいおちかを盗んじまったんだからな、あんたは。面憎《つらにく》いじゃないか。幸せそうでよかったけれど、ちっといじめてやりたい感じもする。まったくもう！

場所は、瓢簞古堂の帳場に隣り合わせた小上がりの座敷である。東向きの一間なので、連子窓から午前の陽が差し込んでくる。

「こんな清々《すがすが》しい日和に、謎解きでおでこに皺を寄せてくれと頼むのもどうかとは思うんだけどさ」

持参してきたあの印半天と長四角の当て布を開き、伊兵衛と二葉屋の付き合いのところから始めて、じゅんじゅんと事情を説明する。若夫婦は富次郎の向かいに並んで座っていたが、話が一区切りすると、おちかがつと膝をずらして富次郎の方に寄った。

ひたと顔を見つめてくる。

「な、何だい？」

「従兄さん、目が赤いわ」

伊兵衛の言を借りるなら「大手を振っておちかに会える」のが嬉しくて、昨夜《ゆうべ》なかなか寝付かれなかったんだよ——とは言えない。従兄《いとこ》の沽券《こけん》にかかわる。

「ここへ来る途中に、燕《つばめ》が目と鼻の先に止まったもんだから、絵に描こうと思ってじっくり観察してきたんだ。そのせいだよ」

おちかは微笑んだ。

「従兄さんお一人に変わり百物語をお願いして、まだ四月《よつき》にもなりませんけれど、もしも従兄さんの顔色が冴えなかったり、顎《あご》が痩せたりしていたらどうしようかと」

そんなことがなくてよかった、と言う。

「わたしは相変わらず男前だろ」

「はいはい」

「聞き手として、三人の語り手を迎えたよ。この印半天のことで語りに来る人が四人目になるかどうかはまだわからないが」

「お三人いらして、三枚のいい絵が描けましたか」

「二勝一敗だね。最初のがちっとうまく描けなかった。でも、絵を描くことで聞き捨てにするというやり方が、わたしには合っていると思う」

「それならよかった」

従兄妹《いとこ》同士でやりとりしているうちに、勘一は件の当て布を手に取って、じっくりと検分している。

知り合ったばかりのころ、おちかは勘一を「昼行灯のような人」だと言っていた。目鼻立ちは整っているし、なかなかの優男《やさおとこ》なのだが、ふんわりと長閑《のどか》で、悪く言えばちょっと鈍そうな雰囲気がある。

今、意味のわからないひらがなの文字列を凝視するその顔つきにも、厳しい線はまったくない。

ただ、まばたきもせずに当て布の隅から隅まで眺め回しているのは、よほど興味を引かれているのだろう。

「……どう思う？」

富次郎はそっと声をかけた。勘一は当て布に集中していて、聞こえないようだ。

おちかも首を曲げ、亭主の顔を覗き込む。白いうなじが、初々しくもなまめかしい。

「ん？」

と、勘一は顔を上げた。おちかを見て、富次郎を見て、また当て布を見る。

「これが何なのか、見当はつきます」

あっさりである。

「さすがだね！　で、何なの？」

「まだ申せません」

さらにあっさりと言う。

「もしも外れていたら空騒ぎになりますし、当たっていたら少々面倒なことになりますので、うかうか申せないのです」

富次郎はおちかと顔を見合わせた。黒白の間で、二人並んで変わり百物語の聞き手を務めていたときのことが、脳裏にさあっと浮かんだ。語り手の話に驚かされると、こうやってお互いの顔を見たっけな。

「面倒なことってのは、どんな種類の？」

その問いに、勘一はつと口を結んだ。

「それも言いにくいか」

口を結んだまま、勘一はうなずく。

「わかったよ。確かめるのに、何日ぐらいかかりそうかな」

「二、三日でしょうか。はっきりしましたら、こちらからお知らせに上がります」

「有り難い。じゃあ、待つことにするよ」

瓢簞古堂には丸子《まりこ》という元気な下働きの小僧がいる。名は体を表すで、鞠《まり》のようにぽんぽん跳ねながら掃除をしたり給仕をしたり本を運んだりする愉快な子供だ。勘一は手を打ってこの小僧を呼び、

「このごろ富次郎さんから本のご用命がありませんでしたので、だいぶ溜まってしまいました」

一抱えの冊子や綴《と》じ本を持ってこさせた。名所図会《ずえ》や名物案内・番付の類いや、食べ物の評判記である。江戸市中だけでなく、八王子や秩父、房州、上州、野州。

「箱根宿の旅籠《はたご》番付もあるね!」

亀一の精悍《せいかん》な顔を思い出し、富次郎は思わず声をあげた。

「三人目の語り手が——いや、それは言っちゃいけないんだった」

「従兄さんたら」

「まだ、聞き手としての心構えが足りないよねえ。すまんすまん」

おちかが茶菓を運んできてくれて、若夫婦のもてなしに、富次郎は旨いひとときを過ごさせてもらった。

心楽しさに、瓢簞古堂を引き揚げるときには、あの当て布のことなんか忘れかけていた。だが

帰りがけ、店先まで見送ってくれたおちかは、声をひそめてこう囁いた。

「従兄さんがお持ちになったあの当て布、うちの人は、鍵のかかる手文庫にしまっておりました」

おちかが勘一を「うちの人」と呼んでるよ。いいねえ。当たり前だけど、いいねえ。所帯を持つってこういうことなのか。いいねえ。

「従兄さん、聞いてます？」

「へ？　うん、ああ」

「あの当て布に記されている文字は、かなり剣呑《けんのん》なものなのかもしれません」

当たっていたら少々面倒なことになる。勘一の台詞《せりふ》が、富次郎の呆《ぼ》けた頭のなかにも蘇ってきた。

「そうか……」

ちょっぴり首が縮まる。

「今さら、わたしがこんなことを言うのは差し出がましいですけれど、もしもその二葉屋さんの女中という人を語り手に迎えることになったら、よく用心なさってくださいね」

心配顔になっても、その頰の艶やかさ、瞳の輝きは翳《かげ》らない。

そういえばこの娘《こ》は、ひどく心を傷める経験をして、悲しみを背負って生家から江戸へ出てきたのだった。いつも瞳に憂いを湛《たた》え、心を閉じてきたのだった。

そんな娘はもういないのだ。今のおちかは瓢簞古堂の若おかみ。昔のおちかはもういない。

「案じなさんな」と、富次郎は言った。「わたしは聞き手としては新米だけれど、このとおり一人前の男なんだからね」

どんと胸を叩いておちかと別れ、三島屋に帰ったら、伊兵衛をはじめお店のみんなが首を長くして待っていて、押し寄せてきた。

「おちかは元気にしていたかい？」

「お嬢さんのご様子はいかがでしたか」

騒ぎに気が紛れて、富次郎はひとまず当て布のことを心の隅に片付けた。瓢箪古堂が何か知らせてくれるまで、腹をくくって待っていよう。

その翌日、灯庵老人からの紹介で、新しい語り手がやって来た。黒白の間に通し、辛抱強く話を聴いたが、結果としてこの人は四人目の語り手にはならなかった。

二十代半ばの、商家の若旦那ふうの若い男だった。名乗らず、生業《なりわい》も言わなかったが、歳と身なりの割にどことなく荒れた風情があり、言葉付きは丁寧なのに、ときどきちらつくすくうような目つきが不愉快だ。

男の話は、煎じ詰めれば、彼の生まれ育った古い家に出没する幽霊のことなのだが、語りを聴いているだけだと、肝心の幽霊の姿がどうにも判然としてこない。男なのか女なのか、大人なのか子供なのか。

さらにややこしいことに、現れる幽霊は一体だけだと思って聴いていると（実際、そのように男が語るので）、真夜中の廊下で幽霊に「挟み撃ちにされた」とか言い出す。

「え？　もう一体いるんですか」

「いえ、幽霊は一人だけでございます」

「でも挟み撃ち――」

「ああ、言い間違えました。上手く語れなくてあいすみません」

だんだんと、富次郎は男の話を疑い始めた。この人、下手な作り話をしている。それも自前の話じゃなく、誰かの語りを受け売りに、右から左に吹いているだけなんじゃなかろうか。だから話に実《じつ》がなく、骨もなくってふらふらするのだ。

富次郎の心中を知ってか知らずか、男は語りながら自分に酔ったようになり、身振り手振りも賑やかに、震え上がったり、目を瞠《みは》ったり、涙を浮かべてみたりと芝居に忙しい。

「こうして、うちの親父は幽霊に取り殺されてしまったんです……」

その「こうして」の経緯《ゆくたて》がさっぱり要領を得ないので、富次郎は合いの手も尽きてしまって、黙ってうなずくしかなかった。

茶菓子に、「田植笠《たうえがさ》」という極上のもなかを供したのに、もったいなかった。「田植笠」は形が田植えのときにかぶる笠に似ており、餡《あん》は早苗のような若緑色で、こまかく千切ったしんこ餅をまぜてある。この季節だけの貴重な甘味なのに、語り手の男ときたら、一口かじってそれきりだ。食わないなら食わないで手をつけずに置いておいてくれれば、新太やおしまにやったのに。食べ物を無駄にする者が、富次郎は大嫌いである。

男の話は落ちらしい落ちもなく、一家がその幽霊屋敷を逃げ出すところでおつもりになった。

「みんな着の身着のままでした」

「今思い出しても、身体の震えが止まりません」

「あの幽霊の顔の恐ろしかったことよ！」

言い並べながら、鼻の頭に汗を浮かべて力んでいる。どうだ怖いだろう、畏れ入ったろう、こんな話はめったにないだろうと言わんばかりの熱演である。

「ありがとうございました」

富次郎は慇懃無礼にひとつ頭を下げて、さっさと手を打っておしまを呼んだ。

「お客様がお帰りだよ」

男は慌てて、「え？　これで終わり？」なんて言い出す。

「まだ続きがおありですか」

「は、話は——ここまでですよ。だってもう命からがら逃げ出して」

「はい、ご苦労様でございました。おしま、お客様がお帰りになりますよ！」

「は〜い」

え、いやはや、あの、手前はまだ、あ？　ホントにしまい？　へどもど呟き、名残惜しそうに腰を落としながら、男はおしまに追い立てられていった。

「お勝、時を損しちまったね」

次の間に声をかけると、お勝が白い顔を覗かせて、にっこり笑った。

「せめて、あのしまりのないお話から、何かいい絵が見えてきませんか」

「駄目だめ。何にも浮かばないよ」

「とことん浮かばれない幽霊でございますわねえ」

ほどなく、おしまがどかどかと足音をたてて戻ってきた。

「久しぶりだねえ、おしまさんの荒行を聞くのは」

「あら、ごめんなさい。でも小旦那様」

お勝さんも聞いてくださいよと、おしまの両目が燃えている。

「さっきの男、外でお連れが待ってました」

「連れって?」

「あと二人、あの人と同じくらいの年頃で、揃ってにやけた顔をしてましたよ」

一人はやっぱりお店者《たな》ふう、もう一人は奴《やっこ》ふうというか、もうちょっと崩れた感じだったという。

「放蕩息子と遊び人ですわね」と、お勝が言う。「遊び場でつるんだお仲間でしょう」

なるほど。しかし、そんな連中がなぜ変わり百物語に?

おしまが目を怒らせ、頬をふくらませて、「お金目当てですよ」と言った。

「道の反対側で、三人で額を突き合わせて、話が違うとか、一銭も出なかったとか言い合っておりましたから」

「うちの百物語で語ると、礼金をもらえるとでも思っていたわけかい?」

「何を勘違いしてるんでしょうねえ」

「まさか灯庵さんが、そんなことを」

言うわけはない。だが、勝手にそう思い込んであてにしてくる者を、わざと富次郎にぶっつけてくるぐらいの意地悪、あの蝦蟇《がま》仙人ならやっても不思議はない。まだまだ富次郎を試すつもりでいるのだろう。

「怒ったら、もっと損になるね。嘘つきを見抜く稽古をつけてもらったと考えておこう」

富次郎としては、幽霊画の画題をいただいたと思うこともできた。

青白い顔で、恨めしそうだったたって。廊下の端からふわりと出てきたって。気がついたら枕元に立っていたって。

そんな語りが欠片《かけら》も怖くなかったのはどうしてなのか。真に迫った幽霊——言葉や筆で描く幽霊の姿と、嘘っぱちの幽霊の姿の違いはどこにあるのか。

熱心にそんなことを考えていたら、絵師を気取っているみたいだとバツが悪くなってきて、やめた。おちか勘一若夫婦に気恥ずかしく、遊びで絵筆をとっても気恥ずかしく、このごろの富次郎の暮らしには、やけに恥が多いじゃないか。

さて、当て布のひらがなの謎が二、三日で解けると言った勘一は、本当に三日後の朝に丸子を使いに寄越してきた。

「おはようございます。三島屋さん、小旦那様、おはようございます！」

朝からよく跳ねる。取り次いだ三島屋の丁稚小僧である新太も、出迎えた富次郎もつられて跳ねそうになる。

「若旦那の文《ふみ》をお届けに参りました！」

「ご苦労さん！」

しかしその文には、不穏なことが書かれていた。

〈あのひらがなで綴《つづ》られた文章については、大方は読み解けましたが、念を入れて確かめております。申し訳ないが、もうしばらく時をいただきたい〉

〈二葉屋さんと件の女中の素性を、こちらで少々調べてみたい。三島屋さんにはご迷惑のかから

ぬよう、よく気をつけます〉

〈すっかりけりがつくまで、この件については固く他言無用に願います〉

跳ねていた富次郎の心は、「他言無用」の文字に、つっと止まった。

——かなり剣呑なものなのかもしれません。

富次郎は文を懐にしまい、丸子に駄賃をやり、その場で新太に「ちょっと出てくる」と言い置いて、田植笠を買いに出た。このもなかが売りの菓子舗は上野池之端にある。ぶらぶら行って帰ってくれれば、このどんよりした気持ちも散じているだろう。

出先で立ち寄った骨董屋で、古びた幽霊画を見つけたのは、まったくの偶然である。店先に並べてある素焼きのぐい吞みに惹かれ、手に取っているうちに、誰かに見られているような気がしてきた。店主かおかみかと思って顔を上げると、奥の帳場の後ろに掛けてある軸物の幽霊画と目が合ったのだった。

怖くはなかった。

ほっそりとした女の幽霊である。白い帷子《かたびら》を着ているのに、なぜか髪は雑な島田に結い上げている。後れ毛は悩ましいというよりは鬱陶しい。富次郎が髪結いだったら直してやりたくなりそうだ。

幽霊画の幽霊にしては珍しく、この女には足があった。帷子の裾から右足が前に出ており、左足は爪先だけが覗いている。歩いているような恰好だ。

近づいてよく観察すると、この女幽霊には、ほかにもいくつか人間くさいところがあった。指の爪まできれいに描かれているし、豊かな乳が帷子の胸元を押し上げている。くちびるもふくよかで、切れ長の目は伏し目ではなく流し目だ。

「色っぽい女でございましょう」

気がついたら、店主がすぐそばでにこにこしていた。

「これはすみません。勝手に入り込んで」

「いえいえ、手前こそはばかりに行っておりまして、失礼いたしました。どうぞおかけください」

店主が上がり框《がまち》に円座を敷いてくれたので、富次郎は腰を据えた。

二人で幽霊画を見上げる。

「うちで軸に仕立てたのはつい先月のことですが、絵はざっと百五十年ほど前のものでございます」

と語る店主は、せいぜい三十半ばだろう。闊達《かったつ》な元気者に見える。

「よくこんなにきれいに残っていましたね。墨絵なのに」

「実はこれ、墨絵ではございません。黒い顔料が使われているんです」

「へえ……」

言われてみれば、線の一本一本にこくがあるというか、粘度があるように見える。

「わたしは遊びで絵師の先生に習ったことがあるのですが、幽霊は画題として、玄人にも素人にも人気があるそうですね」

「わかりやすく、人目を引くからでしょう」

うなずいて、富次郎は女幽霊を仰ぐ。こっちが見つめても、幽霊の眼差《まなざ》しは感じられない。つまり目が合わない。さっきの「見られている」感じは何だったんだろう。

「でもお客様、実を申しますと、これは幽霊画でもないんですよ」

「え？」

「手前が先ほど〈色っぽい女〉と申しましたのも、これが本邦の幽霊ではないからなんでございます」

だから足があるし、ふわふわ漂わずに歩いているわけだ。

「じゃあ、何なんですか」

富次郎の問いに、骨董屋の主人は笑みを浮かべたまま、口元に指をあてた。

「ここだけのお話にしてください」

店のなかには、他の客はいない。骨董屋というのはなぜか昼日中《ひなか》でも薄暗く、だいたい埃《ほこり》くさいものだが、この店はほのかな香の薫りが漂っていた。

「――魔物でございます」

「まもの」

「この絵のなかでは当たり前の女の姿をしておりますが、正体は違います」

背中に一対の黒い翼が生えており、口には牙があり、その牙で人の首筋に嚙みついて、生き血をすするのだという。

「そりゃまた……おっかない」

お化け草紙などに描かれている妖怪やもののけでも、人の生き血を吸うものはいる。たいていは蜘蛛《くも》や百足《むかで》の類いの化け物だ。こんなふうにいい女に化けていて、その実――というのは初耳である。

「この魔物にたぶらかされると、男は誰でも魂を抜かれて言いなりになってしまうんだそうです」

そして血を吸われて魔物の眷属《けんぞく》になり、自分も人の生き血を求めるようになるという。

「西洋では、鬼の一種として恐れられているものだそうでございますよ」

この絵はある医者の家に秘蔵されていたもので、持ち主の曽祖父にあたる人が、若いころ長崎に遊学中にこの魔物の話を聞き、

「絵も描く人だったので、その魔物が本邦に現れるなら、さだめしこのような姿に化けるのだろうと描いたのだとか」

ふむむ。感じ入りながらも、富次郎はふと口を滑らせてしまった。

「ただあてずっぽうに描いたんじゃなく、誰か下地になる女がいたように思えてしまいますね。あんまり色っぽいし、生々しいし」

すると、骨董屋の主人は喜んだ。

「ああ、お客様も鑑定眼をお持ちですね」

目のいい客は、この絵を見るとみんな同じ感想をもらすという。

「持ち主のお医者様のお話では、絵を描いた曽祖父様は、その遊学中に色恋沙汰で大変な目に遭って、危うく勘当されるところだったそうでして」

悪い女に引っかかった——という昔話か。曽祖父の代から家のなかでずっと伝わっているのなら、（言っては悪いが）面白い逸話なのだろう。

「それでもお相手のことが忘れられず、ですからこの絵の魔物は、曽祖父様の魂を奪い、まさに取り殺しかけたその女の姿をそっくり写しているのではないかと」

ありそうな話である。

「翼も牙もなくたって、男を虜《とりこ》にする魔性の女はいますもんね」

「まったくでございます。お客様もご用心くださいませ」

店主と挨拶をかわして外へ出ると、また誰かに見られている感じが戻ってきた。初夏の清々しい陽の光を浴びながら振り返ってみると、帳場に座った店主の後ろで、掛け軸のなかの女魔物が富次郎を見つめている。

——ような気がする。

珍しい知識を得て得をした気分で、菓子舗に残っていた田植笠をあるだけ買い込んでしまった。上機嫌で三島屋に帰り、おしまに上等な煎茶を淹れてもらう。

西洋にも鬼はいるか。ふ〜ん。

そう思いながら噛みしめるもなかの餡は、ひときわ甘かった。

富次郎の方からせっついたりしなかったし、瓢箪古堂の勘一はもともと動じない慌てない御仁だ。謎めいた印半天の件で二人がようやく顔を合わせたのは、五月《さつき》に入ってほどなく、その年初めての五月雨が江戸の町にしずしずと降りしきる日のことだった。

今度は、勘一の方が三島屋に来た。おちかを娶《めと》ってからは初の訪問だから、どうしても伊兵衛お民への挨拶は欠かせず、八十助おしま新太の、

「お嬢さんはお嬢さんはお嬢さんは」

それをやんわり宥《なだ》めるお勝の、

「もうお嬢さんじゃありませんよ。瓢箪古堂さんの若おかみです」

などなど手間のかかるやりとりを乗り越えて、やっとこさ二人で客間で向き合うことができた。

「黒白の間でなくていいのかい？」

「はい。この謎そのものは変わり百物語向きでございますが、手前が語るのは筋が違いましょう」

いつものとおり飄々《ひょうひょう》としている勘一だが、富次郎の方は心構えが要る。

「最初に手っ取り早く教えておくれ。この件で、わたしはどのくらい用心しなきゃならない？」

勘一は少し考えた。

「用心するべき向きによりますが……」

「じゃあ、祟《たた》りとか呪いとか」

「その線はまったくございません」

「凶運がふりかかるとかは？」

「その心配もございませんね」

おお、よかった。肩の荷がおりた気がする。自分で思っている以上に、富次郎は気に病んでいたのだった。

「だけど用心は要るんだろ？」

「要ります」

迷わず、勘一は即答した。

「固く他言無用でもあるんだよな」

「はい」

うなずいて、勘一は富次郎の目を見た。

「あれはお上のご禁制に触れるものです。手前としては、三島屋さんにあんなものと関わっていただきたくございませんので、できるならこのままご放念いただけないかとお願いに上がりました」

うへえ。

思ってもみなかった筋である。

一口に「ご禁制に触れる」と言っても、謀反や偽銭つくりみたいな途方もないことから、日常の暮らしに根付いていることまで様々ある。たとえば、今の三島屋を成り立たせている贅沢な意匠の袋物は、そんなものを作ることも、売ることも、買って身につけることも厳しく禁じられている時代があった。お上による奢侈《しゃし》禁止令のためである。

禁令は時の政《まつりごと》によるのだから、奢侈禁止はこれからもあるかもしれない。金糸銀糸を豊富に使った巾着や、なめし革に美麗な細工をほどこした財布などを作って売った罪で手鎖五十日とか、重たい場合には江戸市中より十里四方立ち入ることならずの追放、身代まるごとお取り上げ（闕所《けっしょ》）とか。賑やかな町なかで商人の暮らししか知らない富次郎など、もしもそんな禁令の時代が来たら、ほんの数日で食い詰めてしまうことだろう。

と思いはするものの、今ひとつ身に迫ってくわばらくわばらと震えるまでには至らないのは、富次郎がまだお店や女房子供を背負う一人前の男ではないからなのだろう。

それでも、声はひそめることにした。

ひそひそひそ。

「あの当て布に記されていたひらがなを並べ替えてゆくと、時のご政道を難じたり、お上の偉い人たちをからかう落首や狂歌になるとか、そんな線かね？」

勘一は短く答えた。「いえ、外れです」

わかってるねえ。そんな呑気なことを言ってちゃ困りますと怒るんじゃなくて、外れですときた。この感じが、富次郎と気が合うのである。

「じゃあ、ご政道を乱すから巷《ちまた》に流布してはいけないとされている読み物の一節だとか」

勘一はまばたきした。

「それは——近いですが」

「ん！　じゃあ、何らかの謀《はかりごと》の誓書《せいしょ》？　ほら、赤穂浪士が討ち入りの前に、亡きお殿様のご正室に届けた文《ふみ》みたいな」

言っておいて、富次郎は慌てて続けた。

「や、今のは取り消しだ。誓書の類いなら、ひらがなばっかりじゃあるまいからね」

それに、赤穂浪士のあの文《ふみ》は血判状だよな。だけど、血判を押すまでは誓書と言っていいのか。頭をひねる富次郎を、勘一はしいんと見つめている。

「従兄さん、楽しんでいますね」

お！　富次郎はにやりとした。

「わたしゃあんたに〈にいさん〉と呼ばれる覚えはありませんよ、べんべん」

口三味線もつけて言い返すと、勘一はみるみる真っ赤になった。

「す、すみません」

「あはは！　真に受けなさんな。おちかはわたしの可愛い妹も同然なんだから、その亭主のあんたは弟も同然ですよ」

本気でそう思っているんだけど、わたしゃあんたにおちかを盗られて寂しくてしょうがなくって、ちょっとからかってみたくなるのは勘弁しておくれよ。

「じゃあ、口に出して唱えたら、たちまち恐ろしい呪いのかかる呪文かな」

まだ赤みの残る頬で、勘一は苦笑する。

「そんなものだったら、今ごろ手前は無事じゃおりません」

え、そうなの。「勘一さん、あれを声に出して読んだのかい？」

勘一はうなずいた。「そうするべきものだろうと判じましたので」

そしてちょっと首を縮めて、

「従兄さん、どうぞ手前のことは呼び捨てでお願いします。弟も同然でしたら、それが普通でしょう」

「わかったわかった」

笑いながら、富次郎は両手をあげた。

「参りました。わたしの知恵じゃ当てられないよ。いったい、あれは何なんだい？」

勘一はちらりとまわりの気配を気にした。その慎重な様子に、緩んでいた富次郎の気分もっと引き締まる。

「あれは読むものではなく、唱《とな》えるものでもなく、唄《うた》うものでして」

へ？　富次郎はかくんとなった。唄う？　端唄や長唄みたいに？

「あのひらがなが表している言葉は、すらすら字を読むことができない者でも、口伝えで憶《おぼ》えられるほど易しいものなんです」

しかし、ご禁制に触れるので口に出すことは憚《はばか》られる。

「だからああして半天の背中に隠して、それを着る職人や奉公人たちが、いつもあの言葉と共にいられるようにしてあるのでしょう」

ふうん。富次郎は何となく鼻の頭を掻く。ひらがながうまく読めないほど無学な者でも口伝えで憶えられて、唱える歌。

「……お題目や念仏みたいなものか。南無妙法蓮華経や南無阿弥陀仏なら、子供でも唱えられるもんな」

と言ってみると、勘一は大真面目な顔に戻って深くうなずく。

「お経や祝詞ではありませんが、それに近いものです。信じる者にとっては大切な言葉であり、信心の――信仰の肝なんです」

富次郎は、鼻の頭を掻くのをやめた。そのままその手で口元を覆い、さっきの勘一よりもずっと慌てて、まわりの気配を覗《うかが》った。

幸い、店先には今日も大勢のお客が来ている。八十助や手代たちの声がする。いらっしゃいませ、毎度ありがとうございます、これは○○様、お足元の悪いなかをお運びくださいまして――

和やかに賑やかに、三島屋は今日も商いに励んでいる。

そんなところで、こんな話。おいおい、これは笑ってなどいられない。

「もしかして」

富次郎の囁き声に、勘一は頭を寄せてきた。

「はい」

「ホントに本当にもしかしてだよ。間違っていてほしいけど」

「はい」

息を止めて、富次郎は言った。「耶蘇《ヤソ》教に関わりのある言葉なのかい？」

勘一は返事をしない。だが、目を見ればそれが正解なのだとわかった。

「や、や、や」

富次郎はつっかえる。

「耶蘇教の唄ってことだね」

耶蘇教は、江戸開府以前から、厳しく御法度とされている異国の宗教である。戦国の動乱の時代に、海を渡ってこの国にやってきた宣教師《バテレン》たちによって持ち込まれ、布教された歴史があるが、やがて信者は厳しく弾圧されるようになり、太平の世になって久しい今では、その教えは市井の暮らしのなかから根こそぎ刈り取られてしまっている。

冷や汗が出てきて、富次郎は勘一に詰め寄った。「そんなシロモノ、なんで知ってるんだ？おまえさん、もしやそっちの方にかぶれてるんじゃあるまいね？」

や○教なんて、三度も口に出したくない。「そっちの方」で充分だ。

「だったら許さないよ。おちかは離縁だ！　うちに返してもらう！」

いきなり息巻く富次郎の勢いに、勘一は面食らってへどもどする。

「て、て、て、手前は信者じゃありません。神田明神様に誓って申します」

「だったら何で知ってるんだよ！」

富次郎の心の臓はばくばくと踊り、今にも口から飛び出しそうだ。

「かぶれてなきゃ、そんなもんに触れる機会がまずないじゃないか」

「偶々《たまたま》、これが唄だったからです」

昔、歌謡集で読んだことがあるのだという。

「かようしゅうだぁ？」

「はい。その道の好事家《こうずか》が古い歌謡を集めた綴りのなかに、耶蘇教の信者が集まりの際に神を称《たた》えて唄う歌の歌詞がいくつか録されていたのです。さっきも言いましたが、とても易しい言葉なので、憶えていたんです」

勘一のまばたきが慌ただしい。

「瓢箪古堂は、何の因果でそんな物騒な歌謡集なんか扱うんだい？」

「十年ほど前、さる大名家の下屋敷で古い書物を処分された際に、たまたま手前どもが買い付けに加わり、何も知らずに買い受けてしまったというだけのことです。本当にそれだけで、嘘は申しません」

「なんで読むんだよ！」

「読まねば中身がわかりませんから」

「わかんないまま放っとけばいいだろ！」

大きな声を出してわっと息を吐いたら、富次郎の胸の奥で飛び上がっていた心の臓が、何とかもとの場所に落ち着いてくれた。

胸苦しい。ふう――と息を吐く。

勘一もため息をついた。二人で顔を見合わせる。

「ごめん。取り乱しすぎだね」

「いいえ、それで当たり前です」

勘一は肩をすぼめる。

「従兄さんも、手前が三島屋さん出入りの貸本屋だというだけなら、そんなにお怒りにならないはずですが、今の手前はおちかの亭主ですから」

どんなときでも飄々としているのが売り物のこの男も、亭主となった今では、おちかが弱みなのだ。羨ましいと、つい思う。

「いや、元はといえばわたしが持ち込んだ難題なんだ。ホントに勘弁しておくれ。おちかを離縁させるなんて、出すぎた譫言《うわごと》まで言っちまった」

今度は二人で頭を下げ合った。

そこへ、唐紙の外から柔らかな女の声。

「ごめんくださいまし」

富次郎は飛び上がり、勘一はその場で固まった。

唐紙が開く。うふふという笑みを浮かべて、お勝が顔を覗かせた。

「差し出がましゅうございますが、離縁という言葉が耳に入りましたので……」

なんてことを言いながらも、番茶と菓子を盆に乗せている。菓子は〈五月雨くずし〉という葛《くず》寄せで、白蜜の上品な甘みがたまらない逸品だ。

「お勝さんは千里眼だねえ」

「それをおっしゃるなら、地獄耳ですわね」

結局、唐紙を背にぴしりと座ったお勝に、ここまでの話を聞いてもらうことに。

「意外と大事《おおごと》だったんでございますわねえ」

お勝は優しく微笑んだ。その笑顔のまま艶然と勘一に目をあてて、

「泰然自若の昼行灯の瓢箪古堂さんが、こと恋女房のためにはそんな慌てたお顔をなさるようになってくださって、わたくしは嬉しゅうございます」

勘一はまた顔を赤くする。

「でも、小旦那様には少しがっかりいたしましたわ」

おっしゃるとおりだ。白蜜の甘みに人心地ついて、富次郎もいっそう反省している。

「騒ぎすぎたよね」

「いいえ、そのがっかりではございませんの。二葉屋さんから持ち込まれた女中さんの印半天の謎を解こうというお気持ちが、すっかりしぼんでしまわれたようなのが残念なんです」

そう言われれば一言もないが、もともとこの謎解きには伊兵衛が乗り気だったのだ――と思うのも言い訳がましいか。

「小旦那様が謎解きの端緒に瓢箪古堂さんを頼ったのは、これこのとおり、正しい判断でございましたでしょ」

「まあ、ねえ」

「あの謎めいたひらがなを見たとき、わたくし、異国の言葉なのかもしれないと申し上げました。小旦那様も同じようにお考えでしたわね」

それはかすめていたというか、当たらずといえども遠からずだったわけだ。

「異国から入ってくる物事については、多かれ少なかれお上の目が光っておりますから、用心するに越したことはございません」

それでも、さほど怯《おび》える必要はないはずだと、お勝は言った。

「二葉屋の女中さんが、お店の主人に託してあの印半天を寄越した――しかも、『変わり百物語の三島屋さんですね』と念を押して寄越したという以上は、それはあくまでも怪談話の種であって、当の女中さんがご禁制に触れる耶蘇教の信者、キリシタンだなんてことがあるとは思われませんもの」

もしも本物の信者なら、固く口をつぐんでちらりとも漏らさないはずだ。

「そういえば、勘一は二葉屋さんのことを調べてくれたんだよね？」

耶蘇教と聞いた瞬間に、ほかのことは頭から消し飛んでしまっていた富次郎、今さらながら面目ない。

「調べたと言っても、こっそりと評判を探ってみたくらいですが」

二葉屋は質屋を営んで、今の主人で三代目になる。

「余計なことですが、代々の主人はみんな見事なきんかん頭なんだとか」

黄金色のきんかんの神様みたいな質屋は、いかにも金回りがよさそうな感じだ。

「今のご主人は、その日暮らしの手間大工が鑿《のみ》や鉋《かんな》を質に入れると、代わりの道具を貸してやるようなお人だそうです」

その分、金利は高めにとる。

「印半天を寄越した女中は、二葉屋さんも温和《おとな》しい働き者だと言っていたそうですが」

名前はお秋。歳は三十路《みそじ》で、二葉屋に住み込みで奉公して十五年になる女だという。

「二葉屋さんは一昨年の夏に妻《さい》を亡くしているんですが、長いこと病みついていたこのおかみさんを、お秋が一人でずっと親身に看ていたんだそうです」

おかみ亡きあと、お秋は主に二葉屋の台所を切り回している。他の奉公人たちといざこざがある様子はない。

「お秋さんが二葉屋さんの後妻になるとか、表向きには女中のままで、後妻のように遇されているということはございませんか」

なかなか訊《き》きにくいことをさらりと問うたお勝に、勘一は首を振った。

「近所では、そんな噂はまったくありません。跡取りの長男が嫁をもらい、子も生まれているので、じきに身代を譲って隠居するだろうと言われてはいますが」

「じゃあ、お秋って人は、本当にただの台所女中なんだね」

二葉屋がお秋の頼みを退けず、古ぼけた印半天を預かって三島屋に持ち込んできたのを、深読みする必要はなさそうである。

「ただ一つだけ、少々気になる噂が引っかかってはきたんです」

勘一の言葉に、富次郎はぴりりとした。

「どんな噂だい？」

お秋が二十歳のころ、当時はまだ元気だったおかみにお使いを言いつけられて出かけたきり、まる三日も帰ってこなかったことがあるのだという。

「親しくしていた長唄の師匠が肺病にかかり、療養のために千駄ケ谷の方へ移ったので、おかみがお秋を見舞いに遣《や》ったんですが」

行って参りますと出たっきり、お秋はふっつりと姿を消してしまった。

「神隠しだと大騒ぎになって、それでもお店のある小伝馬町近辺のことではないですから、人手を集めて捜そうにもおぼつかなく……」

二葉屋の者たちはただ案じていたのだが、いなくなって三日目の夕刻、お秋は突然、店先に姿を現した。

「背中にしょった風呂敷包みまで、出て行ったときのままの出《い》で立ちでした」

但し、病気の師匠に滋養のつく食べ物をと、おかみが包んで持たせたあひるのゆで卵は、殻を割ると腐ってどろどろになっていた。

お勝が尋ねる。「季節はいつごろだったのでしょうか」

「師走半ば、風花が舞うような寒気の強い日和のことだったそうです」

「だったら、ゆで卵が三日でそこまで腐るのはおかしいですわね」

どこか温《ぬく》いところにいたのでしょうかと、お勝は呟く。

帰ってきたお秋本人は、おまえは三日もいなくなってたんだよと聞かされて驚愕《きょうがく》し、大いに狼狽《うろた》えていたという。

——三日ですか。三年じゃないんですか。

「本人は、三年間よそへ行っていたと思い込んでいたんですね」

しかし、どこへ行っていたのか、そこで誰かと一緒にいたのか、どんな目に遭ったのか、何を問いかけてもお秋は答えなかった。

——あいすみません。憶えていないんです。何にも思い出せません。

「それを責めたってしょうがないですし、二葉屋に害のあることでもなし」

損になったのはお秋の三日分の働きと、あひるのゆで卵だけである。

「だから、その後もお秋は何事もなかったように女中奉公を続けているけれど」

奇妙な出来事だったから、近所の人びとはいまだによく憶えている。

「お秋本人は、十年以上経った今でも、そのときのことには触れられたがらず、口をつぐんでいるようですが」

「じゃあ、まわりから聞き出してくれたんだね。手間だったろうに」

「そこは貸本屋の得なところですから」

貸本屋は、大きな本箱を背負って得意客のところを巡る出商いだから、年中町なかを歩き回っていて、様々なことが耳に入ってくる。それでも、短い間にこれだけ探ってしまえるのは大したものだ。

「うちの十郎は、話し上手で聞き上手ですし」

十郎は瓢簞古堂の奉公人の一人で、三島屋出入りでおしまのお気に入りだ。

「神隠しには、昔からいろいろな例がありまして」

天狗にさらわれるとか、山姥に囚《とら》われるとか、怪鳥の大きな翼で外《と》つ国まで運ばれてしまうとか。

「山奥の御殿に迷い込んで、けっして空っぽにならない米びつをもらって帰ってくるとかいうおめでたい話なら、わたしも読み物で読んで知ってるよ」

江戸近郊でも、そんな有り難い神隠しがあるものだろうか。

「昔話では、さらわれて戻ってきた者が、姿を消していた間のことを忘れているという例もあれば、よく憶えていて詳しく語るという例もあります。なかには、場所まで憶えていて他の者を案内しようとする場合もございますが」

「二度とたどり着けないいんだよな?」

「そうですね。ただ、本人は三年だと思っているのに実は三日だった——というのは珍しい。たいていは逆なんですよ」

「当人はほんの三日だと思っていたのに、帰ってみたら三年経っていたってのが?」

「はい」

語る男たちの顔を見比べながら、お勝がおっとりと口を開いた。

「お秋さん、歳はとっていなかったのでしょうか」

二十歳の娘は、三年経てば当たり前だが二十三歳になる。

「どうだろう。まだ見てすぐわかるほどの歳じゃないもんなあ」

四十の女なら、四十三になれば白髪や皺の増え具合でわかる。五十路《いそじ》ならもっとわかるかな。いや、大差がないからかえってわかりにくいか。

「本人が〈三年〉と言うのは、季節の移り変わりを見たからなのでしょうね」

どこかに閉じ込められて、暦だけめくっていたわけではなかろう。

「見た目にも変わりがなかったのなら、ひどくこき使われたり、いじめられたり、飢えていたということもなさそうだよね」

「何にしても不思議なお話ですわ。それこそ、黒白の間に語りに来たらいいのに」

言って、お勝はふと目を瞠った。

「来たいんでしょうか」

富次郎も同じことを思いついていた。

「そうかもしれないね」

二葉屋の女中・お秋は、十年前の自分の神隠しの話を、三島屋で語りたいのではないのか。

「そうでなかったら、二葉屋さんに印半天を託すとき、わざわざ」

――変わり百物語の三島屋さんですよね？

「念を押したりしないでしょう」

勘一は訝しげだ。「しかし、やけに持って回っていませんか。三島屋さんの変わり百物語を知っているなら、その段取りもわかっているはずです。語りたいなら語りたいと、二葉屋の主人なり、あの口入屋にでも頼めばいいことなのに」

「それだと、まわりの人たちにも気づかれてしまうのが嫌なんでしょう」

「変わり百物語だけの秘密にしておきたいんだよ、きっとさ」

二葉屋に印半天を託せば、受け取った三島屋では、古布として使えるかどうかほどいてみる。

背中の当て布とひらがなを見れば、不思議がって、持ち主のお秋に問い合わせてくれるだろう。そうなれば、三島屋だけで語る道が開ける。遠回しだが、そんな成り行きを恃みにしているのではないか。

「さっそく明日、わたくしが二葉屋さんにお伺いしてみましょうか」

預かった印半天を調べてみたら、人の名前が出てきた。もしや形見の品などではないかと案じられるので、お秋に確かめたい――

「いいね、口実としては上出来だ」

気軽にうなずく富次郎を、勘一はじっと見据える。

「お秋がそんなにも回りくどいことをするのは、やっぱり隠れキリシタンだからかもしれませんよ」

富次郎は笑顔のままかちんと固まり、お勝は笑み崩れる。

「ですから、本物の隠れキリシタンなら、その動かぬ証になりそうなものを手放したりしませんわ」

混ぜっ返して小旦那様を脅かさないでくださいましねと、勘一を睨んでみせる。

「そ、そうだよね」

富次郎は胸をなで下ろす。お勝の言うとおりだ。余計な取り越し苦労はなしだ。

「わかりました。百物語の聞き手と守り役が口を揃えてそうおっしゃるのなら、手前が邪魔する理由はございません」

勘一は言って、つとお勝の横睨みから目をそらした。

「ただ、本人が信者ではないにしろ、お秋の神隠しは、何らかの形でバテレンやキリシタンと関わりがありそうに思います。現に、件の印半天という動かぬ証があるのですから」

お勝の言葉をそのままとって、投げ返してくる。これにまた富次郎はぐらりと弱気になった。

関わらない方がいい。小難であっても、あるとわかっているところへみすみす首を突っ込んでゆくのはバカだ。

しかし、気になる。投げかけられた謎も解きたい。

だけどご禁制に触れて、もしもこの家のみんなを巻き込み、三島屋の看板に傷をつける羽目になってしまったらどうしよう。

「すべてここだけのお話でございますわ」

お勝が優しく言った。そうしようと意図するときのお勝の声は油のように滑らかで、濃い蜜のようにとろけている。

「あの印半天と当て布は、燃やしてしまうという手もございますよ。物は失くなっても、勘一さんはその唄とやらを憶えていらっしゃるんですから、かまいませんわよね」

富次郎は勘一を窺《うかが》った。飄々と難しい顔つきをして、小声で応じた。

「……やはり、二葉屋のお秋の意向を聞いてからの方がいいと思います。それまでは、あれは手前がお預かりしておきましょう」

お願いいたしますと、お勝は丁重に指をついて頭を下げ、それから言った。

「勘一さん、もう少しお暇をいただいてもようございますか」

「はい、かまいませんが」

「いい折ですから、耶蘇教のことを教えていただきたいんですの」

大胆なことを言い出す。

「お秋さんの神隠しに耶蘇教がからんでいるのかもしれないならば、聞き手のこちらも事前に学んでおいた方がようございますわ」

勘一は慌ててしまって、お勝の問いを押し返すように、顔の前に両手を持ち上げた。

「手前も、けっして詳しいわけではありません。唄のことも、たまたま歌謡集で読んで憶えていただけなんですから」

そもそもご禁制の事柄を、将軍家のお膝元の江戸市中のど真ん中にいて、どうして知る術があろう。学者でもなく、蘭方医でもなく、ただの貸本屋が。あわあわとそう言った。

「そうか、蘭方医」と、富次郎は呟く。「耶蘇教も同じだ。阿蘭陀《オランダ》渡りなんだよね」

「海の向こうにはたくさんの国がありますから、阿蘭陀だけとは限らないと思いますが」

「御三家のお脈を診る医者でさえ、近ごろじゃ蘭方医の知識を取り入れているとか聞くけれどなあ。難しい病でも、蘭方医なら治せることがあるっていうし」

これはお民から聞いた話だが、三島町で昔（三島屋がここに居着くよりも前）から開業していた町医者が、身代をすべて傾けて一人息子を長崎へ遊学にやった。幸い息子は優秀で勤勉、優れた医者になって、尾張様にお仕えするようになったとか。

「西洋のものが悪いものとは限らないわけだろ。なのに、なぜ耶蘇教だけはそんなにもひどくお上の怒りに触れて、ずっとご禁制のままなんだろうね」

きちんと座して膝に手を置いたまま、勘一が目玉だけ動かして天井を仰いだ。

「従兄さん、さっきはあんなに慌てて、耶蘇のヤの字を口に出すだけでも舌を噛みそうなほどだったのに」

急に知りたがりになったものですね。皮肉な口つきをすると、妙に分別くさく見える。

「それは、えっと」

富次郎は笑ってごまかす。小心なくせに野次馬であいすみません。

「恐れ憚っているからこそ、きちんと扱えるように知識を持っているべきだろ？」

「わたくしもそう思います」

加勢してくれるお勝は、けっしてふざけてはいない。富次郎の気を引き立てるために笑みを絶やさずにいるが、目は真剣だ。

お勝にとっても、耶蘇教は未知のものなのである。百物語の守り役として、それと向き合うにはまずよく知らねばならない。

その心意気を汲《く》み取ったのか、勘一は皮肉な口つきをほどくと、また一つため息をついた。この若旦那がおちかと知り合い、富次郎とも親しくなって、今日までざっと二年ぐらいになろうか。こんなに続けて物思わし気なため息を漏らすのは初めてである。

「この国には八百万《やおよろず》の神々がおられます」

勘一は声をひそめて言い出した。

「良き神もいれば、悪《あ》しき神もいる。大きな神もいれば、小さな神もいます。山にも海にも川に大晦日の夜に厠に入って、厠の神様の名前を三度唱えれば、一年間あやかしから守ってくれるって」

「厠《かわや》にも神様がいるもんね」と、富次郎は言った。「子供のころに、八十助が教えてくれたんだ。

も神が宿っています」


思わずというふうに、勘一は笑った。

「それは〈かんばり入道〉というもので、神様ではなく、やはりあやかしの一種ですよ。でも〈入道〉というくらいなんだから、何らかの形で仏法と繋がっているのかな」

今度調べてみよう、などとぶつぶつ言うもんだから、お勝が「はい、それで」と促す。

「ああ、すみません。現にお勝さんは、疱瘡《ほうそう》神という強い疫神《えきじん》から守護の力をいただいているのですよね。かように、手前どもは病のなかにさえもそれを司《つかさど》る神を見出します」

しかし、耶蘇教は違うという。

「キリシタンが仰ぐのは、唯一の神です。この世を創った神。人もあらゆる生きものも、山川草木もこの神の手で造られたものだと考えます」

唯一の神こそが絶対の善で、その教えに背くもの、敵対するものは全て悪だ。

「ですから、耶蘇教の側からは、手前どもの拝む神仏は全て異教の——邪教のものであり、悪いものだということになる」

これが、耶蘇教がこの国でひどく弾圧されてきた理由の一つだろうと、勘一は言う。

「しつこく念を押しますが、手前も詳しいことは存じません。各地の郷土史や文人の日記などのなかに、その昔その土地を訪れたバテレンや、そこでいっとき布教された耶蘇教について切れ切れに記されているのを読んだことがあるくらいなのです」

この飄々男が、こんなにぐずぐず拘《こだわ》るのもまた初めてである。

「わかってるよ、うん」

「全てここだけの、聞いて聞き捨てにいたしますから」

富次郎とお勝は、勘一の語りを囲い込むような気分で、それぞれに膝を詰める。

「キリシタンは、この神の名をみだりに口にすることも許されていません。それほど大きな神なので、ちっぽけな人の身で名を呼んではいけないのですよ」

ちっぽけな人の身、か。それはここらのお寺さんの住職の説教でも聞く台詞だ。我ら衆生は煩悩の塊だ。御仏の教えに従うことによって、初めて成仏できると。

「耶蘇教の神は、信者の信心を確かめるために、しばしば試練を与えるといいます。また、この神は信者の願いをいちいち聞き入れてはくれません」

富次郎は目を丸くした。「試練は与えるけど願いは聞かないなんて、ずいぶん厳しいんだなあ」

富次郎たちの神仏は、もっと身近で温かなものだ。近所のお稲荷さんなんか、油揚げをお供えするだけで願いを聞いてくださる。だからみんな気軽に手を合わせる。

「おっしゃるとおり、厳しい神です」と、勘一は続けた。

「ですからキリシタンが為すべきことは、唯一の神の教えを信じ、それに従って善行を積み、神を称え、祈ることだけなんです」

件の当て布に書かれていた唄も、信者たちが集会で歌うものなのだという。

「唄の言葉が神を称え、その恵みに感謝する内容になっているのですよ」

ふうんと聞いていた富次郎だが、お勝を見ると、いつでも柔和で艶然として揺るがぬ寛容を湛えているこの女中の瞳に、小さく鋭い光があることに驚いた。

「それほど人に厳しい神様が、いったいどんな恵みをくださるというのでしょう」

問いかけた語気も、軽く尖《とが》っている。

「恵みとは、人がここに生きているということです」と、勘一は答えた。「この世に人として創られ、生かしていただいている。それが恵みなのですよ」

富次郎は腕組みをして唸った。お勝はくちびるを結んで考え込んでいる。

「それともう一つ」

勘一は二人の顔を見回した。

「キリシタンは一途《いちず》に神に仕えることで、全ての罪が許されると信じています」

「罪？　悪行ということかい」

「はい。あらゆる悪事や穢《けが》れが信仰によって許され浄《きよ》められて、信者は神の国に入ることができる」

神の国とは極楽のことだろうか。浄土へ行くこと？　だったら南無阿弥陀仏だって同じだ。念仏も、無心に唱えればいいんだから。

「耶蘇教がお上に厳しく禁じられてきたのは、人びとがこの教えに信服すると、天子様や将軍家よりも耶蘇教の神の方が上になってしまうので、人心に乱れが生じるからでしょう」

「ああ……そりゃそうだよね」

「それに、さっき従兄さんもおっしゃっていましたが、バテレンが持ち込んでくるのは耶蘇教の教えだけではありません。蘭学や西洋の技術、医学も持ち込んでくる。それが幕府の目を通らぬまま巷に広がれば、これもまた統治の筋を乱すことに繋がります」

言って、勘一は、まだ口元を真一文字にして考え込んでいるお勝の顔を見やった。

「そうした事どもが全て解決できたとしても、もともと八百万の神々に親しんでいるこの国の者は、馴染みのない耶蘇教の神様だけを仰げ、そのほかはみんな悪だと決めつけられたら、嫌な気持ちがいたしますよ」

富次郎も同感だ。大きくうなずいて、その拍子にあっと思い出した。

「そういえば、このあいだ骨董屋で、西洋の魔物の絵を見かけたんだよ！」

あれも長崎で描かれたものだったっけ。

「色っぽい女に化けた魔物で、男を惑わして生き血を吸うんだって」

富次郎が件の掛け軸の絵について語ると、勘一はかすかに眉をひそめた。

「たまたま重なっただけなんでしょうが、ちょっと気味が悪いですね」

二葉屋からキリシタンの言葉が持ち込まれたかと思ったら、富次郎が西洋の女魔物に見つめられて、骨董屋に引き寄せられた。なるほど、出来すぎている。

「さっきも申しましたが、耶蘇教では、唯一の神に背くものは全て悪となります」

もともとは耶蘇教の神の僕《しもべ》だったのに、堕落したり、教えを裏切ったもの。または異教のもの、耶蘇教の教えからはみ出してしまう神々。そして、耶蘇教の教えを受け入れない人びとや、弾圧する人びと。

「耶蘇教の神様の僕ってのは、神社のお使いみたいなもの？　お稲荷さんのおキツネさんとか、八幡様の鳩《はと》みたいな」

富次郎のあっけらかんとした問いに、勘一は微笑んだ。

「そうですね。〈天の使い〉というそうです。天子様のじゃなくて、天の使いです」

「男も女もいるのかい？」

「どうでしょう……そこまでは、手前にはわかりません」

もしかしたら、あの女魔物だって、もとは女の天の使いだったのかもしれない。あるいは異教の天女とか。あるいは、耶蘇教の教えを受け入れなかっただけの、名も無きただの女。

「何であれ、わたくしにはどうにも呑み込めない教えのようでございます」

お勝が言って、軽くかぶりを振った。

「信心のほどを試すために人に試練を与えるというのが、わたくしには解せませんし、許せません。わたくしにとって神仏は、辛いことや災いの多いこの世を生きて行くために、すがるよすがとなる有り難いものですから」

口調は穏やかで、目のなかの鋭い光も消えている。だが、お勝がこんなふうに何かを頭から嫌がるのは珍しい。その様を目の当たりにして、富次郎は胸騒ぎがするのだけれど、顔に出さないように努めた。

「わたしも、あんまりしっくりこないよ」

そう言って笑ってみせた。

「ご禁制のものでよかった、なんて軽々しく言っちゃいかんのだろうけど」

二人のやりとりに、勘一は心底ほっとしたのだろう。今までいちばん深いため息を吐き出した。

「では、本当にここまでにいたしましょう。従兄さんもお勝さんもそういうご気分ならば、二葉屋のお秋には、印半天をどうするか聞き合わせるだけにして、語り手として招くのはやめにしませんか」

投げかけられた謎には知らん顔をする、と。

「左様でございますね……」

目を伏せて、お勝は小さく呟いた。

「それは小旦那様のお心一つということで、守り役はもうとやかく申し上げませんわ」

瓢簞古堂に帰る勘一には、〈五月雨くずし〉を包んで持たせた。勘一の父親、おちかの舅《しゅうと》も甘いものが好きだというから、きっと喜んでくれるだろう。

翌朝、富次郎は新太に伝言を持たせ、二葉屋へ使いに遣った。先日受け取った古着は有り難く買い取らせていただくが、女中のお秋の印半天だけは古すぎて、こちらでも使いようがない、と。

「小旦那様のお言いつけのとおり、お返ししましょうかとお尋ねしましたら、二葉屋さんがその女中さんを呼んでくださいまして」

するとお秋は、それならば自分が三島屋さんまで印半天を取りに行くと言ったという。

「どんな様子だった？」

新太はきょとんとした。「どんなとおっしゃいましても……」

「すぐ取りに行くと、急《せ》き込んでいたかい？」

「いいえ、急いてはいませんでした。お伺いしますと、愛想よく笑っていました」

笑ってたのか。

これが、（よせばいいのに）富次郎にはカチンときた。

――何で笑うんだよ。

キリシタンの呪文、じゃないや唄か。そんな剣呑《けんのん》なものの隠された品を押っつけて寄越しといて、あらそうですか、じゃあ返してください取りに参りますってのは、どうよ。

「二葉屋さんは女中に甘いのかね。どうも行儀が悪いようだ」

富次郎の言い方に棘《とげ》があったのか、八つ当たりを喰ったような新太は、「あいすみません」とぺこりとした。

「おまえのせいじゃないよ。それじゃ、わたしがさっと文《ふみ》を書くから、今度は瓢簞古堂へ行っておくれ」

お秋は印半天を取り返したがっている。しかも（余裕なのか皮肉なのか）笑っている。自分は少々腹立たしく思う。

その旨を走り書きした文と引き換えに、新太は件の印半天の包みを抱いて帰ってきた。

富次郎が居室で包みを開いてみると、たたんだ印半天の上に、勘一の字の紙箋が一枚。

〈知らぬ存ぜぬも知恵のうち〉

当て布はもとどおり背中に縫い付けられて、キリシタンの唄は隠されている。おちかが縫ってくれたのだろう。ならばこの一文は、変わり百物語の聞き手の先達であるおちかからの忠告でもあると受け取っていいはずだ。

やっぱり、これ以上踏み込まない方がいい。富次郎は心を決めて、二葉屋のお秋が印半天を取りに来るのを待った。来ても、自分が応対するつもりはない。お勝にもさせない。事情を知らぬおしまに任せて、さくっと返してそれでしまいだ。

——釣られないぞ。

ところが、お秋はやって来なかった。二日経っても三日待っても。

三島屋のなかにご禁制のものがあるのは、いい気分がしない。胃の腑《ふ》に重たいものが溜まっている感じだ。五月雨が通り過ぎて爽やかな初夏の日和となり、伊兵衛が贔屓《ひいき》の蕎麦屋を呼んで三島屋の台所で蕎麦を打たせ、みんなで打ち立ての蕎麦をたぐるという楽しいことがあったのに、いや、だからこそすっきりしない。

口に出さずに腹に溜めているせいか、あの掛け軸の女魔物の夢まで見てしまい、いっそうくさくさした。

たまたまなのだろうが薄気味悪いと、勘一が眉をひそめたのも思い出される。印半天の件が終わらないうちは、ずっと女魔物に魅入られたままでいるみたいな気がする。

——鬼にあとを尾《つ》けられている。

そう、富次郎は臆病なのだ。

自分でもつくづく思い知った。俺は小心で慌て者だ。すぐ泡を食ってしまう。

だけど、それは悪いことじゃないはずだ。自分は次男坊だから、ゆくゆく三島屋を背負う立場ではないけれど、何か間違いをしでかしたら、必ずお店に迷惑をかける。両親《ふたおや》を泣かせ、奉公人たちを不安に陥れてしまう。それを避けようと用心するのは、恥ずかしいことではないはずだ。

富次郎の心中を察しているのか、お勝も何も言わなかった。印半天のことなど、最初《はな》からなかったような顔をしている。

こうして、お秋の「お伺いします」から半月が過ぎた。

富次郎も嫌気がさしてきて、こっちから二葉屋へ突っ返しに行こうか、「待っててもこないから捨ててしまいましたよ」とうそぶいて、燃やしてしまおうかと思い始めていた。もう、今日こそ燃やしちまうか、と。

そこへ、口入屋の灯庵老人が訪ねてきた。

「また、変わり百物語の次の語り手のことで、相談がありましてな」

上質な黒の絽《ろ》の十徳《じっとく》を着ている。流水に金魚の絵柄の扇子を広げ、おしまの出した冷たい蕎麦茶（贔屓の蕎麦屋がくれたものだ）をがぶりがぶりと飲む。まったく遠慮というものがない。

「どうしても、どうしても、大急ぎで変わり百物語に入りたいというお客がおって」

こちらも困《こう》じておりますと、恩着せがましく口の端をひん曲げる。

「このところ、うちの都合で語り手を止めていただいていましたからね」

富次郎には、あの印半天が一つ屋根の下にあるうちは、新しい語り手を呼び込みたくないという気持ちがあったのだ。

「さいですな。ですからこの大急ぎのお客を割り込ませると、本来の順番のお客をまた待たせることになります。それでも――」

と、蝦蟇仙人は白目を剝いた。いわゆる三白眼なので、下からすくうような目つきをするとこうなるのだ。

「割り込みのお客は、これを通してくれるなら大枚を払うとの仰せでございまして」

「大枚って、いくらぐらいです？」

蝦蟇仙人は黙って右手を上げた。でっぷりした胴に釣り合わぬ、枯れ木のような指だ。それをぱっと広げて、言った。

「五十両」

「まさか！　法外に過ぎますよ」

蝦蟇仙人は澄ましている。

「法外に過ぎるというのは、ふっかけられるときに言うのですよ。まったく、米食い虫は言葉の使い方もよう知らんから困る」

この底意地悪い口入屋から、富次郎は虫呼ばわりされているのだった。

「そんなのはどうでもいい。その方は、何だって大枚をまいてまで、急いでうちで語りたがるんです？」

灯庵老人は、ねっとりした目つきで富次郎を見据えたまま、口元だけで笑った。

「先様《さきさま》がおっしゃるには、その理由《わけ》はあんたさんがよくご存じだと」

「わたしが？」

「はい。あんたさんのお手元にある印半天に関わりのある話だ、との仰せですわな」

富次郎は絶句した。額に汗が浮いてくる。背筋に冷たいものが走る。まるで、女魔物のあの白い指でつうっと撫でられたみたいだ。

「心当たりがありそうですな」

蝦蟇仙人の三白眼が忌々《いまいま》しい。

ここで「何のことだかさっぱりわかりません」と突っぱねられるほど、富次郎はまだ大人ではない。胆力もない。

――おちか、どうしよう。

お勝に相談したい。勘一は何と言うだろう。一人じゃ決められない。

取りに伺いますと、愛想よく笑っていたというお秋は、あの女魔物そのものなんじゃないのか。だけど、だけど。

――クソ、悔しいじゃねえか。

「では、その方をお招きしてください」

臆病だが、負けん気は強いのだった。


急ぎの語り手は、辻駕籠《つじかご》で三島屋の前まで乗り付けてきた。

一見して商家の主人筋だろうとわかった。素っ町人の押し出しではない。肌の色艶、血色からすれば、歳は四十路《よそじ》かその手前だろう。小ぶりな銀杏髷《いちょうまげ》の月代《さかやき》はきれいに剃ってある。まめに髪結床に通うか、出床《でどこ》を呼んで手入れしているに違いない。

紬《つむぎ》の上に小紋柄の絽の羽織。この羽織がヒキズリ羽織とも呼ばれる長羽織で、胸のところで結ぶ紐《ひも》まで長い。文金風《ぶんきんふう》と呼ばれて流行っている仕立てであることは富次郎も知っているし、洒落者のお得意様が着ているのを見たことも何度かある。ちなみに江戸の札差のあいだではこれが当たり前で、むしろ普通の羽織の方が珍しいくらいだ。つまり上等な長羽織は、一目でわかる富裕のしるしでもある。

変わり百物語に割り込むために、ぽんと五十両払うくらいの人なのだ。金満ぶりは富次郎も覚悟していた。駕籠だって、本当は自分のところの屋号を付けたものがあって、ただ今日は身元を伏せるために辻駕籠を拾ってきたのであっても不思議ではない。

それでも、この語り手には驚かされることが多々あった。

まず、顔色だけ見れば四十路前なのに、髪はほとんど真っ白なのだ。右側は鬢《びん》が薄く、それは髪が抜けているせいで、頭皮に引っつれたような赤黒い傷痕が広がっていることも見てとれた。傷痕は右耳の下のところで途切れ、首筋は何事もないが、長羽織の袖から覗く右手の手首から甲にかけては、また同じ赤黒い傷痕に包まれている。そして、右手の人差し指と中指の先が欠けていた。切り落とされたのではなく、まるで溶けたようになっている。

応対に出た八十助にもおしまにも手を貸させることはなかったが、足にも傷があるらしく、歩みがいくぶんぎこちない。ゆっくりと小刻みな足の運びで、白足袋の左足の親指には、どうやら詰め物がしてあるようだ。その指もまた欠いているのだろう。

いったいどんな災難に遭い、こんな傷の残る怪我を負ったのか。富次郎は同情と労《いたわ》りよりも先に、ひどく険しいものを覚えた。語り手の頰が強《こわ》ばり、目には強い光があって、富次郎を見据えている。検分し、吟味しているかのような眼差しだった。こちらもしっかりと肝を据え、踏ん張っていないと、弾《はじ》き飛ばされてしまいそうだ。

黒白の間の上座に落ち着く際も、語り手の動きはぎこちなかった。普段はお付きの者がいて、立ち居振る舞いの都度に先回りして手を添えているのだろう。

だが客として招かれて——いささか強引に招かせてここにおり、単身で乗り込んできた以上、誰の手も借りぬ。そんな意気地も伝わってきたから、富次郎は助けなかった。はらはらしながら見守るおしまのことも、目顔で制しておいた。

今日の床の間には、まだ色のついていないあじさいの花を活けてある。梅雨の到来が近づき、朝晩に温気のまじった風が立つこのごろ、あじさいは旬の花である。

しかし、鑑賞するにはまだ一足早い、白地に薄緑の固い花びらの塊に過ぎないものを、なぜお勝が選んだのか。わざわざ尋ねはしなかったが、富次郎なりに察していた。

お勝は、詳しく聞き取ってみなければまったく色合いの見当さえつかぬ今回の語り手の話になぞらえて、敢《あ》えてこうしたのだ。色のないあじさいの不気味な姿も、今日の語り手に相対する富次郎の心持ちに添うている。

富次郎に向き合い、長羽織の襟元をさっと整えて、語り手が口を開いた。

「古傷がございまして、お見苦しいのをご勘弁ください」

そのしゃべりに、富次郎はまた一驚した。

喉が潰れている。くしゃくしゃに丸めた紙を擦り合わせているような声だ。

富次郎の驚きに、語り手は気を悪くしたふうはない。むしろ面白がっている。

「この声のことも、おいおいに語らせていただきますが」

先回りしてお詫びしておきましょう——

「大きな火事に遭いましてね」

火に追われ、煙に巻かれて、命からがら逃げ延びた。

「熱気に喉を焼かれ、声が潰れました。身体にも火傷《やけど》を負い、治りきらなんだ傷痕が、これこのとおり」

と、軽く腕を上げ右手の甲を見せる。長羽織と着物の袖がするりと滑って、肘の近くまで赤黒い傷痕に覆われているのが見えた。

「手足の指をいくつか欠きましたのも火に追われたときでございますが、それもまた、順にお話しいたしましょう」

「かしこまりました」

背を伸ばし、膝の上に両手をついて、富次郎は一礼した。

「語っていただくうちに、何かご入り用になりましたり、ひと休みされたいというときには、どうぞ遠慮なくおっしゃってください」

語り手は闊達そうな笑みを見せた。若々しい。むしろ三十半ばかもしれない。

「ではさっそくに、脇息《きょうそく》を貸していただけませんか」

富次郎はおしまを呼んだ。驚くほど早々に、おしまは塗りの台座に絹の座布団をつけた脇息を運んできた。ひょっとすると、先んじて用意していたのかもしれない。

「どちら側に置きましょうか」

「私の左に」

語り手はおしまにも微笑みかける。おしまの方は、先日の渋くて粋な走り飛脚に「ほ」の字を浮かべたのと同じ女とは思えぬほど、張り詰めた顔を伏せて、指をつく。

「ただいま、お茶をお持ちいたします」

「ありがとう。ああ、いい具合です」

脇息にもたれて、語り手はうなずく。

「一年のうち、梅雨の始まる今時と、秋から冬に移り変わるころが、いちばん古傷がうずいて、身体がなかなか思うようになりません」

「お辛いですね」と、富次郎は言った。

おしまが茶菓を運んできた。本日の菓子は生菓子ではなく、固く焼いた麩《ふ》に蜜をまぶした菓子である。ちょっとべたつくが、そうしようと思えば指でつまんで食べることもできる（富次郎も普段はそうしている）。

この語り手に、匙《さじ》や黒文字で、すくったり切ったり刺したりする手間のかかるものを出さなくてよかった——というのは後付けで、なにしろ張り詰めた話になるだろうから、菓子なんか手をつけずにそのまんまになるかもしれないし、凝ったものはやめておこうと思っただけだった。

——わたしもそのへん、もったいながりだからさ。

なんてことをちらりと考える富次郎は、空元気を出しているのだ。初手《しょて》から、この語り手には位負けしている。

おしまが唐紙を閉めて消えた。とん、と音が立つ。つい数日前よりは、この音も湿って響くようだ。

「三島屋さんの変わり百物語は」

潰れた声で、語り手は切り出した。

——さあ、立ち合いだ。

「名無しの権兵衛のままで語ってようございますんでしたな」

富次郎はうなずいた。「はい。お名前もお立場もおところも、何もかも伏せたままで結構でございます。語りにくいようでしたら、お好きに仮名《かりな》をおつけください」

真ん前に座す語り手は、こうして見ると眉目《びもく》秀麗な男である。髪は真っ白だが、男らしく太めで形のいい眉には一本の白髪もまじっていない。

語り手も顎をうなずかせ、長羽織の胸元の紐をいじった。

「私の家業は、この出で立ちでお察しいただいてよろしゅうございます」

富次郎は目をしばたたいた。では、長羽織が粋のしるしの札差なのか。

「但し私は三男でして、今も――この身体のこともございますから、商いには関わっておりません。家作を預かり、差配人とやりとりをして月々の店《たな》賃を帳簿につける。せいぜいがそのくらいの」

そこでいったん言葉を切り、富次郎の目を見て、

「生家にとっては居候のようなものでございます。失礼ながら、察するところ、あなたも同じ立場においでのようだ。三島屋の富次郎さん」

やっぱりとり逆上《のぼ》せているのか、いつもと少しだけ段取りが違ったせいもあり、富次郎はまだ名乗っていなかった。

「口入屋で聞いて参りました」

と、語り手はいい歯並びを見せる。

「灯庵というあのじいさんは、若い者がみんな小憎らしいのでしょうかね。私にも慇懃無礼だっ

たし、あなたのことも、ずいぶんと憎さげに言っていましたよ」

面と向かって虫呼ばわりされている富次郎だから、まあそんなものだろうと思う。

「でも、そんな居候のところにお客様を周旋することで、灯庵さんは五十両稼いだのですからね。少しは有り難がってくれてもバチは当たらないと思うのですが」

富次郎がつるりとそう言うと、思いがけないほど明るい目をして、語り手は笑った。

「まったくだ」

むせるような笑い声。外側からは見えないが、熱気に焼かれた喉にも傷痕が残っているのではあるまいか。それほどの傷は、全て癒えて元通りになることはないのだろう。

「商いは貸し借りです。今は部屋住みの富次郎さんも先々出世するかもしれないのだし、灯庵さんはもっと用心するべきですね」

商いは貸し借りだ。これは袋物屋の頭に浮かぶ考えではない。札差だからの言葉である。

軽く咳《せき》をして笑いをやめると、語り手は脇息にもたれ直した。

「私が金を積んでまで事を急ぎましたのは、あまり長いこと三島屋さんを怖がらせておきたくなかったからなんですよ」

相手はくつろいだ姿勢だが、富次郎はいずまいを正したままである。

「……それは、小伝馬町の質屋、二葉屋の女中・お秋の印半天のことでございますね」

語り手と目がかち合った。知力を湛えた瞳。

その目を、語り手の方が先にそらした。

「私の後ろの半紙は、何かのまじないの類いでしょうか」

振り返りもせずに、掛け軸の半紙のことを問うてくる。

「まじないではありません。聞き手のわたしが、心を白にしてお話を伺い、聞き終えたらまた白に戻す。三島屋の変わり百物語の決め事、語って語り捨て、聞いて聞き捨てを半紙に託して示してございます」

この語り手には、こう答えたくなった。

「では、いつもなさっていることで」

「はい」

「本当に語り捨て、聞き捨てにしていただけると信を置くには、それだけでは足らぬ。私がそう言い出したなら、富次郎さんはどうなさいますか」

呼気を整えたかったが、富次郎は堪《こら》えた。わたしは虫だ。虫には虫の意気地がある。

「聞き手として信を勝ち得ることができぬのなら、残念ですが諦めるほかはありません。お客様にはお帰りいただきます」

また、語り手と目が合った。眼差しに押される。押し返す。

そのまま、語り手はゆったりと笑顔になった。結び目をほどくような笑みで、眼差しも温かみを帯びた。

「私は、お秋を叱ったんですよ」

軽率なことをするんじゃない、と。

「しかしあのひとは、十年前にあの屋敷で我々が見聞きした出来事を、このまま死ぬまで胸にしまっているのは嫌だと言い張りましてね。まあ、あの気丈で言い出したら聞かないところは、二十歳のときとちっとも変わっていない」

無事、本題に入ったのだ。張り詰めていた糸が切れ、富次郎は一瞬くらりとした。

「私のことは、どうぞ梅屋甚三郎とお呼びください」

真っ白な髪、太い眉、きりりとした目元。脇息に身をもたせ、語り手は続ける。

「うちの屋号を申し上げるわけにはいきませんが、私は梅の盛りに生まれた三男坊でして、甚三郎というのは親がつけてくれた本当の名前ですから、それを組み合わせましょう」

承知しましたと、富次郎は応じた。

「私は大変な放蕩《ほうとう》息子だったんですよ」

何だか懐かしそうに言う。

「親父《おやじ》には怒鳴られ、兄たちに説教され、おっかさんには泣いてすがられましたが、飲む・打つ・買うがやめられない。とりわけ博打《ばくち》に溺れまして、親や兄たちが金をくれなくなると、奉公人たちを脅したりすかしたりして手文庫の金を持ち出させ、それを懐に突っ込んで、賭場から賭場へと渡り歩いて」

家に寄りつくのは、金が尽きたときだけだった。

「勝ちが続いて金回りがいいときは、飲むのも買うのも派手になります。自然と花街でもいい顔をするようになり、その顔を保つためにはまた金が要る」

ぐるぐると踏み車を回しながら、放蕩の道へと堕《お》ちていった。

「賽子《さいころ》の丁半博打にはまったのは十七の時でしたが、初めて親父に勘当を言い渡されたのは、十九歳になった年の正月でした」

屠蘇《とそ》ぐらいはうちで飲むかと、ぶらりと家に帰った甚三郎だったが、

「年賀の挨拶《あいさつ》客や親戚の者どもがいる前で、正座させられて怒鳴り飛ばされたんです」

甚三郎は大いに驚き、震え上がった。父親の怒声を聞いたのは、そのときが初めてだったからだ。

「親父は商いではやり手で、狡《ずる》く立ち回ることもあれば、したたかな駆け引きもする。けっして気弱な御仁じゃありませんでしたが、倅には甘くってね。また、兄たちは親父を手本に型で抜いたようないい息子だったから、叱る必要もなかったんです」

なぜかしら、三男坊だけは、その型にはまらなかった。

「悪い意味でね。だから親父も私を扱いかねていたんだけど、そのときはもうたまりかねていたんでしょう」

分別も飛んでしまって、「勘当だ！」と怒鳴りつけた。本気が伝わってきたから、甚三郎もぶるった。

「私が青くなってメソメソしたもんだから、まわりが取りなしてくれまして」

とりあえず勘当は棚上げ。今日を限りに甚三郎が心を入れ替えるなら、家から追い出しはしないと、収まった。

それがいけなかった——と言う。

「いっぺん血の気が失《う》せるほど脅かされたのに、その日のうちに『まあまあ』のお取りなしで沙汰止《や》みでしょう？」

――なんだ、こんなもんか。

「私は舐《な》めちまったんです。放蕩をやめることなんかできませんよ」

ここで梅屋甚三郎が身を起こし、おしまの供《きょう》していった煎茶の湯飲みの方に手を伸ばそうとしたので、富次郎は素早く席を立った。先に湯飲みを取り上げ、甚三郎が脇息にもたれたままでいいように、「どうぞ」と差し出した。

「これは有り難い」

甚三郎は、湯飲みを落とさぬようわしづかみにしている。

「気の利くお人だ。若いころの私もそうでした。だから女には好かれましたよ。富次郎さんもそうでしょう」

「さあ、どうですか」

喉を湿して、甚三郎はにやりと笑う。

「女にとって自分がどのくらいの嵩《かさ》の男か、本気で試してみたことがまだないんですな」

たぶん、そうだ。ずっと商いの修業の日々だったし、怪我をして三島屋に帰ってきたらおちかがいて楽しかったし。

「わたしの話はよしましょう」

富次郎も笑ってかわした。

「梅屋さんのお父さんは、ご自分が若いころには放蕩をなさらなかったんでしょうか。真面目一方の人だったから、遊ぶ甚三郎さんを扱いあぐねてしまったとか」

いやいやと、甚三郎は首を振る。

「親父だって兄たちだって、そこそこ道楽はしたんですよ。うちは家業が家業ですから、黙っていたって華やかなところへ誘われる」

ただそういう世間一般の「道楽」と、甚三郎に取り憑いた博打熱とは、まったく性質《たち》の違うものだったのだ。

「はまり込んでいるときは、自分じゃわかりませんでした。博打で遊んでいるつもりでしたからね」

道楽さ。楽しんでいるんだ。

だが、当時の甚三郎にとって、賽《さい》の目に全てを賭ける博打は、遊びではなかった。

「自分が張って、念じていたとおりの目が出る。ツキがあって、それが何度も続く。今日は大勝ちだ。そんなときはね」

言葉を探すように間を置いてから、甚三郎は富次郎の顔を見た。瞳が底光りしている。

「世の中がすっかり自分の手のひらのなかに入っているような気がするんですよ」

この世が自分の手の内にあり、賽子のように転がすことができる。

「思うがままだ、とね」

ツキが落ちて外れが続くと、手のひらのなかからこの世が奪い取られて、空っぽになってしまったような気がしてくる。

「取り返さなきゃ、何が何だって取り戻さなきゃ、あれは俺のもんだと」

あれって何だ。この世なのか運なのか。

「銭金じゃないってことは確かなんです。金が儲かるから博打をやめられないんじゃない。金なら、家業に励んでいた方が手っ取り早く稼げるくらいなんだから」

甚三郎を駆り立てるのは、「この世」を手の内に転がす快感。それが一時でも長く続くように。永遠に途切れぬように。

「あとあと、あの屋敷で知り合った連中に、そういうのはただの放蕩じゃない、根っからの博打うちなんだって言われましたよ」

——「あの屋敷」。

これで二度目だ。どこのことだろう。せっついてはいけないから、富次郎はうなずいて聞いている。

「私が道楽をやめない、酒や女にはまだ飽きても、丁半博打だけはやめるどころか、どんどん深みにはまっていく一方だ。そう悟るまで、親父は何度も勘当だと怒鳴りましたし、長兄は私を殴ったもんです」

「怒鳴るだけでなく、本当に勘当の手続きをされるところまではいかなかったんですか」

富次郎が問うたのは、口で言うのは容易《たやす》くても、本式の勘当はひどく手間がかかるからである。一族の了解を取り付け、文書を作り、名主に印をいただいて奉行所に届けなければならない。その勘当の理由や経緯に不明な点があれば、親兄弟と当人がお白洲《しらす》に呼び出されて吟味を受けることもある。

江戸市中に出回る米の価格を決める権限を持つ札差の家の勘当沙汰となれば、親族縁戚と株仲間の了解を得るだけでも一騒動になっておかしくない。

案の定、梅屋甚三郎はこう言った。

「面倒だったんでしょう、親父も」

家の面目も丸潰れになりますしねえ。

「そんなんだから、ますます私に舐められる。というか、私はもう親や兄たちの言うことなんか気に留めてなかった。金があるうちは博打のことで頭がいっぱいで、親の顔を思い出すのは、懐が寂しくなったときだけ」

「まったく寂しくなることがあるんですか」

「そりゃあなた、ツキ次第だからね」

「どれだけ強い人でも、ツキが離れれば負けが続くときもあるんですね。それでも均《なら》してみたら儲《もう》けの方が上で、家作を持ったという博打うちはいないんでしょうか」

富次郎の顔を見つめて、甚三郎はくつくつっと笑った。

「あ〜あ、可愛いねえ。私の次兄があなたみたいな男なんですよ」

何度目かに、父親が甚三郎を勘当すると怒っているときに、

――あいつがこれだけ博打三昧で暮らせるのなら、博打で家一軒建てるかもしれません。放っておいてもいいんじゃありませんか、おとっつぁん。

「大真面目に呑気な忠言をして、おまえも出て行けって怒鳴られたのんびり者です。世間知らずのわけじゃないんだが、可愛らしいんだよねえ」

そう言われては、富次郎も面はゆい。

「私もね、自分がまともじゃなくなってることはわかっていた」

湯飲みのなかを覗き込むようにして、甚三郎は続ける。

「だけど、ツイているときのあの気持ち――この世を思うままにしているような気分が忘れられないんだ」

「実際には、たった二つの賽子の目なのに」

富次郎の言葉に、甚三郎ははっと身じろいだようだった。

「これはこれは。今の言葉は、あの屋敷でお秋が私に言ったのと同じですよ」

――それが甚さんの間違いよ。たった二つの賽子と、この世は天秤《てんびん》にかけられないのに。

お秋が言ったというその言葉を、富次郎は耳に刻んだ。それから問うた。

「あなたとお秋さんは、どこかの屋敷で一緒に暮らしていたことがあるんですね」

富次郎の目を見たまま、甚三郎はゆっくりとうなずいた。

「今から十年前、私は二十四で、お秋は二十歳でした。私もあの女も神隠しに遭って、あそこへ連れて行かれたんですよ」

梅屋甚三郎の話

懐が寒い。

この三月《みつき》ばかり、甚三郎はすっかりツキに見放されている。

鼻先を風花が舞う。師走の半ば、綿入れを着込み、襟巻きをきつく巻き付けていても身体が震えてくるような冷え込みだ。その上に懐の寒さが重なって、歩きながらも凍りついてしまいそうである。

――そうなったら、俺なんか親不孝の見本として、両国広小路や浅草の観音様裏の見世物小屋で見料をいただけるわなあ。

とざいと〜ざい、親泣かせの放蕩息子がこれこのとおり、お天道様を憚《はばか》ってこそこそ歩く姿のまんま、かちんかちんに凍ってござりますよ〜！

馴染みの賭場はいくつもあるが、胴元たちへの借りが嵩んで、どこにも顔を出しにくくなってきた。金貸しにも、正月には必ず実家へ帰って何とか無心してくるという言い訳を引き延ばし、もうひと声と引き延ばしているところだから、さらに差し出す顔がない。

実家の方はいつ顔を出しても父親に怒鳴りつけられ、母親には泣かれ、兄たちには説教される。そろそろ大人になれ、金を稼ぐことの苦労を思い知れ、遊んでいるうちに歳を喰ってしまえば、この先の人生でどんなに後悔したって追っつかないぞ云々《うんぬん》かんぬん。

――俺だって合点承知の介《すけ》さ。

それでもやめられないのが博打というものなのだ。おとっつぁんも兄さんたちも、その醍醐《だいご》味を知らぬまま、退屈に生きて死んでゆく。いっそそっちの方が気の毒だと、甚三郎は思っている。

しかしこの冬の初めに、御用まわりの大番頭を待ち伏せしていて一緒に連れ帰ってもらったとき、お店の奥から目ざとく甚三郎を見つけて怒声を張り上げた父親が、すぐに顔を紅潮させて咳《せ》き込み始め、慌てて飛んできた奉公人たちに介抱されている姿は、腹にぐさりと応えた。

――季節の変わり目に風邪を引くなんてさ。

父親も老いが進んでいるのだ。

甚三郎の家は札差としては大身《たいしん》ではないが、家柄は古い。代々の当主には、若いころには放蕩で鳴らしたお人もいるようだ。そもそも札差は江戸の粋と伊達を体現する華の商人《あきんど》なのだから、まるっきり遊ばない方が聞こえが悪いくらいなのである。

だから父親も朴念仁ではなかったはずだし、長兄も次兄も、嫁をもらって落ち着くまでは、花街に繰り出し人を集めて楽しく騒ぐこともあった。それも商いのうち、札差の家に生まれた男が一人前になるための、人生修業のうちなのである。

なのに、なぜ甚三郎ばかりが責められるのか。ひとえに、彼が耽溺《たんでき》しているのが博打だからである。大酒飲みも芸者遊びも「若いうちは」と許されるのに、博打ぐるいはいかんというのだ。

「酒と女で身を持ち崩す札差はいないが、博打だけは駄目だ。性根が腐る」

ならば甚三郎は、一日ごとに生き腐れとなりつつあるのだろう。

遠からず老いた父親が隠居し、長兄がお店の主人になれば、甚三郎は放蕩者の三男坊から、居候の弟に成り下がる。そうなる前に、

——ここはいちばん、考えどころか。

風花を追いかけて踏み出す足先に、かすかな迷いが生じている。

実家の敷居が高いとき——いつもは泣き言小言つきでも小遣いをくれるおっかさんが、「今日という今日は駄目だよ」と泣くだけで一銭もくれないとき、馴染みの金貸しにも「せめて今の貸金の利息だけでも入れてもらわないとちょっとねえ」と渋られるとき、質草も尽きたときには、いちばん無心しやすいが多くは借りられないところを当てにする。かつて梅屋で働いていた奉公人たちである。

長く仕えていた者は、暇《いとま》のときにけっこうな隠居金をもらったり、次の仕事を世話してもらっ

たりしているから、梅屋の旦那・おかみさん・若旦那となったら神様の次ぐらいに偉いと仰いでくれる。ただ彼らには大きな金は都合できないし、甚三郎もそこは鬼ではないから案配を心得ている。

しかし三月《みつき》もツキに見放されていると、そういう当てにも二度、三度と通うことになり、四度目となるとさすがに決まりが悪い。そこで、今まで当てにしたことのない無心相手の住まいに向かって、寒気に首を縮めながら、甚三郎は歩いているのだった。

その「当て」は、梅屋三兄弟の乳母だったお吉《きち》という女である。いちばんひ弱で、しょっちゅう熱を出したり腹を下したりしていた甚三郎は、とりわけ世話になった。

お吉は女にしては大柄で、ぜんたいに肥えていた。その肉厚な背中や膝の温もりは、思い出のなかに残っている。

甚三郎が七つまで育ち上がると、お吉は梅屋から嫁に行った。三十路を過ぎていたから後添いではあったものの、嫁ぎ先は目白の富裕な農家だったから、裏長屋生まれのお吉にとっては玉の輿《こし》であったろう。

そこからは今も季節の挨拶に、旬の野菜や水菓子を持った使いがやって来る。お吉は安泰な暮らしをしているのだ。自身の子はおらずとも、継子《ままこ》はいたから、孫ができてババさまになっているかもしれない。懐かしい「甚三郎坊ちゃん」が訪ねて行けば、きっと大喜びするはずだ。

——実は、年の瀬だからさ、ちょっと手元不如意で困っているんだ。

そう切り出せば、多くは言わずとも察して包んでくれるだろう。

七つのころの甚三郎は、お吉が嫁いだあと一年ばかりは寂しくて寂しくて、三つばかりの幼子に逆戻りしたかのように、夜泣きやおねしょがひどくなった。お吉はうちからお嫁に行ったんだから、何かのときにはうちに里帰りしてくるんだろう、いつ帰るんだ、迎えに行くと、妙に理屈の通ったおねだりもした。思い出せばくすぐったく恥ずかしい。

かつての乳母から借金しようという自分の心根と、そんな借金が必要な暮らしぶりは恥ずかしくないのか。もちろん恥ずかしい。充分に恥ずかしいからこそ、これまでは当てにしなかったのだ。そこへ行こうというのだから、今の甚三郎は、自身で気がついている以上に切羽詰まっているのだった。

ただその急迫は、素っ町人の博打好きの急迫とは違う。その日のあがりを賭場に突っ込んでしまって妻子を飢えさせる手間大工や、博打でこしらえた借金のかたに娘を売り飛ばされる棒手振《ぼてふり》などとは最初から違うところで、甚三郎は賽子を振っているのだ。

彼が梅屋の三男坊であることは、胴元たちの間に知れ渡っている。甚三郎の負けは梅屋から取り立てればいいのだと、連中は承知している。その際に下手なことをして梅屋の看板に傷をつければ、事が公になって自分たちもただでは済まないこともわかっている。

だから誰も荒事には持ち込まない。要は、いよいよとなっても梅屋が払える限りのところで甚三郎を遊ばせておいて、円満に円滑に、吸い上げられるだけ吸い上げようというのが連中の腹だ。仮に、もしも甚三郎が完全に気がふれて、梅屋の身代《しんだい》を潰してしまうほどの負けをこしらえそうになったなら、連中の方から止めにかかるだろう。金の卵を産む鳥を潰してしまっては、もともこもない。

以前、長兄にも言われたことがある。

――つまりおまえは、うちの身代という手のひらの上で遊んでいるだけなんだ。本物の博打《ばくち》うちじゃない。それでも楽しいか。それで男気ってもんを見せられるのか。みっともないとは思わないのか。

――おとっつぁんが何度も「勘当だ！」と怒鳴りながらも、おまえとの縁を切れずにいるのは、梅屋という後ろ盾が失くなったなら、おまえがただの遊び人としても三日と保《も》たないことを知っていなさるからだ。おまえにはそれがわからないのか。

わかっている。百も承知だ。金を云々するならば、自分は腰までぬるま湯にひたっている博打うちだ。

だが、甚三郎の父親も長兄もわかっていないことがある。あるいは胴元たちでさえ見誤っているかもしれないことがある。

甚三郎は、金などどうでもいいのだ。博打の一瞬一瞬に耽溺しているだけなのだ。賽の目が思ったとおりに揃った瞬間の、この世の全てを自分が操っているかのような猛々《たけだけ》しい喜びのためなら、他の全てをなげうってもいいと思っている。

今のこの急迫は、負けが続いて小銭さえ自由にならず、証文も書き増しできなくなって、少しでも清算しなければどこの賭場にも出入りできないから、純粋に勝負から遠ざかっているからだ。あの一瞬に飢えているからだ。

もしも手足を、あるいは命を切り売りして賭けられる賭場があるのなら、甚三郎は喜んでそこへ通うだろう。命の最後の一片を賭け、負けたら死ぬという局面でも、怖《お》じけることなどないだろう。それほどの勝負に勝ったなら、あの猛々しい喜びもまた、何十倍、何百倍にもなって甚三郎を満たしてくれるであろうから。

優しかった乳母のお吉は、こんな甚三郎の生き様を知ったら嘆くだろうか。お金をお貸しはしません、差し上げます、でも若旦那、どうぞ改心してくださいと泣くだろうか。

舞い飛ぶ風花は、顔に当たると冷たく痛い。お吉を訪ねるな、引き返せと諭してくれているのか。可愛い甚三郎坊ちゃんの思い出を汚すなと。

ふん――と、甚三郎は鼻息を吹き出す。

目白は朱引きの外、森と田畑《でんばた》ばかりのところであろうが、梅屋と季節の挨拶をかわし続けているのだから、お吉は今の甚三郎の評判くらい、とっくのとうにご存じだろう。取り繕ったって手遅れだ。大事に育ててもらったのに、これこのとおりの博打うちに成り果てましたと、正直な姿を見せてやる方が乳母孝行になるくらいのもんじゃないのか。

両手を懐にしまい、いっそう首を縮めて早足になる。誰に、何に対してかわからないが、向かっ腹が立つ。

「ちくしょうめ」

短く吐き捨てると、言葉と一緒に漏れた呼気の白さに驚いた。

ひどく冷えている。寒の入りからこっち、仮のねぐらにしている牛込弁天町の貸家を出てきたときには、これほどの寒さではなかったような気がするのに。

お吉の嫁ぎ先のおおよその場所は知っている。広い田畑を持つ農家なのだから、近くまで行って人に訊《き》けば、造作もなくたどり着けるだろう。そう思って、大雑把に方角だけ見当をつけて歩いてきたが、いつの間にか道は細くなり、すれ違う人びとの姿は消え、目を上げればぐるりは木立に包まれている。

まるっきり森のなかだ。

黒に近い深緑色の尖った葉をつけた木々と、全ての葉が枯れ落ちて裸になった木々。枝を重ね合い、前後し合い、列を作り、あるいは入り乱れて連なっている。木立の間は藪《やぶ》で埋め尽くされ、ほとんど見通しが利かない。

薄暗い。空を仰いでも、分厚い雲に蓋《ふた》をされている。そこから舞い落ちる風花のひとひらが、甚三郎の鼻先をちくりと刺した。

物思いにふけり、考え事をしていたから、道を間違ってしまったのかもしれない。あるいは目白のあたりはとうに通り過ぎて、あさっての方向へと歩いているのか。

そういえば、江戸川橋を見かけていない。目白のお不動様のお社《やしろ》も、目の隅にさえ認めずにこまで来てしまっている。

甚三郎は呆然《ぼうぜん》とした。俺は歩きながら眠っていたのだろうか。

これは夢じゃないのか。手で頬を軽く叩いてみる。覚めない。

「バカ野郎が」

自分で自分に言って、つい舌打ちをした。その拍子に、ひょっこりと子供のころを思い出した。

誰に習ったのか、長兄がこの舌打ちを覚え、何でも兄さんのやることに続く次兄も真似をして、お吉にひどく叱られたことがある。後にも先にも、優しい乳母が兄弟にあんな顔を見せたのは、あのとき一度きりだった。

――舌打ちなんて、生まれも育ちも卑しい人のすることです。坊ちゃん方がなさっちゃいけません。悪いものを呼び寄せて、おうちの障りになりますよ。

障りって何だ、そんなものは知らないと、子供の負けん気で長兄が言い返すと、お吉は目つきを厳しくしてこう言い足した。

――鬼に舌を刈り取られてしまいます。

甚三郎は五つぐらいの時だったと思う。だから当時は意味の違いがわからなかったが、お吉が「切り取られる」ではなく、「刈り取られる」と言ったのは覚えている。地獄の鬼は、舌打ちするような行儀の悪い者をいつも捜してうろついていて、見つけると片っ端から刈って、あるいは「狩って」いくのだ。

骨身にしみ通るような寒気のなかで思い出すには、嬉しくない思い出だった。甚三郎は懐手を解くと、両手を口元に持っていって息を吐きかけた。呼気の温もりに、かえって胴震いが出てしまった。

がさり。

背後の藪が鳴った。

甚三郎は身体ごと後ろを振り向いた。空耳ではなく、藪の一部が揺れている。枯れ枝と、尖った草の葉。白い斑《ふ》が入っていて、片刃の小刀のような形の葉だ。

こんな森のなかだ。狐や狸がいてもおかしくはない。

――化かされてるのか？

甚三郎は煙管《きせる》も刻みも持ち歩かない。狐狸に化かされたら一服しろとよく言うが、煙草を嗜《たしな》まぬ者はどうしたらいいのか。

再び、がさり。また後ろの方で藪が動いた。振り返ると、その後ろでがさり。そっちを向くと反対側でがさり。

からかわれている。いよいよ狐狸の仕業だ。追っ払わなければ。

甚三郎は懐にそっと右手を入れた。これまで刃傷沙汰に巻き込まれたことはないが、その場に居合わせてしまったことは何度かあり、懐に細身の匕首《あいくち》を呑むようになった。

やっとうの稽古などしたことはないから、いざという時に使えるのか、自分でも心許《こころもと》ない。それでも、匕首の柄を握りしめると心丈夫だし、あやかしは刃物を嫌うから、お守りにはなるだろう。

がさり。背中の側で藪が騒ぐ。甚三郎は首だけよじって振り返るのではなく、身体ごと勢いよく後ろを向いた。

何かと目が合った。

藪のなかから、白い顔を覗かせている。地蔵仏ぐらいの小さな顔だ。

そう、人の顔なのだ。目があって鼻があって口がある。

だが、何かだ。人ではない。蛇のような肌。吊り上がった目尻と、ぞろりと生えそろった鋭い牙。そして金色の眼《まなこ》に、尖って細くなった瞳。猫の目ではない。これもまた蛇か蜥蜴《とかげ》の類いの目。

ば、け、も、の。

「ぎゃっ！」

甚三郎が叫んだのではない。その何かが声をあげたのだ。さらに続けて、

「ぎゃっ！」

「ぎゃっ！」

「ぎゃっ！」

左右と後ろ、藪の三方から叫び声が放たれる。尖った草の葉が大きくしなり、枯れ枝が揺れる。取り囲まれているんだ。

瞬時にそう覚《さと》り、甚三郎は声も出せずに、つんのめるように駆け出した。

背後で藪が騒ぎ、ばさばさと羽音がたった。あの化け物には翼があるのか。藪から飛び立って追いかけてくるのか。

恐怖と動転に、甚三郎は息を止めて突っ走った。道は藪のあいだをうねうねと延びている。風花が吹雪になり、前を塞いで邪魔をする。それを両手でかき分け、宙を泳ぐように駆け抜ける。羽ばたきは執拗《しつよう》に追ってくる。

「ぎゃっ！」

耳のすぐそばで叫び声が弾け、何かが左のこめかみをかすめた。

「わぁあああ！」

どっと息を吐き出し、あえぎながら喉いっぱいに叫んでしまった。

「た、助けてくれ、誰か、誰か！」

いきなり、開けた場所に出た。左右に迫っていた森も藪も消えた。風花もいっぺんに止んで、顔や腕を刺していた冷たい雪の棘も消え失せた。

出し抜けな変化に、甚三郎の足がもつれた。草履の爪先が地面に引っかかり、前のめりにすっ転ぶ。それでもまだ逃げたくて、両手の指で地面を引っ掻き、這いつくばって前へ進んだ。

土が軟らかい。かすかな風を感じる。温もりのある柔らかな風だ。

下顎を震わせ、涙とよだれを垂らしながら、おそるおそる後ろを見やった。森の縁まで、もう一丁は離れている。

そんなに逃げてこられたろうか。それに、さっきあのなかを歩いているときは、森も藪もあんなに真っ暗だったろうか。

走って逃げる甚三郎を、あと一歩のところで捕まえ損ねて、森と藪と暗がりと、そのなかに潜むあの化け物が、諦めて退いていったかのようにも思える。

「ぎゃっ」

また一声、あの叫び声が響いた。暗い森のなかを遠ざかっていく。離れていく。

――た、助かった。

甚三郎は手の甲で顔を拭い、ゆっくりと立ち上がった。着物の裾を手で払う。縮緬《ちりめん》や紬は質屋に入れたままなので、間に合わせに調達した粗末な木綿《ゆう》だ。袷《あわせ》でも着心地がひやひやする。羽織などとっくに売り払ってしまったから木綿の綿入れを着込んでいるが、これも古着だからひどくへたっている。

それでも、あまり冷えを感じない。

気がつけば、まわりは霧に包まれている。ほのかにいい香りが漂っている。

――梅の香だ。

一歩、また一歩、手探り足探りで慎重に、甚三郎は進んでいった。霧のなかに何かの影が見えてぎょっとした。梅の木だ。甚三郎の背丈よりちょっと高いくらいで、横に枝を張り巡らせた白梅である。

——まさか。満開になってるぞ。

ついさっきまでは恐怖でばくばくしていた心の臓が、今は驚きで踊っている。いったいぜんたい、こりゃどういうことだ？

梅の木は、その一本だけではなかった。歩んでゆくうちに、次々と見えてきた。白梅、紅梅、しだれ梅。霧に包まれたこの場所は、見事な梅林なのだった。

梅の木々の根元には、灰や砂がまかれている。灰はこやしだろうし、砂は水はけをよくするためだろう。気がつけば、足元の土も均されている。

霧は流れる。梅の香を運ぶ、これは春霞《はるがすみ》か。

さくり、さくり。何かあったらすぐ逃げ出せるよう、へっぴり腰で歩みながらも、甚三郎は少しずつ落ち着きを取り戻してきた。霞は濃く、遠くまで見渡すことはできないが、充分に明るい。昼間の明るさだ。

——きっと、近くに家がある。

よく手入れされている梅林だ。ここらは庭なのだろう。大名家の下屋敷か、よっぽどの豪農の住まいか。鄙《ひな》びたところだから、生け垣も柵もないのか。それとも、たまたまその切れ目から迷い込んでしまったのか。

切り絵図を持ってくればよかった。これだけの梅林ならば、記されているかもしれない。そしたら場所の見当がついたのに。

耳に入るのは、自分の足音と息づかいだけ。あの化け物の叫び声も羽ばたきも、まったく消えた。でも、当たり前の小鳥のさえずりも聞こえないのはちょっと妙だ。雀も目白も鶯も、ぴーとも啼《な》かない。

生きものがいないのか。そう思いつくと、恐怖がひらりと戻ってきた。生きて、ここを歩いているのは甚三郎だけなのか。

――わたしも死んじゃいないよね？

慌てて、手で自分の頬を撫でてみる。温かい。首筋に触れてみる。脈を感じる。

遠くから、かすかに水音が聞こえてきた。せせらぎだろうか。甚三郎は足を止め、耳を澄ませた。どっちだ？　右手の先、かなり距離があるように感じるが――

霞がたゆたい、甚三郎の鼻先を流れる。手を上げてそれを払うと、間近の頭一つ高いところに、一列に並んだ瓦がちらりと見えた。

立ち止まり、両手で霞を追い払った。霞の流れが乱れると、もっとちゃんと見えた。間違いない、土塀だ。土台の部分だけ二尺ほどの高さが石垣で、その上に生成《きな》り色のざらりとした土壁が立っている。鉛色の瓦は整然と左右に長く延びているようだった。

あのまま漫然と歩いていたら、まともにぶつかってしまうところだった。

甚三郎はそろりそろりと土塀に歩み寄り、右の手のひらをそこにあてると、次は土塀に沿って左へと進み始めた。指先に感じる土の感触が頼もしい。これは夢ではない。確かにここにあるものだ。

しばらく進んでゆくと、土塀の上の瓦の列が乱れ始めた。ひびが入ったり、端っこが欠けた瓦も混じるようになっていって、やがて、土塀そのものがざっくりとえぐられたように壊れている場所に行き当たった。

幅一間ほど、土台の石垣の部分だけを残して、瓦も土塀も崩れている。その向こう側を目にして、甚三郎はまた息を止めた——というより、今度は息を呑んでしまった。

思ったとおり、家があった。だが、思っていた以上に巨《おお》きな家だった。

二階建てである。瓦屋根は優美な女の指先のように先を反り返らせ、鈍色《にびいろ》の光を湛えている。仰ぎ見るそのあたりは霞も薄れて、滲《にじ》んだようなお天道様の輪郭が見える。

家紋や屋号のようなものは見当たらない。軒丸瓦ものっぺらぼうだ。ただ、瓦屋根のてっぺんの端に一体ずつ、尾を跳ね上げた大きな魚の形の飾り物が据えてある。板壁は炭をなすったようにまだらに黒く、ところどころに灰色の筋が走っている。

甚三郎は、建物を仰いだまま、土塀の切れ目に手をかけて、石垣の部分をまたいだ。内側に足をおろすと、草履の裏側に平らな土と草の感触があった。

その先こそ、本物の庭になっていた。枝振りのいい松が配され、石楠花《しゃくなげ》や山査子《さんざし》がそのあいだを飾っている。そうとうな古木もあって、苔むした幹が水気に光っている。

土塀の内側に入り込むと、梅の香は薄れた。霞は流れたり淀んだり渦を巻いたり、甚三郎を案内するように動き続けている。

白い玉砂利で歩路が造られていて、そこをたどって行けば建物の正面——甚三郎が今いるところからは左手の奥の方へと回れるのだろう。

せせらぎはその反対、右手の奥の方から聞こえてくる。どちらへ向かおうかと迷っているうちに、柔らかな鐘の音が聞こえてきた。一つ打って休み、二つ打って終わった。

――お寺さんなのかな。

だったら石塔や塔頭《たっちゅう》がありそうなものだが、とりあえず見える範囲内には、それらのものは見当たらない。

鐘の音が左手の方から聞こえてきたので、甚三郎はそちらへ向かった。

彼が歩むと、霞は流れて道を開ける。しかし吹き晴れることはない。手で払うといっときだけ消えるが、すぐに戻ってきてまとわりつく。

建物の全体は、紗を垂らした向こう側にあるようで、なかなかくっきりとは見てとれない。二階部分よりも一階の方がさらに広く、お天道様の位置から推せば、南北に長く続いているようだ。

――こりゃ、とんでもない御殿だよ。

引き違いの四角い窓には、頑丈そうな桟がついている。縦だけのものもあれば、格子のものもある。太い木枠にぽっかりと穴を開けてあるだけの小窓は、お城の銃眼みたいなものだろうか。

玉砂利を踏んで進んでゆくと、一階の側面に続く長い外廊下が見えてきた。縁側というには広すぎる。そこの天井を支えている梁《はり》と、外廊下と室内を仕切る何枚もの障子の枠には、すべて黒漆が塗られている。障子は一枚を三分割して、下の三分の一は漆黒の障子紙、上の三分の一は白い障子紙、そして真ん中の三分の一には、半分透き通った、氷のように美しい板がはめ込まれている。

――あれ、〈びいどろ障子〉ってものじゃないのかな。

その昔、豪商・紀伊國屋文左衛門が、これをふんだんに使った屋形船を仕立てて大川に遊んだことがあるという。話に聞いたことはあるが、目にするのは初めてだ。

この外廊下はどこまで続くのか。つまり、この御殿の側面はどれぐらい長いのか。玉砂利に足をとられるし、甚三郎は疲れてきた。暗い森のなかを、翼のある化け物に追われて逃げ出してから、もうずいぶんと時が経っている。

外廊下に沿った玉砂利の上には、ところどころに沓《くつ》脱ぎ石が据えてある。ここから上がってしまおうか。

少しよろけながら、甚三郎は外廊下に近づいた。左右を見渡し、ごくりと喉を鳴らしてから、

「ご、ごめんください」

へろへろの声が出た。

応じる声もなく、物音もしない。

「どなたか、いらっしゃいませんか」

せせらぎの音も聞こえなくなった。

さっきの鐘の音が空耳でなかったなら、誰か一人はいるはずなのに、しぃんとしている。

「通りすがりの者ですが、道に迷ってしまいました。どなたかいらっしゃいませんか」

「申し訳ありませんが、ちょっと休ませていただきます」

できるだけ声を張り上げて挨拶しておいて、外廊下の端に腰をおろした。座ったら、途端に身体が砂袋のように重たくなった。

長い廊下の床板に散った木の節は数え切れない。幅は一間余りもある。とらえどころのない広さと静寂に、疲労が募ってきた。

つい、こっくりと舟を漕《こ》いでしまい、慌てて顔を上げる。でも、またすぐにこっくり。頭がが

くんとなり、顔だけは上げるが、目は半眼のままだ。ちゃんと開こうとしてみるが、眠気に負けて、瞼《まぶた》はじりじり下がってくる。

駄目だ、もう座っていられない。ちょっとだけ、ほんのちょっとだけ横にならせてもらおう。足先をぶらぶら振って草履を脱ぎ捨て、外廊下に上がり込んで、綿入れをかき寄せてしっかり身体に巻き付ける。風変わりな障子戸の方へ背中を向けて、腕枕をした。膝を折って脚を縮め、猫のように丸くなる。

大あくびを一つ。そこでぷつりと糸が切れたみたいに、甚三郎は眠ってしまった。

そして夢を見た。

眠りは深く、夢も深く、とても暗い。まわりは暗闇に満たされている。どこなのか。夢を見ている甚三郎にはわからない。ただ、自分が眠っていることと、これが夢だということはわかっている。

深い夢の闇の底の方に、腕枕をして身を丸めて眠っている自分の身体が見えているからだ。そこだけ、月明かりがあたっているかのように、ぽっかりと丸く明るくなっている。

月の光は美しいが、これは風雅な景色ではない。ごろ寝している甚三郎は、本人が見たって情けなく、ひどく貧乏くさいのだ。いや実際に貧乏なのだからしょうがないか。継ぎ当てだらけの綿入れがみっともない。

二十四という歳よりも、もっとずっと老けて見える。擦り切れて生気を欠いた横顔。父親譲りの鷲鼻《わしばな》は、長兄とも次兄とも似ているはずなのだが、あんなに骨張って、いかつい形をしていたろうか。

それにしても、この暗闇は何だろう。自分はぷかぷか浮いているのか。

両手を動かしてみる。闇には、とろんとした手応えがある。広げた指のあいだをすり抜けてゆく感じがする。

(泳げるかな)

闇をかいてみる。身体がぐいと前に動く。両足をばたつかせると、少し上にあがる。おお、泳げるぞ。面白い。

夢のなかの甚三郎が力強く泳ぎ出すと、闇のうんと底の方で月明かりに照らされている本体の身体は、その分だけ遠ざかっていく。ひとかき、ひと蹴りするごとに遠くなって、小さくなって
——いや、小さくなるだけではない。様子がおかしい。

貧相な着物がさらにぼろぼろになり、袖と裾からのぞいている手足が骨になる。

髪が抜け、目玉が失くなり、顔ぜんたいが腐れ落ちて頭蓋骨《ずがいこつ》になる。

綿入れも着物も塵《ちり》になって消えて、背骨と肋骨《ろっこつ》が剝き出しになってゆく。

俺は死んで骨になってしまう。

泡を喰って、泳いで戻ろうとするのに、なぜかまわりに満ちている闇が急に重くなり、腕でかいても、脚で蹴っても進まない。夢を見ている甚三郎がじたばたもがいているうちに、甚三郎の本体は白々とした骸骨と化してしまった。

さらに、その骸骨も端から塵になってゆく。

それが無惨なほどはっきり、くっきりと見える。骨が微細なつぶつぶになって端から崩れてゆく、かすかな音まで聞こえてくる。

やめてくれ！

叫ぼうとすると、闇を呑んでしまった。肺腑《はいふ》のなかにまで闇が入り込んでくる。その感触がおぞましく、甚三郎は闇のなかで暴れる。大きく口を開いて叫ぼうとすると、もっとたくさんの闇が流れ込んでくる。

どこからか、男の声が聞こえてきた。

（灰は灰に、塵は塵に）

頭のなかに響く声。

（そなたは悔い改めねばならぬ）

口調は穏やかで、いい声だ。脅しつけているのでも、説教しているのでもない。ただ語りかけてくる。

（そなたの罪を告白せい）

罪って何だ。俺が何をした？

博打に耽溺して親を泣かせている。もう、まともな暮らしには戻れない。いやいや、いつだって戻れるさ。その気になれば戻れる。俺は骨の髄からの放蕩者じゃないんだ。

（悔い改めて祈るのだ）

若いうちに遊んでいるだけなんだ。梅屋甚三郎は、根は真面目な孝行息子なんだ。

そう思っているうちに命が尽きて、あんなふうに骨になってしまう。

「嫌だ！」

吠《ほ》えるように叫んだ途端に、甚三郎は目が覚めた。

とろりと甚三郎を包み込み、五臓六腑《ごぞうろっぷ》にまで入り込んでくる夢の闇を吐き出そうと、げえげえあえいでいる。身体は冷たい汗にまみれ、目がちかちかする。

強く首を振ってまばたきをすると、その目がまた誰かの目とかち合った。

「うわぁあ!」

「きゃあ!」

二人の悲鳴が重なる。二人? そう、今度はちゃんと人だ。それも若い女だった。

眠っているうちに、甚三郎は外廊下の障子の側へと寄っていた。目覚めるときに暴れて転がってしまったのかもしれないが、どっちにしろ図々しくも手足を大の字にして眠りこけていたらしい。

その女は、風変わりな三段の障子の内側に膝をついて、甚三郎を覗いていた。きゃっと叫んで飛び退《の》いたので、今は顔も身体も半分ほどしか見えていないが、両手を縮めてすくんでしまって、明らかに怖がっている。

「ちょ、ちょ、ちょ」

ちょっと待ってくれ怪しい者じゃないと言いたいのだが、口がまわらない。甚三郎はその場でとっさに正座して、頭を下げた。

「す、すみ、すみません。わたしはね、め、めじ、目白へ行くところで、ど、どどどどういうわけか、み、道に迷ってしまって」

まわらぬ口に焦れ、唾《じ》を飛ばしながら言い訳する甚三郎に、若い女はいっそう縮み上がり、襟《えり》元《もと》を両手でぎゅっとつかんだ。地味な色目の格子縞の小袖に黒い掛け襟、帯はだいぶくたびれた昼夜帯の黒繻子を表にして締めている。髪は小さめの島田髷、鹿の子絞りの手絡《てがら》を巻いて柘植《つげ》の櫛をさしているだけだ。

ここは御殿だけれど、この女はいわゆる御殿女中ではない。ただの女中に決まっている。そう見て取ると、甚三郎はほっとした。なにしろそういう女中たちに世話を焼いてもらって大人になった坊ちゃんだから、そうとわかれば、すぐと自分の方が上に立つ。

「おまえね、まずは水を一杯おくれ」

言いつけながら膝を崩し、脚を投げ出す。

「それから、このお屋敷の用人か家守《いえもり》か、奉公人を束ねているお人に引き合わせてほしいんだよ。わたしは札差の梅屋の者で、きちんと挨拶すれば、怪しい者じゃないことはすぐわかってもらえる」

札差の梅屋だよ、蔵前にあるうちのお店の前を、おまえさんもいっぺんぐらいは通ったことがあるんじゃないか。梅屋は市中に九十六軒ある札差のうちでも、上から数えた方が早いくらい古いんだ――と、ひと威張り。

「わたしを上げたって、あとでおまえが叱られることになる気遣いはないから」

身に馴染んだ上からの口調でしゃべり、甚三郎は大げさにぐったり肩を落としてみせた。

「これこのとおり、わたしゃ疲れてるし、寒いんだ。早く挨拶を通して、こちらで休ませてもらいたいんだから、さっさと案内しておく――」

言い切る前に、固まったようになっていた女が遮ってきた。

「あ、あたしは、このお屋敷の女中じゃありません!」

きっとなって言い返してきた。温和《おとな》しげな下ぶくれの顔なのに、声音は強く、しっかりしている。眼差しも勝ち気そうに変わった。

女はさっと中腰になり、障子の内側から外廊下へ出てきた。甚三郎からちょっと離れると、外廊下の縁に寄っていって、膝をつく。

「あたしも道に迷ってしまったんです。ここがどこだかわかりません」

甚三郎はむっとした。

「ウソをつくな。障子の向こうにいたじゃないか」

女は首を振る。「門のところで何度呼んでも、庭に入って声を張り上げても、誰も出て来てくれないから、しょうがないから上がって人を探していたんです」

女は目を細め、怪しむように甚三郎を検分して、問うてきた。

「あんたはいつからここにいるんですか。どっちからきたの？」

甚三郎は目を丸くした。

生まれてこの方、「坊ちゃん」「甚三郎様」「若旦那」と敬われることと、「甚ちゃん」「甚の字」「梅屋の甚」と（主に博打仲間から）親しげにすり寄られることはあっても、「あんた」と呼び捨てられたことはない。質屋や金貸しだって、こっちの素性を知っているから「さん」付けだ。胴元たちも、（嫌味を込めているときならなおさら）「梅屋の若旦那」と慇懃無礼なのに。

こんな木っ端女中が！

カッとなってしまい、言葉で応じるより先に手が出た。拳固《げんこ》ではなく平手だが、女の口の端を叩いた。ぱんと高い音が立ち、あたりの静寂を騒がせる。

今度は女の目が飛び出しそうになった。甚三郎に叩かれたところが、うっすら赤くなっている。ざまをみろ、いい躾《しつけ》だ――

と思った途端に、女に叩き返された。やっぱり平手ではあったが、甚三郎のそれがとっさの手先だけの動きだったのと違い、女のは渾身《こんしん》の一打ちだった。

「何すンのよ！」

女の平手打ちは、無防備な左の頬にまともに入り、だらしなく脱力していたせいもあって、甚三郎は思いっきり横に倒れた。

頭からびいどろ障子にぶつかる。漆黒の障子紙は分厚くて、びくともしない。だが半分透けたような真ん中の部分はがたがたと鳴って、その重さで障子ぜんたいが揺れた。一枚が揺れると、その左右も揺れ始めた。

ぐぉん、ぐぉん、ぐぉん。

甚三郎が怯《ひる》んでいるうちに、女は外廊下から庭先に飛び降りた。白い足袋裸足で、こっちを見返ることもせずに逃げ出した。唖然《あぜん》とするような素早さに、甚三郎は声も出せない。

女はまっしぐらに建物の前の方へ向かって走っていって、庭を漂い流れている霞に呑まれ、姿を消してしまった。

――何だ、ありゃ。

しかし、女は落とし物をしていった。屋敷のなかを（本人の言うとおりなら）探っているあいだは、背中の帯の結び目のところに挟んでいたのだろう。下駄の片っぽだ。

甚三郎も庭に降りて、それを拾い上げた。駒下駄で、鼻緒は真新しい麻の葉模様。すげ替えたばかりのようだ。しかし歯はけっこうすり減っている。

駒下駄をひねくり回し、遅まきながら、甚三郎は思い至った。

確かに、あの女はお女中じゃなかろうし、奥様やお嬢様であるはずもない。どこかの奉公人の女中に違いないが、ただ、身なりは普段着・仕事着ではなかった。髷も整えていたし、そもそも足袋をはいていた。

――お使いを言いつけられて、よそ行きを着て、どっかへ行くところだったんだ。

慣れないところへ行く途中に、道に迷ってここへたどり着いた。それなら甚三郎と同じである。困っている者同士、もう少し優しく話しかけてやってもよかったか。ちょっぴり後悔したものの、もう遅い。

だけど、あの女も悪いのだ。

誰かこの家の人を見つけて、事情を説明することができたら、そちらからも叱ってもらおう。奉公人はどこへ行こうと、万に一つも主人の顔を潰さぬよう、誰に対しても礼儀正しく、へりくだってふるまわなければならない。あの女がどこのどんな家やお店の女中であろうと、そういう礼を欠いては、仕える家やお店の恥にもなろうというものだ。

そんなふうに考えると気が大きくなり、女の残した駒下駄の片方と、脱ぎ捨てていた自分の草履を懐にしまうと、甚三郎はびいどろ障子の内側に足を踏み入れた。自分はさっきの女よりもぜんぜん格上の客だという気分になっていた。

踏み込んだ先は、格別に面白いこともないただの座敷だ。ひい、ふう、みいと数えて十二畳。左右の壁は白い漆喰《しっくい》塗りで、畳敷きとの境目が一尺ばかり板敷きになっている。これは外廊下と同じ板で、節目が点々と散らばっている。

天井も板張りだが、こちらは屋敷の外壁と似た、墨をなすったようにまだらな黒色である。珍しいのは、ほぼ真四角の天井いっぱいに十文字の梁を渡してあることで、しかもこの梁は艶やかな漆黒である。

次の間に続くくらしい正面の唐紙は六枚あるが、絵も柄もない。ただ手漉《てす》きの紙を使っているのか、微妙なでこぼこや繊維がちょっと風合いをつけている。引き手は銅《あかがね》の丸鐶《まるかん》。これにも装飾はない。

唐紙の上辺と天井とのあいだは、甚三郎の腕の長さほどありそうな欄間になっている。これは鉄《くろがね》で作られているようで、色は鈍い灰色、形は十文字の組み合わせだ。いや、欄間だと思うからそういう言い方をするけれど、見かけはまるっきり牢の格子である。

およそ素っ気ない座敷だが、そういう意匠なのだ、これに味があるのだと言われれば、そうなのかもしれない。掃除は行き届いており、埃も髪の毛も落ちてはいない。

それでも、妙だなあと甚三郎は思った。

あの外廊下の内側に続いている座敷なのだから、前方だけでなく、左右も唐紙か障子になっているのが普通ではないのか。で、それを開けたら座敷が並んでいる、と。

梅屋の奥もけっこうな広さがあるが、何かの折に家族や親族が集まる広間は、前後左右の唐紙を開けたらぶち抜きにすることができる。お寺さんの本堂でもそうだし、大きな料理屋や貸席でも、長い廊下に面した座敷が、いちいち壁で仕切られているところなど見たことがない。そんなふうに建てたら不便でしょうがないではないか。

この屋敷では、外廊下から内に入ったら、さらに奥に踏み込んでゆくか、後戻りして庭に出るかしかない。

仕方がないから、甚三郎は前方の唐紙を開けた。するりと音もたてずに開く。

現れたのは、今までいたのとそっくり同じ十二畳の座敷だった。その次。また同じ。さらにその次。そっくり同じ。

そして、人気《じんき》はまったくしない。

びいどろ障子に仕切られた外廊下から六つめの座敷で、甚三郎は薄気味悪くなってきた。実際、六つめの座敷はかなり薄暗い。鉄製の十文字の欄間から差し込む光だけでは、もうここまで照らすには足りないのである。

通り過ぎてきた座敷には、行灯も燭台《しよくだい》も、貧乏くさい瓦灯《かとう》の一つも見当たらなかった。

次の七つめの座敷は、たぶん真っ暗に近いだろう。甚三郎は暗いところが苦手なので、ここに来て初めて躊躇《ちゆうちよ》した。もしかしたら引き戸になっているのかも――と、漆喰の壁を手で探ったり叩いたりしてみたが、努力は空《むな》しく、ただ漆喰の粉が落ちただけだった。

唐紙を開けて、真っ暗だったら庭に戻ろう。そう思って丸鐶を引くと、

「わ！」

声を出すほど驚くのも気が小さいが、ようやく屋敷のなかの廊下に出たのだった。幅はあの外廊下と同じくらい、ただ大きく違っているのは、廊下に沿って、唐紙六枚分ごとに立っている太い柱に蠟燭《ろうそく》立てが打ち付けてあり、そこに百目蠟燭が灯されていて、静かに燃えていることだった。

廊下を渡れば、その先はまた唐紙。きっとまた何もない座敷が続くのだろう。では廊下の左右を見渡してみれば、ただ延々と百目蠟燭が列になって明かりを放っている。なのに、廊下の行き着く先は、右も左もただただの暗闇だ。

確かに、庭から上がったあの外廊下も長かった。だが、これだけの蠟燭に照らされていても、まだ先が見えないほどだったろうか。いったい、この屋敷はどんな造りになっているんだろう。ただおかしいという段階を越えて、甚三郎は怖じけてきた。

蠟燭の明かりだけを頼りに、この内廊下をたどって行っていいものだろうか。揺らめく百目蠟燭の灯に、鉄製の十文字の欄間が鈍く光っている。明るいところで眺めたよりも、「牢」の感じが強く迫ってくる。

――さっきのあの女中。

本人が言っていたとおりなら、屋敷のなかを通り抜けて、甚三郎が（不覚にも）眠り込んでいた外廊下までたどり着いてきたのだ。女中風情が無事に通れたのだから、男一匹の甚三郎にできないわけはない。

身を固くし、首を縮めて佇んでいると、甚三郎の腹がぐうと鳴った。そういえば、朝から何も食べていないのだった。お吉を訪ねれば、きっと歓待してくれるとばかり恃んでいたから。くたびれたし、喉も渇いた。あの女中に言ったことは噓ではない。こうして立ち止まっていると、足の裏からしんしんと冷えが這い上ってくるのも感じる。

火の気と水のあるところ、食べ物のありそうなところを探そう。つまりは台所だ。それには廊下を行った方がいいか。また次から次へと座敷を抜けて行く方がいいか。

蠟燭の列が灯っていても、先の見えぬ暗闇の廊下は怖い。もしも万に一つ、歩いている途中で火が消えてしまったら？　この屋敷なら、そんな意地悪なことも起こりそうな気がする。

決めた。正面の唐紙を開こう。座敷を抜けて行けば、もう少しましなところにたどり着けるはずだ。

唐紙の丸鐶に手をかけたとき、廊下の右手の奥の方から、鐘の音が聞こえてきた。

今度は、一つ打って二つという悠長なものではなかった。一つ打ったら、次は擦り半鐘さながらにかんかんかん打ち鳴らし始めた。

おかげで、音の出所に確信が持てた。そう遠くはない。

かんかん、かんかん。甚三郎は音のする方へと足先を向けた。足早に行くとすぐに、人の呼ばわる大声も聞こえてきた。

「お〜い、お〜い！　誰かいねえか？　誰か返事をしておくんなさいよ！」

男のだみ声である。それでも甚三郎の耳には、天女の歌声のように響いた。

「いるよ！　ここにいる！」

自分も声を張り上げて応じた。両の手のひらを口元にあてて、

「今、そっちに向かってるところだ！　鐘を鳴らしてておくれ！」

先方にもその声が届いたのだろう。

「おうよ！　俺はここだぁ！　そらそら、こっちだよ、聞こえるかぁ？」

けたたましいほどに鐘を打ち鳴らす。甚三郎は走り出した。

揺らめく蠟燭の明かりの先に、糸のように細い縦の光の線が見えてきた。引き戸か扉があるの

だ。走って行って両手を伸ばすと、思っていた以上に勢いがついていて、行き止まりに体当たりしてしまった。

光の線は見えている。だが、必死に探っても、開け閉《た》てするための引き手は見つからない。扉らしきものは頑丈で重たく、甚三郎の体当たりにもびくともしない。

「お〜い、ここだ、ここだ！」

甚三郎は両手を拳にして、行き止まりをがんがん殴った。泣けてきそうになって、息をはあはあえがせている。

「頼むよ、開けておくれ！」

鐘の音がやみ、どたどたと足音がたった。

「ちょっと待ってな！」

男のだみ声が呼びかけてきて、暗がりに一本だけ見えている光の線がちらちらする。

じゃらじゃら、がちゃん！

甚三郎の目の前が開けた。それは分厚い扉で、こっちの側は石造り。どうりで手掛かりがないはずである。

「あんた、大丈夫かい？」

開いた扉の陰から、痩せこけた貧相な男が現れた。白髪まじりの髷は崩れ、月代には半端に毛が伸びていて、赤ら顔なだけでなく、首筋まで赤らんでいる。

ぷん——と、男の呼気が臭った。酒の匂いだ。こいつは酔っ払いなのだ。赤ら顔は酒焼けしているのである。

それでもとりあえずは命の恩人のようなものなのに、甚三郎はその呼気が忌まわしくて、ぐいと男を押しのけて廊下から扉の外へ出た。そこは広い板の間だった。三方を桟の入った板戸で仕切られていて、今はそのうちの一枚が引き開けられている。その先に、この屋敷に踏み込んで初めて、家具が見えた。

水屋だ。甚三郎はだみ声の男にかまわず、大股でそこへ向かった。

確かに台所だった。板敷きの部分は四畳半ほどで、水屋と石臼と笊《ざる》が置かれている。その先は土間になっていて、ざっと十畳間の広さがあった。大きな水瓶《みずがめ》が二つ。竈《かまど》も二つで、煙抜きが口を開けている。そこから夕日が差し込んで、物入れや料理用の台をほんのり茜《あかね》色に照らしていた。

甚三郎も、あのときの女中と同じように、足袋裸足で土間に飛び降りた。手前の水瓶に取りつき、木蓋《きぶた》の上に伏せてあった杓子《しやくし》をつかむと、木蓋の方は払いのけてしまった。満々と、瓶の口のところまで水が張っている。無我夢中で、手にした杓子を放り出し、顔を突っ込んで犬のように水を飲んだ。

冷たく、喉ごしのいい水だった。こんな旨い水を飲んだことはないと思った。

ようやく人心地がついて顔を上げると、綿入れと着物の前が、跳ね返った水でびっしょり濡れている。

「兄《にい》さん、ちっとは落ち着いたかい？」

だみ声の男が、へらへら笑いながらすぐ後ろに立っていた。台所の板の間の上から、甚三郎を見おろしている。

「えらく泡を喰っていたけど、奥でおっかないもんにでも出くわしたのかね」

だみ声の男は、見れば見るほど貧相で、薄汚い。それに男ではなかった。爺《じじい》だ。破れ目のある綿入れのちゃんちゃんこに、褪せた縞柄の小袖を尻っ端折りして、垢《あか》じみた股引《ももひき》をはいている。

——このくらい離れても、まだ酒臭い。

鐘を打つのに使ったらしい小ぶりの金槌《かなづち》を手に持ったまま、ちょっと腰を曲げてこっちを窺っている。にたにた笑いの口元から乱ぐい歯が覗いているが、何本も抜けていて隙間が目立つ。

「その金槌、どこで見つけたんだい？」

「へ？　ああ、これかい」

爺は金槌を持ち上げて、水屋の方を振り返った。

「あの上に乗っけてあったんだよ」

甚三郎は板の間に上がると、石造りの扉のあった部屋へ引き返してみた。

扉のこちら側は、太い木の格子がはめられていた。引っ張れるように大きな取っ手がついているが、そこに鎖が巻き付けてあり、その鎖は横の壁に打ち込んである金輪に繋がっていた。だからさっき、じゃらじゃらと重そうな音がたったのだ。

爺がけたたましく鳴らした鐘は、扉と水屋のあいだに、天井からぶら下げられていた。大げさな風鈴というぐらいの大きさで、びっしりと緑青《ろくしょう》が浮いている。

近づけば、ちょうど甚三郎の目の高さにくる。鋳造品だろう。内側には何の柄《がら》も見えないが、表面にはなぜか数匹の蛇が這い回る様が浮かび上がっていた。模様としては風変わりだという以上の嫌な感じがするのは、蛇がみんな飢えたように口を開けているせいかもしれない。

「このお屋敷じゃ、用のあるときは鐘を打って報《しら》せてるようだねえ」

だみ声の爺も、甚三郎のすぐ傍らに戻ってきていた。

「けども、肝心のお人が一人もいねえや。兄さんはここで誰かに会ったかい？」

兄さんと呼ばれることはたまにあるので、いちいち苛つくことではないのだが、この爺に呼ばれるのは忌まわしい。

「爺さん、どこから来たんだ」

だみ声の爺は、目やにのくっついた目をしばしばさせて、首をひねった。

「それがなあ、よくわからねえんだよ」

「どっかへ行く途中だったんじゃないかい」

「……いやあ」

あやふやに首を振り、爺は手のなかで小ぶりの金槌をもてあそぶ。

「ゆうべ、酔っ払って帰ってなあ。長屋から追い出されたところまでは覚えてるんだけども」

目が覚めたら、この屋敷の土塀の内側に寝転がっていたというのである。

「霞の向こうに立派な瓦屋根が見えたんで、こいつぁいよいよ厄介払いされたかってなあ。頭ぁ剃って、坊主になれってさ」

つまり、ここが寺だと思ったのだろう。

「誰に追い出されたんだ？」

爺は気まずそうに下を向き、ひび割れたくちびるを指で掻く。

「爺さんの女房かい」

「女房はとっくに死んだよ」

娘さ——と、ため息を吐き出しながら言う。「おれが身を粉にして働いて育ててやった恩を忘れやがって、父親《てておや》を捨てるなんざ、血も涙もねえ女だ」

今度はぺっと唾を吐く。

「亭主の言うことばっかりはいはい聞いてさ、親孝行ってもんを忘れてる。墓に布団は着せられぬっていうのを知らねえんだ」

深く考えずに、甚三郎は思いついたことを口に出した。「そりゃ、爺さんがしょっちゅう酒を喰《く》らって怠けてるからじゃねえのか。あんた、生業はあるのかよ」

こっちの口調も乱暴になってくる。

「おらぁ船大工だ」

意外なほど強気な口調で、爺は言い返してきた。

「深川一帯で、鯨船《くじらぶね》を作らせたらおれの腕にかなう大工はいねえ。いや、いなかった」

妙に律儀に言い直す。それが可笑しくて、甚三郎はちょっと笑った。この爺さんは酒が敵で、わたしは博打が敵ってことか。

似たもの同士だ——と思ってしまって、ぞっとした。わたしゃここまで惨めじゃない。

「兄さん、名前は？」

先に問われてしまった。

「甚三郎」

「ふうん。甚さんこそ何して食ってんだよ」

「まあ、いろいろさ」

何と言ってごまかそうかと思案していて、気がついた。爺の両手の指先が小刻みに震えている。これは寒さのせいではあるまい。この爺さんは、一晩寝て起きても酒臭いほど呑んでいても、手が震えてしまうほど酒毒にやられているのだ。

やっと見つけた迷子仲間ではあるが、頼りになるとは思えない爺だ。こっちが手綱を握って、いいように使ってやらないと。

だから、こう返事をした。「金貸しのところで働いてる。爺さんにわかりやすいように言うのなら、取り立てをやってるのさ」

大当たりだった。爺はいっぺんですくんでしまい、こそこそと後ずさりして甚三郎から距離を置いた。

「爺さんとは初顔合わせだから、今まで俺の生業でお目にかかったことはねえんだろう。安心しなよ」

だが、爺は金貸しの取り立てだというだけで恐ろしいのだろう。縮こまっている。

「爺さん、名前は」

「い、いのすけ」

言って、片手を懐に突っ込み、何やら忙しく探り始めた。そして、首から提げているものを引っ張り出し、こっちに見せた。

「これ、こういう字を書くんだ」

また臭いのは閉口だが、甚三郎は近寄っていって、突き出されたものを改めた。花札ほどの大きさの木札に穴を開け、紐をつけたものである。

〈ふかがわもとまち　こうべいだな　いのすけ〉

木札を裏返すと、漢字で〈深川元町　幸兵衛店　亥之助〉と記してあった。

「爺さん、亥年なんだな」

甚三郎と同じである。

「爺さんがしょっちゅう酔っ払って行方知れずになるからって、こんな迷子札みたいなものを作って首から提げさせてくれるなんざ、いい娘さんじゃねえか。悪く言ったらバチが当たるぞ」

爺は憎々しげに「けっ」と言った。だが表情はしょぼくれている。

「それじゃ亥之助さん、俺は台所を探ってみるから、あんたはここの続きの板敷きの部屋を調べてみてくれ。遠くへ行っちゃいけないよ。ここの両隣の部屋だけだ」

するとハ之助爺さんは言った。「おれはそこの勝手口から入ってきたんだ」

指さす先は、土間の竈の脇にある引き戸だ。

「井戸があって、物干し場になってて、薪《まき》小屋もあった。薪の束がたんまり、炭の俵も積んであったよ」

それは有り難い。

「じゃあ、火を焚《た》いて湯を沸かそう。俺は食い物を探してみる」

また土間に降りて、物入れや料理用の台の下を覗いてみた。鍋、釜、鉄瓶、笊がいくつか。米びつも見つかった。物入れの下の段には麻袋が積んであり、それぞれのなかに米と小豆、小芋、稗《ひえ》と粟と蕎麦の実がたっぷり入っている。袋の口は細い縄で固く縛ってあるが、蕎麦のだけは少し緩んでいた。

真ん中の棚には、四角く切りそろえた干餅が一袋。かちんこちんに固く乾いている。それと削り節と切り昆布。上の棚には塩、醬油、味噌の容れ物が並べてあった。

甚三郎は膝が笑うほどにほっとした。実際、「ははは」と声に出してしまった。食い物はある。自分は飯を炊いたことも、餅を焼いたことも、味噌汁をこしらえたこともないけれど、何とかなるだろう。

竈には灰もなく、きれいに掃き清められて冷え切っているが、火打ち石と焚き付けが見つかった。

「甚さんよう」

左隣の部屋から顔を出して、亥之助爺さんが呼びかけてきた。

「こっちの部屋には油の瓶と、蠟燭の木箱が積んであるよ」

それと、これ――と、手につかんだものを振ってみせる。

「半天だろうなあ。地が厚くって、仕立てのいいもんだよ」

「広げてみてくれよ」

紺木綿の印半天だった。左右の襟に小さい字で「黒武」と、背中には□に十の字を重ねた印が、白抜きで入っている。十の字は□のなかからちょっとはみ出している。

「くろたけ」

読み上げて、甚三郎は首をひねった。

「黒武家じゃないんだから、屋号かな。だったら〈こくぶ〉と読ませるのかな」

名字にしろ屋号にしろ、初めて見る。

単《ひとえ》だが地が厚く、仕立てのしっかりした印半天だ。この屋敷の奉公人に着せるものだろうが、糊《のり》でぱりっとしている。

——仕立て下ろしだ。

勝手に借りて着ていたら、屋敷の住人に出会ったとき、バツの悪いことになる。だが、水を飲んだとき濡らしてしまった綿入れと着物はまだ湿っていて、甚三郎は冷えを覚えていた。

「手ぬぐいもあるんだよ」

亥之助が隣の部屋に行って、何枚か手にして戻ってきた。こちらも新品で、広げてみると折り目があり、両端に小さく□と十の字の印が黒く染め抜かれていた。

「甚さん、バカに寒そうだよ。こいつを借りといたらどうだい。おれは手ぬぐいを使わせてもらうよ」

言うなり、亥之助爺さんは手ぬぐいを首に巻き付けた。動き回っても手の震えは止まらないし、前かがみになったままなのは、腰が痛いのか、曲がってしまっていて伸びないのか。

躊躇《ためら》いを捨てて、甚三郎は綿入れを脱ぎ、印半天に腕を通した。脱いだ綿入れを丸め、ついでに懐に入れていたあの女の駒下駄の片っぽをくるんで、台所の隅に置いた。

「薪小屋は——」

「勝手口を出て右だぁ」

草履を履き直し、甚三郎は勝手口の引き戸を開けた。目の前に、あの女中が立っていた。

「あ！」

女中は左手に小さな椀《わん》を持ち、右手に何かを握っていた。甚三郎と顔が合った途端に、その右手のなかのものを礫《つぶて》のように投げつけて、踵《きびす》を返して逃げ出した。

ばらばらっと降りかかったのは、蕎麦の実である。それを手で除《よ》けて、

「おい、ちょっと待て、逃げるなよ！」

女は振り返りもしなかったが、甚三郎がさらに、

「さっきは済まなかった。俺もとり逆上《のぼ》せていたんだ、勘弁してくれ」

女が足を止めて振り返ったので、甚三郎は膝に両の手のひらをあてて頭を下げた。

「これこのとおりだよ」

この女なら、手際よく飯炊きできるだろう。ここは機嫌をとっておいた方がいい。

女は離れたところから動こうとしない。顔を上げて見やれば、亥之助爺さんの言った薪小屋のすぐ前にいる。

「その小屋のなかは見てみたかい？」と、甚三郎は女に言った。「薪や炭が積んであるそうだ。命拾いしたよな」

屋敷の外は日が暮れている。霞はいっそう濃くなり、重たげに流れている。

「迷子仲間を一人見つけたんだ。船大工の爺さんだよ」

酔っ払いだとは言わずにおく。

「こっちは台所だ。火を焚いて食い物を作ろう。どうやら、ここは空き屋敷らしい――」

そこで、甚三郎の腹が盛大に鳴った。

険しく眉をひそめていた女が噴き出した。甚三郎も照れ笑いをした。

女の白足袋は土で汚れていた。駒下駄を片っぽ失くしたきり、足袋裸足で歩き回っていたのだ

ろう。

「あんたの下駄も拾ってあるよ」

甚三郎がそう言うと、女はふっと肩を上下させて息を吐き、こっちにやって来た。

「台所なら、あたしも見つけてた」と言う。「あんまり広いところだから、迷うと怖いんで、蕎麦の実をもらって、歩きながらちょっとずつまいてたんです」

だが庭が暗くなってきたので、台所まで引き返してきたのだという。

「へえ、あんた賢いんだな」

「今さらお世辞を言ったって無駄ですよ」

台所の土間に、三人が集った。女は亥之助爺さんの酒臭さに気づいたろうに、嫌な顔はしなかった。爺さんも愛想がよかった。

そこで初めて、お秋と名乗った。

「小伝馬町の質屋、二葉屋で奉公しています」

それを聞くと、亥之助爺さんはいたたまれないような顔になった。

「甚さんは金貸しの取り立て屋だし、お秋さんは質屋の女中じゃ、ここはおれの地獄だなあ」

笑ってごまかそうとしても、よほどこの二つの商売に（悪い意味で）世話になっているのだろう。爺さんの腰はいっそう曲がって、痩せさらばえた身の置き所がなさそうだ。

しかしお秋は、爺さんよりも甚三郎の顔を見た。

「取り立て屋？」

呟いて、上から下まで検分し直す。

「あんな貧乏くさい身なりの取り立て屋なんて、あたしは見たことないけれど」

甚三郎は目をそらし、印半天の前をかき合わせた。

「けど、お仕着せも似合わないし」

お秋の非情な眼は、甚三郎の両手へと移る。「白魚みたいなきれいな指だし」

火傷の痕も、肉刺《まめ》も胼胝《たこ》もない。賽子より重たい物を持ったことのない甚三郎だ。お秋の真っ直ぐな眼差しに、放蕩息子であることを見抜かれているようで、冷や汗が出てくる。

が、お秋はふいと話の風向きを変えた。

「二人はどうやってここに来たんですか。話を突き合わせてみましょうよ」

男たちが語るあいだに、お秋は鉄瓶で湯を沸かし、水屋のなかから茶道具と茶筒を取り出してきて、茶を淹れてくれた。番茶だが、いい香りがした。胃の腑に染みて、甚三郎は生き返ったような心地がした。

「あたしは旦那さんの言いつけで、千駄ケ谷まで届け物に行くところだったんです」

どこで道を間違ったのかわからない。気がついたら深い竹林に迷い込んでおり、あたりには霞が流れていた。

「遠くに立派な屋根瓦と、しゃちほこみたいなものが見えたから、それを頼りに進んできたら、このお屋敷の冠木《かぶき》門に行き着いたんです」

門の左右には石垣に乗った土塀が延びていた。土塀はどこも崩れていなかった。門番小屋も侍長屋もなく、物見窓さえない。誰もいないからここで行き止まりかと思ったのだけれど、両開きの門を押してみたら開いたので、中に入り込んだのだという。

「竹林か。俺が迷い込んだのは梅林だった。それに――」

梅林に入る前には、薄暗い森と藪のなかで、牙と翼のある化け物に追いかけられた。それを言いかけて、甚三郎は言葉を呑んだ。それでなくても不気味で心細いのに、こんな話をすることはない。

「それに？」

「いや、梅に鶯というのにさ、鳥の声がしないのが妙だった。だいいち、俺は師走半ばの風花の舞う下を、寒さにかじかんで歩ってたはずなのに、なんでもう梅が満開で、こんなに暖《あった》かいんだろうって」

「そういえば、あたしも生きものは見かけなかったわ」

虫一匹いなかった、と呟く。

「亥之助さんなんか、道を歩ってさえいなかったんだもんなあ。誰かに運ばれてきたんだろうかね」

亥之助は黙って番茶をすすっている。

「お秋さん、この屋敷をどのへんまで探ってこられたのかい。これだけの建物に、その冠木門が正門ってことはないだろう」

お秋は大きくうなずいた。

「あたしもそう思うけど、薪小屋と物干しのある裏庭から、どれだけ回っていっても、お屋敷の正面にたどり着かれなくって」

拝借してきた蕎麦の実も尽きてきたし、日が暮れきってしまったら明かりもない。慌てて台所まで引き返してきて、甚三郎と亥之助に出くわしたというわけだった。

「何だか、歩けば歩くだけ広くなっていくようで」

この屋敷には終わりがない。全体の広さを知ることなどできない。そんな気がして怖かった
——

「まさか」と、甚三郎は笑った。「もしもそんなことなら、三人揃って狐か狸に化かされているんだよ」

そうだ！ と、甚三郎は手を打った。

「亥之助さん、刻みを持っちゃいないかい」

赤ら顔の爺さんは、震える手で湯飲みをしっかりとつかんで、かぶりを振る。

「おれは煙草はのまねえ。そんなお足があったら酒を買うさ。もったいねえ」

何だよ、と口を尖らせる甚三郎に、お秋が苦笑いをした。

「あやかしの類いに化かされてるのなら、竈を焚いたときに、正気に返ってるはずですよ。ああいうのは火を嫌うから」

そんなら、これはどういうことなんだ。この屋敷はどこの、誰の住まいなんだ。

「物干し場の先には、小さいけど畑がありました」と、お秋は言った。「葱《ねぎ》や蕪《かぶ》が植わっていたわ。外は暗くなっちまったけど、お汁の実にしたいから、取ってきてくれますか」

亥之助爺さんの赤ら顔が明るくなった。

「飯を作ってくれるのかい？」

「はい。今夜はここで一泊するしかないものね。住んでいる人が帰ってきたら、三人でよくよく

お詫びしましょう」

甚三郎は亥之助爺さんに言った。「済まないが、お秋さんの手伝いは任せるよ。俺は燭台を持って、もう少しこの近くの部屋を探してみる。着る物も食う物もあるんだから、夜着や布団も見つけられるかもしれない」

体のいい言い訳だ。裏庭だろうが畑だろうが、夕暮れから夜に移ってゆく屋敷の外へ出るなんて、甚三郎はまっぴらごめんだった。

冷え込んできたので、お秋も亥之助も、「黒武」の印半天を着込んだ。お秋は襷を出して袖をくくると、いかにも働き者の女中らしい顔になった。

幸い、甚三郎の探索はただの言い訳に終わらず、台所から三つ先の板敷きの部屋に押し入れがあり、薄べったい布団と夜着が何組か入っていた。そこには瓦灯もあった。たぶん、ここらは奉公人の住まうところなのだろう。三つの小部屋で一坪ほどの中庭を囲んでいて、その端に厠が設けられていた。

中庭には南天の木が一本。その根元に古い火鉢に水を満たしたのが据えてある。火鉢は半分簾《すだれ》で蓋をされていて、その上に杓子が一つ載っていた。中庭に降りる沓脱ぎ石には、歯のすり減った下駄が一足揃えてある。

人が住まっていなければ、こんなふうにはなっていないはずだ。だが厠は清潔で、誰かが使った様子はない。用を足すとき、甚三郎は気味が悪いのが半分、後ろめたいのが半分で、落ち着かなかった。

お秋は手早く飯を炊き、蕪と葱の味噌汁と、小芋の煮付けをこしらえてくれた。食べ物の匂いをかぐと、強烈に腹が減ってきた。

水屋のなかには茶碗や箸、小鉢や皿が揃っていた。贅沢な品物ではないが、欠けたり割れたりはしていない。

三人はがっついて飯を食った。食べる前に「いただきます」と手を合わせたのはお秋だけで、甚三郎にも亥之助爺さんにもそんな殊勝な余裕はなかった。

「亥之助さん」

食事が一段落すると、箸を置いて、お秋が言った。

「台所には、お酒は一滴もありません。手が震えて辛いだろうけれど、これもいい折だと思って、酒毒を抜いちまうつもりで我慢しなくっちゃいけませんよ」

まるで娘のような説教口調である。

爺さんは怒らず、言い返しもしなかった。うなだれて、どうしようもなく震える自分の両手を見ていた。

「おれはおかしくなって、暴れるかもしれないけども……」

お秋は哀れむような目をしている。

「先《せん》にも暴れたことがあるんですか」

「うん」

「そういうとき、まわりの人たちはどうしていました？」

「おれを追い出すか、縄で柱に繋いだりしたんだよ。犬みたいによう」

「ここでもそうした方がいいなら、そうしますよ。薪小屋に荒縄があったから」

哀れみつつも、容赦がない。

「俺が亥之助さんと一緒に寝るよ」

甚三郎は言って、お秋を睨んだ。

「お秋さんには厄介かけねえようにするから、かまわないで寝てくれ」

お秋は正面から甚三郎を見つめた。まったくたじろがず、後に引く様子もない。

「それじゃ、お願いします。よっぽど困っても、あたしはあてにしないでくださいね」

井戸端に出るのが怖いので、洗い物は夜が明けてからにすると言い、お秋は甚三郎が見つけた布団と夜着を抱えて、押し入れのある部屋に行ってしまった。

「囲炉裏があれば具合がいいのになあ」

甚三郎は亥之助爺さんに笑いかけた。爺さんはぐったり座り込んでいて、返事をしない。頭も細かく震え始め、額に汗をかいていた。

「俺たちはこの板の間で寝よう。竈に薪をくべておこうか。お秋さんはしまりやだねえ。あっさり火を消しちまってさ」

言ってはみたものの、甚三郎は薪をくべることができなくて、しょうがないから蠟燭だけは何本も灯した。

甚三郎は夜着にくるまって横になったが、亥之助爺さんは肩から夜着をかけて、ずっと座っていた。台所の柱を背に、仏像みたいな座り方をしている。

爺さんの息づかいが荒い。甚三郎は目をつぶり、眠ろうとした。身体《からだ》は疲れ切っているし、腹はくちくて眠気がさしているのに、うとうとするだけで、すぐに目が覚めてしまう。そのたびに爺さんの様子を窺ってみるが、蠟燭の光の輪の端っこで、息をあえがせつつも温和しくうなだれている。

——これなら、縛らなくても済みそうだな。

今夜一晩、無事に過ぎてくれればいい。夜が明けたら食い物を調達し、身支度をしてこの屋敷を離れよう。梅林の方は駄目だ。お秋が通り抜けてきたという冠木門と竹林を探そう。そっちなら、あの暗い森と藪と、ぎゃあぎゃあ叫ぶ化け物もいないはずだ。

腹が決まったら、ようやく眠気が満ちてきた。寝返りを打って亥之助爺さんに背中を向け、手足を縮めて甚三郎は眠った。

夜の深いところ、何時《なんどき》かはわからない。

みしり。

頭のすぐ脇を、重々しい足音が通り過ぎてゆく。甚三郎は半目を開けた。

みしり、みしり。

すぐ傍らに、天井まで届きそうなほど大柄な、甲冑《かっちゅう》姿の武者の影がぬうっと立っていた。


「私は寝ぼけていましたけどね」

かすれた咳《しわぶき》を一つしてから、梅屋甚三郎はそう続けた。

「この屋敷の主人《あるじ》が現れたんだ——とは思いませんでしたよ。さすがにね」

そのときのことを思い出しているのか、眼差しが宙に浮いて、今ここに、黒白の間にはないものを見つめている。

「だってあんた、太平のこの世に、戦場《いくさば》支度をした侍なんかがいるわけはないもんね。バカバカしい」

強いて剽《ひょう》げてみせる口調の底に、固く凍りついたような恐怖の響きがある。

「では、何だと思われましたか」

「化け物とか、怨霊の類い」

怪しい空き屋敷に棲《す》みついて、迷い込む者を惑わし、危害を加えてくる恐ろしいもの。

言って、甚三郎はまばたきをした。富次郎の顔に目をあてて、照れくさそうにくしゃくしゃっと笑う。

「ともかく、この世のものじゃないとね。だから」

身動きせず、半目《はんめ》を保ったまま、じっと横たわっていたのだという。

「魂消《たまげ》ていたし、怖かったけれど、相手にそう悟られたらいけないと思って、狸寝入りを決め込んだわけです」

甲冑姿の武者の影も、甚三郎の頭の脇に突っ立ったまま動こうとしなかった。

「そしたら、何か聞こえるんですよ」

武者の影が、何か呟いているのだった。

「謡曲のような、甚句のような。それまで聴いたことのない節回しで、耳慣れないし聞き取れない言葉でした」

やがて武者の影が歩み出し、布団の足の方へ回って、ゆっくりと遠ざかっていった。また床板が軋《きし》む。肩から腕を覆う当世籠手《とうせいこて》の板がカチカチ鳴る音も聞こえた。

「武者の姿が消えてからも、私はそのまんま息を殺していました。もうよかろう、もう大丈夫だとは思えなくてね」

そうしているうちに、また眠ってしまった——というか気絶してしまったらしい。

「翌朝、お秋に揺り起こされて目を覚ましたんですが」

甲冑姿の武者の影のことは忘れていなかったので、すぐに話そうと思ったのに、それどころではなかった。

「亥之助爺さんがすっかり具合を悪くしていたんですよ。顔色は土気色、息も絶え絶えで、脂汗をかいていて、名前を呼んでも、頰を叩いても目を覚まさないんです」

既にきちんと身支度を済ませ、こざっぱりと顔も洗ったらしいお秋は、ひどく案じて狼狽えていた。

「昨夜も、ただお酒が切れたからあんな様子だったんじゃなくて、これは何か病にかかってるんだろうって」

——あんなきつい言い方をするんじゃなかった。

「朝っぱらから泣きそうな顔をしてましたけどね。どうしようもないですよ」

お秋にはともかく朝飯の支度を頼み、甚三郎は、どこかに薬箱がないかとまた屋敷のなかの探索にかかった。

「外はすっかり明るくなっていたけれど、霞が濃いのは相変わらずで、庭のぜんたいを見通すこともできやしない」

昨日、いっぺん通った廊下に行ってみると、昨日と同じように百目蠟燭が灯っている。しかし、蠟燭には溶けた蠟が垂れた様子もなく、その丈も縮んではいない。

「それまでだって充分に怪しんでいましたが、このとき、私ははっきり実感したんですよ。ここはまともなところじゃない。ひょっとしたら、この世の内でさえないのかもしれないってね」

自分たちはとんでもない場所に迷い込んでしまった。誘い込まれたのか、連れ込まれたのか、どうであれ、ここからやすやすと出て行くことはできないんじゃなかろうか。

――囚われたんだ。

「屋敷のなかを歩き回っていたら、またあの甲冑姿の侍に出くわすかもしれない。そう思うと、廊下の角を曲がるのも、唐紙を一枚開けるのも恐ろしかった」

一人であんまり遠くまで――屋敷の奥まで行ってしまうと、迷ってしまいそうで心細い。

「だだっ広いだけで、入り組んだ造りじゃないんですが、それがかえって曲者《くせもの》でした」

特徴のない座敷と唐紙と障子と廊下。自分が今どこにいるのか、どっちに向かっているのか、すぐにわからなくなる。

「霞のせいで、お天道様の光が真っ直ぐ差し込んでこないのも困りもんで」

明るい場所はどこも同じように明るく、暗いところは一様に百目蠟燭に照らされている。

「お秋が昨日、蕎麦の実をまきながら歩いたってのは名案だったと、今さらのように気がつきました」

結局、薬箱も、病人の役に立ちそうなものも見つけられずに、甚三郎は台所のそばの板の間に戻るしかなかった。

お秋は亥之助爺さんの汗を拭いてやり、冷たい手ぬぐいで頭を冷やし、身体の方は夜着を重ね掛けして温めてやっていた。

「まめな女です。賢いし気も利いて、私なんぞよりよっぽど頼りになる」

甚三郎が戻ると、亥之助は寝かせておいて、ともかく朝の腹ごしらえをしようということになった。

「お秋は、昨夜多めに飯を炊いて、握り飯を作っておいたと言うんです」

——いつ何が起こるかわからないから、食べ物をとっておこうと思って。

「おっしゃるとおり、本当にしっかり者で頼りになる人ですね」

富次郎が相づちを挟むと、甚三郎は軽く目を瞠った。そうか、一人語りしていればいいんじゃなくて、聞き手も何か言うのか——と、初めて気づいたというふうである。

「あんまり不思議なお話なので、つい聴き入っておりました。あいすみません」

軽く頭を下げる富次郎に、甚三郎は気を取り直したようだ。こうして見ると、顔立ちは嫌味のないすっきりとした男前である。若いころには遊里でもてはやされたろう。親不孝に泣かされてばかりいたというこの人の母親も、この顔に何度もほだされたのだろう。

「ところがね、その握り飯は食えなかった」

五つあったのだが、みんな腐っていたのだという。

「鼻先に持っていくまでもなく、水屋から取り出しただけでぷんと臭いました」

お秋は大いに驚き、こんなことがあるわけはないと、怯えて騒ぎ始めた。

「真夏でもないのに、握り飯が一晩で腐るなんておかしいって」

鍋に残っていた蕪と葱の味噌汁も、表面にカビが浮いていた。葱の根っこや蕪の葉の切れっ端など、お秋が使わずに除けておいた野菜くずも、笊のなかで真っ黒に縮れて、指で触ると端からぐずぐず崩れる。

「私は実家じゃ上げ膳据え膳の暮らしで、外では買い食いでしょ。自分で食い物を扱ったことがありませんから、こんなのはおかしいとお秋が怖がるのが、ピンとこなくてね」

腐ったもんはしょうがない、屋敷の内は外より温《ぬく》いからそんなこともあるんだろう、また飯を炊こう、俺も手伝うからと慰めた。

しかし、お秋は頑強に首を振った。

——ここのものを食べたら、あたしたちもおかしくなるかもしれない。はらわたが腐ってしまうかもしれませんよ。

——亥之助さんが具合悪くなっているのも、もともとお酒で弱っていたから、ここの食べ物の毒に、あたしらよりも早くあたってしまったからじゃないのかしら。

「そして、何だか急に慌て出しましてね。台所の物入れのなかを探ると、小さな風呂敷包みを取り出してきました」

その中身が何か見当がついたので、富次郎は口を挟んだ。

「それはお秋さんがお店から持たされていた見舞いの品でしょう。あひるのゆで卵」

甚三郎の驚きようは、富次郎もびっくりするほどだった。

「なんで知ってるんです?」

険しい詰問に、富次郎は素直にお秋の素性を調べ、十年前の神隠し騒動の顚末《てんまつ》を知ったことを打ち明けた。

「神隠しから帰ってきたお秋さんは、三年経ったと思っていたけれど、三日しか経っていなかった。それでも、あひるのゆで卵はどろどろに腐っていたと聞きました」

富次郎がしゃべっているうちに、甚三郎の表情は和らいできた。そうか、当時はけっこうな噂になったんですよねえと呟く。

で、ほんのちょっと目つきを斜《はす》にした。

「三島屋さんでは、変わり百物語の語り手の素性をいちいち調べるんですか」

富次郎は、少々大げさなぐらいに手を振って、これを否定した。

「いつもはいたしません。今回が初めてです。事情が事情でしたので」

ふうんと、甚三郎は言った。そのまましばらく黙っていて、折られた話の腰を元に戻すついでに、自分も座り直してから続けた。

「お秋はね、昨日、初めて屋敷の台所に入ったときに、大事な見舞いの品を持ち歩いていて落としたらいけないからって、物入れにしまったんだと言いました」

包みを開けると、ゆで卵は無事だった。

「ゆで卵は傷みやすいものなんだそうですが、一晩ですからね。まだ何事もなかった。そしたらお秋が、やっぱりここの食べ物がおかしいんだ、外から持ち込んだものは腐ってないんだからって、みるみるうちに真っ青になっちまいました」

ゲエゲエえずき始めるのを、甚三郎は必死に宥めて慰めた。考えすぎだ、思いすごしだ、昨夜おまえと同じものを食った俺は何ともない、しっかりしろ。

「そのとき、どっか遠くから人の呼ぶ声が聞こえてきたんです」

お〜い、お〜い。

「男の声でした。私もお秋もぎょっとして固まって、思わず身を寄せ合って」

お〜い、誰かいませんか。お助けください。男の声はそう呼ばわっていた。

「屋敷のなかじゃない。外の庭のどこかです。方角の見当はつきそうだったから、私は探しに行くことにしました」

お秋には、亥之助爺さんのそばにいろ、何かあったら大きな声で俺を呼べと言いつけた。

「涙目で萎《しお》れているお秋を目の前にして、初めて、私のなかの本物の男気がちょっとだけ立ち上がったってことですかね」

言って、甚三郎は少し照れ笑いをした。

「本心じゃ怖かった。お秋がいなかったら、もっといろいろ疑ったでしょう」

甚三郎は森のなかで翼のある化け物に追われていたし、夜中には甲冑姿の侍の影を目にしている。

「人の声に聞こえるけれど、正体は人じゃないかもしれない。うかうか探しに行ったら、また怖いものに出くわすんじゃないかって、へっぴり腰でいたでしょうね。だけどあの時は、ぐずぐずしてないで動けました」

薪小屋の前まで行って、甚三郎は大声を張り上げた。お〜い、どこにいるんだ、お〜い、聞こえていたら、もういっぺん呼んでみろ〜。

「すぐに返事がありました。ここです、ここにおります、竹薮のなかです、お〜い」

互いに呼び掛け合いながら、その声を頼りに、甚三郎は深い竹林のところまでたどり着いた。霞が流れて身体にまといつき、視界を遮る。

「外では、じっと立ち止まっていると、その分だけ霞も濃く淀んでくるようでした」

霞のなかを泳ぎ、竹林と薮を分けて、ようやく声の主を見つけた。半合羽《はんがっぱ》を着た若い男と、袖頭巾をかぶった老婆の二人連れだった。


若い男は、名を正吉《まさきち》といった。日本橋本町三丁目にお店《たな》のある薬種屋の番頭になれたばかりで、歳《とし》は二十六。半合羽《はんがっぱ》は道中着（旅装）だが、彼は薬の行商をしていたわけではなく、主人に命じられて八王子にある分店へ出かける途中だったと話した。

「師走のこの忙しい時に、分店の奉公人たちのあいだでしつこい眼病が流行りまして、どうにも手が足りぬ、誰か寄越してくれないかという文が届いたものでございますから」

その分店はお店の親戚筋で、正吉も世話になったことのある大番頭が働いている。かしこまりましたと支度をして、日本橋を発《た》ったのが昨日の明け方のこと。

「市中を出て、手前の見当では千駄ケ谷あたりを過ぎたところで道を見失いました」

にわかに湧いてきた霞に惑わされ、気がついたら深い森のなかを彷徨《さまよ》っていた。歩いても歩いても、抜け出すことができない。

「朝、お店を出て歩き出したときには曇り空でしたし、四谷御門を通るときには風花が舞っておりました。霞なんか湧くような陽気じゃございませんでしたから、これはおかしい、何かに化かされたかと、用心しいしい歩いて行って――」

袖頭巾の老婆が、下藪《したやぶ》のなかにしゃがみ込んでいるのを見つけたのだという。

おしげと名乗った老婆は、頭巾の下に見事な銀髪を隠していた。結城紬の小袖に風避けの半天を重ね、草履を履いて桔梗袋を提げている。出かけるための支度ではあるが、遠出のできる身なりではない。

おしげの住まいは原宿村で、広い田畑を持ち、多くの小作人を抱える地主の隠居の妻だという。

「去年の秋口に夫が卒中で倒れまして、命は取り留めましたものの、治りがはかばかしくございませんで、いまだに口もきかれず、寝返りさえ打てぬままなんでございます」

夫の平癒を願い、おしげは村のお寺の薬師如来様を拝み、住職の勧めで写経に励んでは、書き上がった経文を納めに通っていた。昨日も女中をお供に住まいを出たのが昼前のことで、半里ばかりの通い慣れた道を歩いていたのに、どういうわけか迷ってしまった。

気がつけば女中ともはぐれていて、見覚えのない森のなかを一人でうろうろしている始末。くたびれて途方にくれ、木の幹にすがってしゃがみ込んでいるところを正吉に見つけられたのだった。

「なぜ迷ってしまったのか……。そういえば、今朝は霞が出ているのか、妙な陽気だとは思ったんですが」

隠居の妻とはいえ、地主の家の者だ。豊かな暮らしをしているのだろう。おしげはぜんたいにふっくらとしており、身につけているものも安っぽくはない。今は疲れてよれよれだけれど、普段は小ぎれいな婆《ばば》様なのだろう。右の上の糸切り歯が一本抜けており、やや腰が曲がってはいるが、ボケて道に迷うようには見えなかった。

「薬屋の性分で、手前はいくつか薬包を持っておりますし、昼飯のための握り飯の包みと、水筒を携えておりました」

　正吉はおしげに気付け薬を与え、握り飯を分け合って休息をとると、二人で森を抜けようと歩き続けた。

「そのうちに陽が暮れてきてしまい、やむを得ず昨夜は森のなかで過ごしました」

　枯れ枝と落ち葉を拾い集め、焚き火を熾《おこ》して暖をとった。一夜明けて、雲のなかにぼんやりと見えるお天道様を頼りにまた歩き始めると、あの竹林に行き当たった。

「竹藪と濃い霞を透かして、大きな瓦屋根としゃちほこのようなものが見えましたので、ああこれで助かったと思いました」

　しかし、おしげはもう足が上がらない。正吉は老婆を背負い、ひたすら竹林を分けて進んだが、遠くに見える瓦屋根は一向に近づいてこない。また霞に騙《だま》されて、同じ場所をぐるぐる回っているような気もしてきた。

「手前も困じ果ててしまい、いささか恐ろしくなりまして、大きな声で助けを呼んだという次第でございます」

　甚三郎に会い、三人連れになってあの屋敷に戻ってきて、立派な台所でお秋とも顔を合わせ、正吉とおしげは本当に助かったと思っているらしい。そんな二人が気の毒だったし、甚三郎は進んで動いた。

「ここは面妖な屋敷だけど、有り難いことに食い物はあるんですよ。ほら」

物入れのなかの米や雑穀、干餅を見せて、

「餅を焼くのが手っ取り早いかな。竈の火を熾して、湯も沸かしましょう」

やりとりを始めると、お秋がたまりかねたようにキッとなって、強い声を出した。

「ここにあるものを食べちゃいけません。毒なんです！」

「毒だと決まったわけじゃねえ！」と、甚三郎も怒鳴り返した。

「食わなきゃ動けなくなっちまうんだぞ。まったく物わかりの悪い女だ」

「だって」

いきなり喧々《けんけん》言い合う二人に、おしげはぽかんと呆《あき》れているが、正吉は目ざとかった。

「そこで横になってる人はどうなさったんですか」

板の間の亥之助爺さんを指して問う。

「どんな具合なんです？　手前の持っている薬がお役に立つかもしれません。ちょっと診せてください」

このときの甚三郎にとって、これほど嬉しい助け船はなかった。正吉は慣れた手つきで亥之助爺さんの身体を検《あらた》め、お秋にあれこれ問いかける。酒が切れて、昨日は冷や汗をかいて手が震えていた？　本人もそう言っていたんですね、なるほど。

「長いこと大酒を飲んでいた人にはよくあることです。五臓六腑が酒毒で傷んで、とりわけ肝と腎がやられている。この人は胸にもだいぶ水が溜まっているようですね。たぶん水腫でしょう」

これをけろりと治せる薬はないが、熱をとって痛みを抑えるだけなら何とかなる。白湯《さゆ》をください。飲ませてみましょう――そのうちに、亥之助爺さんが目を覚ました。

「手前は薬屋です。今、どこが痛みますか。下してはいませんか。吐き気はありますか」

爺さんが正吉の問いかけに応じ、弱々しいながらも声を発する。うう、ああ、はい。それを耳にして甚三郎もほっとしたが、お秋は泣き出した。

「ほら、な？　亥之助さんは酒毒で弱ってるんだ。ここに来る前からのことなのさ。食い物のせいじゃない。頼むから、飢え死にする前に何か食おう」

お秋が泣き泣き支度にかかると、疲れ切っているはずのおしげも進んで手を貸した。婆さんになっても女は偉いなと、甚三郎は思った。座ってれば飯が出てくる暮らしをしてた俺は、もっと恥じなきゃいけないんだ。

餅を焼いて食べると、おしげの顔色が戻ってきた。正吉はいっそうてきぱきした。

「病人には重湯がいいでしょう。手前は煎じ薬も持参しています。身体を温めて、悪い汗を出し切る効き目がある薬ですよ。小鍋はありませんか」

正吉の指示に、お秋ももう四の五の言わずに立ち働いた。台所に湯気が満ち、食べ物と煎じ薬の匂いが混じり合う。

亥之助爺さんも腹が減っていたのか、お秋がこしらえた椀に一杯の重湯をきれいに平らげた。

「亥之助さん、脅かすなよ。気分はどうだい？」

「……ああ、だいぶいいよ」

よかった。甚三郎にも元気が戻り、頭が働くようになってきた。

「とりあえず、あんたたちはちょっと横になるといい。布団も夜着も半天もあるし、厠はあっちだ」

三人を休ませておいて、甚三郎はお秋と向き合った。

「あの二人の話をどう思う?」

「どうって……」

泣いたせいで、お秋は目が腫れている。

「あんたも竹藪からこの屋敷にたどり着いたって言ってたよな。だけど、あんたが通ってきた冠木門を、あの二人は見ていない。俺もさっき、二人を迎えに行ったとき、門なんかくぐらなかった」

つまり、さっき甚三郎が分け入った竹林は、この屋敷を囲む土塀の内にあることになる。あるいは土塀の一部がけっこうな幅で切れていて、正吉とおしげはそこから迷い込んだ。さっきの甚三郎も、自分では知らないうちにそこを通っていた。

「だけど、そんなふうに筋道立ててわかろうとしたって無駄なんじゃないかって思えてきたよ」

昨日、お秋が言っていたとおりではないのか。この屋敷は歩けば歩くだけ広くなり、終わりがない。全体の広さを知ることもできない。どこからどこまでが土塀の内で、どこからが外なのか、その境目も判然としない。

「ただ、はっきりしているのは、俺が迷い込んできた梅林の方は危ないってことだ」

言って、甚三郎は腹を決め、梅林の外の森のなかで、翼のある化け物に追いかけられたことを打ち明けた。

「一匹や二匹じゃなかった——鳥みたいだったから、一羽や二羽と言った方がいいのかな。まあ、どっちでもいいや。ともかく群れだったよ」

やっと持ち直していたお秋の顔から、可哀想なほど血の気が抜けてゆく。

「おっかないことを聞かせて済まない。でも、本当の話なんだ」

あと一つ、甚三郎はもうためらわずに、昨夜の甲冑姿の侍のことを語った。

「俺が見たのは真っ黒けな影だけだ。あれが幻なのか、実《じつ》のあるものなのかわからない。みしみし足音がしたんだから、人なのかもしれないが、今どき鎧兜《よろいかぶと》に身を固めているなんて、まっとうな人じゃぁないだろうさ」

お秋は両手を胸にあて、身を縮めている。

「あたしは何にも気づかなかった……」

「その方がいい。見たって元気が出るようなもんじゃなかったから」

思い出すと夢だったようにも思えるが、甚三郎はあのとき、あの真っ黒けな侍の影の眼差しを感じたことを覚えている。あいつは俺を見おろしていた。

「俺たちは、ここを離れなくちゃいけない」

五人で逃げ出すのだ。

「たとえ化け物がいなくたって、ずっとここにいるわけにはいかない。亥之助さんをあのまんまにしておけないだろ。正吉さんの持ってる薬が尽きたら、また具合が悪くなって、どんどん弱って死んじまう」

逃げるなら明るいうちだ。食べ物と水を用意して、竹林を抜けてゆく。森に出られれば、迷い込んできた道を逆戻りすることができるのではないか。

「俺はこれから、もういっぺん屋敷の内外を探って、役に立ちそうなものを集めてみる。荷車か手押し車があれば、亥之助さんを乗せられるから具合がいい。あんたには食い物を頼む。正吉さんには、竹を伐《き》って水筒を作ってもらおう」

お秋はつくづくと甚三郎の顔を見る。

「今日のうちに出るんですか」

「そうしたいところだけど、おしげさんが疲れてるからな」

またすぐ動けなくなってしまっては、あとの三人の負担になる。

「昼間のうちに支度を調えて、夜はみんなで固まって台所で寝て、明日の朝すぐに発つ方がいいだろう」

お秋は身を縮めたまま、くちびるを噛みしめる。

「今日のうちに作った食べ物は、明日になったら、またみんな腐ってるかもしれないわ」

呟いて、慌てて続けた。「毒とかそういう意味じゃなくって」

「うん、わかる。だったら、食い物は明日の朝支度したらいい。餅にしよう。飯を炊くより手間がないもんな」

「じゃあ、今日はご飯を炊いて、粟を蒸して粟餅もこしらえてみます」

一晩経って腐っていたら捨ててゆく。腐らなかったら包んで持って出る。

「厠へ行く以外は、あんたはこの台所から出ないようにしてくれ。亥之助さんと、おしげさんと一緒にいるんだ。必ず、三人でいるんだぞ」

「甚三郎さんは、一人きりで動き回るつもりなんですか」

正吉を休ませているあいだは仕方がない。

「よく用心するよ。そうだ、ときどき台所の鐘を打ってくれ。その音で、どこにいても場所の見当がつくと思うから」

「荒縄を持っていったら？」

お秋は、土間の柱を指さした。

「あの柱に端っこを結びつけていくの」

「それじゃあ、遠くまで行かれないよ」

「手ぬぐいを裂いて縄に結びつけて、どんどん伸ばしていけばいいじゃないの」

動きにくいし、絡まってしまったら面倒だ。だが、お秋の必死の目の色に、甚三郎も折れることにした。案じてもらえるのは嬉しい。

「わかった。そうしよう」

まずは薪小屋のところから、屋敷のまわりをできるだけ遠くまで回ってみることにした。屋敷から離れるのではなく、外壁に沿ってぐるりと歩くのだ。荷車なんてでかいものがあれば、それでも目に入ってくるだろう。

着物の裾を尻っ端折りし、「黒武」の名入りの半天は何だか薄気味悪くなってしまったから、自分の綿入れを着て外へ出た。荒縄のこちら側は左の手首に一巻きして、残りは肩に掛け、少しずつ繰り出しながら歩いてゆく。懐には手ぬぐいを何枚か突っ込んで、首にも襟巻きみたいに巻き付けた。

霞が濃い。とろりと漂うだけでなく、一定の間隔で、屋敷に向かって打ち寄せては引き、また打ち寄せてくる。ふわりと触れると、温もりがある。

——昨日より、もっと暖《あつた》かい。

昨日は、師走の風花の下で道に迷い、満開の梅林に出くわして面食らった。いい香りのする本物の梅林だった。あれは幻じゃない。今、歩いている地面も幻じゃない。

だけどおかしい。これはもう、梅どころか春の盛りの暖かさだ。曇り空で陽ざしはぼんやりしているが、あの雲が晴れたら、どんなお天道様が顔を出すのだろう。弥生三月の陽ざしが溢れてくるのか。

ゆっくりと歩む甚三郎の鼻先に、白いものがひらりと舞った。

驚いて立ち止まる。白いものは次々と舞ってくる。甚三郎の顔に触れる。

風花か。俺はもとの場所に戻れたのか。

心が躍ったのは一瞬のこと。白いものの正体がわかると、甚三郎は目眩《めまい》を覚えた。

風花ではない。温かな霞にまじり、風に乗って舞い散ってきた桜の花びらだ。眉毛にとまり、くちびるに張りつく。指でつまみ取ると、儚《はかな》く千切れてしまう。

肩に掛けた荒縄の輪っかは、もうあと二巻きで終わってしまう。手ぬぐいを結びつけなければ。そう思いながらも、甚三郎は前方に広がる景色に目を奪われて、ふらふらと進んでしまった。荒縄が肩から外れ、手首からも離れて足元に落ちた。

桜の森だ。満ち引きする霞の海のなかに、分厚い花の群が広がっている。

甚三郎は驚きに息を止める。その驚きを受けて喜ぶように、霞が大きく後退する。桜の森が次々と現れ、花吹雪が舞う。

昨日で梅の満開は終わり、今日は桜が咲き誇る。

やはり、ここはこの世ではない。時の流れがこの世とは異なっている。食べ物が一夜で腐ってしまうのも、そのせいなのではないか。

恐ろしさと戸惑いに、心の臓が喉元でどくんどくんと脈打つようだ。

それなのに、面憎いほどに満開の桜の森の景色は美しく、甚三郎は涙目になっていた。ここはいったいどこなんだ。この面妖な場所は何なんだ。なぜ俺たちはこんなところに囚われてしまったんだ。

「ぎゃっ」

桜の森のなかで、聞き覚えのある叫び声が弾けた。甚三郎はすくみあがった。

「ぎゃっ」

背後からの叫び。慌ててそっちを向く。霞に塞がれてしまっている。ついさっき落としたはずの荒縄も見えない。慌てて後戻りして這うようにして探し始めると、今度は頭の上の方から、

「ぎゃっ」

「ぎゃっ」

「ぎゃっ」

翼の羽ばたきも聞こえる。ばさり、ばさりと羽ばたくたびに、桜が散って花びらが舞い上がるのだ。

地面に四つん這いになったまま、甚三郎は見た。流れる霞の隙間から、数え切れないほどの眼《まなこ》がこっちを見つめている。

白目じゃない。金色だ。そして猫のそれのように尖った真っ黒な瞳。

化け物の群れが、桜の森のなかに潜んでいる。

「ぎゃっ」

身動きできない甚三郎の前で、そのうちの一羽が桜の森から飛び発った。羽ばたきを一つ、二つ。いったん高く舞い上がり、甚三郎の方へと飛んでくる。

思っていたよりもずっと大きい。頭も身体も人の子――梅屋の小僧ぐらいの大きさだ。翼も長く、羽ばたきで起こる風が甚三郎の顔にどっと吹きつけてきた。

生臭い。金臭い。血の臭いだ。

化け物は人の顔に鳥の翼、二本の脚は、鋭い鉤爪《かぎつめ》の生えた獣の脚。さらに信じ難いことに、そいつの尾っぽが宙でぐいっと頭をもたげた。蛇だ。尾っぽが蛇になっている。

ぞろりと生えた牙を剝き出し、化け物はこっちへ舞い降りてくる。獲物を見つけた猛禽《もうきん》の動き。襲いかかってくる。

逃げなきゃ逃げなきゃ逃げなきゃ。だが身動きできない。甚三郎は凍りつき、ただとっさに固く目をつぶった。

そのとき。

「ぎゃ！」

化け物の引きちぎられたような叫び。霞を含んだ風も、羽ばたきも乱れた。甚三郎の顔に生暖かい水気が跳ねかかる。

我に返って、甚三郎はとっさに横様に飛び退いた。

「伏せておれ！」

力強い声が呼びかけてきたと思うと、その声の主が霞のなかから飛び出して、甚三郎に駆け寄ってきた。

筒袖に馬乗袴、手甲脚絆《てっこうきゃはん》をつけた侍が、右手に大刀を、左手に馬上笠を盾のように構えて、化け物から甚三郎をかばうように立ちはだかっていた。その目は強い光を湛え、口はへの字に結ばれている。

また一羽、次の化け物が舞い降りてくる。侍は大刀で力強く宙をなぎ払った。ざくっと手応えの音がして、白い羽根が舞い散る。

「きゃあああああ〜！」

今度の化け物は女の声で悲鳴を上げると、きりきり舞いしながら霞のなかへと消えていく。一呼吸してどさりと重たい音が立った。

それがきっかけになったように、霞に包まれた桜の森のなかで、怒号のような叫びが一斉に湧き起こった。化け物の群れが口々に啼き、喚《わめ》き、羽ばたいている。

群れで襲ってくる！　甚三郎は地面を引っ掻いて逃げようとした。馬乗袴の侍が笠を捨て、左手でむんずと甚三郎の襟首をつかんだ。

「立て！　走れ！」

思いっきり引っ張られ、甚三郎はいっぺん地面に倒れ伏した。そこをまた引きずり起こされ、

「逃げるのだ！」

強い叱咤《しった》に前後を忘れ、甚三郎は走った。侍は甚三郎よりも大柄で、動きは素早く、動揺も躊躇いもなく果断だった。甚三郎をかばい、足を踏ん張って大刀を振るい、化け物どもを退けると、

また二人で走る。

「おぬしはこの屋敷の者か？　入口はどこにある？」

侍は化け物どもから目を離さず、大声で問いかけてきた。

「わかりません。俺も迷っているんです」

甚三郎は、侍の顔や胸元に、墨のように真っ黒なしぶきが跳ね散っていることに気づいた。はっとして自分を見おろせば、同じような有様だ。

化け物の血だと気がつくと、胸が悪くなって吐きそうになった。そのあいだにも侍の大刀が襲いかかる化け物どもを斬り捨てていく。刀で傷つけることができる。あの化け物どもは幻ではなく、見かけは不気味だが生きもので、戦えば勝ち目があるのだ。

か〜ん、か〜ん。鐘の音が聞こえてきた。二人が逃げようとしてゆく先のどこか。遠くはない。外壁に沿って走れば行き着ける！

「お武家様、こっちです。あの鐘が鳴っているところです」

わななく口で甚三郎は叫んだ。化け物の叫びがすぐそばで弾ける。甚三郎は綿入れを脱いで手につかむと、叫び声のした方に向かってめちゃくちゃに振り回した。飛びかかろうとしていた化け物が、思わぬ抵抗に向きを変えて逸《そ》れてゆく。

「よし、案内《あない》を頼む」

言って、侍はまた一羽を大刀で叩き落とした。化け物は翼の片方を斬り落とされ、地べたを這いずって逃げてゆく。べっとりと黒い血の筋がついて、鼻が曲がるような臭いが立ちのぼる。

か〜ん、かんかん。お秋が鐘を打っている。どうか続けてくれ。やめないでくれ。

外壁に沿って逃げてゆくうちに、化け物たちの叫びと羽ばたきが遠くなっていった。霞が流れて満ちてゆく。

「甚三郎さん！」

お秋の声だ。前方の霞のなかから聞こえてくる。鐘はまだ鳴っている。

「どこにいるの？」

「ここだ、ここだ！」

息を切らしながら、甚三郎は声を振り絞って応じた。すると、霞のなかにぽつりと提灯《ちょうちん》の灯がともった。

「この明かりが見える？　こっちよ！」

甚三郎と馬乗袴の侍は、上下左右に揺れる提灯の灯を目指して駆けた。二人の走りで風が流れる。霞が退いてゆき、視界が開けると、お秋が甚三郎が落としてしまった荒縄を両手に巻き取り、伸び上がるようにしてこっちを見ていた。提灯を手にしているのは正吉で、やっぱり背伸びして足を踏み換えながら、

「こっちだ、甚三郎さん！」

二人は薪小屋のすぐそばに立っていた。お秋の手の中の荒縄は、一方の端を台所の柱に結びつけたままなので、その距離の分だけぴんと張っている。

甚三郎はここから出発し、屋敷の外壁に沿って右回りに進んでいた。昨日の竹林は見当たらず、かわりに桜の森が現れて、逃げて逃げてぐるっと回って同じ場所に帰り着いたということなのか。

やっぱりこの屋敷はデタラメだ。昨日あったものがなく、昨日はなかったものがあり、屋敷の

新しい出入口は見つからず、あれだけ歩いて走ったのに、知っているところにしか行き着けない。

それでも、何とか無事に帰ってきた。六人目の囚われ人に救われて。

*

馬乗袴の侍は、堀口金右衛門《ほりぐちきんえもん》と名乗った。九州の小藩・栗崎藩二万石の家臣で、江戸家老の側《そば》役《やく》を務めているという。歳は四十路ぐらいだろう。大柄ではないが、顔つきは精悍で、身体は引き締まり、身のこなしは軽い。剣の腕前のほども、さっきの怪物相手の立ち回りで察することができる。

「我が藩の下屋敷は目黒の高台の一角にある。一昨日から若君が滞在され、今朝は遠駆けにお出ましになったので、それがしもお供をして参ったのだが……」

目黒川沿いに駆けているうちに、にわかに湧いてきた霞にまかれ、馬が怯えて脚を止めてしまった。

「すぐ前を走っていた若君も、近習の姿も霞に消されてしまい、馬の足音も絶え、呼びかけても応じる声もない」

怪しんだ金右衛門は馬から降りた。

「あたりを探し回ったが、霞はますます濃くなる一方で、若君は見つからぬ。それどころか、それがしの馬もいつの間にかいなくなっていた」

馬から離れるとき、霞のなかで、手近の木の幹に手綱を結びつけたことは覚えているという。

ぶるんぶるんと馬の鼻息が荒く、吐き出す息が朝の寒気に真っ白だったことも。

「だけど、堀口様を迷わせたその霞は、妙に暖かかったんじゃありませんか」

甚三郎の問いかけに、金右衛門は軽く目を瞠った。

「おお、そのとおりだ。かすかに桜の香りも含んでおった。師走だというのに、春霞とは怪しい。それも乳のように濃く、伸ばした手の先さえ見えぬほどだった」

じっとしていても事態は開けない。金右衛門は、流れる霞をたどって歩き続けた。どのくらい歩いたかわからないが、やがて呆れるばかりの満開の桜の森にたどり着いた。

「これは、いよいよあやかしの仕業。それがしは惑わされているのだと思うたよ」

若君はご無事だろうか。金右衛門と同じように、この霞と桜の森のなかで迷っておられるのかもしれぬ。心を落ち着け、ひたすらに若君や近習の名を呼びながら桜の森に分け入っていくうちに、あの翼のある化け物どもの群れに出くわし、甚三郎が襲われているのを見つけた——という次第だった。

「おかげで命拾いいたしました。ありがとうございます」

甚三郎は台所の床に手をついて頭を下げた。二人の話に、お秋はまた青ざめて、両手で身体を抱くようにして黙り込んでいる。おしげが心配そうに寄り添っている。

「台所で待っていても、一向に甚三郎さんが戻らないので、お秋さんが鐘を鳴らしてみようと。何度か鳴らすうちに、庭の遠くで鳥が騒ぐような物音がして」

正吉が言って、お秋の顔を覗いた。

「手前が柱に結びつけた荒縄を引っ張ってみると、するするたぐれてくるもんだから、もう生きた心地もしませんでした」

「うっかり手を放しちまったんだ」

結果的にはそれでよかった。縄に拘っていたら、どうなっていたか。

お秋は、荒縄の先に甚三郎がいないことがわかると、一人でしゃにむに外へ出て行こうとしたという。正吉はそれを引き留め、提灯を灯して一緒に薪小屋のそばまで行って、

「とにかく甚三郎さんを呼び続けようと思ったんですよ。鐘はおしげさんが鳴らしてくれました」

金右衛門も甚三郎も、化け物の黒い血を浴びていた。おぞましかったけれど、それは金右衛門の腕の確かさ、頼もしさの証でもある。

着物の汚れを落とすのは、お秋が手伝ってくれた。

甚三郎たちがこれまでの経緯《ゆくたて》を語るのを、金右衛門は冷静に聞いていた。馬鹿らしいと否定したり、信じ難いと眉をひそめるようなことは一切なかった。

台所で集まっている五人の傍らで、亥之助爺さんは眠っている。正吉の薬が効いているのか、熱が下がって息も穏やかになった。しかし顔色は土気色のままだ。

「――栗崎藩は山がちの土地柄なのでな」

甚三郎たちの話が一区切りつくと、金右衛門が口を開いた。

「山中の隠れ里や、山姥の住まいに迷い込んだ話など、怪しい昔話がいくつかある。この屋敷も、そういう怪異の一つかもしれぬ」

「けど、朱引きの外とはいえ、市中からいくらも離れていないところですよ」と、甚三郎は言っ

た。「まさか山姥がいるとも思えませんが」

「そうだな。いっそ山姥が包丁を研ぎながら、我々を茹でようと、大釜で湯を沸かしていてくれる方がわかりやすい」

金右衛門は大真面目に言っている。

「それがしは目黒川沿いに馬を走らせていた。そなたは目白へ向かっているところだった」

と甚三郎を見て、正吉とおしげに目を移す。

「そなたは八王子に、そなたは原宿村、そなたは小伝馬町から千駄ケ谷に使いに行くところだった」

お秋がしっかりと金右衛門にうなずく。まだ目が腫れぼったいが、懸命に気を取り直そうとしているのだろう。

「いずれも市中の西側で、武家屋敷が散らばり田畑が広がる鄙《ひな》な場所。そこで霧や霞にまかれ、連れとはぐれ、それがしに至っては馬を失い、一人で森に迷い込んだ……」

「亥之助さんは、酔っ払って眠りこけて、目を覚ましたらこの屋敷の土塀の内側にいたと言ってました」

「あの病人か」

「はい。どこで酔っ払っていたのかは聞き損ねてるんですが、深川の船大工で、家族に長屋を追い出されたと話してましたから」

ふむ——と、金右衛門は目を細めた。

「すると、亥之助だけは道に迷ったわけではないのだな」

「それはどうでしょう。酔っていて本人が覚えてないだけかもしれません」

正吉の言葉に、どっちだっていいじゃないかと、甚三郎は苛立った。どうやってここに来たか、今さら検めてみたって何の足しになる？　それより、どうやって出て行くかを考えなきゃ。

お秋が首を縮め、小さな声を出した。

「今朝、重湯を飲ませてあげたんですけど、そのときに亥之助さん、悪酔いして夢を見てるみたいだって言ったんです。あたしも同じ心持ちですから、よくわかります」

「でも、ほっぺたをつねっても覚めませんからね。夢じゃないんですよ、これは」

そのやりとりに、甚三郎ははっとした。夢？　そう、夢なら俺も見た。夢だとはっきりわかっている夢だった。

（灰は灰に、塵は塵に）

頭のなかに響いた声。闇を呑んでしまい、闇に溺れてゆく恐ろしさ。骨になって消えてゆく我が身の儚さ。

（そなたは悔い改めねばならぬ）

「どうしたんですか、甚三郎さん」

四人が揃って甚三郎を見ている。

「あ、いや、すみません。昨日、この屋敷にたどり着いたときに、疲れて居眠りしてしまってね。そのとき、夢を見たんです。それを思い出したもんだから」

意外にも、金右衛門が身を乗り出してきた。

「どのような夢だったのだ？」

「え。だってただの夢ですよ」

「ここに来てから見たものなのだろう。何か意味が隠されておるかもしれん」

その夢のなかで、博打に溺れて親を泣かせている我が身を省みて、嫌だと叫んだ甚三郎である。口に出して語るのは気まずい。しかし、適当にごまかそうとしても、金右衛門の眼差しはかわせなかった。

仕方がない。とつとつとしゃべってみたが、夢のなかで甚三郎が聞き取った、説教するような男の声のことにさしかかると、金右衛門がつと顎《あご》を引いた。

「罪を告白せい、と言ったのか」

「ええ、たぶん」

「そして悔い改めて祈れと。確かにそう聞こえたのか？」

「だと思います」

金右衛門があんまり真剣なので、甚三郎は不安になってきた。正吉とお秋は顔を見合わせ、おしげはいつの間にか拝むように両手を合わせている。

「それはまた……山姥とはまったく別の意味合いで面妖なことだ」

金右衛門は腕組みをした。

「甚三郎さんが見た甲冑を着たお侍も、もしかしたら夢だったんじゃないかしら」と、お秋が言い出す。

「甲冑を着たお侍さん？」

「待て待て。その話は何だ」

ああ、面倒だ。座ってしゃべってなんかいないで、出てゆく算段をしたいのに。しょうがないからとっとと白状して、甚三郎は横目でお秋を睨んだ。怖がって萎れてるくせに、余計なこと言いやがって。

「翼のある化け物が夢ではなかった以上、その侍も夢や幻ではないと考えた方がいい」

一同の顔を見渡して、金右衛門が言った。

「その侍がこの屋敷の主人なのかもしれん。これまでの探索で、家名や紋所のついたものは何か見つからなかったか？」

手掛かりは、「黒武」の名の入った印半天だけである。お秋が持ち出してきて、金右衛門に見せた。

「そういえば、提灯箱にも提灯にも、名前も家紋も入ってなかったなあ」と、正吉が首をひねる。

「堀口様は、黒武家という家をご存じじゃありませんか」

お秋の問いかけに、金右衛門はかぶりを振った。「すぐには思い当たらぬ。少なくともその名の大名家はないし、旗本にもいない。既に絶えている家柄なのかもしれぬが」

甚三郎は我慢が切れてきた。「わたしは、こんなところからは一刻も早く出て行きたいんです。堀口様も、はぐれた若様の御身が心配でしょう」

「無論、そなたに言われるまでもない」

ぴしゃりと言い返された。

「しかし、化け物の潜む森に囲まれ、広さも造りも判然とせぬ屋敷なのだろう。迂闊に動き回っては危ない」

「とりあえず、化け物も建物のなかまでは入ってこないんですしね」

すかさず調子を合わせる正吉の、賢《さか》しらな顔が憎たらしい。

「そうとは限らないよ。暗くなったらどうなるか。甲冑の侍は、俺の枕元を歩き回ってたんだから」

「だから、そんなの夢だったかもしれないじゃないの！」と、お秋はべそをかく。

うおおおおおお。

屋敷の外から、何か大きなものが唸るような音が響いてきた。

五人は揃って息を止めた。思わずという感じで、お秋が甚三郎の袖にしがみつく。正吉は首をすくめ、おしげは目を閉じて南無阿弥陀仏と唱え出す。

うお～ん、うおおおお、うお～ん。

生きものの呻《うめ》きでもあり、巨大な石臼を回すような音でもある。振動まで伝わってくるようだ。この屋敷の身震い。この屋敷のある、どこともしれない場所の身震い。

「――日が暮れてゆくぞ」

竈の上の煙抜きや、台所の窓の桟の隙間から差し込んでいた陽光が、みるみる茜色に染まってゆく。そして細ってゆく。暗くなってゆく。

「ここじゃ、と、時の流れが、早すぎるんですよ」

甚三郎は口走り、背中を駆け上がってきた悪寒に震えた。暗くなったら外には出られない。屋敷のなかに押し込めだ。それで、明日の朝がまた来るかどうかは確かじゃない。

「皆、慌てるな」

重々しい口調で、金右衛門が言った。

「動かず、静かにしているのだ」

台所の板の間で、すくんだように座っている甚三郎、お秋、正吉におしげ。眠り続ける亥之助爺さん。目を光らせ、身構えながら、ゆっくりと膝立ちになる堀口金右衛門。

ここに迷い込むまでは互いを知らず、何の繋がりもなかった赤の他人同士だった。しかし今は、互いがここにいること、一人きりではないことだけが心の拠《よ》り所だ。

甚三郎はお秋の手を探り、その冷たい指を握った。お秋も強く握り返してきた。働き者の女だ、手が荒れてるぜ——と思った。こんなときなのに、それがひどく愛《いと》おしい。

夜が屋敷を押し包む。

うお〜ん。

ひと唸りが響いて、静寂が戻ってきた。窓の桟を照らしていた茜色の陽ざしの最後の一筋が、吸い込まれるように消えた。


「堀口様は、おろおろしているだけだった私らの船頭になってくださいました」

潰れてしまった喉からしゃがれ声を絞り出し、梅屋甚三郎は語り続ける。

「さすがはお武家様だというだけじゃなく、人物だったんです。あの方がいなかったなら、私もお秋もこうして生き残っちゃいなかった」

身体に残る大怪我の痕と、「生き残る」という言い回しに潜む不穏な響きに、話の先行きが暗示されている。だが、それに肝を冷やすよりも前に、富次郎は甚三郎の額に浮かぶ細かい汗と、かすかな手の震えが気になってきた。

「お疲れではありませんか。ひと休みしましょうか」

穏やかに水を向けてみると、甚三郎は己の両手に目を落とし、苦笑した。

「まるであのときの亥之助さんみたいですが、私のこれは酒毒のせいじゃありません。あの屋敷から帰ってきて、この十年、一滴の酒も受け付けなくなってしまったんでね」

酒が回って身体が火照《ほて》ると、火傷の痕が痛む。失った手足の指まで痛むから、理不尽なものだと言う。

「呑んでうたた寝すると、嫌な夢を見ますしね。いいことは何もありゃしません」

苦しそうに息切れしている。

「少し横になられてはいかがでしょう」

富次郎の勧めに、しかし甚三郎は首を横に振った。

「お気遣いは有り難いですが、このまま語れるだけ語らせてください。話が残ってしまったら、あとはお秋に頼みます」

脇息に深くもたれかかり、呼気を整えるようにため息をつくと、また口を開いた。

「さっき、奉公先の二葉屋へ戻ったとき、お秋本人は三年経ったと思っていたのに、実は姿を消してから三日しか過ぎていなかったという話がありましたよね」

「はい」

「それもね、詳しく言うとちょっと違うんですよ。確かに、あの屋敷では時が過ぎるのが早かったから、お秋が言うように、私らみんな三年分ぐらいの季節の移り変わりを目にしました」

しかし、それが「ばかに早すぎる」ということはいつもちゃんとわかっていたし、屋敷を取り囲む自然の景色の移ろいは、必ずしも季節のとおりではなかったのだそうだ。

「もっと突飛な変わり方をするんです」

「ここまで伺った限りでも、竹藪があったところがいきなり桜の森になってますよね」

「そうそう。で、また次に竹藪が現れるときには、場所が違ってる。最初に私が迷い込んだ満開の梅林なんか、とうとう二度と現れなかった」

そういうことがわかったのは、堀口金右衛門の指示で、甚三郎たちが日録をつけ、絵図面を描くようになったからである。

「板の間の物入れに、様々な大きさのまっさらな大福帳がたくさん積んでありましてね。使い放題でした」

亥之助爺さんを除き、自身を含むあとの五人に、金右衛門は様々な仕事と役目を振り分けた。その身分のせいだけではなく、押し出しと人柄、知恵の確かさに、甚三郎たちも自然と金右衛門の言に頼り、従うようになった。

まず、お秋とおしげは日々の家事を受け持ち、屋敷のなかでは台所を中心とした板の間から出ないよう心がける。庭に出るときも薪小屋と井戸のまわりまでで、その際は誰かに声をかけて一緒に行く。

亥之助の世話には、正吉と相談しながら、おしげがあたる。おしげより若くて足腰が達者なお秋は、蕪や葱の植わっている畑の手入れを受け持つ。また、台所の物入れにどんな食べ物がどのくらい蓄えられているのか調べて書き出し、帳面にする。その帳面に、日々食べたり使ったりした分も記してゆく。お秋一人では帳面付けが難しいなら、正吉に教えてもらって覚えるようにする。

男たち三人は畑の手入れを手伝い、薪や水を運ぶ。これは家事のうちだが力仕事だ。そして正吉は亥之助の面倒を見るかたわら、手持ちの薬包や煎じ薬の管理をし、屋敷のなかに役立ちそうな道具があるか探したり、何か作れないか工夫してみる。

さらに、金右衛門が日録をつけると聞いたら、正吉は自分も書くと言い出した。

「見聞きしたものを端から書いておきます。畏れながら、堀口様と手前では、違う事柄に気がつくかもしれません」

字は達者であるらしい。甚三郎だって字は書けるから、その言い分がまた小癪《こしゃく》に感じられた。こっちも負けてはいられない。

「屋敷の外回りを探索し、荒縄を使って計測しながら絵図を描く」

という案には、進んで手をあげた。

「また化け物に遭うかもしれんぞ」

「堀口様と一緒ならかまいません。わたしも、できるだけお力になれるよう努めます」

探索を始める前に、お秋とおしげが手ぬぐいを裂いて細く縒《よ》り合わせ、最初からあった荒縄につないで長くしてくれた。

「これはわたしが腰に巻いて行きます」

金右衛門と甚三郎は、この探索を六日間続けた。台所の勝手口から庭に出て、薪小屋を起点に右回りで三日間。左回りでまた三日間。夜には提灯と、正吉が器用に作ってくれた松明《たいまつ》をかざして行った。松明はあたりを照らすだけでなく、いざというときには武器にもなるから心強い。

その六日間、霞は一時も消えることがなかった。じっと立ち止まっていると濃くなると感じたのは勘違いではなかったらしく、常に動いていないと、金右衛門も甚三郎も互いの姿を見失ってしまう。

一方で、驚いたことに、化け物には全く出くわさなかった。姿も見えず、「ぎゃっ」という鳴き声も、翼の羽ばたきも聞こえてこない。だから、金右衛門に励まされつつ、屋敷からかなり遠くまで行くこともできたのだが、それで活路が開けたわけではなかった。

屋敷を囲む土塀は、気まぐれに立ち塞がる日もあれば、どこまで行っても見当たらない日もあった。満開の桜の森は二、三日で消え、みっしりと混んだ雑木林に変わって、そのなかを進んで行くと、ひとまたぎで越えてしまえるせせらぎを見つけた日もあった。

「最初にここへ迷い込んだとき、水の音を聞いた覚えがあるんです」

甚三郎の言葉に、金右衛門は水際でかがみ込み、指先を水に浸した。

「当たり前の水だ」

言って、手を振って水を切る。

「嚙みついてくるわけでも、しゃべりかけてくるわけでもない。これも桜の森と同じで、ここの飾りの一つに過ぎぬのだろう」

荒縄と手ぬぐいを縒ったもので距離を測り、それを絵図に描き込んで印をつけ、翌日もう一度同じ場所に足を運んでみたら、せせらぎは消えていた。

いちばん驚いたのは、薪小屋から左回りに歩いてみた最初の日、お天道様の位置から計ると屋敷の真北にあたるところで、だだっ広い芦《あし》っ原に行き着いたときだ。

水辺である。霞に塞がれ、沼なのか池なのか河原なのかさえ判然としない。

「こんな眺めは初めてです」

枯れ枝を突き立ててみると、水の深さは一尺余りある。ざぶざぶ入っていったら、先の方ではもっと深くなるのかもしれない。

「淀んでますね」

せせらぎの水とは違い、芦の根元を濡らしている暗い水はどろんとして、饐《す》えたような臭いを放っていた。

「迂闊に足を入れてはいかん。舟を探そう」

金右衛門の助言に従い、湿った風に吹かれながら水辺を探索してみたが、見つかったのは折れた櫂《かい》が一本だけ。舟はない。

水辺はじっとりと蒸し暑く、動くと汗ばむほどだった。金右衛門は両刀を外し、着ているものを脱いで下帯一つになった。

「それがしの腰に縄を巻き付けてくれ」

そして脇差しを抜くと右手で構え、左手で邪魔な芦を除けながら、そろりそろりと芦っ原のなかに踏み込んでいった。

「ご用心ください」

見ている甚三郎の方がはらはらした。水のなかに化け物が潜んでいて、金右衛門を引きずり込もうとするかもしれない。そしたら甚三郎には助けられない。そんな度胸も力もないのだ。

「底には泥が積もっているようだ」

金右衛門は足先で探りながら言った。

「魚はおらぬ。水鳥の声もせんな」

やっぱり、ここには当たり前の生き物はいないのだ。

「甚三郎、それがしの姿が見えているか」

「はい、見えます」

「もう少し進んでみる」

ざぶり、ざぶり。金右衛門が歩む音が聞こえてくる。水辺に立つ甚三郎には、嫌らしい霞がまといついてくる。

「堀口様、お背中が見えなくなりました」

返事がない。

「堀口様！」

饐えた水の臭い。霞のなかにぞろりと立ち並ぶ芦の葉は、よく見ればみんな立ち枯れている。いや、違うのか。さっき見たときは青々としていたのに、どんどん枯れてゆくのか。

「堀口さまぁ！」

霞は意地悪く、甚三郎の声もくぐもらせて邪魔立てする。金右衛門を一人にしてしまうのは恐ろしい。自分も一人になるのは怖い。

もう一度大声を張り上げようとしたとき、金右衛門が霞のなかを後ずさりして戻ってきた。急ぐあまりによろけそうだ。

「い、いかがなさいました！」

甚三郎は呼びかけたが、金右衛門は泥に足を滑らせ、尻餅をつきそうになるのを、脇差しを突き立ててかろうじてこらえた。

二人の背後から、一陣の風が吹き付けてきた。霞が追いやられ、芦の群が一斉に頭を垂れて目の前が開け、金右衛門が見てきた景色が甚三郎の目にも飛び込んできた。

だだっ広い芦っ原は、奥行きはほんの四、五間ほどしかなかった。その先は断ち切られたように芦が消え、青い水を満々と湛えた湖になっている。

今まさに、その深みのなかで何かがのたうち、身をくねらせて水面《みなも》へと上がってくるところだった。

大波を起こし、水しぶきを飛ばしながら、それは水のなかから飛び出した。甚三郎が両手を広げてもまだ足らぬ大きさの、しかしあれは魚の尾びれだ。

ばしん！　尾びれが力強く水面を打つ。脇差しにつかまって立つ金右衛門は、跳ね飛んだ水を頭からかぶってしまう。甚三郎は腰を抜かし、水際にへたり込んだまま、尻でずってその場から逃げ出した。

湖の水面は泡立っている。巨大な魚はまた現れるのか。こっちへ向かってこようとしているのか。

金右衛門が頭を振って水を跳ね飛ばし、回れ右をして芦っ原を駆け戻ってくる。風はやみ、枯れた芦の群は頭をもたげ、行く手を遮って立ち並ぶ。金右衛門が手で除けても跳ね返ってきて邪魔をする。泥で足元が滑り、思うように速く進めない。

ようやく乾いた地面に上がったとき、金右衛門は肩で息をしていた。

「あ、あ、あれは、あれは何でしょう」

甚三郎は金右衛門の足をつかみ、わなわなと問いかけた。

「わからぬ。途方もなく大きな魚影が見えたので引き返したのだが、それで命拾いしたようだな」

怪物だ。化け物だ。

「舟があったって、俺はあんなところへ行くのはごめんだ」

分別などけし飛んでしまい、甚三郎はぞんざいに言い捨てた。歯が鳴って膝が笑う。

金右衛門は脱ぎ捨てた筒袖の懐から手ぬぐいを引っ張り出し、身体を拭き始めると、

「なぁに、次に来たときには、草っ原に変わっているかもしれんぞ」と、笑って言った。

それでも当座は、絵図には大きな湖を描くしかなかったし、甚三郎は二度とこの場所に足を踏み入れる気にならなかった。

六日間の探索で、わかったことは一つだけ。

「どうやら、いくら屋敷の外を探っても出口は見出せぬようだ」

景色は頻々と変わる。地形が変わるということは、事前に支度しておいてもそれが無駄になり得るということだし、新たな怪物や化け物に襲われる懸念も消せない。

——湖が消えて森になって、やれ一安心だって歩いていったら、二階屋ほどの大きさの熊が出てきたりしてな。

そう思うだけで、甚三郎は肝っ玉がありんこほどに縮んでしまうのだった。

しかし、金右衛門は臆さなかった。

「これほど念入りに外へ逃れられぬよう仕組まれているということは、この屋敷の主人が我らに、屋敷のなかに留まり、何かを為すことを求めているからだろう」

ならば腰を据えて建物のなかを探索すべし。

「我らが何故《なにゆえ》ここに誘い込まれ、囚われたのか、その謎の答えも屋敷の内にあるはずだ」

屋敷の主人の意図を汲めば、ここから解放されるためにしなければならないこともわかるはずだ、と言う。

「それじゃあ、甚三郎さんの見た、甲冑姿の侍を探すんですか」

幸か不幸か、あれっきり現れていない。

「その侍が主人とは限らんがな」

やはり化け物の類いなのかもしれないし、主人の従者で、甚三郎たちを逃亡させぬよう見張っているだけなのかもしれない。

甚三郎がへこたれている横で、正吉とお秋が顔を見合わせる。そして正吉が身を乗り出した。

「堀口様、ちょっとこれをご覧ください」

取り出したのは、二冊の大福帳だ。びっしりと文字を記してある。

「お秋さんとおしげさんにも助《す》けてもらって、屋敷のなかにある道具や衣類なんかを、全て書き出してみたんでございます」

椀《わん》や皿、箸、小鉢、夜着や枕や浴衣、提灯、蠟燭、厠の落とし紙まで数えてある。

「こちらは食べ物ですけれど」と、お秋も大福帳を開いて指さした。

「麻袋に入っているお米も雑穀も、芋も干餅も、今日食べた分は、一夜明けると元に戻っているんです。畑の野菜も同じです。葱も蕪も、同じところに同じものが生えていて」

当面、飢え死にの心配だけはないということである。

「道具や衣類も、使い切れないほどの数がございます。それでいて蠟燭は燃え尽きませんし、行灯用の上等な菜種油も、使っても使っても瓶の縁まで満ちたままなんです」

金右衛門と甚三郎が外へ出ていた六日間、屋敷に居残った彼らも、あれこれ探っていたのである。

「ただ、手前が持ち込んだ薬包や煎じ薬は、使えばちゃんと数が減ります」

正吉が言うのを聞きながら、金右衛門は興味深そうに大福帳を繰っている。

「つまり、もともとこの屋敷にあったものは、数もたっぷりありますし、使っても減りません。何十人でも養えるわけなんですが」

ただ一つだけ、数に限りがあるものが見つかったと続けた。

「印半天でございますよ」

紺木綿の印半天。左右の襟に小さい字で「黒武」と、背中には□に十の字を重ねた、紋所ではなさそうな珍しい印が、白抜きで入っている。

「この印半天に限っては、ちょっきり六枚しかございません」

甚三郎たちの人数分だけだ。

六人の囚われ人。

「この屋敷の主《ぬし》は、手前どもに、この印半天を着て奉公人になれと命じているんじゃございませんでしょうか」

正吉の口調ははきはきしており、怖じけているふうはないが、お秋の顔は悲痛に引きつっている。ここで奉公しろ。年季明けはいつになるかわからない。

「なるほど」

低く呟いて、金右衛門はうなずいた。

「ならば、まず皆でこの印半天を着ることにしよう」

そうやって屋敷の意に沿えば、化け物や甲冑の侍に襲われなくなるかもしれない。

「奉公人は、主人の許しを得ずに、勝手に屋敷を離れぬものだ。我らもこの屋敷の主人の意に従い、その命ずるところを果たすまでは逃げ出しませんと意思を示せば、次に何をすればいいかということも、自《おの》ずとわかってくるのではないだろうか」

奉公人としてこの屋敷に仕えますという姿勢を示せば、屋敷の主人が命を下してくる。それをかなえれば、いつかは奉公が解かれるときも来る――

「そんな、あてずっぽうなあなた任せじゃ、心許なすぎますよ！」

つい、甚三郎は口走った。

「この屋敷の主人が、奉公人を片っ端から取り殺すつもりだったらどうするんです？」

金右衛門は落ち着き払っている。その眼差しに、ほんの一瞬虫けらを見るような色がよぎったことに気づいて、甚三郎は怯んだ。堀口様は、俺のことを腰抜けだと思ってるんだ。

「では、他に妙案があるか」

問い返され、言葉に詰まる。

「印半天を着ることで、安心して屋敷のなかを歩き回れるようになるならば、それだけでも大いに結構ではないのかな」

口元を引きつらせながらも、お秋も金右衛門にうなずいている。

「堀口様のおっしゃるとおりだと思うわ。あたし、屋敷じゅうをきれいに掃除します。洗い物もします。修繕が要るところを見つけたら、修繕します。食事の支度も続けます。皆さんの分だけじゃなくて、これからは、陰膳みたいにご主人様の分もしつらえればいいんでしょう」

おしげが、骨張って皺だらけの手を持ち上げて、お秋の背中をそっと撫でた。

「腰の曲がった婆《ばば》ではございますが、働くことは苦になりません。若いころを思い出し、畑仕事もいたしましょう」

何だよ何だよ、何を意気込んでるんだ。甚三郎は焦る。俺だって怯んでばかりじゃないんだ、ちゃんと考えてるんだ。

そこへ、久方ぶりに耳にする声が割り込んできた。

「おれは、船大工だぁ」

亥之助である。いつの間にか寝床から這い出して、一同が鳩首《きゆうしゆ》している板の間の仕切りにすがっていた。

「正吉さんの薬のおかげで、だいぶ具合がよくなった。材料と道具があれば、何でも作るし、修繕もするよ」

お秋が慌てて飛んでいって、亥之助を助け起こし、皆の輪のなかに連れてきた。正吉が手回しよく印半天を広げ、寝間着がわりの浴衣の背中にかけてやる。

「道具箱なら、薪小屋にございましたよ。中身を検めてみましょう」

正吉は笑みを浮かべ、亥之助の肩に手を置いた。

「手前もお手伝いします。それと、薬はちゃんと飲まなくちゃいけません」

「ふ、ふ、舟を造ってもらえれば」

思いつきが、甚三郎の口から出た。

「あの湖を漕ぎ渡って逃げ出すことだってできるかも——」

金右衛門は相手にしてくれない。他のみんなもそっぽを向いている。

「よし、ではそれがしは屋敷のなかを探索し、絵図面を引いてゆくことにしよう。お秋、印半天を」

金右衛門が印半天に腕を通すと、お秋たち三人もそれに続いた。

「甚三郎さんはどうするの」

甚三郎の分の半天を手に、お秋が膝立ちになって、やっとこっちを見た。

「得心がいかないのなら、ご自分の思うとおりになさればいいと思いますよ」

と言う正吉がしゃらくさい。こいつ、こんな嫌な野郎だったのか。

「——かしてくれ。俺も半天を着る」

そして甚三郎は金右衛門の横顔を仰いだ。

「堀口様、屋敷のなかの探索に、またわたしをお連れになってください。どうぞお願いいたします」

無言のまま立ち上がった金右衛門は、少し考えるように間を置いてから、言った。

「探索中に命が危ないと思ったら、それがしにかまわず逃げればよい。我らは同じ立場の奉公人同士だ」

ご勘弁を。そんな精悍な顔をして、嫌味を言わないでくださいよ。文句が喉元までこみ上げてきたが、無言で頭を垂れて堪えた。

「今まで気にしてなかったけど、甚三郎さんの生業は何だろ。お秋さんは知ってますか」

正吉の空とぼけた嫌味も、聞こえないふりをした。

屋敷の探索の振り出しは台所だ。金右衛門はまっさらな大判の大福帳を開くと、一枚目の端っこに四角く台所を描き、隣り合う板の間を描き足した。

そして、印半天を着込んだ六人に、屋敷はあっさりと、その意を知らしめてきた。探索の初日の昼過ぎ、金右衛門と甚三郎は、台所から十五部屋めの座敷を出て、百目蠟燭の灯る長い廊下を右に進み、その突き当たりに、蔵のそれのような分厚い観音開きの扉があるのを見つけたのだ。

取っ手はあるが、錠前はかかっていない。扉は滑らかに、ゆっくりと手前に開き——

その先には、噴煙をあげる漆黒の火山が待ち構えていた。


「そこには、端から端まで一度に見渡すことができないほど大きな襖絵《ふすま》があったんです。これまで見てきたなかで、いちばん広い座敷でした。飛び抜けていましたよ。ざっと二百畳——もっとあったろうかな」

それだけの大広間の天井を支えるために、等間隔で太い柱が立てられている。襖絵があるのは北側で、西側と南側は白漆喰を塗り固めた壁、東側が皆で通り抜けてきた扉のある壁だ。

三方の白い壁には、何の装飾もない。広間のなかを仕切る戸を立てるための敷居もなく、欄間もなければ、彫刻の類いもなかった。備品も家具もないがらんどうの大広間で、巨大な襖絵だけがくっきりと浮かび上がるようなしつらえになっていた。

「その襖絵も、踏み込んですぐには、一面真っ黒に見えただけなんですよ。それくらい、黒いところが多かった」

最初の驚きが収まり、絵のなかに漆黒の巨大な山の稜線《りょうせん》を認めると、あらためて息を吞み、立ちすくんでしまい、その絵に吸い込まれてゆくような気がした、という。

「高い山ではなかった――いや、高いのかもしれないが、全体になだらかで、富士のお山のような形ではないという」

うまく語れずに、甚三郎はもどかしげだ。富次郎はつと膝を乗り出した。

「よろしければ、わたしに描かせてくださいませんか」

「え？」

「ほんの手遊《てすさ》び程度ですが、わたしは絵をたしなみます。そこの文机《ふづくえ》に墨も筆も紙もございますので、梅屋さんのおっしゃるとおりに、その襖絵をざっと描いてみれば、この先の語りの助けにもなりましょう」

幸い、梅屋甚三郎が気を悪くしたふうはない。ちょっと背後の掛け軸を振り返り、

「絵心をお持ちなら、あの半紙にも、あとで絵をお描きになる？」

「はい、実はそういうことでして」

語り手の話を絵にすることで、富次郎の心から聞き捨てるのだ。

「もちろん、誰にも見せません」

そこはしっかりと念を押して説明した。

「ふぅむ。さっきの『心を白にして語りを聞く』という口上ももっともらしいですが、私にはその方が得心がいきますな」

その言葉にほっとして、富次郎は両手を擦り合わせる。よし。

てきぱきと文机を傍らに移し、硯箱《すずり》を開けて支度をしながら、

「大広間は二百畳余りもあるんですよね。襖の数はおわかりになりますか」

「数えてみましたから」甚三郎はうなずいて、「そうか、先にそれを言った方がわかりやすいんだな。四十九枚ありました」

四十九。半端だし、何とも不吉な数である。

「当時、私もそう思いましたよ。だってねえ、大広間の北側は、襖がちょっきり五十枚並ぶだけの幅があったんです」

なのに、出入口の扉の側から見ていちばん奥の一枚分は襖ではなく、漆喰の壁でもなく、なぜか襖の形の板張りになっていた。

「意味ありげでしょう。この板張りの部分は、あとから話に出てきます」

「わかりました。では、四十九枚」

富次郎は目の前の畳の上に、半紙を横に五枚並べた。

「この一枚が襖十枚分。左端のここが、板張りになっていて襖ではない、と」

大きさを指し示しておいて、筆を執る。

「裾野の広いお山でしたか」

「いいえ、裾を引いているのではなく、ぜんたいに盛り上がっているというか……」

右手を拳にして口元にあて、ついでしゃがれた咳を一つ、二つ。たとえるものを探して、甚三郎は思いついたらしい。

「そう、煮物を盛る平椀《ひらわん》だなあ。あれの蓋をとって、逆さまに伏せたような形でした」

そうすると椀の糸尻の部分が山の頂上になるわけだが、

「そこは大きく窪《くぼ》んでいて、真っ赤に溶けた岩が溜まり、噴煙を上げていたんです」

「そうか、火山なんだった」

絵を描くとなると夢中で、富次郎は口調がくだけてしまう。

「山の頂上はどのへんにありましたか」

「ほとんど真ん中です。ああ、大広間の真ん中という意味ですよ」

「高さはいかがです？　襖の上の辺からどのくらい下がっていましたか」

「一尺ほど余していましたかな」

巨大な火山の背景は灰色の空で、泥をなすったようにまだらになっており、そのなかに赤や黄色、金色の粒子が舞い散ってきらきら光っていたという。顔料に雲母を混ぜてあったのだろうと、富次郎は見当をつける。

「となると——こんな具合——かな」

左手で半紙が離れぬようにいちいち押さえながら、大きく筆を動かした。甚三郎はその手元を見つめている。

「そう、そう」

この大きさの山で、頂上の窪み、溶岩の溜まっているところは、

「襖の五枚分くらいはあったかなあ。頂上そのものも広かった。平らというか、こう、台地のようでした」

甚三郎が手で宙に描いてみせる。踏み台のような形に見えなくもない。

「となると、と」

富次郎は新しい半紙を五枚並べ、底が広くて糸尻のない平椀を伏せたように描き直した。溶岩の溜まっている頂上の窪みは、三枚目の半紙の半分ほどの幅にしてみる。

「ここは深くえぐれていましたか」

「……どうだったろうかな。岩が崩れてぎざぎざになっていて、その隙間から真っ赤に溶けた岩が溢れそうになっていたが」

富次郎が動かす筆先を、甚三郎の目が追いかけてゆく。

「ああ、そうだ。あの真っ黒な山はこんな形でした」

何度もうなずきながら、甚三郎は半紙に描かれた形を確かめている。

「あなたは腕が立ちますね。まさに、あれはこういう景色で」

そこで言葉が切れた。富次郎は筆を手にしたまま目を上げた。甚三郎は両腕をきつく身体に巻き付け、身を固くしている。

「梅屋さん、大丈夫ですか」

梅屋さん。もう一度声をかけると、甚三郎は呪縛が解けたようになった。

「申し訳ない。寒気がしたんです」

額に鼻筋に、うっすらと汗をかいている。袖からのぞく腕には鳥肌が浮いている。ただ火傷の痕のところだけは、汗もかかず鳥肌もない。

「こうして描いてもらったら、よくわかりましたよ。この黒い火山は、ずっと私のなかに居座っていたんです」

心の奥底で噴煙を上げ、鳴動し、溶岩を煮えたぎらせながら。


ぐつ、ぐつ、ぐつ。

大広間に踏み込んだ甚三郎の耳には、確かにその音が聞こえた。

ただの襖絵だ。呆れかえるほどの大きさではあるが、装飾に過ぎない。

なのに白い噴煙が上がり、風に流されてゆく様が見える。溶岩は、頂上の窪みの深いところでは深紅に溜まり、縁に行くほど黒みがかった赤色になって盛り上がる。ときどき小さな泡が噴いてきて、ぷつりと弾ける。

それにこの響き——身体ぜんたいに伝わってくるのは、火山の鳴動ではないのか。

漆黒の火山の向こうの空は灰色に曇り、これもまた風に掻き乱されて、刻々と濃淡を変えてゆく。そのなかにときどき金色の粒が光り、真っ赤な火花が弾ける。

「……風が熱いわ」

震えるような囁きが聞こえた。傍らに立つお秋が、襖絵に向き合ったまま、すくんだようになっている。

「な、何言ってんだよ、バカバカしい」

とっさに、難癖をつけるように吐き捨てた甚三郎だが、膝ががくがくしていた。怖いのだ。目の前にあるものが信じられず、正視したくない。夢であってほしい。

駄目だ。甚三郎は起きている。目は開いている。お秋の言うとおり、熱風で息苦しいほどに暑い。印半天の襟にしみこむ自分の汗が湿っぽい。

たまらないのは暑さだけではない。臭いだ。何だろう、この臭さ。息をすると鼻が曲がりそうだ。

ぶぉん。

粘ついた重たい音を発し、襖絵のなかの火山の頂上で、赤黒い溶岩が波立った。灼熱《しゃくねつ》の雫《しずく》が火口の縁から溢れ、漆黒の山肌に赤い糸を引いて流れ落ち、そのうちに冷えて黒く固まって、山肌にまぎれた。

こんなことがあるはずはない。襖絵なのに。

一同、声もなく棒立ちになる。

「い、い、いったいぜんたい」

よろりと足を踏み出し、正吉が襖絵に近づこうとした。手を上げ、指を伸ばし、しかしその腕を、金右衛門がむんずとつかんで引き戻した。

「近寄ってはいかん」

重々しく厳しい声音だ。そのこめかみからつつっと汗が流れ落ちた。

「ただの襖絵ではない。本物の火山だ。触れれば命はないぞ」

皆、下がれ。両手を広げ、金右衛門は他の五人を押し戻した。

「壁際まで下がるのだ。早く」

強く促され、最初にお秋が応じた。おしげの手を取って、襖絵の前から逃げ出した。腰の曲がっているおしげは、お秋にかばわれながらよろよろと歩き、膝から崩れるように壁際に座り込んでしまう。

それを見て、亥之助爺さんが我に返った。みっともなく四つん這いになって、ただ下がるだけでなく、襖絵の反対側の壁に背中と尻をくっつけてへばりついた。

「息を深く吸ってはならん。小刻みに浅く吸って吐くのだ。これは硫黄の臭いだ。用心せねば肺腑にまで毒が回るぞ」

襖絵を睨み据え、金右衛門は口を真一文字に結んでいる。正吉はその横顔を覗《うかが》いながら、そろりそろりと襖絵から離れて壁際に寄った。お秋がその袖にすがりつく。

甚三郎は二歩、三歩と後ずさり、足がもつれて尻餅をついた。恐ろしさに肝が冷えているのに、だくだくと汗が出てくる。

また、低い鳴動が聞こえてきた。身体で感じる。襖絵の火山が発する鳴動が、この大広間ばかりか屋敷全体を震わせる。

床が揺れ始めた。地震だ。お秋が小さく叫び、おしげと一緒に身を縮める。亥之助爺さんはひえぇと声をあげる。金右衛門は中腰になって片手を畳についた。

揺れる。揺れる。外の廊下で何かががたがた音をたてている。なのにこの大広間では、襖の鳴る音がしない。襖絵は揺るがない。

ようやく、揺れがひいてきた。地震が収まる。襖絵の空を噴煙が流れてゆく。

そのとき、絵のなかで、山肌の一部が崩れた。今の地震のせいだろう。がらりがらりと小石と土の塊が転げ落ちてくる。目を瞠り、身動きできずに見守る一同の前で、それは襖絵を抜け出して、大広間の畳の上まで転げ出てきた。

一つかみの土くれだ。しゅうしゅうと湯気を放っている。それ自体の熱で蒸発し、まばたきするうちに消えてしまったが、畳の上には焦げ跡が残った。

襖絵のなかから出てきた熱い土が、甚三郎たちのいるこの場の、畳を焦がした。

ありっこない。だが、目の前で起こった。

「あれは、それがしの目の迷いではないな」

襖絵を見据えたまま、金右衛門が問いかけてきた。顎の先から汗が滴る。

「皆も見たか。正吉はどうだ。甚三郎は」

甚三郎は、舌が喉の奥に引っ込んでしまって声が出ない。

「は、は、はい」

うわずった声で正吉が答えた。

「確かに見ました。絵のなかから土の塊が転げ出て参りました」

畳の焦げ跡は消えない。そこにある。目をこすっても、ちゃんと見える。

「そうか」

金右衛門の声音は厳しいままだが、口調は落ち着いていた。

「ならば、それがしが正気を失っているのではなさそうだの」

そのまま静かに後ろに下がると、金右衛門は馬乗袴の裾を払い、甚三郎の脇にしゃがんで片膝を立てた。

「誰も怪我はなかったか」

皆を見回す。だだっ広い大広間には、火山の発する熱が満ちている。

暑さに耐えかねて、亥之助爺さんが印半天を脱ごうとした。突飛なことに打ちのめされて、これまで誰も思いつかなかったことだ。すると、金右衛門が鋭く制した。

「脱いではいかん！」

亥之助爺さんはひ！と固まる。

「着たままの方が身を守れる。長居はさせぬから、そのままでおれ」

爺さんは泡を喰って印半天に腕を通し直し、お秋と正吉は揃って襟元をぎゅっと合わせた。

甚三郎もそんな気がした。だってこれはこの屋敷の奉公人のしるしなんだろ？　これを着込んでいれば、屋敷のなかを無事に歩き回れるんだよな。

金右衛門は片膝立ちのまま、身をよじって襖絵の方に向き直った。

「見てのとおりだ。どういう呪《まじな》いなのかわからぬが、この襖絵は生きており、火山も生きておる」

絵のなかの火山なのに、そんなことがあるものか。甚三郎はすがりつくようにそう考える。そんなバカな。そんなバカな。

「さらに、この地鳴りと噴煙の様子から察するに、噴火が迫っておるようだ」

お秋とおしげは抱き合っている。亥之助爺さんは壁にへばりついて泣き顔だ。小賢《こざか》しくて小癪な正吉は、しとどに汗に濡れながら、意固地に顔を上げている。強がっているのだ。本当はこいつも小便もらしそうなほど怖いんだろう。俺と同じだ。

ああ、息が苦しい。暑い、臭い。

「我らをこの屋敷に招き寄せ、閉じ込めている主の意図はわからぬ。しかし、この火山がある以上、我らにはいつまでも幽閉の身に甘んじている暇はないようだ」

襖絵のなかの火山が噴火すれば、大きな地震が起きる。焼けた岩石が飛んできて、大広間に溶岩が溢れ出す。さっきの土くれの比ではない。屋敷は地震に揺さぶられ、柱が倒れ、天井が落ちる。そこに押し寄せる溶岩は猛火を引き起こし、全てを焼き尽くすだろう。

「その時が来るまでに、何としてもこの屋敷から逃れ出ねばならん」

そんなバカな。無駄と知りつつ、念仏のように甚三郎は唱え続ける。手妻《てづま》じゃねえんだ。絵に描いた餅が食えないように、絵に描いた火山に焼き尽くされてたまるかよ。

「この襖絵こそが、この屋敷の肝だ」

金右衛門の言葉と同時に、どたん！と大きな音がたった。甚三郎たちは飛び上がった。金右衛門は素早く身構える。

襖絵の端の、一枚分だけ板張りになっていたところが、ぽっかりと開いていた。

「――そこだけ、落とし戸になっていたんですよ」

梅屋甚三郎の語りを聞きながら、富次郎は新しい半紙を置いた。

「襖の形の板張りがそっくり下に落ちて、戸が開いたわけですね」

「そうです。なかに踏み込むと、長さが一間半ばかりの短い廊下になっていました」

幅は襖一枚分より少し広いくらいである。壁も天井も板張りだ。床板は縦に張られている。小部屋ではない。どう見ても廊下である。

その突き当たりには、また板張りがあった。

富次郎は半紙に、落とし戸のつもりで四角を描いたが、すぐ思い直した。見取り図のように、上から見た形を描いた方がいい。

「お秋とおしげさんと、怯えきっていて役に立たない亥之助爺さんを大広間から逃がして、私ら三人で入ってみたんです」

私も怯えていましたが――と、甚三郎は苦く笑う。

「何かわかるなら知りたいと思いましたし、何より、堀口様と一緒にいる方が心強かったんでね。でも、すぐ後悔する羽目になっちまいました」

見るんじゃなかった、と。

甚三郎が歯を食いしばり、身を固くすると、首筋の火傷痕のひっつれがひくひくする。

「短い廊下のそこらじゅうに、数え切れないほどの手のひらの跡がくっついていたんです。天井にもですよ。焼け焦げた手の跡があったんです」

富次郎は筆を止めた。絵で描く気になれない。どうやったら天井に手が届く？　溶岩の奔流にさらわれ、その高さまで押し上げられたとしか思えない。

どれくらい生きていられたろう。溶岩の熱に焼かれ、煮られながら。

「大勢の人たちが、押したり叩いたり引っ掻いたりしたような、動きの見える跡でした。爪を立てて掻きむしったようなものもあったくらいです」

甚三郎は目をつぶり、息を一つ吐いて、湯飲みに手を伸ばした。半分ほど残っていた、冷めた番茶を飲み干す。

「出口を求める人たちの悲鳴まで聞こえてきそうでしたよ。情けない話だが、私は鼻水を垂らして泣いてしまった」

富次郎は黙って懐紙を差し出した。甚三郎はそれで目を拭い、洟《はな》をかむ。

「正吉も真っ青になっていましたが、それでも私より気丈でね。懸命に納得しようとしていました」

この襖絵がこの屋敷の肝だ、自分たちがそう解したから出口が開いた、外へ逃げ出せる目が見えてきた――

「左様、ここが唯一の道」

金右衛門は言って、突き当たりの落とし戸に手を触れた。散らばっている手のひらの跡の一つに、臆せず自分の手のひらを重ねた。

「しかし、次のこの落とし戸を開くには、何を突き止めて解すればいいのだろう」

拳を握って、目の前の落とし戸を叩く。どん。その響きの軽さに、甚三郎は気づいた。この向こう側は空《あ》いてる。

「で、ですけど、ですけども」

正吉はぎくしゃくとつっかえる。

「これを開けることができても、またその先には同じような落とし戸が立ち塞がってるってことはございませんか」

この短い廊下はひどく不自然だ。本来はもっと長い廊下を仕切ってこのようにしてあるように見える。

いや、きっとそうなのだ。だから叩くと軽い音がするのだ。甚三郎もそう思っていた。口に出す気力がなかっただけだ。いや、口に出すのが怖かったのだ。

金右衛門はもう一度叩く。どん。

「開けてみねば、それもわからん」

確かめもせずに諦めてしまうわけにはいかない、と言った。はい、はいと、正吉はその力強い言葉の尻馬に乗ろうとする。しかし顔は恐怖に歪《ゆが》んでゆくばかりだ。

「いっそ別の道を探すのはいかがでしょうかね。まだ見つけてないだけで、よく探せば」

印半天の袖で汗を拭きながら、金右衛門は正吉のすがるような言にかぶりを振った。

「残念だが、それはあり得ぬ。この屋敷は我らを惑わしてきた。いまだに全体の造りさえ判然とせぬままだ」

屋敷の主が指し示している出口はここだけだ。我らはここに導かれた。ならば、出口は他にない。

胸の奥から固い怒りがこみ上げてきた。それを吐き戻すように、甚三郎は叫んだ。

「そんなこと言ったたって、じゃあ次はどうすりゃいいんです？　何を解するんですよ。何から何まで面妖で、つかみどころのねえことばっかりじゃねえか！」

金右衛門は動じない。これだから侍は大っ嫌いなんだよ。俺たちの命なんざ虫けらみたいに思っていやがる。

「取り乱すな。探り出し、解すべき事柄はいくつもあるはずだ。先の標《しるべ》が見えただけでもよしとせねば」

試練だと、金右衛門は言った。

「乗り越えられねば、ここに手のひらの跡を残した者たちと同じく、命運が尽きるのみ」

今も暑さに汗を流しているのに、甚三郎の身体は絶望に冷えてゆく。

「何だかわからないうちに連れ込まれて、閉じ込められて、今度は試練ですか」

奥歯が鳴る。泣き言を並べながら、また涙と鼻水を垂らして、

「こんなえらい目に遭わされて、何の罰だよ。俺たちが何をやったたっていうんだよ。何もしてねえよ。勘弁してくれよぉ」

もう、自分の弱さも臆病さも気にならなくなってきた。恥を感じている余裕がなくなってしまった。

「何をやった、か」

金右衛門は嚙みしめるように繰り返し、甚三郎を振り向いた。

「そなた、ここに迷い込んで早々に、悪夢を見たと言ったたな」

嫌だと叫んで目が覚めた——

「闇に呑まれて骨になってゆく夢を見た。その夢のなかで、何者かの声を聴いたと」

ああ、そうだ。あの声は何と言っていたか。

（灰は灰に、塵は塵に）

（そなたの罪を告白せい）

（悔い改めねばならぬ）

甚三郎がもう一度それを口に出してみると、金右衛門の表情が変わった。たじろいだようにも見えた。

「よし、今は長居は無用。出よう。襖絵から離れて、壁際を走るのだぞ」

大広間を横切る。絶え間ない鳴動。吹き上がる噴煙。息を吸えば肺腑が焼けそうな熱風。むせるほどの硫黄の臭い。

三人が扉を通り抜けるとき、次の地震があった。今度のは短く、ぐらりとしてすぐ収まったが、まるで念を押されたようだった。おまえたちに暇はないぞ、と。

＊

囚われの身の六人が探り出し、解すべき事柄とは。

この屋敷の主は何者であるか。

何故に人を捕らえ、閉じ込めるのか。

六人が解き放たれるには、どうすればいいのか。

屋敷の主が求めているものは何なのか。何を差し出せば、六人を許してくれるのか。

「屋敷の探索を続けよう。手掛かりを探すのだ」

それが堀口金右衛門の考えだった。

「座して噴火を待つわけにはいかぬ。それがしと正吉、甚三郎と亥之助の二組で、東西に分かれるぞ。お秋とおしげには日々のことを任せる。我らはまだ生きているのだから、食って寝て暮らさねばならん」

あとの五人に、はいもいいえもない。勝手に逃げ出そうにも、森のなかには化け物が待ち受けており、芦原の先に広がる湖には巨大な怪魚が潜んでいる。

「皆、自棄を起こすなよ。必ず道は開ける。心を強く持つのだぞ」

あの大広間の火山もまた悪夢だと思いたかったけれど、硫黄と汗の臭いが染みついた衣服や、灰まみれの手足、身体のそこここのひりひりする火傷が、そんな逃げ道を許してくれない。

それより何より、六人があの大広間を見出したことで事態は一つ先に進んだらしく、屋敷のどこにいても、日に何度か火山の鳴動と、小さな地震を感じるようになった。

刻々と、噴火が迫っている。

その一方で、いったいどういう意図が働いているのか、この場所の時の流れはいっそう速まっているようだった。

一夜明けたら、屋敷の外は夏になっていた。

相変わらず霞はしつこく、空を覆い景色をぼやかしている。それでも、裏庭の小さな畑の作物は、一気に丈が伸びて葉が増えていたし、井戸の水は温《ぬる》み、風はじっとりと蒸し暑いのだ。

この調子でいったなら、四、五日もすれば秋になり、十日も経てば霜柱が立つようになるのではないか。まるで六人を追い立てるかのように。あるいは、残り少ない命ある日々に、まっとうな四季の彩りを見せつけようとするかのように。

「あたしたちがここに閉じ込められているあいだに、もといたところでは、何年も経ってしまっているんじゃないでしょうか」

誰もお秋を覚えていない。甚三郎のことなど忘れている。六人がそこから姿を消したのは遠い昔の出来事で、誰も探そうとしてくれない。いや、とっくに諦めている。

「気に病むな」と、金右衛門は説いた。

「今は、無事にここから逃れ出ることだけを考えるのだ。他のことを思い煩えば、惑わされて心が折れるだけだ」

ただ一つ、考えてほしいことがある。

「それがしにも確信があるわけではない。しかし、思うところがあっての」

それぞれに、これまでの己の人生を振り返り、何か罪をおかしてはいないか、悪事をなしてはいないか、省みてほしい。

「何をおっしゃるんですか、堀口様」

小利口者の正吉は、いかにもそれらしく憤慨した。だが金右衛門は引かない。

「心外であろうことは承知の上だ。だが試してみてくれ。思い至る事があっても、口に出さずともよい。胸にたたんでおいてくれ」

甚三郎は、彼の見た悪夢のなかの声のことを思った。その話に、金右衛門が何事かを覚《さと》ってたじろいだように見えたことも。

「それ、俺が夢のなかで『悔い改めろ』と言われたことと、何か関わりがあるんですね」

金右衛門は明言を避けた。「まだわからぬ。わからぬから、このとおり頼むしかない。さあ、探索に取りかかろう」

男たち四人は二手に分かれ、また屋敷の絵図を作り始めた。一日、また一日。絵図は大きくなってゆくが、新しい発見はない。

金右衛門と正吉は、また襖絵の大広間に入ってみた。あの大広間には、行こうと思えばいつでもたどり着ける。念のためにと、金右衛門は絵図にその道順を書き記した。

亥之助爺さんと組まされた甚三郎は、自分の気持ちを奮い立たせるだけでも大変なのに、爺さんの泣き言も引き受けねばならなかった。これが大仕事だった。

うちに帰りたいのは、甚三郎だって一緒だ。こんな目に遭わされる謂《い》われはないのも一緒だ。おっかないのも、辛いのも一緒だ。くどくど言ってくれるな。立って歩け。座り込んで泣いていたいのなら、勝手にしろ。

最初から酒毒で弱っていた亥之助爺さんは、いちばんへこたれていた。お秋とおしげが飯を作ってくれるのに、ろくに食わずに酒を欲しがる。火傷がまだひりつく、金右衛門にあれこれ命じられるのが嫌だと文句を言う。

「こんなふうに探り回ったって無駄だぁ」

甚さん、やっぱり湖を渡って逃げようよ。

「おれが舟を造るから。材料は森から伐り出しゃいい。探すなら道具を探そう」

「湖からは逃げられねえよ。何度言わせるんだ」

亥之助爺さんは、あのでっかい怪魚を見ていないのだから仕方がない。そう思っても、苛立ちが止められない。

「どうしてもって言うんなら、いっぺん湖に行ってみな。俺はまっぴらごめんだから、一人で行きなよ」

そのとき二人は、新しくたどりついた百目蠟燭の廊下にいた。台所の西側では、これで十本目だ。この種の廊下はどこでも同じだが、踏み込んだときにはその全貌が見えず、先の方はただ蠟燭の炎が闇のなかに揺らめいているだけである。

「ああ、くたびれた。もう歩けねえ」

亥之助爺さんはしゃがみ込んでしまう。

「ちゃんと飯を食わねえからだ」

「腹が痛《いて》ぇ」

「だったらここにいろ。俺は先を確かめてくる」

「嫌だよ、甚さんも一緒にいてくれよぉ」

足にすがりつくのを邪険に振りほどくと、爺さんはじたばたした。その拍子に手が甚三郎の顔にあたった。

「何しやがんだ、くそ爺《じじい》！」

印半天の胸ぐらをつかみ、ぐいっと引っ張り起こした。二人の顔が近寄った。

亥之助爺さんの口元から、酒の臭いがした。

まさかと思った。だが臭う。

「ジジイ、飲んでいやがるな！」

甚三郎は怒鳴りつけた。

「いったいどこで酒を見つけたんだ？」

「飲んで、なんか、いねえ」

襟首を締め上げられて、爺さんはもっとじたばたする。声が詰まって顔が赤くなる。

「じゃあなんで臭うんだよ！　この薄汚《うすぎたね》え酔っ払いジジイが！」

甚三郎は亥之助爺さんを突き飛ばした。爺さんは木偶《でく》のように壁にぶつかり、そのまま廊下に転がると、身を丸めておいおい泣き始めた。

「おれは酔っ払いだよ。酒がやめられねえんだよ。飲んでも飲んでも足らねえ。娘を岡場所に売っぱらっても、酒がほしいんだよぉ」

だみ声で泣き喚く。甚三郎は唖然とした。「爺さん、今何て言った」

娘を岡場所に売っただと？

「あんた、娘さんと深川の長屋に住んでるんじゃないのか」

その娘は亭主の言うことばっかり聞くと、確かこぼしていたはずだ。

「あれは嘘だったのかよ」

甚三郎の声音が落ちたからか、亥之助爺さんは丸まったまんま顔だけ持ち上げて、すくうような目つきでこっちを仰いだ。

「ええっと、ひっく」

「どうなんだよ！」

その娘が、酔っ払って迷子になったときの用心に、迷子札を作って首に提げてくれたんじゃなかったのか。

「売り飛ばしたのは、上の娘だぁ」

七年前だと、もごもご言う。

「女房が死んじまって、おらぁもっと酒なしじゃいられなくなっちまって」

飲んで飲んで、酒代を溜め込んだ。

「女房の薬礼の借金もあったから、借りが嵩んじまったんだ」

不平たらしく口を尖らせる。

「妹の方はまだ小さくて、一人前の働きなんざできなかったからな。ほかにどうしようもなかったんだよぉ」

「爺さん、てめえの借金を娘におっかぶせて身売りさせたのか」

すると、亥之助爺さんは跳ね起きた。顔は涙と鼻水に汚れているが、目はらんらんと光っている。唾を飛ばして喚き出した。

「娘がおれに孝行するのの、何が悪いってんだよ！」

甚三郎は息を呑んでしまった。

「本人が岡場所に行くって言い出したんだよ。それがいちばん話が早いって。妹を食わせなくちゃならねえし、おっかさんの薬礼を踏み倒すわけにはいかないからってな」

急にいきり立ったせいで、息をあえがせて、

「おれは甚さんみたいなお気楽な遊び人じゃねえ。金がなきゃ酒が飲めねえ。飲めなきゃ手が震えて、曲尺《かねじやく》も鋸《のこぎり》も使えねえ。それじゃ日銭も稼げねえ。しょうがねえだろ！」

甚三郎は身震いした。顔が熱くなった。胸の底は冷えてゆく。

確かに俺は遊び人だ。怠け者で博打好きの放蕩息子だ。汗水垂らして働いた経験などない。実家にたかって楽に世渡りしてきた。

それでも、娘を売って酒代にし、それを親孝行だと開き直るようなこの爺《じじい》ほど、性根が腐っちゃいねえぞ。

「それで借金は返せたのか」

声を抑えて問いかけると、亥之助爺さんは逃げるように目をそらした。

「だが、てめぇは酒をやめてねえ。上の娘に身売りさせて、それでもまだ飲み助のまんまで、今度は下の娘にたかってたのか」

あの迷子札を見たとき、独り合点ではあったけれど、甚三郎はふと心が和んだのだ。この酔っ払いの爺さんは、娘夫婦とつましく長屋暮らしをしてるんだなと思った。貧乏な酒飲みでも、船大工だっていうんなら、そういう人生もあるんだなと思ったのだ。

勝手な思い込みではあった。だが、この爺がここまで人でなしだなんて、あのときどうして思えただろう。この世にこんな腐りきった父親がいるなんて。

ふふん——と、亥之助爺さんは鼻を鳴らし、口を歪めて笑った。

「女は楽でいいわ。いざとなりゃ身体で稼げるんだからな」

くそジジイ、なんていう言い草だ。

「下の娘にも、そんなことを言ってやがるのか。その娘《こ》には亭主もいるんだろ。てめぇみたいな腐れオヤジがいなくなったって、暮らしにゃ困るまい。追い出されて当たり前だよ」

おあいにくさと、酔っ払いの爺は憎々しくうそぶく。

「おれの娘たちは親孝行なんだ。おれのためならどんな苦労だってするんだぁ」

怒りで目が回りそうだ。この爺の首をひねってやる。くびり殺してやる。


そのとき、足元に振動を感じた。また地震だ。今日はこれで四度目だ。

悔い改めよ。

闇の廊下に響き渡る、野太い声。

甚三郎は目を瞠った。亥之助爺さんはきょとんとする。

悔い改めよ、罪ある者よ。

信じられない。廊下の先の暗闇のなかに、揺れる百目蠟燭の灯のなかに、人影が浮かび上がっている。

黒光りする甲冑。仁王立ち。

みしり。漆黒の侍の影が、一歩こちらに踏み出してきた。その影のまわりで、蠟燭の火が吹き消えた。

悔い改めよ。

みしり、みしり、みしり。

一歩、二歩、三歩。漆黒の甲冑の影が近づいてくる。影が通り過ぎると蠟燭が消える。

みしりみしりみしり！　漆黒の侍は足を速める。走ってくる。

魂消《たまげ》るような悲鳴をあげて、甚三郎は逃げ出した。転ぶ、転んでしまう、駄目だ嫌だ駄目だ、追いつかれる――

廊下の出口はすぐそこだ。障子戸が白く光っている。甚三郎がそこに手をかけたとき、亥之助爺さんの悲鳴が聞こえた。同時に、ずばりと何かが空を切る音がたった。甲冑の侍が大刀を抜いたのだ。

甚三郎は障子戸を開け、その内側に転がり込んだ。夢中で手を泳がせ、開けた障子戸を閉めた。あまりの勢いに障子戸が跳ね戻って、また一寸ほど開いてしまった。

その隙間から聞こえてきた。

「ぐぎゃっ」

潰れたような濁った悲鳴。後ずさる甚三郎の目の前で、真っ白な障子紙に血しぶきが飛び散った。礫《つぶて》をあてたような音。

甚三郎は腰を抜かした。尻でずって、それでも逃げようとした。真っ赤に染まった障子紙から目を離すことができない。

いつの間にか地震はやんでいた。甚三郎は、転げ込んだ座敷の反対側の障子戸に背中をくっつけ、それでもまだ後ろに下がろうと手足を突っ張った。

彼の力に負け、障子戸が外れて後ろに倒れた。甚三郎も一緒に仰向けに倒れた。

みしり、みしり、みしり。

百目蠟燭の廊下が軋む。その音はだんだん遠ざかってゆく。漆黒の侍の影が立ち去ってゆくのだ。

悔い改めよ。

亥之助爺さんは、気のいい酔っ払い爺の顔を捨てて、娘を食い潰す父親の顔をさらした。おかした罪を口に出した。

立ち上がることができず、甚三郎は這って進んだ。百目蠟燭の廊下へ戻らねば。亥之助爺さんがどうなったのか確かめなければ。

朱に染まった障子戸に近づくと、一寸ほどの隙間から、血の臭いに腐ったはらわたの臭いがまじって鼻をつく。

甚三郎は息を止め、わななく手で障子戸を開け放った。

斬り落とされた亥之助爺さんの首が、血の海のなかでこっちを見上げていた。血は敷居の上にまで流れていて、裸足の指先が生暖かくぬるりとした。

遠くで、二枚目の落とし戸が落ちる音が、かすかに聞こえた。

*

襖絵に見立てた五枚の半紙の前で、富次郎は身を守るように固く腕組みをした。

これが昔の出来事でよかった。もう始末がついていてよかった。そう思う一方で、梅屋甚三郎の身体に残る無惨な火傷の痕と、失われている手足の指が、今さらのように恐ろしくなってくる。

ここでこうして語れるのだから、甚三郎は生き延びて、謎の屋敷から逃れ出たのだ。お秋も一緒だったのだろう。だが、あとの人びとはどうなった？

早く、すっかり語ってほしい。聞かせてほしい。聞き捨てて安心してしまいたい。こんな気持ちになるのは初めてだ。聞き手は辛いね、おちか。どうしよう、わたしは堪えきれないかもしれないよ。

「続けてもようございますか」

問われて、我に返った。甚三郎が富次郎の顔を見ている。語り続けて疲れたのだろう、脇息にぐったりともたれかかっている。

いけない、いけない。聞き手が先にへこたれてしまってどうする。

「梅屋さんはいかがです？　お顔の色がよくありません。少し横になられますか。あるいは、続きは日を改めてもようございますが」

土気色の顔。血の気のないくちびる。しかし梅屋甚三郎は首を横に振った。

「すっかり語っちまわないと、私の気が済みません」

唸りながら身を起こし、座り直そうとする。

「白状しますと、私はもう、そう永くないんですよ」

落ち着き払って、そんなことを言う。

「何か命取りの病があるわけじゃありません。ただ総身が弱り果てていましてね。医者の話じゃ、五臓六腑がいかれているらしい。尾籠《びろう》な話で申し訳ないが、近ごろじゃ、厠に行っても小便だか血だか見分けがつかないようなものが出る始末だ」

返す言葉が見つからず、富次郎は腕組みを解いて膝に手を置き、うなだれた。

「つまりは、あの屋敷で負った怪我や火傷がずっと私を蝕《むしば》んできたんでしょう。何度も何度も硫黄と熱気を吸い込んだこともまずかったらしい」

言って、甚三郎はふと優しい目になった。「お秋があの印半天をこちら様に持ち込んで、謎をかけるような失礼な真似をしたのも、それを知っているからなんです」

――このまま甚さんを死なせたくないのよ。

「自分たちの身に何が起こったのか、口をつぐんで蓋をしたまんまにしたくない。どこかで誰かに聞いてもらいましょうよって」

気を取り直し、富次郎は顔を上げた。

「そのために三島屋を選んでくださって幸甚に存じます」

立派な口上とは裏腹に、腑抜けたように弱々しい声音になってしまった。それでも、甚三郎は微笑んでくれた。

「そう言っていただけると、ここでまた許されたような気がしますよ。有り難い」

身を折って頭を下げようとするのを、富次郎は慌てて止めた。

「楽になさってください。番茶を淹れ換えましょう。それとも水の方がいいかな」

「では、白湯をいただきます。冷まし冷まし、舌を湿しながら続きを語りますから」

富次郎は鉄瓶を取り、甚三郎の湯飲みに湯を注いだ。ほんのりと湯気があがる。

肺腑を痛めるほどの熱い蒸気を吸い込む。するとどうなるのだろう。ぐらぐらと煮える湯釜に顔を近づけたら、それを味わえるのだろうか。

「お秋は私より若いから、まだまだ大丈夫だとは思いますが」

季節の変わり目には乾いた咳が出るという。

「唾に血が混じることもあるとかで」

お秋のなかにも、十年前の出来事は残っているのである。

「足腰は達者ですからな。二葉屋さんを追い出されなくてよかった、働けるうちは、一日でも長く奉公したいと言っていますよ」

「お二人は、よくやりとりをしているんですか」

湯飲みの湯をふうと一吹きして、ちょっと間を置いてから、甚三郎は答えた。

「結局、生き延びて戻ってこられたのは、私とお秋だけでしたからね」

うすうす見当はついていたが、やはり、そういうことなのだ。

「申し合わせたわけじゃないが、二人して、あの屋敷のことを誰にも話しませんでした」

とうてい信じてもらえないだろうと思ったし、作り話だと疑われるのは辛かった。もしも笑われたりしたら、怒りと恐怖で度を失ってしまうと思った。

「それに、戻ってきたばかりのころは、とにかく早く忘れたくて」

屋敷のことを口に出すのは嫌だった。だから貝になってしまった。

「私は大火傷を負っていましたから、実家じゃ大騒ぎになりましたしね。家の者たちに、何がどうしてこうなったんだと問われると、因果応報だとだけ言うようにしていました」

――今までの道楽のツケが回ってきたんです。こうして命を拾ったからには、生まれ変わっていい息子になります。

「実際、因果応報だったんだから、この言葉に嘘はありません。誰もそれ以上は問いただささずに、養生しろと労ってくれたのは有り難いことでした」

見かけは無事だったお秋も、神隠しからひょっくり帰ってきたわけだから、二葉屋では腫れ物に触るように扱われたという。真実《ほんとう》のことを話したくないお秋には、それで都合がよかった。

「そうか、お二人が謎の屋敷で一緒にいて、一緒に生きて戻ってきたことも、まわりの皆さんはご存じないわけだ」

「ええ。ただ私は、こういう不可思議な縁なんだから、いっそお秋を嫁にもらおうと思ったこともあるんですが」

蹴っ飛ばされましたよ、と苦笑する。

「こんな腐れ縁、早く切った方がいいんですってね。だけど私にはお秋しかいませんでしたし、あいつだって、あの屋敷の恐ろしかった思い出を分け合えるのは私だけだとわかってる。だから、たまにこっちから音信すれば、無下《むげ》にはしませんでした」

そうやって続いてきた、奇妙な男女の繋がりである。

「私が死んじまったら、いよいよお秋は一人きりです。たった一人であの思い出を背負っていくのは辛い。だからしゃべりたくなったんでしょう。三島屋さんには不愉快なやり方で申し訳ありませんでしたが、どうぞ勘弁してやってください」

話は恐ろしく、目の前にいる弱り果てた梅屋甚三郎の姿は悲しい。しかし、富次郎は心のなかに小さな灯がともるのを感じた。

甚三郎はお秋を想い、お秋も彼を想っている。それぞれに当たり前の暮らしをしていたら繋がるはずもなかった縁、出会う機会のなかった男女だが、その想いがこれまでの二人を支えてきたのだ、と思った。

「それじゃ、続きを語らせていただきます」

梅屋甚三郎の目の底にも、かすかな光が宿った。富次郎の心のなかのそれとは違う、固い意思の光だった。

＊

甚三郎の耳の迷いではなかった。大広間の襖絵のいちばん奥で、二枚目の落とし戸が落ちていた。

甚三郎に先んじて、やはりその音を聞きつけて、金右衛門と正吉が駆けつけていた。二人の顔を見ると、甚三郎は膝がくだけてがくがくとへたり込んだ。冷や汗にまみれながら、亥之助と言い合いをしたこと、漆黒の甲冑の侍が現れたこと、目の当たりにした出来事を全て報せると、嗚《お》咽《えつ》しながらげえげえ吐いた。胃の腑がでんぐり返りそうだった。

「……手前は、甲冑の侍も甚三郎さんの見た夢だと思っていました」

まだ話だけだから、身にしみないのだろう。正吉はそんなことを言って、ぽかんとしている。

「本当にいるんですか。この屋敷のなかを歩き回っているんですか」

「待ちなさい。亥之助には気の毒だが、今はこちらが先だ」

案の定、二枚目の落とし戸の先も、一間半ばかりの短い廊下が続いていた。造りは一枚目の先と同じで、ただこちらの床は灰だらけだった。ざらざらした砂のような灰と、ものが燃えてできる黒い灰がまじっている。

そして、突き当たりには次の落とし戸が立ち塞がっていた。

天井にも壁にも、足跡や手の跡は残されていない。そのかわり、左側の板壁に、泥絵の具で大きな絵が描かれていた。

それもまた灰をかぶり、煤《すす》に汚れ、半分ほど剝がれ落ちている。かろうじて、何が描かれているのかは見てとれた。

「……あの火山でございますよね」

正吉の言うとおり、板壁には、大広間の襖絵と同じ火山が描かれていた。大きさは畳半畳ほどだが、形はそっくりだ。そしてこちらの火山は死んでいた。ただの絵で、噴煙も溶岩も動いていない。熱気も鳴動もない。

絵に顔を近づけ、穴があきそうなほどじっくりと観察していた金右衛門が、火山の裾野の一端を指さした。

「ここに文字がある」

それもまた剝げて汚れて、全ては読み取れない。という以前に、甚三郎も正吉も漢字は苦手だった。

「薄れているが、この二文字は〈大島〉だろう。次の三文字は——〈山〉しか残っておらんが」

さらにその続きの三文字は、ほとんど剝げずに残っていた。

御神火。

「ごじんか、だ」

金右衛門は呟き、目を細めた。

「ならば、この山は〈三原山〉に違いない」

甚三郎と正吉は顔を見合わせた。この何日かで、小癪な薬売りの頬がこけてしまっていることに、甚三郎は気がついた。俺もよれよれだが、こいつも堪えているんだ。

「堀口様、ご存じの場所ですか」

金右衛門はうなずく。

「そなたらは知らぬか。江戸湊《みなと》から遥《はる》か南方の海原に、点々と連なる伊豆の島々の一つで、大島はもっとも江戸に近いところにある」

剝げて汚れた壁の絵を見据える眼差しが鋭く尖った。

「昔は流人の島だった」

流人。正吉が目を丸くする。

「盗人や人殺しが流されるのは、三宅島か八丈島じゃございませんので?」

「かつて、おおよそ寛政のころまでだろうか、大島にも多くの罪人が流されていたのだよ」

これまた不吉で不穏な島なのだ。

「それがしも、巷の盗人や押し込みのことまではわからぬ。御家騒動の不始末や、ご公儀への反逆の罪で流された武家の者どもの例をいくつか覚えているだけの話だが」

声を低めて言う。眉をひそめ、何か考えているような顔つきだ。

「さっきおっしゃった、〈ごじんか〉というのは何のことでございますか」

正吉の問いかけに、金右衛門はその三文字を指さしながら、

「御《おん》、神の火と書いて御神火という。火山には神が宿ると考え、それを仰ぐならいはどこにもある。それがしの国許にもあるが、ただ御神火と言うならば、それはこの大島三原山のことをさしている」

大島の流刑地としての歴史は永く、だからこの空を焦がすような大きな火山は、古くから和歌や絵図の題材にされているという。

「いつ誰が名付けたものかは知らぬが、罪人の流される島に燃える神の火に、畏れを抱いてそう呼び習わしてきたのだろう」

流刑地か――と、険しい顔のまま、いっそう低く呟いた。

「そこに意味があるのか」

謎めいた呟きだが、甚三郎は考える気力も失せている。

「亥之助の亡骸《なきがら》を検めなくては。甚三郎、案内してくれ」

促されて、ふらふらしながら二人をあの百目蠟燭の廊下に連れていった。

絵図は描いてある。廊下と座敷の数をかぞえ、方角を確かめながら進んできた。しばしば景色を変えてしまう屋敷の外ではなく、内側なのだから、迷うはずがない。

十本目の百目蠟燭の廊下だ。三人でそこに戻ってきたのに、亥之助爺さんの亡骸は消えていた。血の海も消えていた。

漆黒の侍が迫り来るとき順々に消えていったはずの百目蠟燭の灯も、今は全て灯っている。元通りだ。

それだけならば、やっぱり夢を見たのだと思うこともできたろう。誰よりも甚三郎本人がそう強く願っていた。

だが、その場に一つだけ、あの惨事を裏付けるものが残されていた。

亥之助爺さんの印半天だ。百目蠟燭の廊下のすぐ内側に、血だまりがあったはずのところに、背中の方を上にしてふわりと落ちていた。

印半天の背中には、□に十の字を重ねた印が、白抜きで入っている。十の字は□のなかからちょっとはみ出している。

その十の字と□が、真っ赤に染まっていた。

血がしみこんでいる。生々しい臭いがする。

「甚三郎は夢や幻を見たのではない」

印半天を手にしたまま、金右衛門がゆっくりと嚙みしめるように言った。

「亥之助は命を落とした。この屋敷に呑まれ——食われてしまった」

それによって、落とし戸が一つ開いた。

「亥之助は、金のために娘を売り飛ばしたと、己の罪を白状した。それ故に成敗された」

「や、やめてくださいよ！」

思わず礼儀を忘れたのだろう。正吉が裏返った声をあげ、金右衛門の手から印半天を奪い取った。

「こんなもの、まやかしに決まってますよ。亥之助さんの印半天じゃありません」

だが、紺木綿の印半天からは血が滲み出して、それをつかんでいる正吉の指を染めてゆく。□と十の字のところから、だばだばと血が流れ出てくる。

おかしい。布にしみこんでいるだけの血が、どうしてこんなにたくさん――

ぽたり。甚三郎の額に、生温かいものが落ちてきた。

ぽたり。目の前にいる金右衛門の月代にも。

ぽたり。正吉の首筋にも。

三人は頭上を仰いだ。百目蠟燭の明かりの輪のなかに浮かび上がる天井の木目から、雨が降ってくる。

血の雨だ。見上げる鼻の頭に、眉間に、髷に肩にくちびるの上に。

「あわ、あああああ！」

印半天を放り出し、正吉が逃げ出した。金右衛門はそれを受け止めると、木偶《でく》の坊のように突っ立っている甚三郎の腕をつかんで、廊下の手前の座敷へと駆け戻った。

我に返れば、三人とも血に濡れてなどいない。印半天にも血がしみてなどいない。十の字と□は、洗い立てのように真っ白だった。

「幻影だ。しっかりせい。惑わされるな」

金右衛門が声を励ます。

そのとき、鳴動とともに足元が揺れ始めた。地震だ。屋敷ぜんたいが軋む。大きい。三人はとっさに中腰になり、支え合った。

甚三郎の耳の底に、腹の底に、大音声が響いてきた。吠え猛るような声。脅しつけるような、居丈高な響き。

また自分だけに聞こえているのかと、甚三郎は思った。違った。正吉の目が飛び出しそうになっている。金右衛門の顔から血の気が引いてゆく。
その声はこう言った——あと四人。

一人死んだら、落とし戸が一つ開いた。

そして響いてきた、あの大音声。

あと四人。

亥之助を欠き、屋敷に囚われているのは五人になった。

あと四人。

あと四枚の落とし戸がある。

四人が命を失えば、四枚の落とし戸が開く。外へ逃れる道ができて——

たった一人だけが救われる。

そういう試練なのか。

ならばどうしたらいい？　どうすべきなのか。

あと四人。あと四枚の落とし戸。

「その考えに拘るな」

金右衛門は一同に厳しく言い聞かせた。

「五人のうち一人しか生き延びられぬ道など、話にならん。さような脅しに屈してたまるものか」

そこまで強くなれず、果断でもない甚三郎の心は乱れ、恐怖と疲労に潰されそうになる。それでもかろうじて持ちこたえているのは、皮肉なことに、亥之助と血の雨の一件で、正吉がまるっきり腑抜けになってしまったからだった。

小才《こさい》が利いてまめまめしく、金右衛門には礼を尽くし、役立たずの甚三郎を見下げるようなところのあったこの薬売りは、実は誰よりも心が脆《もろ》かったらしい。やすやすと折れて、本物の木偶の坊に成り下がってしまった。

その痛ましい変わりようが、落とし戸の先の手のひらの跡や、亥之助の最期を目にしていないお秋とおしげにも、事態の切迫していることを充分に訴えかけた。二人とも泣いたり騒いだりはせず、金右衛門の語りに耳を傾け、亥之助のためには手を合わせた。

女たちのそのふるまいも、甚三郎に活を入れた。正吉はいかれちまった。お次は俺じゃ、あまりに恥ずかしくって情けない。

「それがしは探索を続ける」

金右衛門はきっぱりと言った。

「甚三郎が見たという漆黒の甲冑の侍が、この屋敷の主なのだろう。あと四人と告げてきたのも、主の声なのだろう」

主を探し当て、その意図を知らねばならぬ。その望みを知り、何を求めてこのように残酷な試練を強いてくるのか解さねばならぬ。

「そなたら四人は、できるだけひとところに集まっていなさい。離ればなれになってはいけない」

お秋とおしげには、正吉の世話と日々の寝食のことを頼む。甚三郎は三人を守ってやってくれ。

「堀口様は、お一人で探索するおつもりなんですか」

「それがしの身なら案ずるな」

金右衛門は腕が立つ。化け物に襲われているところを助けてもらったから、それは甚三郎だって知っている。

「屋敷の主も武士ならば、それがしも武士。その魂に呼びかければ、通じ合うものが見出せよう」

「俺をお連れになってください」

これまで二度、漆黒の侍の姿を見たのは甚三郎だけなのである。夢のなかで「悔い改めよ」という声を聴いたのも彼だけだ。

「堀口様お一人でいらしたんじゃ、あいつは現れねえかもしれません。なんでだか知らないが、あの野郎は俺の前にだけ姿を見せてるんだ」

甚三郎は選ばれている。

「きっと、あの侍の物差しじゃ、俺がいちばん罪が深いんでしょう。だから俺の前に現れるんだ」

思いつきで口に出した言葉に、お秋が鋭く問い返した。

「甚三郎さんはそんなに悪いことをしたの?」

皆がお秋を見た。金右衛門が何か言いかけたが、その前にお秋はたたみかける。

「亥之助さんは娘さんを売り飛ばしたんでしょう。それよりもっと悪いことを、甚さんはやってるっていうんですか」

甚さん、か。

「そんなら、こんなふうになっちまった正吉さんはどうなの」

お秋とおしげに挟まれて、正吉はぐだりと座っている。目は曇って焦点を失い、口は半開きでよだれを溜めている。呼んでも応えず、揺さぶっても豆腐のように頼りない。

「正吉さんは、甚さんよりもっと悪いことをしてたからこうなったんじゃないの？　だっておかしいじゃないの。いちばん悪いはずの甚さんは無事なのに」

きゃんきゃん嚙みついてくる。お秋は怯《おび》えているのだ。我慢も辛抱も切れそうになっている。

「俺は博打ぐるいなんだよ」

甚三郎はあっさり白状した。自分でもびっくりした。

「うちは札差でな。金に困ったことはねえ。それをいいことに、俺は丁半博打に溺れて、賭場を渡り歩いて暮らしてたんだ」

家業の手伝いはもちろん、客の履き物を揃えるような些事《さじ》さえしたことがない。金をじゃぶじゃぶ使い、旨い物を食って美酒を浴び、楽ばっかりして暮らしながら、頭のなかにはいつも賽子の転がる音がしていた。ちんちろりん。この世でいちばんいい音だよ。

俺は、世の中の役に立たない怠け者だ。死んだって誰も困らない。

「亥之助さんが借金のかたに娘を売り飛ばしたって言ったとき、一丁前に俺は怒った。けど、俺のやってることだってあの爺さんと大差ねえんだ。俺はくずだよ。くずの中のいちばんのくずさ」

声を荒らげることはなく、つるつると言い切った。

屋敷の深部から、鳴動が伝わってきた。襖絵の火山が唸っている。

地震だ。浅い横揺れがきた。天井からぱらぱらと砂や塵が落ちてくる。

「ほえぇ」

とろんとした顔つきのまま、正吉がとんきょうな声をあげて首を縮めた。

「……しょう」

かすれた声が聞こえた。おしげだ。

「おしげ、何だ」

金右衛門の呼びかけに、おしげは背中を丸めるようにして頭を下げた。

「婆《ばば》が差し出がましく、申し訳ございません」

地震が収まってきた。鳴動も引いてゆく。

「かまわぬ。申してみよ」

かしこまったまま、おしげは薄いくちびるを開く。

「こんな言い合いをしても、気まずくなるだけでございます。それこそ屋敷の主の思うつぼではございませんか」

おしげが、こんな的を射たことを言うとは。

「婆はこの歳でございます。身に覚えのあることもあれば、気づかぬうちにしでかしている悪事もあるかもしれません。屋敷の主が、その咎《とが》で婆の命をとるというのならば、諦めるしかございませんが」

おしげはただの農家の婆さんではないのだ。こうして間近によく見れば、伝わってくるものがある。もとのところでは相応の暮らしをし、刀自《とじ》として家族に仰がれ、人を使う立場にあった婆様なのだと。

それどころではなかったから忘れきっていたけれど、甚三郎はふと、金の無心に訪ねるはずだった、かつての乳母のお吉のことを思い出した。歳はおしげより若いが、お吉もこんなふうに貫禄と品のある老女になっているのだろうか。

もう会いに行かれない。甚三郎はこんなところに迷い込んで出られない。

「いや、諦めることはない」

おしげの言葉を軽んじず、金右衛門が穏やかに応じた。

「罪を問われるならば、それがしにも思い当たる節はある。現世を生きる衆生ならば、誰しも同じだ。何ひとつ覚えがないと言い切る者こそ、自らを恃むこと強く、驕《おご》り高ぶる罪をおかしているのではなかろうか」

あいすみませんと、お秋が囁くように言った。

「余計なことを申しました」

その目に涙が溜まっている。

「あたしも悪いことをしています」

涙が一粒、膝に置いた手の甲に落ちる。雨粒のように大きな涙だ。

「ここに連れてこられたのはその罰なんだって思ったら怖くてたまりません」

「仮に、真実そなたが悪事を働いていたとしても、この屋敷の主に裁かれる謂われはない」

力づけるように、金右衛門は言った。

「それは皆同じだ。この屋敷の主の得手勝手で罰せられてたまるものか。それは正義ではない。ただの無法じゃ」

襖絵の火山の鳴動がないと、この屋敷のなかはこんなにも静かなのだ。金右衛門の声が、板の間の隅々まで響いてゆく。

ただの無法に負けてたまるか。

カタカタ、カタ。ああ、くそ、また地震だ。「探索はそれがしに任せてくれ」

金右衛門は言って、甚三郎を見た。

「但し、おぬしがまた屋敷の主に出会うことがあったなら、すぐに報せるのだぞ。一人で深追いしてはならん」

甚三郎はうなずいた。鼻の奥がつんとする。

ここを出たい。五人で逃げ出したい。誰も置き去りにしたくない。

あと四人？

ふん、勝手にほざいてろ。


囚人が五人になると、この屋敷の季節は、いっそうめまぐるしい変転を見せるようになった。夏が終わり、紅葉が広がったかと思えば、ほんの一日で晩秋の枯れた景色に変わった。朝、風に吹かれてからからと舞う落ち葉を呆気《あっけ》にとられて眺めていたら、その日の夕暮れには氷雨《ひさめ》が降り始めた。

しつこい霞は、どんなときでも頑として消えない。空は雲に蓋をされており、あたりを遠くまで見渡すことはできないままだ。

甚三郎は、もういちいち不思議に思わないと決めた。この屋敷は、邪《よこしま》な企みを隠した芝居の舞台みたいなものなのだ。俺たちにそう見抜かれたくないから、霞と雲でごまかしているんだ。これは目くらましで、何から何まで本物じゃない。

亥之助が首を斬られ、印半天だけを残して姿を消してからたった五日で、外は凍える冬になった。開けっぱなしの勝手口から、粉雪が舞い込んでくる。

「ここに迷い込んだ日も、二葉屋を出たときは、風花が舞っていたんだっけ」

台所の上がり框に腰をおろし、両手を擦り合わせて温めながら、お秋が言った。

金右衛門の言葉に従い、日々できるだけ一緒になって、家事をこなしながら過ごしている。甚三郎の指は、たちまちささくれだらけになった。この冬が何日続くか知らないが、そのあいだにあかぎれができるだろう。どうせ、あっという間に春になるんだろうから、大して辛くはない。痛いってことは、生きてるってことさ。こんな面妖なところに閉じ込められてたって、こちとらぴんしゃんしてるんだ。

金右衛門は絵図を手に、屋敷の内だけでなく、外回りにも探索に出かけていた。いっぺん退治されたことを覚えているのか、あれから、金右衛門の前には怪物は現れていないという。

「現れてくれたら、生け捕りにするのだがな。あれは使い魔なのだろうから、捕らえれば主を引っ張り出せるかもしれん」

豪胆なことを言うが、それくらい主の探索は空をつかむようなもので、甲斐がないのだ。船大工がいなくなってしまったから、どのみちもう湖を渡ることはできないのだが、

「そもそも、あの芦原と湖がまだあるとは限らぬ。あれも梅林のように別のものに変わっていておかしくはない」

様子を見に行くという金右衛門に、そのときだけは頼み込んで、甚三郎もついて行った。

「俺も、あのでっかい魚が目の迷いじゃなかったか確かめてみたいんです」

冬の寒気のなかで、芦原は枯れていた。

湖はちゃんとあって、うっすらと氷が張っている。金右衛門も踏み込もうとはせず、二人で岸辺に沿って歩いてみた。

「もっとうんと厚く凍ったら、この上を歩いて渡れませんかね」

甚三郎の言葉が聞こえていたかのように、出し抜けに湖の氷を割って、巨大な灰色の魚の頭が水のなかから飛び出してきた。

身をくねらせ、さらに氷を割ってかき混ぜながら潜ってゆく。巨大な尾が水面を叩《たた》き、盛大に飛び散った水しぶきが、金右衛門と甚三郎の上に雨のように降ってきた。

冷たい水が印半天にしみる。氷の欠片が岸辺できらきら光る。書き割りなのに冷たくてたまらない。ホントに厄介で腹立たしい。

書き割りだよ。作り物だよ。本物じゃねえんだよ。そう自分に言い聞かせていて、甚三郎はひょっこり思いついた。

あのでっかい魚。灰色の身体で、うろこがなくってつるつるしてて、頭が分厚くって。どっかで見たことがあるような気がする。

「堀口様、俺、あの怪物に見覚えがあるような気がするんですけども」

金右衛門は手ぬぐいで水滴を払っている。印半天の下に、おしげが浴衣と布団の綿を使って急ごしらえにした綿入れを着込んでいる。馬乗袴はずいぶん汚れてくたびれた。

「屋根の上の一対のしゃちほこは、あの怪魚を模したものだと思うが」

え？　甚三郎は、それには気づいていなかった。外に出ないと屋根を見上げる機会もないからだ。

「そろそろ戻ろう。凍った湖があることがわかれば、用は足りた」

金右衛門に促され、屋敷に引き返しながら、甚三郎は考えていた。どこで見たのかなあ。あの実物を見たわけじゃない。それだったら、敢えて思い出さなくたって覚えている。

――絵に描いたものを見たんだ。

そうかと、膝を打ちそうになった。

「料理屋で見たんです！」

麻布だったか、赤坂だったか。博打がらみじゃない。父親に連れられて出かけたときだ。

「うちは札差だって申しましたよね。親父の道楽の集まりで」

謡いか、俳諧だったろうか。

「たまにはこういうところに顔を出しておけと、引っ張っていかれたんです」

髷も身なりも整えてもらい、お人形のように温和《おとな》しくしていたから、つまらなくって気詰まりなだけだった。

「あとで親父から小遣いをせしめようって魂胆で、早く終わってくれって」

しかし、その座敷に飾られていた掛け軸の一つが目にとまり、珍しいものが描かれていたから、その話でひとしきり場つなぎになったのだった。

「それが大きな魚の絵だったんです。墨絵でね、小舟に乗り合わせた漁師が、銛《もり》を打ち込んで狩ろうとしているところだった」

しゃべることで、おぼろだった記憶が、ひょいと鮮明になった。

「くじらだ」と、甚三郎は言った。「鯨です。海の深いところにいる、帆掛け船よりもでっかい魚だって聞きました」

それが、あの怪物とそっくりなのだ。

「鯨絵か」

「ご存じですか」

「江戸藩邸に、漁の様子を題材にした屏風《びょうぶ》がある。筑紫の絵師が描いたものだと聞いているが、あの怪魚とは姿が違うような——」

言葉を切って、金右衛門は足を止めた。

「待て。行きとは違う場所に来ているぞ」

甚三郎は慌ててぐるりを見回した。正面には屋敷の瓦屋根を仰ぐことができる。建物の側面だ。寒さに凍っていっそう濃くなった霞と垂れ込めた雲に邪魔されて、さっき話に出たしゃちほこは見えない。

右手には冬木立の森がうずくまっている。梅でも桜でもなく竹林でもない、ただの雑木林だ。横風にちらちらと小雪がまじり始め、甚三郎は目を細めた。

「ああ、ここは長い縁側があるところです」

初めて迷い込んだとき、上がり込んでひと休みするうちに、つい居眠りをしてしまったところである。

足を速めて近づいてゆくと、間違いない、呆れるほど長い縁側に面して、風変わりな障子戸が並んでいる場所だ。

「こんなものは初めて見る」

金右衛門も驚いている。

障子の一枚を三分割して、下の三分の一は漆黒の障子紙、上の三分の一は白い障子紙、真ん中の三分の一には、半ば透き通った板がはめ込まれている。

「これ、びいどろですよね」

「うむ。それがしの国許では、燭台にこれで作った筒を立て、風避けにしたものを使うことがある」

菜種油の皿を丸い台座に乗せ、びいどろの笠をかぶせた「洋灯《ランプ》」という阿蘭陀《オランダ》渡りの明かりもあるという。

「どちらも、小さくとも高価なものだ。素通しではないとはいえ、この大きさのびいどろの板を、この数だけ揃えるとなると、大変な費えになろう」

この屋敷の主は裕福なのだ。書き割りだとしても、こういう造作を知っていて使っていなければ、思いつかない。

「私の絵図に、この縁側と廊下はないが」

「俺も、来たのはこれで二度目です」

甚三郎の胸が騒いだ。

「最初のとき、ここで夢を見たんです」

悔い改めろという、あの声を聞いた。

「ここは他の場所よりも、屋敷の主に近いってことはありゃしませんか」

「そうであればいいのだが」

静かにそう言い、金右衛門は刀の柄《つか》に手を置いた。小雪がその手の甲にも降りかかる。

「呼ばれたのならば、尚さら有り難い」

ここであいつが現れたら。

――やっぱり、俺がいると姿を現すのか。

屋敷が鳴動を始めた。襖絵の大広間は、ここからはずいぶん遠いはずだ。それでも聞こえる。足の裏から伝わってくる。

甚三郎は干上がった喉をごくりとさせた。

凍える風に頬が強ばる。動いているのは雪だけだ。聞こえるのは、風にかきまわされる雑木林のざわめきだけ。

金右衛門の頭がぴくりと動き、前方の何かを見た。甚三郎の目もそれを追った。

二人の正面の障子戸だ。真ん中のびいどろの部分の向こう側を、何かが通った。

透けているとはいえ、薄い氷を通して見るような感じだ。「何か」としか見てとれない。

「ここにおれ」

低く囁き、金右衛門は縁側に飛び上がり、一息にその障子戸を開け放った。

そこには正吉が立っていた。こっちを向き、目は開けっぱなし、瞳はうわずっている。着物の襟が抜け、印半天は着ていない。

驚く金右衛門と甚三郎の前で、その口がぱくぱくと開いた。寝ぼけているかのように間延びした口調で、正吉は言った。

「お、おゆるしぃ、ください」

間近にいる金右衛門の姿は目に入っていないようだ。ふらふらと歩み、縁側へ出てきた。裸足だ。寒気に、足の指がみんな真っ赤になっている。

「どうした正吉、しっかりせい」

金右衛門の呼びかけにも応じず、よろけるように身をよじりながら、縁側から地べたへ飛び降りてきた。身体が泳ぎ、甚三郎に顔が向いたが、眼差《まなざ》しは素通りだ。

「おゆるしを、どうぞ、おゆるしを」

ぶつぶつと呟くろれつが怪しく、抑揚もおかしい。目玉がぐるぐる泳いでいる。

甚三郎は怖気《おぞけ》を覚え、後ずさりしてしまった。正吉は傍らを通り過ぎる。膝を曲げ、肩を傾《かし》げ、ぎくしゃくと歩いてゆく。

そのとき、びいどろ障子の奥の座敷を、お秋が足音をたててこっちへ走ってきた。

「あ、正吉さん！」

叫ぶように呼んで、

「いつの間にか姿が見えなくなって、探していたんです」

金右衛門が縁側から飛び降り、大股で正吉に追いついた。

「正吉、屋敷のなかに戻ろう」

　肩に手を置き、引き戻そうとする。正吉は振り返りもしないまま、鰻《うなぎ》のようにするりとその手を避けた。

「このとおりお詫びしますから、かんべんしてくださいまし」

呟きながら、足を止めずに進んでゆく。にわかに盲《めし》いたかのような歩き方なのに、妙に決然としている。

「――何処《いずこ》へ行くつもりだ」

金右衛門も低く呟き、正吉のあとについてゆく。お秋も縁側から降りようとしたので、甚三郎は制した。

「おしげさんを一人にしちゃいけない。あんたは戻ってくれ」

「でも」

「正吉はちゃんと連れ戻すから」

強がりだった。本音では、正吉は金右衛門に任せて、お秋の手を引っ張り、ここから立ち去りたかった。

嫌な予感がした。悪寒が走る。正吉についてゆくのは怖い。だが、ここで逃げ出したら、俺はもっともっとくずになる。

お秋とやりとりしているうちに、正吉と金右衛門は、雑木林のそばの小道へと進んでいた。さっき、甚三郎と金右衛門が湖の方から引き返してきたあの小道だ。

正吉の足取りが速くなっている。金右衛門はその様子を見守りながらついてゆく。二人に追いつくと、正吉の一本調子な呟きがまた聞こえてきた。

「——って思ってたんですよ」

言い訳しているようでもあり、誰かの機嫌をとろうとしているようでもある。

「あたしもね、惚れて惚れられてるなら、いいじゃないかって」

あなたにそんな気がないなんて思っちゃいなかったんです。

「だっておつゆさんもいけないんですよ、あたしをその気にさせたんだから」

甚三郎は金右衛門の横顔を覗《うかが》った。冷静な気色で、いつでも正吉を捕らえられるよう身構えて進んでいる。

「ご主人に知られなかったら、かまわなかったんでしょう?」

甚三郎からは正吉の顔は見えないが、へへへと嫌らしく笑ったのはわかった。

「あたしだって無体をするつもりはなかったんです。おつゆさんとあたしはいい仲だったじゃありませんか」

枯れた芦原と、凍った湖が見えてきた。さっき怪魚が飛び出したところは、氷が割れたままになっている。はね散った微細な氷片はとうに溶けてぬかるみにまじっているが、大きな氷片は割れ目から突き出している。

それが、下から何かに突《つつ》かれたように動いた。怪魚が泳いでいるのだ。

「本当に済まないことをしでかしました」

よろけ歩きながら、正吉はぺこぺこと頭を下げ始めた。

「これこのとおりです。おゆるしください」

正吉——と、金右衛門が太い声を出した。

「止まれ。もう先へ進んではならん」

素早く間合いを詰め、正吉をがっちりと羽交い締めにする。

「甚三郎、手を貸してくれ。引きずってでも連れ戻さねば」

怒気と恐怖が甚三郎にも伝わった。一瞬で解した。そうだ、やめさせねえと。

正吉は今、自分の罪を告白している。

いつのことだか知らないが、こいつは「おつゆ」という名の人妻に言い寄って、通じたのだ。相手にその気はなかった。薬屋の若い男を相手に、多少は浮いた気持ちがあったとしても、姦通《かんつう》するほどの心はなかった。

それなのに、惚れて惚れられていると思い込んだ正吉は、その人妻に「無体」を仕掛けたのだ。

「これ以上言わせてはならん!」

金右衛門が叫び、左腕で正吉の首を抱え込んで引き倒そうとした。

そのとき、湖面で氷片が爆《は》ぜた。

水が渦巻く。割れた氷の間から、あの怪魚が灰色の分厚い頭を持ち上げた。氷片まじりの水が流れ落ちる。

甚三郎は見た。金右衛門も見た。

怪魚の眼《まなこ》を。

人の眼だった。白目は血走り、黒い瞳は炯々《けいけい》と光っている。

真っ直ぐに正吉を睨み据えている。罪を告白し、「かんべんしてください」と、あわあわ詫びている男を。

ああ、まずい。

甚三郎は石になってしまった。怪魚の眼に射すくめられ、動けない。指一本動かすことができない。

金右衛門も同じだった。呼吸さえ止まったのか、「く、く」と押し潰されたような声を吐く。

正吉の身体がくずおれ、金右衛門の腕から抜けた。ぬかるんだ地面に両手をついて這いつくばったが、すぐに起き上がる。見えない糸に引かれているかのようだ。

「おゆるしください、おゆるしください」

繰り返し繰り返し、呟きながら歩いてゆく。

芦原のなかへ踏み込んでゆく。裸足の爪先が、枯れた芦の根元にうっすらと張った氷を踏み砕き、泥のまじったはねがあがる。

金右衛門は正吉の名を呼ぼうとしている。必死で口を動かし、喉仏を上下させている。だが声が出てこない。

正吉は芦原をかき分け、怪魚の割った氷の隙間へと身を沈めてゆく。その足取りはいよいよ速く、すぐに膝までつかり、ついで腰まで氷水に没した。

それを喜ぶように目をしばたたき、怪魚はいったんその巨体を湖に沈めた。

瞬間、縛《いまし》めを解かれたように、金右衛門と甚三郎も身体の動きを取り戻した。

「まさきちぃ！」

正吉はもう、顎の下まで湖に沈んでいる。

めきめきと氷が軋む。凍った水面下で怪魚が動いている。いったん深みまで潜り、勢いよく浮上してくるのだ。正吉めがけて。

金右衛門も甚三郎も、ぬかるみに足をとられて進めない。

湖面に張った全ての氷を砕き、飛び散らかせるほどの勢いで、怪魚が浮上した。灰色の頭をこちらに向け、いっぱいに口を開けている。生えそろった長い鬣《ひだ》のようなものは何だろう。あれがあいつの歯と牙なのか。

「お、ゆるしぃ、ください」

その一言を残して、正吉は怪魚の口のなかへと消えていった。

甚三郎はその場にうずくまった。金右衛門は走ろうとしてまた滑り、膝をついた。

正吉を呑み込んだ怪魚は、巨体をよじって湖のなかへ潜る。大船のようなその身体。高々と持ち上げられた尾びれは、寒気の立ちこめる空を二度、三度と叩いて、冷たい泡を巻き起こしながら水のなかへ戻っていった。

頭を抱え、甚三郎は丸まった。それから両手で耳を塞いだ。それでも聞こえた。逃れようがなく聞こえてきた。

襖絵の火山の大広間で、次の落とし戸が落ちる音が。

そして、あの大音声。

あと三人。

＊

「三枚目の落とし戸の先には、古びた鎧櫃《よろいびつ》が一つ置かれていました」

梅屋甚三郎は語り続ける。三島屋奥の黒白の間には、どこからか隙間風が入ったのか、甚三郎の後ろの掛け軸の半紙が、ちらりとその端を動かした。

「床は灰と煤に汚れていましたが、有り難いことに、今度は人の手形も足跡も残っちゃいませんでした」

鎧櫃とは、鎧を収める容れ物である。大名行列などの道中では背負って運ばれるから、さほど大きなものではない。たいていは漆塗りで、定紋がついていることが多い。

「その鎧櫃は黒漆塗りでしたが、あっちこっち剝げ落ちてぼろぼろでした。定紋もついていたようなんですが、これも剝げて端っこしか残っていませんでね。どんな紋なのかわからなかった」

鎧櫃も灰をかぶっていた。金右衛門が丁寧に拭って浄めると、漆が剝げているだけでなく、焼け焦げもあるのがわかった。

「中には鎧はなく、薄い文書《もんじょ》が一冊だけ収められていたんです」

その文書もまた全体に炙《あぶ》られたかのように焦げて傷み、綴じ目がほつれて、半ばはばらけてしまっていた。

「表紙はとりわけ傷んでいたので、どんな文書なのか見当がつきません。開いてみると、漢字が並んでいました」

甚三郎もお秋もおしげも、漢文は読めない。

「堀口様にお任せするしかありません。この際その方が安心だったし」

なすすべもないまま目の前で正吉を怪魚に呑まれ、金右衛門も落胆していた。

「私ら三人はといえば、亥之助さん、正吉と欠いて、もしも次に堀口様をとられてしまったら、頼りない者ばっかりで取り残されることになりますからね。もう屋敷の内外を探索するのはやめて、堀口様にも私らと一緒にいてもらいたかった。それには、この文書を読んでいただくというのは、恰好の口実になりました」

台所脇の板の間に、あり合わせの木箱を据えて文机《ふづくえ》代わりにして、金右衛門は文書を読みふけったという。

「とにかく傷みが激しいし、だいぶ昔のものらしくて、文字の墨も薄れていました。ただ読むじゃなく、じっくり読み解かなければならなかった」

それでもほどなく、金右衛門は他の三人に教えてくれた。これは日誌だろう、と。

――手跡は一人のものだ。今はまだ端緒を開いたばかりだが、ここに書かれていることを解することができれば、この屋敷の謎も解けるかもしれぬ。

その数日で季節はまた移り、春が来て桜が満開になった。

「堀口様のそばにはおしげさんを残して、私とお秋はよく畑に出ました」

霜が溶けてぬかるみになり、それが乾くと、地面はかちんこちんになる。

「鋤《すき》や鍬《くわ》の使い方は、お秋に習いました。あいつだって農家の女じゃないんだから、実は見よう見まねだったんだろうけど、私よりは堂に入ってましたよ」

土を耕し、畝《うね》を作り、蕎麦の実や豆を蒔《ま》く。

「無理に畑を作らなくたって、台所にあるものを食ってりゃ足りたんですけどね」

台所の麻袋のなかの蕎麦の実や粟や小豆が減らないように、もしかしたら畑の作物も、甚三郎たちが何もしなくたって、時期がくれば元のように葱や蕪が生えてきて、青々と育つのかもしれない。だが、

――何かしていないと、気がふれてしまいそうだもの。

「お秋はそう言ってせっせと働き、私の尻も叩いて働かせてくれました。おしげさんも、休み休みながらいつでも何か家事をしていましたから、同じ気持ちだったんでしょう」

慣れない畑仕事で手に肉刺《まめ》をつくった甚三郎だが、種が芽を出したときには嬉しかったという。

「不思議なもんでした。この屋敷には死が満ちているのに、ちっちゃい芽は生きてる」

自分たちも死んではいない。生きている。この先も生きていける。そう恃むことができたのだ。

肩を並べて働くことで、二人の間にこれまでとは違った親しみが生まれてきた。

「お秋が、私の博打好きのことを訊いてきたのも、この畑仕事のときでした」

甚三郎は素直に答えた。いわゆる「肩揚げをおろした途端」に博打熱に憑かれたと。生家が道楽に寛大で、つい四、五年前までは本気で叱られたことさえなかった。甚三郎自身、父親が顔色を変えて説教してくるまで、飽きたらやめられる、その気になったら明日にでも賭場通いなんかやめだと軽く考えていた。

勝てば遊里でちやほやされるし、美酒美食にも事欠かない。しかし、甚三郎は芯からの博打ぐるいで、賽の目の転がるところにしか、真に心を動かされることはなかった。

のに。

——何が楽しいの？　甚さんの身の回りなら、他にも道楽はいっぱいあるでしょう。芸事に励めば、そっちで一人前になって他人《ひと》様から仰がれる暮らしをすることだってできるかもしれないのに。

「お秋が子供みたいに不思議がるので、私もせいぜい知恵を絞り、言葉をひねり出して答えたもんですが」

そのやりとりのなかで、自分でもいちばんしっくりきた台詞が、これだった。

「思い通りの目が出たとき、この世の全てを自分が転がしているような、思いのままにしているような気がする。それがたまらないんだって」

ただの賽の目、ただの丁と半、どっちかになるに決まっているものなのに。

「そうですよ、煎じ詰めればただの〈どっちか〉だ。だけど、私は十五回続けて自分の賭けた目を出したことがある。十回以内なら、覚えきれないほどにある」

つい、富次郎は尋ねてしまった。「その逆もあったでしょう？　十回も二十回も負け続けたときも」

もちろんですよと、甚三郎は破顔した。

「それをひっくり返して、自分の思うようにできるツキを引き戻す刹那《せつな》が嬉しいんです。負けが込めば込むほどに、勝ちに回ったときの心地といったらあんた、天下をとったようだった」

天地《あめつち》の全てが自分の思うままになる。梅屋甚三郎は天下一の男だと、胸がふくらみ頭が冴えて、総身に力が漲《みなぎ》ってくる。

俺には怖いものなどない。

「実は博打場に居続けで寝食忘れ、身体は垢じみ、顔は脂ぎっているんだが」

心は違う。想いは違う。強く雄々《おお》しく清く尊く、この世で唯一のものになる。

「身体の肉が落ち、目が落ちくぼみ、酒を飲みすぎて頬は土気色」と、甚三郎は笑った。

「なのに、自分は何ものにも替えがたい、全てを見通す力を持った男だと感じる。私はそういう気分にこそ耽溺していたんです」

そう言って、ふと笑いを消した。

「そういうときの私の目は、あの怪魚の眼《まなこ》にそっくりだったかもしれませんね」

お秋の方は、いろいろ尋ねるばかりで、自分のことはあまり話さなかったが、

「やりとりの端々から、頼りになる身寄りがなさそうなことはわかりました」

二葉屋では子守奉公が振り出しだったというから、お秋本人も少女のころから働きに出たのだろう。

「お店の人たちに迷惑をかけ、心配もしてもらっているだろうから、何とか無事に帰りたい。そう言うときだけは、ひどく心細そうな顔をしていました」

無事に帰れるよ。きっと帰ろう。俺が連れて帰ってやる。

「私なんざ口先ばっかりなのに、励ましてやると、うなずいてくれた。あれは私を信じたんじゃなくて、〈帰れる〉って言葉にすがりついていたんでしょう」

霞の流れる畑で土に顔を汚し、汗を拭い、助け合いながら鋤や鍬を使う男女の姿が目に浮かんでくる。その二人の背後には、檻《おり》の如き屋敷が傲然と立ち塞がっているのだ。

富次郎の胸に、甚三郎に尋ねたい問いが凝ってきた。

屋敷に囚われた六人、それぞれの罪とは何なのか。

船大工の亥之助は、酒に溺れて娘を一人岡場所に売った。

薬種問屋の正吉は、人妻に岡惚《おかぼ》れして無理矢理に通じた。

梅屋甚三郎は博打に耽溺し、勘当までくらった放蕩息子だ。

あと三人、おしげの、堀口金右衛門の、お秋の罪は何だろう。

この六人は、偶々この屋敷に連れ込まれたのではない。選ばれたのだ。そして屋敷の主は、六人が己の罪を白状すれば、一人だけは助けてやると告げている。

屋敷に呑まれ誅《ちゅう》される五人と、助かる一人を分ける境目は何だ。その理由は何だ。

それを探り合い、責め合い、言い争うことはなかったのだろうか。甚三郎は自分を怠け者、放蕩者、くずと何度も繰り返す。だが、それは今だから、ひどい傷は負っても生き延び、こうして語っているからこその言葉で、恐ろしい罠のなかに囚われているときには、もっと違う心地だったのではなかろうか。

ただ博打好きだというだけで、どうしてここまで理不尽な目に遭わされる？　博打ぐるいは世間に大勢いるのに。そう思わなかったはずはない。

人の身ならば、それで当然だろう。誰だって我が身が可愛い。

亥之助と正吉は確かに悪いことをしていた。こいつらが悪人だったおかげで、屋敷が求める生け贄《にえ》の五人のうち二人までが既に決まった。あとの三人には入りたくないと、必死で競り合う気持ちになるのが当たり前だ。

梅屋甚三郎は、本当のことを語っていないのではないか。いや、本当のことを一部しか語っていないと言うべきか。

きれい事を選ぶ語り手に、聞き手が踏み込んで訊《たず》ねていいものか。あなたは本当にお秋さんに、そんな優しいことばかり言えたのですか。自分だけは助かりたいと、冷たい汗をかきながら、必死になってその術を求めたことはなかったんですか。

いくつもの問いを心でかきまぜているうちに、甚三郎がまた口を開いた。

「堀口様が私らに、この屋敷の謎が解けたようだとおっしゃったのは、畑に豆の葉が茂り始めたころのことでした」


季節の巡りの異様な早さは変わらず、屋敷は夏を迎えていた。

頭上の雲の分厚さ、気まぐれに流れては淀む執拗な霞の重さに気が塞ぐ。蟬の声を聞かず、蛍の光を見かけることがなくても、温気に蓋をされたような蒸し暑さは、間違いようのない夏だ。唯一の救いは、まわりの森や林が爽やかな新緑をまとったことだけだった。

ここへ来たときは師走だったから、みんな冬物を着ていた。着た切り雀でそれらの衣服も傷んできている。幸い浴衣は何枚もあったので、見苦しくないようにそれを着付けて暑さをしのいだ。問題は印半天である。寒さしのぎに使えたくらいだから、夏場に着込むにはどうにも厚すぎて、自然と脱いだままになった。

亥之助爺さんはこれを着て死に、正吉は脱ぎ捨てて死んだ。この印半天が身を守ってくれる保証はない。かつて金右衛門が、これを着ていれば奉公人として無事に屋敷の内外を歩くことができるのではないかと言ったのは、空頼みに過ぎなかった。今はむしろ、これに袖を通していることが、囚人の印のようにさえ思えてくる。

そうやって皆が脱ぎ捨てた印半天を、お秋とおしげは洗って干し、ほつれやかぎざきを繕うのだった。

「何やってんだよ。こんなもの、ほっとけよ」

するると、お秋は意外なことを言った。

「丁重に扱えば、屋敷の主にも気持ちが通じるんじゃないかと思って」

そうか、お秋はあの漆黒の侍を見ていないのだと、甚三郎は思い出した。いっぺんでもあの姿を目にしたなら、あんなものにこちらの思いや意図が通じるなんておめでたいことを考えられるわけがない。

しかし、そうはねつけてお秋をいじめたって詮無いことだ。甚三郎が黙っていると、おしげがひょいと言い出した。

「この背中の当て布は何でしょうねえ」

印半天を広げて、内側を見せてくる。確かに、背中の内側に四角い当て布が縫い付けてあった。

「汗取りか、冷え避けでしょう」

「半天にそんなことはしませんよ。お秋さんのお店ではしていたの？」

お秋もあやふやに首をひねる。

「してなかったわ」

「念入りに縫い付けてあるようだし……」

そんならほどいてみましょうと、お秋が自分の分の印半天の当て布を外してみた。するとその裏側に、妙なひらがながずらずらと書き付けてある。「妙な」というのは、読んでも意味がわからず、言葉になっていないからだ。

「嫌だわ、気味が悪い」

お秋は、虫にたかられたみたいに激しく手で払った。

「怖い呪文じゃないのかしら。正吉さんが正気を失くしてしまったのも、このひらがなのせいだったのかもしれない」

「だったら、俺たちみんながとっくのとうにやられているさ」

すかさず宥めた甚三郎だが、薄気味悪いと思うのは同じだった。このひらがなの列は、印半天を水洗いしても消えなかったのだ。書き付けてあるというより、染めてあるのだろう。それもまた念入りで恐ろしい。いったい、何が書かれているのか。

騒いでいると、金右衛門が顔を見せた。

「どうした」

文書《もんじょ》を読みふけるようになってから、金右衛門は少しずつ窶《やつ》れ始めた。顎の線が尖り、口元の皺が深くなった。それが文書の内容のせいなのか、これだけ打ち込んでも内容がさっぱり読み解けないせいなのか、甚三郎は怖くて訊ねることができなかった。

「堀口様、この印半天に」

甚三郎が金右衛門に当て布を差し出したとき、屋敷の外のどこかから、唸り声とも呻き声ともつかぬ、不気味な声音が響き始めた。

うぉ〜ん、うおおおおん。

甚三郎はぞっとした。この声音、以前にも耳にした覚えがある。あれは確か、六人が揃って初めて、この屋敷で夜を迎えようとしたときだった。消えてゆく夕日の一筋を見つめながら、屋敷全体の身震いのような、この怪しい声音を聞いた——

「これ、先《せん》にもありましたよね」

「静かに」

甚三郎を、金右衛門が制する。お秋とおしげはひしと寄り添っている。

おおう、うおぉぉぉう。声音は続く。獣の吠える声ではない。こうして耳を傾けてみると、どうやら人語だ。何か語っている？

そして甚三郎は気づいた。この声音は、ただ表から、庭のどこかから、屋根の上のどこかから聞こえてきているのではない。

屋敷ぜんたいが唸っている。

「ちくしょう、脅かしやがる」

手にしたままだった当て布で、甚三郎は顔の汗を拭おうとした。と、金右衛門がそれをひったくるように奪い取った。

「これは何だ。この文字は？」

「印半天の背中に縫い付けてあったんです」

金右衛門は食い入るように、謎めいたひらがなの列を検分する。そのあいだに、屋敷の唸《うな》り呻《うめ》きは、だんだんと静まり、声音が細くなっていって、やがて消えた。

金右衛門が顔を上げた。秀でた額に、うっすらと汗が浮いている。

「――そうであったか」

何を解したのか、自身に言い聞かせ、噛みしめるような口調だった。

「こうなればもう間違いはない。皆にも聞いてもらわねばならぬ」

その表情は硬く強ばっている。どんな解であるにせよ、希望に繋がるものではないのだ。ここまで甚三郎たちを束ね、指示し、守ってきてくれたこの老練かつ果敢な武士が、初めて臆しているようにさえ見えた。

やめてください、俺は聞きたくない。そんなおっかないことを知りたくない。どうせここから出られないのなら、その方が楽だ。

こみ上げてくる叫びを、甚三郎はひそかに噛み殺した。

文机代わりの木箱の上に、あの文書。四人揃って、それと向き合った。

「この屋敷の謎――全てではなかろうが、謎の土台というべきものは、この文書から読み解くことがかなった」

甚三郎、お秋、おしげの顔を順繰りに見回すと、金右衛門は文書の脇に印半天の当て布を広げた。

「まず、このひらがな文字が何を表しているのかを明かしておこう。これは耶蘇教の信徒、キリシタンの唱えるオラショの一節だ」

キリシタン？　オラショ？

それ何ですか。知らないし聞いたこともない。甚三郎たちは戸惑うばかりだ。

「耶蘇教を信仰することは、公儀により固く禁じられておる。そなたたちの暮らしには縁がなくて当然のしろもの故、知見がなく当惑するのも無理はない」

耶蘇教は南蛮渡来の宗教だ。はるばると海を渡り、この国にやって来た宣教師《バテレン》によって持ち込まれ、布教された。

「耶蘇教は、その主たる神のみを一途に仰ぐことが教義の中心にある」

この世を創り、人を人の形に作った主だ。

「それ故に、御家に忠義を尽くし、主君に身命を捧《ささ》げる我ら武士《もののふ》の道とは相容《あいい》れぬ教えであり、神君家康公が江戸に幕府を開き、天下を統一するよりも以前から、耶蘇教は厳しく禁じられてきたのだ」

今も、耶蘇教を信じる者は必ず罰せられる。この罪ばかりにはお目こぼしがない。遠島、磔《はりつけ》、獄門など厳罰に処せられる。

「かつて戦国の世には信徒が数を増やし、大名のなかにも耶蘇教を奉じるキリシタン大名がいたほどだが、それがいくつかの恐ろしい動乱や反乱のもとともなった」

耶蘇教の信徒に、彼らの主よりも他に仰ぐものがないということは、領主や大名、主君の命に逆らってもいいということに繋がるからだ。

「キリシタンが増えれば世の秩序が乱され、政《まつりごと》が妨げられる。その歴史を鑑み、公儀はこれを禁教として弾圧してきた」

オラショというのは、キリシタンが彼らの仰ぐ主と、「この世を救う者」や「お告げをもたらす者」を称える言葉を詩にしたもので、

「経のようなものだと思えばよい」

「だけどちんぷんかんぷんですよ」

「お経だって、あたしにはちんぷんかんぷんだわ。お坊さんの声の良し悪《あ》しならわかるけど」

「念仏ぐらいは知ってるだろ。南無阿弥陀仏さ」

「二葉屋さんは南無妙法蓮華経なのよ。お仏壇に立派なお題目を飾ってあるんです」

あまりにも縁のない話だから、怖いも何もなく、甚三郎とお秋は軽い言い合いをしてしまった。

しかし、おしげは神妙で、顔色を失っている。

「お上に禁じられているものなんでしたら、知りたくもございません」

当て布からも顔を背ける。

知らず知らずのうちに、背中にこんなものを負わされていたのだ。忌まわしくも腹立たしい。

その様子に、金右衛門は当て布を裏返して、木箱の上に伏せた。

「この屋敷の主が、先ほど呻くように唱えていたのも、このオラショだ」

そこでようやく、甚三郎の頭にも、事の重大さがしみこんできた。それはつまり、屋敷の主がキリシタンだということを意味する。あの漆黒の侍は、お上の禁ずる南蛮の宗教にかぶれた痴《し》れ者だったのだ。

「鎧櫃のなかにあったこの文書は、かつてキリシタンであることにより罪を受け、大島に流された屋敷の主が綴った日誌なのだよ」

文書が傷み、焦げているのは、おそらく火山の熱風のせいだろうと言う。

「流刑先の大島で御神火を仰ぎつつ、憤怒に燃えるその胸の内が綴られており、切れ切れながら読み取ることができた」

「憤怒って……」

甚三郎も腹が立ってきた。

「禁教だと承知で耶蘇教を拝んで、罰を喰らって島流しになったんでしょう。何を怒るっていうんですよ」

自業自得じゃねえか。俺みたいな博打ぐるいだって、お上のご禁制には触れねえよ。

甚三郎の顔を見つめ、金右衛門は、宥めるように声を和らげた。

「なにしろ日誌が傷んでおるので、文章に抜けが多々ある。それで判読がつかぬ部分もあるが、それがしには、この屋敷の主の領地がどのあたりにあり、いつごろの出来事なのか、おおよその見当がつく」

「え！」

思わずというように声をあげ、お秋が手で口元を押さえた。

甚三郎は問うた。「ってことは、堀口様のお国許なんですか」

お秋はさらに慌てる。「甚さん、失礼なことを！」

金右衛門は動じない。お秋に目をあてて、

「我が藩にも、宗門検めを徹底し、キリシタンを狩り出し弾圧した歴史がある」

遠い昔の話だ、と言った。

「それがしなど生まれる以前、藩譜に記されておる過去の出来事だが、我が藩の治世の暗部であることに間違いはない」

それ故に、屋敷の主の身の上と、その領地に起こった事柄も推測できる、と言った。

「日誌を記した屋敷の主は、二ノ谷《にのや》という家の当主だ。名は焼け落ちているので、文書からは読み取れぬ。但し、それがしの知る限りでは、二ノ谷の姓は西国のものだ。東国ではまず目にすることはなかろうな」

江戸から出たことのない甚三郎には、とんと馴染みのない名字である。

「もともとは、二つの谷のあいだの険しい地形を表す言葉だ。それを姓に戴《いただ》く家なのだから、領地は肥沃《ひよく》なところではない」

金右衛門の国許、藩のなかの話なのかどうかは、明らかにしようとしない。

「流罪になったくらいなんだから、二ノ谷って人はただの貧乏侍じゃねえ。相応の身分があったんだ。お大名ですか」

甚三郎の真っ直ぐな問いかけに、金右衛門は答えない。かわりに、お秋がすぐと言った。

「あたしたちが詮索したら、差し障りがあるんですね」

金右衛門は文書に目を落とし、考え込んでいる。眉間に薄い皺。頬の線が硬い。

こんな顔を見せるのは初めてだ。

——俺たちに聞かせちゃまずいことがあるんだ。

甚三郎の胸が騒ぐ。

「そなたらは生きてここを出る」

目を上げて、金右衛門は言った。落ち着いていて穏やかで、常に皆を励ましてきた、あの表情と声音だ。

「もとの暮らしに戻るのだから、遠い昔のキリシタン弾圧の話や、それによって流刑に処された武家のことなど、胸に抱えていかぬ方がいいとは思わぬかな」

知らぬが花よ、と言った。

「知らねば、思い出すこともなかろう。迂闊に口にのぼせることもなかろうよ」

何だよ、その煙《けむ》にまく言い様は。

「誰かにしゃべったり、言いふらしたりなんか、けっしていたしません。でも、堀口様のおっしゃるとおりでございますね」

お秋は座り直して頭を下げた。

「知らぬが花にいたします。出過ぎたことを申し上げまして、あいすみません」

おしげは黙ってうつむいている。甚三郎は呼吸《いき》が乱れ、くちびるを噛みしめる。

「かたじけない。お秋、そなたの賢察に礼を申す」

優しげな言葉だ。

「それがしがこの屋敷に囚われたのは、ここの主とそれがしの身分、立場に、遠くはあるが因縁があるからだ」

日誌の記述を読み解いて、初めてそれがわかったという。

「故に、そなたらにはつぶさに語れぬ事柄もある。それを差し障りと称するならば、お秋の言うとおりだ。そう申しておこう」

甚三郎は愕然《がくぜん》とした。背中を、一筋の冷たい汗が流れ落ちる。因縁がある。因縁がある。因縁がある。

俺たちがこんな目に遭っているのは、堀口様のその因縁のせいじゃないのか。俺たちは巻き込まれただけなんじゃないのか。

「今一度念を押しておくが、これは昔の出来事だ」

甚三郎の思いをよそに、金右衛門は落ち着き払って言葉を続ける。

「この屋敷の主――二ノ谷の某殿《なにがしどの》と呼ぼうか。某殿は、その昔、公儀のバテレン追放令に逆らい、自身の統治する地に入り込んできたバテレンを追い出さなかった。むしろ密《ひそ》かに保護し、養った」

何故、禁教を広めるバテレンを懐に入れたのか。

「それは、バテレンが持ち込んできた南蛮の知識や技術を欲したからだ。貧しく弱々しい某殿の領地と領民に、バテレンの知恵が多くの利益と救いをもたらしてくれると恃んだからだ」

進んだ医療、薬の知識。作物の新しい品種や、病害虫を防ぐ手立て。

「我が藩でも、昔耶蘇教が広まったのは、この理由が大きかった」

金右衛門の声音が苦々しく濆れた。

「バテレンの知恵を借りれば、それまでは手立てのなかった病や怪我を癒やすことができた。来る年も来る年も不作に悩み、実のない空《うつ》ろな穂を梳《す》いて嘆くばかりのところに、干ばつに強く、害虫を寄せ付けぬ苗が与えられた」

禁じられた異国の教えをもたらすバテレンは、新しい知識をもたらす使いでもあった。

「それらの知恵と技術もまた耶蘇教の神の恵みであると説かれれば、魅せられた心は教えを受け入れてゆく」

現世利益を求めて信仰に踏み込む無垢《むく》と純真、よりよい生への渇望を愚かだと責めることは容易い。しかし、それが人の情であり、人の弱さなのだ。

「どれほど阿弥陀仏を拝んでも、土地の山の神、田の神を奉じても、領民は飢え、田は涸《か》れてゆく。ならば、バテレンの説く〈この世の全てを創り、全ての人の罪を許し、天の国へ導く〉という彼らの主に魂を預け、その守護と恩恵を請おう、と」

淡々と語り、金右衛門は瞑目《めいもく》した。

「二ノ谷の某殿は、こうしてキリシタンとなったのだ」

屋敷の外を流れる霞のように、木箱を囲む四人のあいだにも沈黙が流れた。

甚三郎は揺れを感じた。地震だ。

襖絵の火山が熱い蒸気を吐いている。溶けた岩が山肌を流れてゆく。

ふと思った。屋敷の主、漆黒の甲冑の侍は今、すぐそばに潜んでいるのではないか。金右衛門の語る声を聞いているのではないか。

首をめぐらせれば、甚三郎にはまたその姿を認めることができるかもしれない。奴は俺たちを見ている。俺たちがどうするか眺めている。捕らえた命を焼き尽くす前に、そのあがく様を楽しんでいる。

だから今はまだ、地震は引いてゆく。

「そのまま年月が過ぎたならば、二ノ谷の家にとっても、領民たちにとっても、これ以上の幸いはなかっただろうが」

瞼を開き、金右衛門は続けた。その目の奥に暗い光がある。

「ある年の夏、某殿の領地で疫病がおこり、たちまち蔓延した」

それまで見たこともなかった疫病に、領民は次々と斃《たお》れていった。人々は恐れおののき、耶蘇教に帰依した者どもと共に、某殿は真摯に治癒の奇蹟を願った。祈りつつ、バテレンの医療を用いて治療を施した。

しかし、疫病は収まらない。

「南蛮渡りの医療がどれほど進んでいようと、あらゆる病を治せるわけではない」

しかし、信仰に魂を投げ込んでしまった二ノ谷某殿は、その事実を受け入れることができなかった。

これほど心を尽くして祈っているのに、主は疫病を投げつけてきた。何故だ！　バテレンは、地上に起こることは全て主の試練だと説く。試練？　今さら、何を試されなければならないのか。これは裏切りではないのか。万能だという異邦の神は、禁をおかしてまでその力にすがろうとした我らを騙していたのか。

某殿は惑乱し、今さらのようにバテレンを追放し、あるいは捕らえて責め立てた。信仰の証ならば充分に立ててきた。

それなのに、主は何故に私を苦しめる？

「某殿の乱行《らんぎょう》と、領内の騒動が公儀の知るところとなり、ついには某殿の方が厳しく罪に問われる羽目になったのは、皮肉でもあり悲惨でもある」

流罪に処され、大島の御神火の燃え上がる火口を眺めつつ暮らすうちに、某殿の心には憤怒がたぎってきた。

我が何を誤ったというのか。

耶蘇教の信徒となり、かつては異教徒であった己の罪を悔い改め、地上の楽園を成就させようと心を尽くしてきただけなのに。

このように罰を受け、故郷から遠く引き離され、こうしているあいだにも飢えてゆく領民を、凋れてゆく土地を、誰が救ってくれるというのか。

それも主の与える試練だと、バテレンは説く。ひたすらに祈り、祈り、祈り尽くせ。己の罪を告白せよ。殉教を恐れるな。貴方《あなた》は天の国に入れるのだから、と。

天の国？　今のこの身を、我が治世から切り離された領民どもを、主は救ってくださらぬのか。試練とは何だ。己の信じたものは、徒《いたずら》な欺瞞《ぎまん》に過ぎぬのではないのか。

この期に及んで、疑うことも罪だというのか。木偶《でく》のように、阿呆《あほう》のように、ただ祈り続けオラショを唄い続ければいいというのか。

挙げ句に殉教を恐れるなと？　武士《もののふ》ならば、大義のため、忠義のために命を捨てることを恐れはしない。しかし今ここには微塵《みじん》の大義もない。我の忠誠と信心に、疫病を返してきた耶蘇教の神に殉じることなどできようか。

「切れ切れに残る日誌の文字を読み解きながら、それがしも思案した」

穏やかだった金右衛門の口調が、かすかに冷徹な棘を帯びた。

「それがしは耶蘇教の教義を知らぬ。キリシタンが一途に仰ぐ神の威光も知らぬ。しかし、信心とは、その対価に何かを得るためのものではないということは心得ておる」

二ノ谷某殿は、悲しいほどに、やはり間違っていたのである。

「この屋敷は、己の過ちを受け入れることができぬ二ノ谷某殿の憤怒が形を成したもの、怨念のつくりあげた幻だ」

異邦の神を、禁教と知りつつ敢えて奉じる危険をおかし、その膝元にひれ伏して魂を投げ出したのに、報われなかったと恨み憤る。

「二ノ谷某殿は己の怨念に囚われておる。我らのような見ず知らずの者をここに引き込み、捕えて罠にはめ、責め苛《さいな》んでいたぶるのは、かつて自身が味わった苦悶と失意を我らにも与えることで、淀む怨念をより強く肥え太らせんがため」


悔い改めよ。

その悔いを聞き届けはしないが。

己の罪を告白せよ。

その告白に浄罪は与えられぬが。

しょせん、万能の神などおらぬ。

しかしここでは、この怨念の屋敷では、

——我こそが神だ。

「甚三郎が悪夢のなかで、罪を告白せよという声を聞いたと言ったときから、それがしは耶蘇教との関わりを疑い始めていた。そのように説く言いまわしは、かの禁教に特有のものであるからな」

そんなに早くから察していたのか。そういえば、あのとき様子がおかしかった。

――耶蘇教のことも、本当はもっと詳しく知ってるんじゃないのか。

甚三郎の心に、疑念の裂け目が生じた。それをよそに、金右衛門は続ける。

「印半天の当て布のことまでは気づかなんだが、背中の印のことも疑ってはおった」
□に十の字を重ねてある。
「○に十の字ならば薩摩藩の島津様の紋所だが、四角に十字はどこの紋所でもない。作り物だ。但し、キリシタンにとっては十文字は尊い意味を持つ形だという」
□でそれを囲おうとしている。押しつぶそうとしている。オラショの言葉は印半天に隠され、知らずにそれを身につける甚三郎たちの汗を吸い込み、穢れていった。
「あたしたちのこと……」

呆然として、お秋が呟く。

「生きて帰らせるつもりなんかないんですね。みんな殺す気でいるんだわ」

顔に血の気がない。いつも労り合っているおしげのことさえ忘れたかのように、自分で自分の身を抱いている。

「落とし戸のからくりだって、見せかけだけなんでしょう。あと何人とか、あたしたちをいたぶっているだけよ」

誰も生き残れやしないのに。

「ふふん、ずいぶんとお手間をかけなさることで」

下を向いたまま、甚三郎は吐き捨てた。すると金右衛門が言った。

「某殿は我らを争わせ、殺し合いをさせたいのだ」

恐ろしいことを、静かに言い切る。

「我らのあいだに不信をかき立て、競わせ、己さえ助かればよいという我欲を剝き出しにさせたいのだよ」

甚三郎とお秋は、声もなく顔を見合わせた。うなだれたままのおしげの丸まった背中が震えている。

「かつてキリシタンを狩り出すために、しばしば密告者を募ることがあった。二ノ谷の某殿は、我らにもその真似事をさせようとしておる」

死ぬべきは自分じゃない。別の誰かだ。

主よ、俺よりもっと罪深い奴がいますと、互いに指さし合わせ、断罪させる。

「ここまで、その思惑にはまらずに過ごしてきたことを誇ろう。我らはよく助け合い、労り合って暮らしてきた」

優しい言葉だ。有り難い言葉だ。なのに、甚三郎は猛然と反発を覚えた。

「ただの成り行きですよ」

口に出し、お秋が狼狽えるのを目の当たりにして、もっとはらわたが煮えてきた。

「堀口様はお武家様だ。俺たちとは身分が違います。だからみんな堀口様を頼って、堀口様のおっしゃるとおりにしてきたんです。それでたまたま争わなかっただけですよ」

だが、これからは違う。

「堀口様がこの屋敷の主に因縁がおありだというのなら、俺らはただの巻き添えかもしれねえ。

もう、堀口様の言いなりにはなりたくねえ！」

剃刀《かみそり》で一閃《いっせん》したかのように、この場の空気が裂けた。

甚三郎の心中に怒りの火が燃える。

生き延びられるのがたった一人であるならば、武士の堀口金右衛門こそがその一人になるべきで、身分の卑しい商人や職人、農民や奉公人の甚三郎たちは、最初から見捨てられても仕方なかった。

ここまで皆を束ねてきてくれた金右衛門も、本音では、本心では、そう思っていたのではないか。屋敷の謎が解けた今、いよいよそう腹をくくっているのではないか。

ぺちん！

お秋が甚三郎の頬を張った。なよなよした柔らかい手のひらではない。働く女の肉刺《まめ》とあかぎれだらけの手のひらだ。

痛かった。

「そんなことを平気で口に出せる人だから、甚さんのところにだけ屋敷の主が姿を見せるんですよ。あんたがいちばん罪深いから」

お秋の頬を涙が伝う。それを見て、甚三郎のなかの怒りの火が消えた。

「ごめんなさい」

お秋は袖で顔を覆い、身を折って伏せてしまった。わあっと泣き出しそうなのを懸命に堪《こら》えて、しゃっくりみたいな声を出す。

また地震だ。遠くから波が寄せるように揺れが来る。

火山の吠え猛《たけ》る響きも聞こえてきた。ごごごごご。気のせいではない。空耳ではない。

諍《いさか》いを、屋敷の主が喜んでいる。


その夜、甚三郎は一人、襖絵の大広間へと足を運んだ。

百目蠟燭の廊下をたどり、分厚い観音開きの扉の前に立っただけで、顔が熱くなった。

扉を引き開ける。一歩踏み込むと、呼吸を止めているのに硫黄の臭いを感じた。

襖絵の火山の火口が煮えたぎっていた。溶けた岩が真っ赤に沸き立つ。どぼん、どぼんと重たい音をたてて泡が弾ける。

火口の近くだけではなく、今や山肌のそこらじゅうから蒸気が噴き出していた。ねっとりと濃い蒸気は大広間いっぱいに満ちて、扉の前から奥まで見通すことができない。

もう一歩足を進めたところで、流れる汗が目に入った。浴衣の袖で顔を拭い、つい息を吸ってしまうと、鼻の奥と喉が焼けた。

噴火は間近に迫っている。囚人たちに謎を解かれ、秘密を知られ、屋敷の主はその悪意を解き放とうとしているのだ。

甚三郎は勇を鼓して吠え立てた。

「俺がいちばん罪深いのか！」

だったら、俺を殺して終わりにしろ。どうせくず野郎だ。生きていたって何の役にも立ちゃしねえ。

「だけど俺は、この世の全てを思いのままにできる瞬間を知ってるぞ」

俺だって、博打場じゃ神になれる。万能の一瞬をつかんだことがある。おまえなんかにひれ伏してたまるかよ。

ずずずずず。地鳴りが始まる。熱風が山体を吹き下ろしてくる。熱い蒸気が熱い風にかき混ぜられる。

あの風をまともに身に受けたら、ひとたまりもない。引き返そう。汗で足が滑る。目が見えない。息が苦しい。

突然、背後から腕が伸びてきて、甚三郎の肩をつかんだ。ぐいと引き戻される。

「何をしておる！」

金右衛門だった。その顔も首も腕も汗に濡れている。

二人で廊下に転げ出た。風と蒸気を押し戻して扉を閉める。金具が熱く、手のひらが焼けそうだ。

「あいすみません」

あえぎながら、甚三郎は泣いた。

「俺があいつと同じだから、あいつは俺の前に現れるんです」

己を神だと思うほどに、愚かで傲慢だから。

「よくわかった」と、金右衛門は言った。

「さあ戻ろう。お秋を泣かせるな」

その日を境に、恐ろしい変化が起きた。食べ物が失くなったのだ。

食べたものが食べた分だけ減るならば、当たり前になっただけである。米も粟も干餅も、食っても食っても一夜で嵩《かさ》が戻っていた方がおかしかったのだから、これはそういうことではない。台所の棚にあった麻袋が全て、煙のように消え失せた。米も粟も蕎麦の実も、一粒も残っていない。前日にお秋が掘ってきて、笊《ざる》に入れておいた葱もない。味噌も醤油も塩も消えた。水瓶を満たしていた水は、使ったらその分が減るようになり、汲みに行くと、井戸も涸れている。

屋敷の外の季節は、秋に変わっていた。森は紅葉に染まり、風は肌寒いほどだ。

作物はどうなっているか。甚三郎たちは裏庭の畑へ走った。

お秋と二人で耕した畝《うね》には、丸裸になった豆の茎がぞろぞろと突っ立っているばかりだった。二人が何もしなくても、葱や蕪《かぶ》がまた生えていたところもあったが、それらも葉が黄色く縮んで、台なしになっていた。

奇妙なのは、葉や茎がただ枯れているだけではないことだった。穴が開いたり、嚙《かじ》りとられたかのようにぎざぎざになっているのである。

一目でその意味を悟ったのは、農家の女であるおしげだった。

「これは虫でございますよ。虫の仕業です」

甚三郎は信じられなかった。これまでは虫の一匹、小鳥の一羽の気配さえなかったのだ。にわかに湧いて出たとでもいうのかと。

しかし、そのとき、何かがざわざわ騒ぐような物音に気がついた。

四人はあたりを見回しながら耳を澄ませた。霞に沈む紅葉の森。雲に蓋された空に、うっすらと透けて見えるお天道様。屋敷の屋根に乗っかっている一対の怪魚。

「あれ、何でしょう」

お秋が指さしたのは、いつかは桜の森だったり竹林だったりしたあたり、今は紅葉の葉が重なり合っている森の一角だ。

ぶぶぶぶぶぶぶぶ。

甚三郎はそこに目を凝らした。こちらに気取られたと知って、その奇妙な物音はいっそう高まった。甚三郎にはそう感じられた。

紅葉のあいだから、ひとかたまりの黒い雲が湧き出してきた。物音の源はそいつだ。ぶぶぶぶぶぶぶ。うわんうわん。

唸りながら形を変え、微妙に上下に移動しながら、じわじわと近づいてくる。

木立の隙間を埋め、枯れ残った葉を散らし、膨らんだかと思えばしぼみ、上がったかと思えば下がって、ぶぶぶぶぶ。

ぶん——ひときわ大きな音をたてて、黒い雲のなかから何かが飛び出してきた。

おしげが「げっ」という声をあげた。もともと腰が曲がっているのに、さらに腰砕けになってその場に座り込みそうになる。

「あんな、大きな」

驚きの叫び。声が裏返る。

もう一匹。ぶん。あと二匹。ぶん、ぶん。うごめく黒い雲は迫ってくる。そのなかから次から次へと飛び出して、甚三郎たちのもとに飛んでくるのだ。

ぶん！

お秋が悲鳴をあげ、手で顔を守った。その手首のあたりに飛んできたものがぶつかり、鈍い音をたてた。

「蝗《いなご》だ！」と、金右衛門が叫んだ。

まさか、と甚三郎は思った。江戸者の俺は田畑にたかる虫なんぞ知らないよ。だけど、蝗がこんなにでっかいわけがない。だって、子供のこぶしほどもある。

ぶん、ぶん、ぶん、ぶん。あの黒い雲は、化け物のように大きな蝗の大群なのだった。

「いかん、逃げるぞ」

金右衛門がおしげを引き起こし、甚三郎とお秋を促した。お秋は呆然として、飛んできたものがぶつかった手首を見ている。そこから血が流れていた。これいったいどうしたの？ 何が起こったの？

化け物蝗に嚙みつかれたのだ。甚三郎は総毛立った。

「お秋、来い！」

手を差し伸べ、腕をつかもうとした。

大群の本体が押し寄せてくる。うわんうわんという唸りは羽音だった。この世のものではない虫どもの羽ばたき。

甚三郎の顔にも、何匹もの化け物蝗が飛びかかってきた。金右衛門はおしげの身体を支えて引っ立てながら、もう片方の腕を振り回して蝗を追い払っている。

「甚三郎、お秋、走れ！」

戸惑い、一歩を踏み出しかねているうちに、お秋は群の先陣にたかられ、ああ、ああと叫びながら跳ね、しゃにむに手を振り、逃げようとして方向を見失ってぐるぐる回ってしまっている。甚三郎はお秋の身体から化け物蝗《いなご》をはたき落とすと、手を取って駆け出した。お秋の頬や首筋に血が流れている。

化け物蝗の大群は渦巻きながら、ぶぶぶぶぶと右へ、左へと気まぐれに流れ、うわんうわんと上昇したかと思えば中空で旋回し、ぶぶぶぶぶとまたこちらへ迫ってくる。

とまれるところにはどこにでもとまる。たかれるものには何にでもたかる。

そして何でも食い尽くす。

金右衛門は懸命に支えて連れて行こうとするが、年老いたおしげの足はついていけない。つまずき、その膝ががくりと折れた。金右衛門は勢いあまって二、三歩たたらを踏んだ。

「おしげさん！」

お秋が叫んで止まろうとするのを、甚三郎は追いやった。

「行け、台所に逃げ込むんだ！」

自分は金右衛門とおしげのそばに駆け戻る。金右衛門はおしげを担ぎ上げようとしていた。

「甚三郎、手を貸せ」

二人でおしげを抱き起こした。老女の身体からは力が抜け、自力で立つこともできない。

「しっかりせい」

金右衛門の励ましに、おしげは顔を上げた。齢《よわい》を重ね、重たげに垂れた瞼の奥で、瞳が縮こまっていた。そこに宿るのは恐怖と、

「行ってくださいまし」

ある決心。

「わたしは走れません。置いて、逃げてくださいまし」

「何を愚かな。さあ立つのだ」

おしげはかぶりを振り、さらに何か言おうとした。そのとき、まっしぐらに飛来してきた化け物蝗の一匹が、そのうなじに齧《かじ》り付いた。

おしげの身体がひくっと引きつった。両目が広がり、口も半開きになる。うなじから水芸《みずげい》のようにぴゅうっと血が噴き出し、甚三郎と金右衛門の顔にもはねかかった。

ぶん。もう一匹。おしげの頭、束ねた銀髪の上にとまる。甚三郎は化け物蝗の金色の眼を見た。

信じ難いことに、それはあの怪魚の眼と同じだった。人の眼だった。

こいつもまた屋敷の主の化身、悪意の化した怪物なのだ。

「化け物めが！」

金右衛門が怒声を放った。

ぶん、ぶん、ぶぶぶぶぶ！

怒りを湛えた金色の眼を光らせて、化け物蝗どもがおしげに飛びついてくる。甚三郎と金右衛門が二人がかりで払っても、払っても、血の臭いに猛り狂った化け物はひるまずにたかってくる。

大群はもう目と鼻の先まで迫っている。耳を聾《ろう》するばかりの羽音に加え、ガチガチと噛み鳴らす音まで聞こえてきた。その頑丈な顎と鋭い牙。たかられたら、頭から食われてしまう。

「逃げて、ください」

おしげが声を振り絞る。それが限界で白目を剝き、頭ががくんと傾《かし》いだ。

「堀口様、もういけねえ」

甚三郎は金右衛門の袖を引っ張り、逃げ出した。

一呼吸おいて、たまりかねたように金右衛門も逃げた。おしげの身体は、たちまち化け物蝗に包まれてしまった。わしわしと音がする。化け物どもが老女の乾いた肌にたかり、着物の襟元や袖口から入り込み、痩せて骨張った身体を喰らっている音だ。

「早く、早く！」

勝手口の板戸にしがみつき、お秋が泣きながら叫んでいる。その手前で、甚三郎はどうしても堪えきれずに振り返ってしまった。

こっちへ逃げてくる金右衛門の後方に、裏庭の地面に座り込んだおしげが見える。巨大な蝗の塊と化しながら、まだ老女の輪郭だけは残っている。

今、その身体がくずおれた。腹のところで二つに折れて、それと同時に頭が落ちた。

「甚さん、何してるの！」

お秋の悲鳴に、甚三郎は目をつぶった。走ってきた金右衛門に突き飛ばされるようにして、一緒に勝手口の内側に転がり込んだ。

しゃがみ込んで身を丸め、お秋が泣き出した。甚三郎は震えが止まらず、呼吸が苦しく、ぐるぐる目が回って吐きそうだった。まわりが暗くなり、ふっと気が遠くなった。

どおん。

屋敷の奥、火山の襖絵の大広間で、落とし戸の落ちる音が響いた。

化け物蝗どもの羽音が消えた。

甚三郎は顔を上げた。お秋は泣き続けている。土間に座り込み、金右衛門の顔も蒼白だ。

気がつけば、三人とも血だらけだった。

そして聞こえてきた。笑うがごとく吠えるがごとき、屋敷の主の大音声。

あと二人。


「もう暇《いとま》はありません」

梅屋甚三郎は、懐紙で額の冷たい汗を拭いながら語り続ける。

富次郎は石になったような心地で聞き手を務めている。そうでないと胸が悪くなり、甚三郎の話を遮ってしまいそうだ。

おちかもこういう経験をしたのだろうか。語り手の話があまりにも忌まわしく恐ろしいとき、おちかはどうやって自分を宥め、心を強くして聞き続けていたのだろう。

語る甚三郎の疲労も目に見えてきた。声音が少しずつ細り、呼吸が短く浅くなっている。

しかし、語るのだ。必ず語りきる。その気迫もまた伝わってくるから、富次郎は石になる。耳を傾ける石に。

「食い物も水もないんですからね。私ら三人、ほんの数日で力尽きて動けなくなってしまうでしょう」

女のお秋が真っ先に倒れるかもしれない。これまで力仕事を請け負ってきた男の甚三郎か、いちばん年上の金右衛門の方が、意外に早く参ってしまうかもしれない。

いずれにしろ、一人死に、二人死に、かろうじて生き残った最後の一人が、晴れて落とし戸の通路を抜けて屋敷から逃れ出る。

「そんな筋書きを受け入れていいのかと、堀口様はおっしゃいました」

四枚目の落とし戸が落ち、新しい通路が現れているはずである。しかし、あそこへ行くのもやめようと、金右衛門は言った。

前夜、甚三郎が一人で踏み込み、金右衛門に助けられてようやく廊下に出ることができたほどに、大広間は熱い蒸気の硫黄の毒に満ちている。今度踏み込んで、必ず無傷で出てこられるとは限らない。

「それでも、大切な発見があるかもしれぬから、それを恃みに危険を冒すか。そのために、三人のうちの一人を選ぶ。あるいは誰かが名乗り出る」

それもまた、死の危険にさらされる一人を選び出すことだ。屋敷の主の思惑どおりだ。

「そうではなく、三人で生き延びる道を選ぼう」

言ってから、金右衛門は何かを嚙みしめるようにぐっとくちびるを嚙んだ。

「いや、三人で生き延びるか、果たせなければ三人とも死ぬか、一か八かの賭けをする道を選ぶか」

もろともに生きるか、死ぬか。

屋敷の主の迫る選択を捨て去って。

「甚三郎は、武士《もののふ》であるそれがしが生き延びるのが順当だと申したな」

それがしの考えは逆だ——

「武士は、力弱き民草を守るためにこそ心身を鍛え、武器を取って立つ。己の命を惜しんで民草を犠牲にするならば、それは武士ではない」

金右衛門もまた疲労し、傷を負って疲れているはずだ。だが、その顔には生気が漲り、声音は凜々しい。

「それがしの力も知恵も足らず、亥之助、正吉、おしげをみすみす殺されてしまった。この命と引き換えにしても、甚三郎とお秋、そなたたち二人だけは守り抜くべきなのだ」

それこそが武士のあるべき姿。

だが、ここは屋敷の主の悪《あ》しき魂の器。三人はそのなかに放り込まれた蟻に等しい。

「恥を忍び、二人に頼む。それがしに力を貸してくれ。三人で道を開きたい。それがしについてきてくれぬか」

甚三郎はお秋の顔を見た。お秋は金右衛門を見つめていた。

「どうすればいいんでしょうか」

囁くような声。だが弱々しくはない。お秋は腹を決めている。

「あたしも、屋敷の主の言いなりになるのはまっぴらごめんです」

たとえ、それで一人だけ生き残ることができたとしても、ちっとも嬉しくない。

「あたしの命なんて、それこそ蟻と同じですよ。だけど、蟻には蟻の意地があります」

屋敷の主が、どんな失意と絶望の挙げ句、こんな怨念を残すことになったのか、それは知らない。知ってやり、汲んでやらねばならない義理もない。

「罪を告白しろですって？　キリシタンにはそれが大事なことなんですって？　ふん、おあいにくさま、あたしには関わりございません。もう付き合っちゃいられませんよ」

激して啖呵《たんか》を切るお秋は、はっとするほどに美しかった。

「禁教と知っていて手を出して、自分の思うようにならなくって島流しにされて、だからどうしたっていうんです。どんな理屈で、あたしらを同じ目に遭わせていいっていうんでしょう」

この屋敷の主は、武士の風上にも置けない卑怯未練身勝手な悪人だ。

「ここで命を落としたってかまいません。おっかさんのいるところに行かれます」

出し抜けに、お秋の目から涙が落ちた。

「あたしはおっかさんと二人きりでした」

母親は小さな料理屋の仲居をしていて、そこのお客の一人に手を出され、お秋を妊《はら》んでしまったのだという。

「おっかさんのお腹がふくらんでくると、そいつは逃げちまいました。でも料理屋の女将さんがいい人で、おっかさんを追い出さなかった。おかげで、おっかさんは無事に身二つになることができました」

お秋を産んだあとも、母親はその料理屋で奉公を続けた。母子二人、つましく暮らせば何とかなった。

しかし、そのうちに、件のお客が舞い戻ってきた。無論、父親の名乗りをして母子の暮らしを助けようなどという殊勝な考えがあったからではない。

「ただの遊び人で、おっかさんに執心してただけなんですよ。実はお金に困っていて、おっかさんにたかろうという魂胆でした。うまく騙くらかせたら、売り飛ばそうと思っていたのかもしれません」

見かねた料理屋の女将が、別の奉公口を探して母子を逃がしてくれたのだが、遊び人はしつこくつきまとってきた。

「あたしは八つから外で働き始めましたが、それもそいつからあたしを逃がすためでした。卑怯な男で、あたしを質にしておっかさんを脅したりするもんだから、あたしがそばにいない方が、おっかさんも安心だった」

お秋の母親は、遊び人に追われぬよう、日銭稼ぎの仕事を繋いでどうにか暮らした。どこかに奉公すると、遊び人が現れて、亭主面をして給金を前借りし、それを断ると奉公先のお店に嫌がらせをしたりするので、ひとところに落ち着くことができなかったのだ。住まいも同様で、近所の人の親切にすがったり、お寺さんに転がり込んだり、どうしようもないときは橋の下で寝起きすることもあったようだという。

「そんな暮らしで身体が保《も》つわけはありません。おっかさんが擦り切れるように死んじまったのは、あたしが二葉屋に住み込んだばかりのころでした」

音信がつかなくなって心配したお秋が、母親のいそうなところを探し回り、ようやく死んだとわかったころには、母親は近くの投げ込み寺の無縁墓に葬られていた。

「あんな男のせいで、こんな死に方をさせられたんだって、悔しくて悔しくて」

怒り、悲しむお秋のいる二葉屋に、遊び人が今度は父親面をして姿を現したのは、母親の死後三月《みつき》ばかり経ったころだった。

「俺がおまえのおとっつぁんだ、おまえがここで奉公してることは知ってたよって。旦那さんにも、にやにや笑いながら慇懃《いんぎん》無礼に挨拶してましたけど」

懐に匕首《あいくち》を呑んでおり、昼日中から酒気を帯びていた。遊び人からも転がり落ちて、歳ばかり喰ったごろつきである。二葉屋の主人は、店先を騒がせるな、二度と来るなと言い含め、小銭を握らせて男を追い返した。

「だけど、あいつが懲りるわけはありません。あたしにはわかってました」

自分でけりをつけよう。おっかさんの仇《あだ》を討つんだ。

「案の定、旦那さんの説教は利いちゃいませんでした。すぐに二葉屋のまわりをうろつき始めたから、あたし、言ってやったんです」

おっかさんは死んじまいました。この世におとっつぁんと二人きりだから、一緒に暮らしたい。どっかに住まいを見つけてください。

「あいつは大喜びで承知しました。ただ、そのかわり、二葉屋よりもっと稼げるところへ奉公してくれ、あてはあるからって」

お秋のことも、岡場所に売る気でいたのである。

「それから五日もしないうちに、あいつがあたしを迎えに来ました。新しい奉公先の旦那さんと女将さんに引き合わせるからって」

事情を察して引き留める二葉屋の主人に、「親孝行したいからお暇をくださいと頭を下げて、あたし、あいつについて行きました」

遊里に灯のともる夕暮れ時だったという。逢魔《おうま》が時だ。

「自分で縫った安い着物を包んで持って行ったんですけど」

薄暗い路地にさしかかったところで、お秋は腹を決めた。やるなら今だ。

「これ、あたしの着物だけど、古着屋に売れば、新しい住まいの店賃《たな》の足しになるかもしれない。ちょっと見てくださいって」

男は包みを受け取ると、その場で膝をつき、開けて中身を確かめ始めた。

「意地汚い野郎だから、きっとそうすると恃んでました。賭けだったけど」

お秋は、その賭けに勝った。

「着物を品定めしているあいつの後ろに回って、帯に挟んでおいた剃刀を取り出して」

甚三郎は、それ以上言うなと止めたかった。

わかった。いいよ、もうわかったから。

しかし、金右衛門が先にこう言った。

「母親の仇を討ったのだな」

お秋は口を真一文字に結び、うなずいた。

「あいつの喉首を掻き切ってやりました」

男は声も出さずに倒れた。お秋は剃刀を放り出し、走って路地を飛び出した。

「二葉屋に帰っちゃいけない。お店に迷惑をかける。このまま大川に飛び込もう。そう思って走っているところを、近くの番屋にいた人に捕まえられたんです」

――女中さん、どうした、そんな真っ青な顔をして、誰かに追っかけられてるのかい？

「あたし、ものも言えずに震えていました。そしたら、番屋の人が労ってくれるんです。怖い目に遭ったんだな、もう大丈夫だって」

お秋は血の一滴も浴びてはいなかった。男の背後にいたのが幸いしたのだろう。亡き母親の守護があったのかもしれない。

「剃刀も捨ててきちまったし、自分で言わなきゃ、たった今人殺しをしてきたなんてわからなかったんですよ」

身元を問われ、嘘や出任せを思いつく余裕もなく、お秋は二葉屋の奉公人だと白状した。すると番屋から使いが行ったらしく、ほどなく二葉屋の主人が自ら迎えに来てくれた。

「番屋で頭を下げて、旦那さんは、あたしには何にもお尋ねになりませんでした」

――墓参りは済んだかい。もうお店を出て行くんじゃないよ。

「二葉屋に戻ってからも、いつお縄になるか、いつ番屋の人があたしを捕まえに来るかって、毎日毎日思っていました」

だが、誰も来なかった。

「ごろつきが一匹、薄暗い路地の奥で死んだ。おおかた喧嘩か物盗りの仕業だろう」と、金右衛門が言った。「それだけのことだ」

うなずいて、お秋の顔がくしゃくしゃくしゃになった。涙が溢れて頬を伝う。

「誰にも知られませんでした」

「それでよかったのだ」

「はい。でもあたしは人殺しです」

いつか罰《ばち》が当たると思ってきた。

「ここでも、囚《とら》われたのが罰ならば、しょうがないと思ってきました」

だが、この屋敷の主のいいようにされる謂《い》われはない。事態が進み、事情がわかるほどに、そう思うようになったと言った。

「どこの誰とも知らないあさっての人に、勝手に裁かれちゃたまりません」

死ぬにも、納得のいく死にようというものがあるはずだ――


どうやってこの屋敷を脱出するのか。

金右衛門は、既に策を練っていた。

「一か八かという以上の、破れかぶれの策だ。上手くいったとしても、三人とも助かるとは思えぬ」

もとより、それがしは死を覚悟しておると、果断に言い切る。

「この命と引き換えに、二ノ谷某殿の手前勝手な怨念に一矢報いてやれれば満足よ。だが、そなたらの命の保証もできぬ危うい策。乗ってくれるか」

甚三郎に否はなかった。

「あいつに一泡吹かせてやれるんなら、命を賭ける甲斐があります。梅屋甚三郎、一世一代の大博打だ」

お秋もきりりとした眼差しでうなずく。

「このままここにいたって、食べ物も水もないんです。身体が弱ってしまわないうちに、何だってやります」

「ならば、我らはこれより、二ノ谷某殿との戦に赴く同志だ」

金右衛門の策は確かに破れかぶれであり、危険であった。

「あの大広間の燃える火山の襖絵、あれを破ろう」

あれこそがこの屋敷の芯なのだから。

「日誌の記述によると、二ノ谷某殿は流刑先の大島で没したようじゃ。最後のくだりには、大島の火口に身を投げ、御神火と一体となって永遠に怒りの炎を燃やし続けると綴ってあった」

なんと恐ろしく、不徳なことよ。

「そんなことが叶《かの》うてたまるか。火山に宿る神の火が、たった一人の卑怯未練な流人の怨念に染まるなどあろうはずがない」

大広間にあるのは御神火の偽物、二ノ谷某殿の独りよがりの恨みが、火山の姿を借りているだけのものに過ぎない。それを宿すこの屋敷も、大がかりな幻だ。

「それがしが、幻の源である襖絵を切り裂き、蹴倒してやろうぞ」

語る金右衛門の眼も、御神火のように燃えている。


「だけど、そこまで近づけますか」

昨夜一人で踏み込んだ甚三郎は、大広間のなかにいるだけで熱風に喉を焼かれかけ、硫黄の毒に倒れそうになった。

今、こうして三人で頭を寄せているあいだも、屋敷の奥では不穏な鳴動が高まっている。三人で襖絵に立ち向かっていったなら、その瞬間に噴火が起きて、熱い溶岩が流れ出てくるのではないか。

「そこが一か八かなのよ、甚さん」

蒼白な顔で、お秋が呟く。

「噴火の前に襖絵まで近づけるかどうか、襖を蹴っ倒してやれるかどうか」

恐怖と興奮に、甚三郎はちょっと可笑しくなって、短く笑った。

「おまえまで蹴っ倒すことはねえよ。ごめんくださいって、手で開けなよ」

「あら、そうね。はしたなくってすみません」と、お秋も笑う。

それでいいんだ。笑い飛ばしてやろうじゃないか。今まで、あの大広間の襖に近づこうなどと考えたことがなかった。だが近づいて、開けてみて何が悪い？　見事な絵が描かれていようが、ただの襖だ。

「あの向こうが奥の院なんですよね」

甚三郎は言った。武者震いが出た。

「もしかしたら、そこにあいつが潜んでいるのかもしれない」

漆黒の甲冑をまとった侍が。

「彼奴《きやつ》がおったなら、それがしが立ち合おう」

金右衛門一人に任せてはおかない。甚三郎も助太刀する。得物はなくとも、殴って蹴って嚙みついてでも戦ってやる。

「昨夜の様子からして、何の支度もなしに襖絵に近づこうとするならば、熱風に焼かれ、呼吸《いき》もできず」

大広間の半ばまでにもたどり着けずに斃《たお》されてしまうだろう。

「そこでちと事前の工夫がいる。来てくれ」

二人を促し、金右衛門が向かったのは、正気を失った正吉と出くわしたあの長い縁側であった。

「この風変わりな障子戸を覚えているか」

金右衛門が示したのは、びいどろ障子である。枠には黒漆が塗られており、障子の部分は一枚を三分割して、下の三分の一は漆黒の障子紙、上の三分の一は白い障子紙、そして真ん中の三分の一にはびいどろの一枚板がはめ込まれている。

「これを熱風避けの盾に使うのだ」

びいどろが入っているせいで、普通の障子よりはずっしり重たい。これを金右衛門が一人で一枚、甚三郎とお秋の二人で一枚を掲げ、その陰に隠れながら襖絵へと突進する——という策であった。

「黒漆のおかげで、熱風に炙られても、枠がたちまち燃え出すことはなかろう。びいどろも、木や紙よりははるかに熱に強い」

洋灯《ランプ》という明かりの覆いに使われるものなのだから、と言った。

この盾が、三人が大広間を横切り、襖絵に近づくまで保ち堪えてくれればいい。

「この黒い障子紙は白い障子紙よりも分厚いな。飯粒が少しでも残っていれば、糊にして張り替えられるのだが……」

残念ながら飯粒はなく、釜も昨夜のうちに洗ってしまった。

「水で湿しておいたらどうでしょう」

井戸は涸れてしまったが、あの怪魚のいる湖から水を調達できるのではないか。

「一時《ひととき》も離ればなれになってはいかん。三人で行こう」

水を汲む容れ物が要るから、まず台所に入った。桶や鍋を抱えてすぐ出ようとすると、

「すみません、ちょっと待って」

お秋が土間に飛び降り、物入れの奥へ手を突っ込んで探り始める。そして、小さな風呂敷包みを引っ張り出した。

「あった！」

甚三郎も、それには見覚えがあった。お秋がここに迷い込んだとき持参していた、あひるのゆで卵の包みだ。

「外から持ち込んだものだから、消えなかったんだわ」

それをしっかりと背中にくくりつけて、お秋は言った。「お守りよ」

「うむ、よかろう」

励ますようにうなずく金右衛門は、あの印半天と手ぬぐいを何本か持ち出している。

「熱気と蒸気から身を守るために、またこれを着込んでゆこう。少しは足しになるはずだ。手ぬぐいで口元を覆えば、熱い蒸気を直に吸い込むことも避けられよう」

こいつに腕を通すのも、これが最後だ。オラショとやらを背負うのも、これで最後だ。

支度を調え、三人で森を抜けた。ぎゃあぎゃあという鳴き声がまばらに聞こえる。すぐにも応戦できるよう、金右衛門は刀の鯉口《こいぐち》を切っていた。

怪魚の棲まう湖は、乾きかけた泥の海に変わっていた。芦原は茶色く枯れ、胸の悪くなるような臭いが立ちこめている。

怪魚の姿も、水もない。

「ありそうなことでしたね。俺たちを日干しにしようっていうんだから、湖だってそのまんまにしとくわけがねえや」

金右衛門は動じなかった。

「水はなくとも、泥はある」

湿った泥を掻き、桶と鍋に集める。それを抱えて長い縁側まで戻って、敷居から外した二枚のびいどろ障子に塗りたくった。

作業をしているうちに、三人とも顔や着物に泥がはねて、どろんこ遊びをしている子供みたいになった。

「堀口様」

手の甲で顎の泥を拭い、お秋が言った。

「今ごろこんなことを気にするなんておかしいですけれど、ここ、どこなんでしょう」

この屋敷はどこにあるのか。

「屋敷から逃げ出せたら、この屋敷のある場所に出るんでしょうけれど」

それはどこなのか。まさか、二ノ谷某殿が死んだ大島とか？　あるいは、はるか遠い九州のどこかである二ノ谷家の領地とか。

「まさか。俺たちはみんな、ここへ迷い込んだときにいたところへ帰れるんだよ」

甚三郎は言って、金右衛門の顔を見た。金右衛門は額と頬を泥で汚し、その上に汗で縞ができている。

「済まぬが、その問いに、それがしは返答を持ち合わせておらん」

ここはどこなのか。おそらくこの世ではなく、たぶんあの世でもない。それぐらいしか言えない。

「我ら六人、ばらばらの場所で迷うた。亥之助を除く五人は、おおまかに市中の西側の近郊にいたというのは共通しておるが、歩いていた道筋も、目指していた場所も異なる」

そして亥之助爺さんは、深川元町の長屋の外にいた。深川は大川の東側、甚三郎たちがいたあたりとは、お城を挟んで反対側だ。

「我らが選ばれた理由も、それぞれが何かしら罪をおかしている——ということのようだが、おしげの罪は何だったのかわからぬ。少なくともそれがしは聞いておらぬが」

するとお秋が、ちょっとたじろいだ。

「何か知ってるのかい？」

甚三郎が訊ねると、目を伏せた。泥がはねて、白い顔がいっそう白く見える。

「おしげさんの嫁いだ家は代々の地主で、大きな農家だから、小作人を大勢使っていて」

お秋は、くちびるを嚙みしめるようにして小声で言った。

「小作人たちは、厳しい暮らしをしているでしょう。地主が恨みを買うこともあったかもしれないって言ってました」

わざと曖昧にぼかしていると、甚三郎は感じた。

おしげはもっとはっきりと、己の罪を白状していたのではないか。それを伏せてやるのは、お秋の優しさだろう。あんな恐ろしい死に方をした老女の罪を、今さら暴く必要などない。

「皆は、通りものに当たったように、理不尽で不可解な目に遭《お》うたのだ」

そう言う金右衛門の横顔にも、今まで見せなかった屈託があった。

「二ノ谷某殿とそれがしは、九州という土地と、キリシタン弾圧の歴史によって繋がっておる。あるいは、某殿がもっとも憎んでおる虜囚はそれがしであり、そなたたちは偶々巻き込まれただけなのかもしれぬ」

甚三郎は戸惑った。金右衛門のこの言をまともに受け取るならば、二ノ谷家と金右衛門の仕える主家との繋がりを疑いたくなる。

——それがしがこの屋敷に囚われたのは、ここの主《ぬし》とそれがしの身分、立場に、遠くはあるが因縁があるからだ。

本当は、それほど「遠く」はないのではあるまいか。

キリシタン弾圧について金右衛門が、

——今一度念を押しておくが、これは昔の出来事だ。

と言ったのも、割り引いて考えた方がいいのではなかろうか。本当は、それほど昔の出来事ではないのでは？　堀口金右衛門の「罪」は、そこにこそあるのではないか。

「甚さん」

お秋に呼ばれて、はっとした。

「いろいろ考えるのは、ここを抜け出してからにしましょうよ」

瞳は明るい。金右衛門に顔を向けると、はきはきと言った。

「甚さんとあたしは、どこの何者なのか申し上げてありますから、無事にうちへ帰り着いたら、訪ね合うこともできます。でも堀口様には、もうお目にかかれないと思った方がよろしいんでしょうか。あたしたちとはご身分が違いすぎますもの」

いいや、身分だけが理由ではない。お秋もまた、金右衛門が明らかにしない「因縁」に疑いを抱いているのだ。ここから生き延びたなら、全てを忘れてなかったことにして、もう何も詮索しない方がよろしいんですよね。暗に、そう問うているのだ。

金右衛門は、ひたとお秋を見つめた。甚三郎は息を詰めた。

「ならば、それがしが二人を訪《おとな》おう」

そう言って、金右衛門は破顔した。

「三人で無事を確かめ合い、語らおう」

たとえその言葉が真実ではなくても、今は信じようと甚三郎は思った。

二枚のびいどろ障子にたっぷりなすりつけても、泥はまだ余った。三人はそれぞれの顔や首筋、手足にそれを塗りたくった。

「たかが泥だが、頼りになるぞ。熱気と蒸気から肌を守ってくれる」

真っ黒けな顔の侍と、札差の道楽息子と質屋の女中。いったいどういう組み合わせだ。

上出来だと、金右衛門は言った。黒塗りの顔に、白目だけが冴え冴えとしている。

「参ろうか」

びいどろ障子は重かった。この屋敷に来て、生まれて初めて力仕事を担い、畑仕事を覚え、ちっとはたくましくなったはずの甚三郎だが、襖絵の大広間へたどり着くまでに、何度も息が上がって腕が疲れた。

――腹に何も入ってないせいだ。

喉も渇き、いがいがする。水が飲みたい。

扉の向こうで、火山が鳴動している。昨日よりもその響きが大きく、足元から伝わってくる振動もいっそう激しくなっている。

触れてみると、扉の取っ手が熱い。火傷するほどではないが、握れば指と手のひらが赤くなる。ぐわん、ぐわん。溶けた岩石の煮えたぎる音が聞こえてくる。

持参してきた手ぬぐいで、三人は口元を覆った。お秋の指が震えてもたつき、うまく手ぬぐいを結ぶことができない。甚三郎は手伝ってやった。

「それがしが先に踏み込む」

金右衛門は、泥塗りの顔に早くも汗の筋をこしらえている。甚三郎の顎の先からも汗が滴る。

「甚三郎はそれがしの横につき、二枚のびいどろ障子を縦に並べる」

左右の手のひらを寄せて、金右衛門は示してみせる。

「それがしが、よし、と声をかけたら、障子を押し立てて進め。何があっても足を止めてはいかん。できるだけ呼吸を堪え、目を伏せて、熱気に耐えるのだぞ」

甚三郎は拳を固め、汗を握った。お秋は何かを念じるようにつと目をつぶって、開ける。

「行くぞ」

金右衛門と甚三郎で、大広間に通じる扉を開け放つ。熱い蒸気がどっと流れ出してくる。手ぬぐいで口を覆っていても、硫黄の臭いでむせかえりそうだ。

扉口をくぐるときだけ、びいどろ障子をちょっと傾ける。金右衛門も甚三郎も、両手を広げてびいどろ障子を抱えているから、蟹《かに》のような横歩きだ。

「俺の背中に隠れろよ」

お秋に言って、甚三郎は金右衛門に続いた。

大広間は、昨夜よりも凄まじい景色になっていた。蒸気と煙の幕の向こうに垣間見える火山は、火口が大きくなっている。初めてここに踏み込み、この襖絵を目の当たりにしたときに比べたら、ざっと三倍、いや五倍くらいになっているか。溶けた岩石が溢れ出し、火口の縁を押し広げているのだ。

真っ赤に煮える溶岩は、今にも山肌を伝って駆け下りてきそうだ。ちろり、ちろりと揺れる青白い炎。渦を巻く白煙。

船端を歩いているかのように、足元が揺らぐ。舞い上がる火の粉が、気まぐれに甚三郎の手の甲にとまり、すぐに消えた。泥のおかげで、熱くはない。

「よし！」

手ぬぐいのせいで、金右衛門の声はくぐもっている。しかし気合は充分で、火山の鳴動にも噴き出す蒸気の音にも負けない。

「はい！」

お秋と二人で、びいどろ障子を持ち上げる。身を寄せ合い、障子の後ろに隠れながら、熱風に逆らって歩み出した。吹きつける湿った熱い風に押し返される障子の重さに、甚三郎の腕は震え、足がふらつく。

びいどろ障子を盾に、金右衛門はすり足で進んでゆく。遅れまいと、甚三郎とお秋もそれに並ぶ。

ごうごうと蒸気が唸る。火口のなかで溶岩が波立ち、騒ぐ。襖絵のなかの山肌を、青白い炎が駆け下りる。

ただの絵だ。本物じゃない。目に染みるこの熱さ、息が詰まりそうな硫黄の臭い。

みんなみんな、まやかしだ。

びいどろ障子の重さも、寄り添っているお秋の身体の震えも、お秋が息を切らしながらもなんみょうほうれんげきょうなんみょうほうれんげきょうと唱えているのも。悪い夢だ。突き進んでいけば振り払える。

「怯むな、進め！」

金右衛門の叱咤が甚三郎の耳朶《じだ》を打つ。

怖くなんぞねえ。命がけ上等、俺は博打うちなんだ。この世の全てを思うままにできる刹那《せつな》を何度となく味わってきた、愚かな博打ぐるいに怖いものなどあってたまるか。

障子戸の木枠がくすぶる。白い障子紙が端から焦げだして、燃え始める。びいどろの部分には真っ赤な溶岩の色が映っている。

「あとわずかだ！」

襖絵の火山まで、あと五歩。あと三歩。もう手が届く。

金右衛門がずいっと前に出た。

「甚三郎、そのまま進め！」

大声を放ったかと思うと、金右衛門はびいどろ障子を脇に倒すようにして放り出し、自分はその陰から躍り出た。

びいどろ障子は燃え上がり、火の粉が舞う。びいどろの板が枠から外れて畳の上に落ち、真っ赤な炎を映し出す。

まず大刀を、続いて脇差を抜き放ち、金右衛門は猛然と襖絵に斬りかかった。蒸気と煙のなかでも、白刃の一閃、二閃が甚三郎の目を射た。ざくりと小気味いい音が弾け、まず火口の縁が横に一直線に切れた。続いて火口が真ん中から縦に割れた。

「二ノ谷某よ、姿を現せ！」

雄叫《おたけ》びのように、金右衛門が呼ばわる。

「武士の本分を忘れ、無辜《むこ》の民草を苦しめる愚かな亡者よ。我が名は堀口金右衛門親房《ちかふさ》、いざ、正々堂々の勝負じゃ！」

襖絵を斬り裂き、足で蹴り倒す。火山が燃え猛っていたところに、ぽっかりと四角い闇が現れた。襖一枚分。続いて二枚分。

もう、襖絵の火口の部分は完全に失くなった。煮えたぎる真っ赤な火口を失った火山は、首を斬り落とされた人のように見えた。

襖二枚分の静寂の闇。その奥からは、かすかだが、新鮮な風が吹いてくる。

甚三郎が持ち上げていた障子戸も、びいどろの板を残して燃え上がった。それを脇に投げ捨て、お秋の手を取って、甚三郎はまっしぐらに走り出した。前方の闇のなかへ、新鮮な風の源へ。

「走れ、走れ！」

背後から二人を追い立て、金右衛門も駆けてくる。

鳴動が止まった。蒸気も止まった。

走る、走る、走る。足の裏が何を踏んでいるのかわからない。感じ取れない。闇のなかを全力で泳いでいるようにも思える。

たたたたたた。

前方で、闇の一部がさざめいた。新鮮な風が止まり、甚三郎はまばたきした。

うわぁあん、うわぁあん。

聞き覚えのある叫びだ。嘆きの声だ。

屋敷のなかで耳にした、オラショを唱える二ノ谷某殿の声だ。

「くそ、やっぱりここにいやがる」

三人は足を止め、身構える。

真正面の闇がうごめき、漆黒の甲冑の侍の姿をなした。あのとき、亥之助爺《じい》さんの首を刎《は》ねたときと同じように、ぎらぎら光る大刀を掲げて疾走してくる。

「現れたか、亡者よ！」

金右衛門の声は怒声ではなく、歓声のようにさえ聞こえた。甚三郎とお秋の前に立ちはだかり、打ちかかってきた漆黒の武者の刃をがっきりと受け止める。火花が散った。

「逃げよ、甚三郎！」

金右衛門と漆黒の武者は猛々しく刀を打ち合わせ、飛び離れてはまた打ち合う。

「堀口様！」

お秋が叫ぶ。甚三郎はその腕をつかみ、息をあえがせて、そして見た。

信じられない。信じたくない。

振り返って見やる大広間は、今や洞窟の入口のように遠い。そこだけ明るく、四角く切り取られている。金右衛門が斬り裂き、蹴り倒した二枚の襖の残骸が散らばっている。

今、その残骸の一片が、下から突き上げられたように跳ね上がった。続いてまた一片、もう一片。

切り裂かれた火口の絵から、溶岩が噴き出してくるのだ。

ぶわぁぁぁ。湯が沸き立って釜からあふれるように、襖絵の残骸のなかから溶岩があふれかえってきた。鉄砲水のごとく、甚三郎たちに向かって流れてくる。

溶岩の奔流の轟《とどろ》きに、泣き叫ぶようなオラショの詠唱が重なる。

「逃げるぞ、お秋」

「でも堀口様が！」

獣のように怒りを剝き出しに立ち合う二人の武士に、溶岩の奔流が迫り来る。

漆黒の兜《かぶと》と頰当てを震わせて、二ノ谷某殿が哄笑《こうしよう》する。金右衛門の顔に溶岩の真っ赤な色が映える。

野太い哄笑とオラショの詠唱。金右衛門の一撃を受けて二ノ谷某殿がのけぞり、大刀の切っ先が宙に泳いだ。

すかさず、金右衛門の次の一閃がその頭を刎ね飛ばした。兜もろとも、頭は鞠のように宙に飛ぶ。

いきなり、金右衛門の総身が炎に包まれた。

「駄目だ、逃げるんだよ、お秋！」

甚三郎は喚きながら泣いた。首を失った漆黒の鎧は仁王立ちしている。燃え上がり、みるみるうちに黒く焦げてゆく金右衛門が刀を高く掲げ、勝ちどきをあげるような仕草をした。そのまま、押し寄せる溶岩の波に呑まれてゆく。

お秋の手を握りしめ、甚三郎は走り出した。迫る熱気と轟音《ごうおん》に、もう振り返る余裕もない。

「甚さん、甚さん」

走りながら、なぜかお秋の声が遠くなる。

「あたし、忘れないから」

気がつけば繋いでいた手が離れ、甚三郎は一人、真っ暗闇のなかを駆けていた。

溶岩の轟きは消えた。二ノ谷某殿の哄笑も、オラショの詠唱も聞こえない。甚三郎が駆け抜けてゆく闇には静寂が満ちており、新鮮な風が頰をなでる。

もう足が上がらない。息が続かない。あたりに満ちている闇が、頭のなかにまで入り込んできた――

よろめき、膝をついて、甚三郎はうつ伏せにどうっと倒れた。

＊

「私を見つけてくれたのは、通りがかりの行商人でした」

梅屋甚三郎は、目白に住まう昔の乳母を訪ねようとする道中で行き倒れていた。身体じゅうにひどい火傷を負っていた。

「また風花が舞っていたそうですよ。師走のある日のまんまだった。私が、あの屋敷に閉じ込められていたのはたった三日間だったとわかるようになるまでは、だいぶ日にちがかかりましたがね。なにしろ死にかけていたもんだから」

長い語りに、初夏の陽もさすがに傾いてきた。黒白の間の障子に差しかける光も、ほんのりと茜色を含んでいる。

「近くの人家に運び込まれ、火傷の手当てをしてもらって、私がいったん正気づいたのは、その翌日のことでした」

甚三郎が名乗り、生家のお店のことや、目白のどこかの農家にいるはずのお吉のことをしゃべると、親切な人がすぐお吉を尋ね当てて報せてくれたので、

「私はお吉の家に移してもらって、それから半年ばかりは療養に専念しました」

お吉のところに移る際には、戸板に乗せられていった。無心を企てていたあの日を思い出し、横たわったまま揺られながら、つい涙したという。

「お吉は私が思っていた以上に老けて、立派な婆様《ばば》になっていましたが、婚家では大姑の立場で、そりゃもう手厚くしてくれました」

お吉がすぐさま使いをやって事情を知らせてくれたので、梅屋からも人が飛んで来た。甚三郎の母や、兄嫁たちは何度となく目白を訪れ、金品をお吉に託したり、泊まりがけで甚三郎の看病もしてくれたという。

「親父が、火傷の治療が巧《うま》いと評判の町医者の先生を寄越してくれたんですが、手足の指は何本

のだそうだ。

ひどい火傷を負った指は、その部分が死んでしまって血が通わなくなり、腐れ落ちてしまったか諦めなけりゃなりませんでした」

「喉もこのとおり熱気で焼けて、声が潰れました。顔と首筋の火傷のせいで、人相も変わりましたが」

命を拾っただけでよかったと、まわりの人びとに泣かれたそうである。

「誰に何を訊かれても、私は答えませんでした」

——好き勝手ばかりしてきた罰が当たったんです。あいすみません。これからは心を改めます。

「寝返りさえ打てず、火傷の痛みで口もよく動かせませんから、たったそれだけしゃべるにも一苦労でね。だから、問い詰める者もいなかった」

語っているあいだ、ときどき苦しげに咳き込んだり、冷汗をかいていた甚三郎だが、今は落ち着いた様子である。語り終えた安堵に包まれ、疲れ切っている。

富次郎は、まだ訊きたいことがあるはずなのだが、考えが散ってしまう。甚三郎には早く休んでもらった方がいいのだし、ぐずぐず引っ張ってはいけない。そう思うと、なおさら気が急いてまとまらない。

「でも、屋敷のことや金右衛門さんたちのことを忘れてはいなかったんですよね」

甚三郎はうなずいた。

「それこそ、長いこと悪い夢を見ていたような心地でしたが、何から何まで覚えていました。私がしょっちゅう魘《うな》されるので、おふくろやお吉は怖がっていましたよ」

「あなたが着ていた印半天や、口元に巻いていた手ぬぐいはどうなりましたか」

「焼け焦げてぼろぼろで、煤で真っ黒になっていたそうで、私が正気づく以前に捨てられておりました」

梅屋甚三郎の手元には、証の品は残らなかったのだ。

「療養を始めて一月《ひとつき》ほどして——手足の指を切り落とした傷も治ったころ、もしかしたら金を借りているかもしれないと言い訳して、小伝馬町の質屋・二葉屋に問い合わせてくれと頼んでみましたら」

さっそく、梅屋が人を遣ってくれた。

「私が家から何か持ち出して質草にして、借金したまんまになっていたら大変だと思ったんでしょう。それまでの行状が幸いしたってわけです」

梅屋の使いは二葉屋で、どうしてこんなお尋ねをするかといえば、当の本人の甚三郎は大怪我《けが》をして死にかけ、そのころのことを忘れてしまっている、そちらに質草を入れて金を借りていたらまずいと気に病んでいると、丁寧に説明したのだそうだ。

二葉屋からはすぐ返事がきた。

「お秋はやっぱり聡《さと》い女でしたよ。私の意を汲んでくれてね。おかげで、知りたいことはわかりました」

——昨年の師走に、手前どもの秋という女中が、梅屋甚三郎さんというお方に、貸し付けのことで少しお尋ねをうけたと申しております。

女中は店先を掃除しているところでしたし、もともと貸し付けについてご案内申し上げる立場ではございません。すると梅屋甚三郎さんというお方は、質草を用意して出直してくるとおっしゃったそうですが、それきりお見えになりませんでした。

手前どもでは、一切ご用立てしておりませんのでご安心ください。早くお怪我がよくなりますよう、お祈りしております。

「ああ、お秋は無事で、二葉屋で奉公している。そして私と同じようにあの屋敷のことを誰にも打ち明けてはいないんだ、と」

脇息に深くもたれたまま、梅屋甚三郎は遠い目をした。

「忘れないから——という あいつの言葉は、耳に残っていました」

早くよくなって、お秋に会いに行こう。そう思い決めて、あとはひたすら療養した。

「私は気にしてないのに、おふくろや兄嫁、お吉ばかりか、お吉の家の女中まで気を回しまして、目につくところから鏡をとっぱらっていました」

杖《つえ》をついて散歩できるようになると、甚三郎はお吉の家の地所を歩き回り、あるとき、灌漑《かんがい》用の溜め池の水面に映る自分の顔を見た。

「そこそこ覚悟はしていましたが、このとおりのご面相になってって驚きましたよ。お秋の顔は無事だといいなと、心配でたまりませんでした」

甚三郎の話に聴き入りながら、富次郎はこれまで何度も、魂をぎゅっとつかまれるような気がした。あるときは恐怖で、あるときは驚きで、あるときは感じ入って。だが、このときは格別だった。

お秋の顔は無事だといいな。

清らかな思いやりを集めた、清水の一滴のような言葉である。

「無事であることは、確かめられましたか」

富次郎の問いに、甚三郎は目をつぶってうなずいた。

「杖なしでしゃんしゃん歩けるところを見せようと思ったんで、それからもう半年近くかかってしまいましたがね」

訪ねていったとき、お秋は本当に店先を箒《ほうき》で掃いていたそうである。

「私の顔を見て、すぐには言葉が出てこなかった。それはこっちも同じでしたが、泣いたりはしませんでした」

お秋は黙って、甚三郎の顔の火傷の痕に触れたという。

――お使いの人が来たときから、甚さんも命を拾ったんだ、待ってれば、いつかきっと会いに来てくれると信じてた。

甚三郎は、目を閉じたまま語る。そのときのことを思い出しているのだろう。

「お秋は、ぱっと見た目には、とくに変わったところもありませんでね」

左の二の腕と、両足首のまわりにも薄い火傷の痕があったが、すぐ人目につくところではなかった。

「ほっとしましたよ」

目を開いて微笑んで、甚三郎は言った。

「堀口様と甚さんのおかげですって、言ってくれました」

以来、二人はときどき音信するようになって、今日に至るのである。

「お秋さんは、印半天もほとんど無傷でとっておいたんですね」

「それぱっかりは余計なことで、私は何度も捨てちまえって言ったんですが、聞いてくれませんでした。そういうところは本当に頑固な女ですよ」

お秋の無事を確かめると、甚三郎はあとの四人を探し始めた。

「金も暇もありましたからね」

薬種屋の正吉と、深川元町の酔っ払い船大工の亥之助爺さんは、容易く探し当てることができた。

「二人とも、前の年の師走半ばにふっつり姿を消したきりになっていました」

原宿村のおしげは、町場の女ではないからその二人よりは少し手間がかかったけれど、

「土田家という大きな地主の姑さんが、しげという婆さんだとわかりました」

やはり、昨年暮れに「神隠しにあって」いなくなっていた。村ではそれが噂になっていたという。

「土田さんは、代々苛烈で強欲な地主でね。小作人たちからは、鬼と恐れられていたんですよ」

富次郎は、「やっぱり」と言いそうになって、かろうじて堪えた。

「姑のしげさんも、婆《ばば》になってしおらしくなったものの、小作人たちはもちろん、自分のところの嫁を二人もいびり出すような女だったとか。だから、しげさんが神隠しにあったのを、いい気味だと嗤《わら》う者もいました」

まあ、噂ですがね——と、甚三郎は小声で言い足した。大きな声じゃ言えない、その土地の悪い噂だ。

「いちばんの難物は、何といっても堀口様でした。九州の大名家の家臣で、江戸屋敷で若君の遠乗りにお供するような立場のお方だ」

思案の末、甚三郎は梅屋の父親の力を借りようと思った。

「札差は大名貸しで儲けているわけで、うちも手広く貸していました。それだけに親父は顔も広いし、ほうぼうの大名家の事情にも通じています」

このときは、あの屋敷での出来事をすっかり打ち明けよう、そうしないと信じてもらえまいと腹を決めていた。

「でもね、込み入った話だからゆっくり聞いてくれって断ってから話し出したのに、耶蘇教のヤの字を出した途端に、親父は震え上がっちまいました」

――お上に固く禁じられている南蛮の邪教だぞ。おまえはそんなものにかぶれているのか！

「泡を喰って怒るばっかりで、話になりゃしません。普段は、身分がどうの家柄がどうのと言ったって、貧乏大名はみんな私らに頭が上がりゃしないんだなんて、反《そ》っくり返っているのにね」

公儀のご禁制には弱いのである。

「結局、私は耶蘇教になんぞ関わっちゃおりませんと平謝りして、場を濁して終わってしまいました」

堀口金右衛門の身元と、その安否を確かめるのはかなわぬままとなった。

「亡くなったんでしょうけどね」

だって、私はこの目で見たからね。

「あの方が二ノ谷某殿の首を刎ね、次の瞬間には身体が燃え上がって、溶けた岩に呑まれてゆくところをね」

　生きていてほしかったけれど。

　解いてほしい謎も残っていたけれど。

「堀口様は、二ノ谷某殿について、あの屋敷で私らに語ってくださった以上のことを知っておられたはずです。年月が経てば経つほどに、私にはそう思えてくる」

　その意見には、富次郎もうなずくところがあった。

「語らずに封じておかねばならない謎もろとも、あの世に行ってしまわれた」

　屋敷から逃げ延びたなら、甚三郎とお秋を訪ねて行くなどというのは、やっぱりあの場限りの方便だったのだろう。二人を励まし、勇気を奮い立たせるための嘘だ。

「だけど、私とお秋を守ってくださった。それだけは嘘じゃない」

　甚三郎はまた瞼を閉じる。身体が重いのか、ぐったりと肩が下がる。

「お秋があの印半天を捨てずにとっておいているのも、それを忘れないためでしょう」

　富次郎は、「いいえ、あなたのためでもあるはずですよ」と言いかけた。そのとき、甚三郎が目をつぶったまま大きなあくびをした。行儀が悪いとか、体裁が悪いとか憚る余裕のない、抑えようのない大あくびだ。しかも、その顔にまた汗が浮き始めた。

　いけない。もう休ませなくては。

「お話をありがとうございました。ここで一区切りとしましょう」

　富次郎は手を打っておしまを呼び、自分も立ち上がって小座敷から廊下に出た。

「お客様の具合がよくないんだ。誰か手を貸しておくれ。お客様のお供もこっちへ呼んでくれないか」

急いで戻ったが、果たして、甚三郎は脇息を押しやってくずおれていた。

それからは大騒ぎだった。こうなってしまった以上、甚三郎の家を「梅屋」で通すわけにはいかない。お供してきた手代だという若者を走らせ、蔵前にあるお店《たな》に急を報せると、甚三郎の次兄だという人が駆けつけてきた。

その夜は、甚三郎の次兄（会ってみたら、微笑ましいほど目鼻立ちがよく似た兄弟だった）とも相談し、本人は奥の客間に寝かせて、三島屋で一晩預かった。

一夜明けると甚三郎が目を覚まし、しきりと三島屋の人びとに恐縮するし、白湯や重湯《おもゆ》をとることもできたので、また蔵前の方と相談し、先方が調達してきた釣り台に寝かせて帰すことになった。

これらを取り仕切った甚三郎の次兄は、変わり百物語の評判も、甚三郎が語りに来たことも承知していたようで、三島屋に対しては終始とても丁重だった。

「弟は、十年ほど前に負った怪我のせいで身弱になっており、近ごろはとくに具合が悪く、医者からは、私ども身内の者も、そろそろ覚悟しておくようにと言われております」

昨日は本人がどうしても出かけたい、思い残しがないようにしたいとせがむので、手代をつけて外出させました。三島屋さんにご迷惑をおかけして、まことに申し訳ない。後日、あらためてお詫びとご挨拶に伺います——

富次郎は、ああこの次兄さんが、甚三郎に「可愛らしい」と評されていた人かと、小さな感慨を抱いた。若いころ、親父さんに、甚三郎が博打三昧で暮らせるなら放っておいてもいいんじゃないかと意見して、おまえも出て行けと怒鳴られた人だ。

今では立派な押し出しの商人である。この人が、命の蠟燭が燃え尽きようとしている弟に思いやりをかけていることに、富次郎は手を合わせて感謝したいような気持ちになった。

甚三郎が三島屋を離れる前に、請われて、富次郎はごく短いやりとりをかわした。一夜の昏睡でいっそう窶れて弱り果てている甚三郎の姿に、胸がえぐられる。

甚三郎は、お秋の印半天のことを気にしているのだった。

「三島屋さんに、押しつけた、まんま……になって、いますよね」

かすれた声で、つっかえつっかえ問いかけてきた。

「はい、お預かりしています」

お秋にとっては大切な品物だ。今ではそれの持つ意味が富次郎にもよくわかる。

「お手数、ですが……お秋に、返して、いただけませんか……」

そこで弱々しく咳き込み始めた。富次郎はもういたたまれなくなった。

「どうぞご心配なく。印半天は、わたしから確かにお秋さんに返します。あなたは身体を休めて、早くよくなってくださいよ」

甚三郎は枕の上で頭を動かし、富次郎の目を仰ぐ。

「最後に、とんだ、お手間を、おかけします」

「なぁに、甚三郎さんとわたしは道楽息子仲間だ。助け合いましょうよ。いつか何かでわたしが困《こう》じたら、そのときは、天下の札差の看板にものを言わせることができるあなたを頼っていきますから」

血の気の失せた甚三郎の顔に、うっすらと笑みが浮かんだ。

「三島屋の、富次郎さん。博打をしちゃ、いけません」

「ええ、肝に銘じておきます」

こうして、梅屋甚三郎と名乗る男は、語りを終えて三島屋から去っていった。

語って語り捨て、聞いて聞き捨て。変わり百物語の決め事がある以上、もうその後の様子を詮索してはいけない。それが聞き手のけじめだ。富次郎は心残りを呑み込んだ。

二葉屋のお秋には、最初は文《ふみ》を書こうと思ったのだが、考え直した。新太を呼んで、ごく簡単な伝言を託した。

「甚さんのお話は伺いました。次はあなた様のお話をお待ちしております」

ホントにこれだけでいいんですか、先様に伝わりますかと新太は首をひねったが、大丈夫大丈夫と送り出した。ただ、その女中さんだけに伝えるんだよ。ほかのお人の耳に入らないよう、気をつけておくれよ。

晴れた空の下、韋駄天《いだてん》のように小伝馬町へ行って帰ってきた新太は、

「承りましたと、たいそう丁寧なご挨拶がありました」

お駄賃もいただきましたと、上等な干菓子の包みを見せた。

「それはおまえさんがもらっときなさい。ご苦労だったね」

先《せん》に、印半天をどうするかと、やっぱり新太を使いに遣って尋ねたとき、お秋はなぜか笑って「それならば取りに伺います」と言っていた。今回は「たいそう丁寧」だったか。

「小旦那様」と、新太が言いにくそうにする。

「何だい。言ってごらん」

「他人《ひと》様の見てくれを云々するのはいけないことでございますけれど、あの女中さんは、まだお婆さんの歳じゃあないのに、髪の半分くらいが白髪なんです。手前は、ちっと薄気味悪うございました」

そうか。富次郎はつと寒気を覚えた。甚三郎の髪も、ほとんど真っ白だった。

ともあれ、偽の御神火が燃えたぎる、何処《いずこ》とも知れぬ場所にある幻の屋敷のお話は、お秋に会えぬうちはまだ終わらない。甚三郎の容態も気にかかり、富次郎はそぞろ落ち着かぬ日々を過ごすことになった。

瓢箪古堂へ、また知恵を借りに行こう。おちかと勘一にこの話を打ち明け、二人の意見を聞きたい。そう思ってしまうたびに、自分を厳しく戒めた。それはいけない。御法度だ。

あの印半天の謎を持ち込んだときには、この一件はまだ変わり百物語になっていなかった。だから二人に相談してもよかった。

だが今は違う。黒白の間で聞いた話は、けっして外に出してはならないのだ。おちかだって、いくつもの話をずっと一人で背負ってきた。自ら名乗りをあげて聞き手を引き継いだ富次郎が、だらしなく決め事を緩めてどうする。

ましてやこの件では、勘一に「関わるな」と諫《いさ》められ、〈知らぬ存ぜぬも知恵のうち〉と諭されていたのだ。もう瓢箪古堂を巻き込んではいけない。

唯一の救いは、富次郎の内心の煩悶《はんもん》を、変わり百物語の守り役・お勝は察しているということだ。もっとも、このよく出来た女中は金座《きんざ》の金蔵《かねぐら》の閂《かんぬき》ほどに口が固いし、腹も据わっているから、

富次郎がたまりかねて何か言いかけると、

「お秋さんが語りに来るのを待ちましょう」

子供をあやすように微笑むのだった。

「その語りを聞けば、小旦那様はいつものように絵を描くことができますわ」

今、しばらくのご辛抱でございます。


暦の上では二十四節気の芒種《ぼうしゅ》。江戸の町は梅雨入りの節目である。

三島屋に、「梅屋」の仮名をあてた蔵前の札差から、三男の甚三郎が没したという報せが届いた。弔いは既に身内で済ませ、当人のたっての希望で、亡骸《なきがら》は茶毘《だび》に付したという。

「その節はたいへんお世話をおかけいたしました。ご厚情に、故人に成り代わりまして御礼を申し上げます」

使いの口上に、三島屋も主人の伊兵衛が丁重なお悔やみを返した。富次郎は自分の裁量で、白《びゃく》檀《だん》の香りの線香を包んで使いに託した。

ああ、逝ってしまったか。

茶毘に付してくれと願ったのはなぜだろう。堀口金右衛門と同じように、炎に包まれ塵になりたかったのだろうか。不可解で恐ろしい屋敷に囚われ、身に負わされた傷痕から解き放たれたかったのだろうか。

甚三郎が渡る彼岸には、金右衛門や亥之助や、正吉、おしげが待っているのだろうか。そこは地獄か、極楽か。

幸いにも、富次郎はそう何日も悶々としないで済んだ。とうとう、二葉屋のお秋がやって来たからである。

お秋の話

「生意気な、失礼なことをいたしまして、あいすみませんでした」

黒白の間に通ると、開口一番、お秋はそう言って、指をついて頭を下げた。

新太から聞いたとおり、髪の半ばが白髪である。梅屋甚三郎がそうであったように、お秋の髪もぜんたいに薄くなっており、形良く髷を結えないからだろう、簡素なじれった結びにしてあった。

単《ひとえ》の小袖は、だいぶ色の褪せた鰹縞だ。季節外れだし、見るからにくたびれた古着である。そして本人もくたびれている——と思うのは、富次郎の思い込みだろうか。

若いころ、少なくとも十年前に梅屋甚三郎と出会ったころには、質屋の女中にしては上玉なくらいの器量よしだったろう。

「こちらにあの印半天を預けたとき……預けてしまったって甚三郎さんに報せたときに、きつく叱られました」

本人もそう言っていた。私はお秋を叱ったんですよ、と。

「ああいうものをめったに他所《よそ》に渡しちゃいけないって」

「でもあなたは、あれを私らに見せたかったんだよね？」

あなたと呼びかけられて、お秋は驚いたらしい。ちょっと目を瞠る。富次郎は気にかけなかった。変わり百物語の語り手として黒白の間に入ったなら、身分も立場も関係ない。お姫様でも女中でも、同じように遇するのが聞き手の務めだ。おちかもそうしてきたはずである。

「変わり百物語の三島屋が、あの印半天——背中の当て布を見てどうするか、あなたは試したかったんだろう？」

お秋は痩せた顎をうなずかせ、また身を折って頭を下げた。

「本当に不躾《ぶしつけ》なことをしました」

もういいよと、富次郎は穏やかに言った。

「あのとき、うちの旦那様にも、この印半天にはちょっと因縁があるので、三島屋さんにはそれがおわかりになるんじゃないかと言ったんです」

きんかんの神様のような二葉屋の主人は、当初、三島屋に迷惑をかけるような品物だったらいけない、と言ったそうだ。

「だけど、駄目ならすぐにあたしが取りに伺いますってことで、お許しをもらいました」

お秋の声は、甚三郎のようにかすれてはいない。小声なのは、今は恐縮しているからだろう。

「質屋は、曰《いわ》く付きの品物をいろいろ扱います。なかには厄介なものもありますから、旦那様も気になすったんだと思いますけど」

——まあ、三島屋さんは変わり百物語で評判をとっているような好事家だから、その目利きのほどを試してみるのもいいか。

それでお秋の言い分を通したというのだから、やっぱり、あのとき皆で話し合ったとおり、二葉屋の主人もうすうす察してはいたのである。タヌキ親父め。

「もちろん、あの印半天には驚かされたけどさ」

富次郎はつい苦笑してしまう。

「こっちから二葉屋さんに、あれは引き取れませんと返事してはいないんだよ。なのに、今日は何と言ってお店を出てきたの」

「あたしの気が変わったと申しました」

言って、お秋は素早くまばたきをした。それでようやく富次郎は気づいた。お秋は涙を堪えている。

「三島屋さんにも、やっぱりご迷惑になるかもしれませんから、と」

「二葉屋さんも驚いたろうに」

「うちの旦那様は、印半天のことなんかお忘れだったようで」

タヌキ親父は忘れっぽいのか。

「そんならとっとと返してもらってこい、三島屋さんにはお詫びしてくるようにと」

そこでお秋は小さく洟をすすった。

富次郎は言った。「甚三郎さんが亡くなったことは知っているんだね」

涙がお秋の目尻を濡らす。はい、と答える声が震えを帯びた。

「甚さんの方で、もしもの時にはあなたに伝わるように計らっておいてくれたのかな。あなた方は、屋敷から逃げ延びて以来、折々に会ったり、音信をしていたんだものね」

「はい、そういうことでございます」

富次郎は、ここまでの経緯《ゆくたて》を振り返りつつ、お秋に確かめていった。まずはお秋が三島屋に印半天を寄越し、それを知った甚三郎が、その因縁を語りにやってきた。

「甚さんがここですっかり語ったから、あなたの胸につかえていたものは消えた」

自分たちがどれほど恐ろしい目に遭ったのか。自分を助けるために、堀口金右衛門と梅屋甚三郎が何をしてくれたのか。

誰にも知られぬままになるのは悔しい。お秋のその思いは晴れた。

だが、甚三郎は死んでしまった。あの印半天は忌まわしい記憶のもとだが、お秋にとっては唯一の形見にもなった。

「だから、やっぱり手元に置いておきたいと思い直したのかな」

お秋は手の甲で顔を押さえた。鱏縞の小袖の袖がずれて、手首から肘の下あたりまでが覗く。はっきり火傷の痕とわかるほどひどくはないが、うっすらと痣《あざ》があるのが見えた。

「いろんな思いがありました」

涙まじりの震える声で、心に溜まっているものを吐き出してゆく。

「あたしも、あの印半天を持っているのが怖くて、捨てようと思ったこともございます」

だが、ああいうものを捨てようとすると、意外と厄介なのだ。

「そのまんま捨てたら、誰かに拾われちまうかもしれません」

切り裂いて捨てても、粉みじんになるわけじゃない。これは何だ、誰がこんなことをやったと見咎められるかもしれない。

「燃やそうとしたこともあったけれど、それも怖くて」

あの火山の火を思い出す。堀口金右衛門を焼き尽くした業火《ごうか》を。

「あれに火をつけたなら、オラショが聞こえてきそうな気がするんです」

オラショを背負った印半天は、幻の屋敷から持ち出された唯一の証だ。そこには、まだ二ノ谷某殿の怨念が残っているかもしれない。炎がそれを蘇らせるかもしれない。

「あれを捨てちまったって、あったことを忘れられるわけじゃありませんし。今でも悪い夢を見ますし、近くで小火《ぼや》なんかあったら、歯の根が合わないほど震えてしまいます」

それほどに恐ろしく、苦しく、重たいものを心のなかに抱えていたから、お秋はかなり以前から、三島屋の変わり百物語に強い興味を抱いていた。

「一度に一人が語って、その場限りでどこにも漏れない。そういう百物語なら、甚さんとあたしの話も聴いてもらえるんじゃないかと思いました」

打ち明けて、これが本当にあったことだと、自分たちの身の上に襲いかかったことだと、すっかり吐き出して楽になりたい。慰めてほしい。共に恐れてほしい。

だがその一方で、変わり百物語の評判が高まってゆくことが、ひどく腹立たしくもあったのだという。

富次郎は驚いた。それこそ悪い夢のなかでも、そういう言葉を投げつけられるとは思ったことがない。

「うちの何が癪に障るんだい？」

お秋がためらうので、遠慮は要らないと促した。お秋は薄いくちびるを何度も湿し、うつむいて肩を縮めて、ようやく答えた。

「物好きで怖い話を集めて、面白がって」

粋人ぶって、お店の売りにして。

「だけど、三島屋さんは本当に怖いものなんて知らないだろう。あたしたちみたいな目に遭っていないんだから」

お秋たちを襲った謎と恐怖の根源には、公儀が厳しく禁じている耶蘇教が関わっている。その一点だけを取り上げても、ただの怪談とはまったく違う。お秋がおいそれと口を開けず、甚三郎も口をつぐんできたのも、このせいなのだ。

「三島屋さんの変わり百物語なんか、どんなに数を重ねようと、ただのお遊びだ。そう思うと、腹が立ってどうしようもありませんでした」

ああ、なるほど。

すとんと腑に落ちて、腑に落ちてきたものが胸の底に重くて、富次郎は唸った。

「あいすみません」

お秋は泣き出した。拭っても拭っても、もう涙をごまかしようがない。

「いいよ、泣きなさい。懐紙は持ってるかい？」

自分の懐から出してやって、お秋の手に押しつけた。そうして、何も言わずに泣かせてやった。

――あんたたちなんか、本当に怖いものに遭ってないだろう。これをご覧よ。これこそが、今でもあたしたちを苦しめている怖いものなんだ。

尖った思いにせき立てられて、お秋はあの印半天を三島屋に寄越したのである。

お秋は泣き泣き訴える。いや、白状する。

「三島屋さんが、当て布の文字が耶蘇教のオラショだとわからなければ」

ふん、何も知らないんだねとあざ笑い、

「わかったらわかったで、大慌てする様が面白かろうって」

まだ甚三郎の話を聞く前に、当て布の文字を見つけてしまい、三島屋がこれをどうするかと問い合わせたとき、お秋が笑っていたというのは、こういう腹があったからなのだ。

――三島屋さん、やっぱり慌てているんだ。ざまあみろ。

「泡を喰った三島屋さんが、あの印半天をこの世から消してくれたら、あたしも助かります。一石二鳥のようにも思っておりました」

お秋のそういう心の有り様――魂胆がわかったから、甚三郎は叱ったのだろうし、五十両の大枚を払っても、大急ぎで三島屋へ語りに来てくれたのである。

お秋が来てくれたことに色めき立ち、慌ててしまったものだから、今日は白湯の一杯も出さぬまま向き合っている。肩の荷を下ろし、胸のなかの痼《しこ》りを吐き出し、泣き疲れてゆくお秋を見守りながら、

――何か旨い物を食わせてやりたいなあ。

そんなことを、富次郎は思う。

右から左へは調達できないし、そもそも、二葉屋の奉公人であるお秋を長いこと引き留めるわけにもいかないのが残念だ。

甚三郎の語ってくれたことを思い起こすなら、この女は人殺しである。相応の理由があったとはいえ、十四かそこらで、大の男の喉首を掻き切って殺している。

しかし、そっちの方は恐ろしいと思えない。

今さらのように、身にしみて富次郎が恐ろしく思うのは、燃えたぎる火山を隠した幻の屋敷と、そこに人を捕らえて閉じ込め、罪を吐き出せと迫る狂える死霊の方である。

もしも、自分が同じ目に遭ったとしたら。

甚三郎のように振る舞えるだろうか。堀口金右衛門のように戦えるだろうか。

自分を置いて逃げろと、おしげのように潔くなれるだろうか。

おまえの罪を告白し、悔い改めよ。

「おしげさんもね」

わざとお秋の方を見ずに、目を伏せて、富次郎は言った。

「性悪な姑だったころがあったと、甚さんから聞きました。あなたも、屋敷にいるうちに、そのへんの告白を聞いていたんだよね？」

お秋は懐紙で洟をかむ。そうですとも、違いますとも言わない。黙っているその顔に、返答が浮かんでいる。

「甚さんの語りを聴かせていただいたあと、わたしもいろいろ考えたんだよね」

実際、夜も寝付かれずにこのことを考えていた富次郎である。

「堀口様は、二ノ谷某殿のことを、あなた方に語った以上に詳しく知っていた――」

二ノ谷某殿と因縁があった。

「仕えていた御家の事情に関わることだから、知っていても全部は言えなかった。そういう推測は当たっているだろうと、わたしも思います」

金右衛門は、早いうちから本気でお秋たちを助け、一命を賭して二ノ谷某殿を成敗してやろうと心を決めていたのだろうし、その決心には一片の曇りもなかったろう。だが、自分が死ぬからといって、御家の秘事、暗部を明かしてしまっていいとは思わない。それが御家を守る侍の矜持《きょうじ》というものだろうと、富次郎は思う。

だから、堀口金右衛門は別として、問題はあとの五人である。

「亥之助爺さんはだらしない酔っ払いだし、正吉も嫌らしい助平野郎だ」

お秋とおしげは恐るべき女たちである。

「だけど、甚さんはどうなんだろう」

親を怒らせ、悲しませてはいたが、ただの放蕩息子じゃないか。

「あの人は、他人の命を奪ったり、傷つけたりはしていないよね」

博打ぐるいで、この世を手のひらの上で転がしているような気分になったことがある。万能になったような瞬間が忘れられずに、賭場から賭場を巡っていた。

「それは確かに傲《おご》りかもしれないけれど、わたしは罪だとは思わない」

罰当たりな考え方だが、命を以て償わねばならぬような罪ではない。

富次郎たちの暮らしに深く馴染んだ八百万《やおよろず》の神々のなかには、賭場に祀られる神様だっておられるのだ。その神は卑しいか。そんなことはない。その神を尊び、ツキを回してくださることを有り難がり、天下をとったようだと思い上がる博打うちの性《さが》は、愚かではあるが可愛らしくもある。

「甚さんが罪人になるのは、この世をつくった唯一の神様がいちばん偉くって、人はどう頑張ってもその神様には頭が上がらないんだっていう耶蘇教の教えに照らしたときだけじゃないのかな」

独り言のように呟いて、顔を上げたら、お秋がこっちを見ていた。目も鼻の頭も赤い。

ちゃんと血の通っている女だ。お秋は生きている。

この話にも血が通っている。生身の人が出くわした出来事だったのだ。それを思えばまた背筋が寒くなるが、富次郎は己を励まして言葉を続けた。

「だからね、あなたを前にしてこんなことを言うのも何だけど、落とし戸のからくりに従っていたら、一人だけ許されて生き延びられるのは、甚さんだったんじゃないかと思うんですよ」

悔い改め、許されて家に帰る放蕩息子だ。

「二ノ谷某殿が、最後の最後になるまでは、甚さんの前にだけ姿を現していたのも、そういう理《わ》由《け》があったからじゃないかなあ」

お秋はまた洟をすすった。その音が、妙に愛らしく聞こえた。

「あたしは、そういうふうには考えてもみませんでしたけど」

「ごめんよ」

「いえ、でも、三島屋さんのおっしゃるとおりだと思います」

富次郎とお秋は、ひたと見つめ合った。

富次郎が先に笑った。「博打こそやらないけれど、わたしもぶらぶら居食いをしている、親不孝な道楽息子なんだ。だから、今みたいに考えたいだけなんだよ。わたしは小心なもんだから」

もしも自分があの屋敷に囚われたとしても、助かると思いたいじゃないか。

「お秋さんも、屋敷から逃げ出したあとは、迷子になった場所に戻ってたのかい？」

「はい。気がついたら一人で、道ばたに倒れ込んでいたんです」

背中に、あひるのゆで卵の包みをしょっていた。

「印半天を着たままでしたから、慌てて脱ぎました。着ていたら、またあの屋敷に引き戻されそうな気がして」

脱いだ勢いで道ばたに捨ててしまうには、そのときがいちばんの好機だったのだろうが、そうは都合よくいかないのが人の心の厄介なところだ。

「今までの出来事の証だし、たった一つの甚さんとの繋がりだったし」

「うん、気持ちはわかるよ」

戻ったお秋の頭上にも、風花が舞っていたという。

「足ががくがくして、なかなか立ち上がれなかったんですけど、そのうち人が通りかかったんで、怪しまれないうちに、とにかく二葉屋に帰ろうと思って」

頭をからっぽにして、ただただ歩いた。

「ずっと、なんみょうほうれんげきょうを唱えてました」

帰り着いたお秋を、二葉屋や近所の人びとは大いに驚き、喜んで迎えてくれた。

「自分があっちこっち火傷をしたり、擦り傷をこしらえていることに気がついたのも、お店に帰ってからでした。それまでは無我夢中で、どこかが痛いとか感じなかったんでございます」

お秋があの屋敷のことを語らなかったのは、恐ろしくて口に出せなかったからだが、

「二葉屋さんでは、神隠しに遭っているあいだのことを、あれこれ詮索されなかった？」

お秋はかぶりを振った。

「旦那様もおかみさんも、あたしが言いたがらないのを察してくださいました」

——こういうことは、早く忘れる方がおまえのためだ。

「さっきも申しましたが、質屋は曰く付きのものを扱うことがあります。旦那様もおかみさんも、少々のおかしなことには慣れていらして、あたしが無事に帰ってきたんだから、もう大騒ぎしないでやり過ごすのがいいと思っていらしたんでしょう」

質屋の世間知であろう。

「火傷のこともあって、お店の奉公人仲間からは気味悪がられたりしましたけれど」

二葉屋の主人夫婦は、お秋に暇を出すこともなく、淡々と働かせた。

「本当に有り難いことだと思います」

その恩があったから、お秋も、後に病で寝付いてしまった二葉屋のおかみを親身に看取《みと》ったのだろう。

「これからも、変わらずに忠勤なさい」

説教がましいのは承知の上で、富次郎は言った。

「甚さんのことは忘れっこないよね。だが、それ以外のことは忘れていい。この三島屋の変わり

百物語が、まるごと聞き捨てにしてしまうからさ」

その言葉には、富次郎が侍んでいる以上の効き目があったようだ。頑《かたく》なな険を刻んでいたお秋の目元が、初めて緩んだ。

「あの印半天のことも忘れていいよ。二葉屋さんには、三島屋がとっくにばらして使っちまってたって言いなさい」

身体の突っ張りが解けて、お秋は安心しきったように平伏した。

「ありがとうございます」

これでようやく、忌まわしい幻の屋敷の話は閉じたのである。

＊

富次郎も、印半天の処分を安請け合いしたつもりはない。下手に触らない方がいいのはわかっている。当て布だけでも焼き捨てたりしたら、——ホントにオラショが聞こえてきちゃ困る。

うちにはお勝という疫神《えきじん》の加護を受けた守り役がいる。このまんまとっておく分には難はなかろう。富次郎の絵を容れている〈あやかし草紙〉とおんなじだ。

だが、今回の話を絵にしようと案を練っているうちに、ふと思いついたことがあった。

「ちょっと出かけてきます」

印半天と当て布を風呂敷に包み、万に一つも落としたり失くしたりしないよう大事に抱えて、向かった先は。

「おや、いつぞやのお客様じゃありませんか。いらっしゃいませ」

上野池之端の菓子舗に行く途中、ふらりと立ち寄ったあの骨董屋である。闊達そうな店主も、富次郎を覚えていてくれた。

あの日、富次郎と目が合った西洋の女魔物の軸は、店先から消えていた。

「売れてしまったんですか」

「はい。いいお客様がつきまして」

店主の出してくれた円座に腰掛け、庇《ひさし》を打つ梅雨の忍びやかな雨音を背中に、富次郎はその話を聞いた。

「ああいう絵を喜んで買ってくださる方は好事家に決まっておりますが、それにしても珍しく面白いお方でした」

商家の隠居だというその客は、若いころから幽霊画ばかりを集めてきた、と言った。家の奥の一間に買い入れたものをずらりと並べて掛け、もちろん掛けきれないから、ときどき入れ換える。

「その幽霊画が、やかましく喧嘩するんだそうですよ」

組み合わせによって、喧嘩の大きさが違ってくる。負けた幽霊画が破れてしまったこともあるそうな。

――連中のところに、異国の魔物を放り込んでやったらどうなるかと思いましてな。

「本邦の幽霊が束になっても南蛮の女魔物に勝てないようじゃ情けない。うちの幽霊画たちには気張ってもらわんと――と、おっしゃいまして」

からから笑いながら、女魔物の軸を抱えて帰ったそうである。

「豪胆な方もいたもんですねぇ」

ちょっと、開いた口がふさがらない。

「首尾はいかがなものかと、手前もまたあのご隠居様がおいでになるのを楽しみにしております」

富次郎は、オラショの印半天の包みを膝の上に置いた。骨董屋の店主も包みに目を落とした。

「今日は、売り物をお持ち込みくださったんでしょうか」

富次郎は、質屋よりもさらに曰く付きの品物を扱う機会が多く、その取り扱いに慣れているだろうこの店主に、処分に困るものを処分してくれる伝手《つて》を持ってはいないかと尋ねるつもりでいた。だが、いざこう持ちかけられてみると、自分の胸のうちには、最初からこういう期待があったような気もする。

ああ、情けない。お秋の前では胸を張って引き受けたのに、このざまだよ。

骨董屋の店主は落ち着き払っている。

「見せていただいてようございますか」

「は、はい」

富次郎は包みを解いた。店主は慎重な手つきで印半天を広げる。

つくづくと検分し、裏返して、左右の袖を覗き込み、縫い目を検《あらた》める。それから当て布を手に取った。

あの、ひらがなの文字列。軽く目を瞠ったが、骨董屋の店主は表情を変えなかった。

「その文字に、よくないものが封じ込められているんです」

「ははあ」

「もともと悪《あ》しきものではない――いや、いけないものなんですが、意味の違う悪いものになってしまっていると申しますか」

我ながら情けないほどこんがらがる。こうしてしげしげと検めると、印半天に焼け焦げの一つも残されていないことが、あらためて禍々《まがまが》しく思えてくる。

――持ち出してくるんじゃなかった。

「あいすみません」

「いえいえ」主人は目を細めて「黒武という名字は、どこの土地のものでしょうね」

「名字かどうか怪しいんです」

言って、富次郎ははっとした。今まで家で考えているうちは思いつかなかったことが閃《ひらめ》いたのだ。

「黒い兜と鎧を着けた武士という意味かもしれません」

三原山の御神火に身を投げ、真っ黒に焼けて命を絶った二ノ谷某殿の怨霊の姿を言葉で表すと、黒武になるのではなかろうか。

「こういうものは、うっかり捨てられません。こちらでは、この手の品物が舞い込んできたとき、どうなさるんでしょう」

骨董屋の主人はにっこり笑った。愛想笑いだとしても、実によく練れた笑顔だ。

「手前どもでは、その手の品物も商いものでございます。どうするもこうするもなく、手入れして店先に並べ、目利きのお客様をお待ちいたします」

再び、ちょっと開いた口がふさがらない。

「骨董屋さんというのは」

「はい、そういう商いでございます」

店主は、印半天の背中のところに当て布をあてがった。

「縫い目が残っておりますから、これはここに縫い付けられてあったんですね」

「ええ」

「元通りにしてもかまいませんか」

「ひ、引き取ってくださるんで？」

「お客様がよろしければ、喜んで」

その文字はご禁制の耶蘇教の、オラショというものなんですよ。

言葉が富次郎の喉元まで出てきて、つっかえた。

「かまわないんですか。厄介なことになるかもしれないのに」

「百物語を聞くのも、充分に厄介なことを引き寄せる趣味だと存じますが」

今度は、富次郎は口を開けることもできなかった。息を呑んで店主を見つめる。

「先にお会いした際には、私はお客様のお顔を存じませんでした。あとで、斜向《はす》かいの瀬戸物屋が教えてくれたんです」

あれは変わり百物語で評判の袋物屋、三島屋の若旦那だよ、と。

「お話を集めるのが三島屋さんの得意なら、古い品物を扱うのが手前の得意でございます。ご安心ください」

富次郎は安堵に目が回りそうになった。

買い付けるのだからと、骨董屋はどうしても金を払うときかない。結局、富次郎は一文銭をもらうことにした。

「今後、これはわたしのお守りにします」

水のように静かな胆力のある骨董屋に、ちっとでも近づけるように。


それから数日かけて、富次郎は絵に取り組んだ。さあ、何を描こうか。

めまぐるしく季節が移り変わり、翼のある化け物に囲まれ、怪魚のひそむ湖の畔《ほとり》、百目蠟燭の廊下が長く延びて、叫ぶようなオラショに、真っ赤に怒る火山の襖絵のある屋敷。

その主人である漆黒の武士。

下絵に半紙を費やした。描いても描いても気が済まない。丸めて捨て、破って捨てる。

やっぱり、甲冑姿の武士の立ち姿を描くべきか。ほかのものは要らないか。

思い決めて輪郭を描き始めたところで、袖を引っかけたわけでもないのに、墨壺をひっくり返してしまった。溜めておいた墨が流れて、半紙がみるみる真っ黒に染まってゆく。

ひととき、富次郎はその前で固まっていた。

今回は、描いてはいけないのだ。

思案の挙げ句、字を書いた。墨が乾いたら、すぐにお勝を呼んだ。

半紙に目をやり、字面を見て、お勝は「まあ」と言った。

「そういうことですの」

「うん、そういうことだ」

短くやりとりしただけで、用は足りた。

「黒武御神火御殿」

これがこの話にふさわしい聞き捨て、締めくくりであった。


（了）

「毎日新聞」連載（二〇一八年八月～二〇一九年七月）

宮部みゆき（みやべ・みゆき）

一九六〇年生まれ。東京都出身。東京都立墨田川高校卒業。法律事務所等に勤務の後、一九八七年「我らが隣人の犯罪」でオール讀物推理小説新人賞を受賞してデビュー。一九九二年「龍は眠る」で第四五回日本推理作家協会賞長編部門、同年「本所深川ふしぎ草紙」で第一三回吉川英治文学新人賞受賞。一九九三年「火車」で第六回山本周五郎賞受賞。一九九七年「蒲生邸事件」で第一八回日本SF大賞受賞。一九九九年「理由」で第一二〇回直木賞受賞。二〇〇一年「模倣犯」で毎日出版文化賞特別賞、第五回司馬遼太郎賞、第五二回芸術選奨文部科学大臣賞文学部門をそれぞれ受賞。二〇〇七年「名もなき毒」で第四一回吉川英治文学賞受賞。二〇〇八年 英訳版『BRAVE STORY』で The Batchelder Award 受賞。著書に『おそろし』『あんじゅう』『泣き童子』『三鬼』『あやかし草紙』（三島屋変調百物語シリーズ）、『さよならの儀式』『昨日がなければ明日もない』『過ぎ去りし王国の城』『悲嘆の門』『英雄の書』など。

装丁・装画　藤枝リュウジ
デザイン　　篠本　映

黒武御神火御殿《くろたけごじんかごてん》

三島屋変調《みしまやへんちょう》 百物語《ひゃくものがたり》六之続《ろくのつづき》

印刷　二〇一九年一二月一日
発行　二〇一九年一二月一〇日

著者　宮部《みやべ》みゆき

発行人　黒川昭良
発行所　毎日新聞出版
〒一〇二-〇〇七四
東京都千代田区九段南一-六-一七　千代田会館五階
営業本部　〇三（六二六五）六九四一
図書第一編集部　〇三（六二六五）六七四五

印刷　精文堂印刷
製本　大口製本

ISBN978-4-620-10845-2